Zum Buch:

Schon seit Teenagertagen ist Adam in Emma verliebt. Doch es war nie der richtige Zeitpunkt, um ihr seine Gefühle zu gestehen. Er musste mit ansehen, wie sie einen anderen heiratet. Und nicht irgendjemanden, sondern einen Millionär. Aber jetzt ist sie wieder zurück in Santa Rosa und Adam ist entschlossen, diesmal seine Chance zu ergreifen. Allerdings ist Emma für seine Schwester Riley nach einem dramatischen Zerwürfnis ein rotes Tuch. Bevor er selbst mit Emma glücklich werden kann, muss er zunächst die beiden Frauen miteinander versöhnen.

Zur Autorin:

Seit Robyn Carr den ersten Band ihrer von den Kritikern gefeierten Virgin-River-Serie veröffentlichte, stehen ihre Romane regelmäßig auf der Bestsellerliste der *New York Times*. Auch ihre herzerwärmende Thunder-Point-Serie, die in einem idyllischen Küstenstädtchen spielt, hat auf Anhieb die Leser begeistert. Robyn Carr hat zwei erwachsene Kinder und lebt mit ihrem Ehemann in Las Vegas.

Lieferbare Titel:

Für Gefühle ist es nie zu spät
Erfüllte Träume in Thunder Point

Robyn Carr

Wenn das Glück erwacht

Roman

Aus dem Amerikanischen von
Gisela Schmitt

mtb

MIRA® TASCHENBUCH

1. Auflage: Januar 2019
Deutsche Erstausgabe

Originaltitel: »The Life She Wants«
erschienen bei: MIRA Books, Toronto

Published by arrangement with
HARLEQUIN ENTERPRISES II B.V./SARL

Leseprobe

Originaltitel: »Never too late«
erschienen bei: MIRA Books, Toronto

Umschlaggestaltung: zero-media.net, München
Umschlagabbildung: FinePic / München
Lektorat: Michael Meyer
Satz: GGP Media GmbH, Pößneck
Printed in Lithuania
Dieses Buch wurde auf FSC®-zertifiziertem Papier gedruckt.
ISBN 978-3-95649-874-9

www.mira-taschenbuch.de

Für Therese Plummer,
heiß geliebte Erzählerin, begabte Schauspielerin
und die Stimme meines Herzens

Prolog

Als die Wahrheit ans Licht kam, fragte sie sich, wieso ihr so lange nichts aufgefallen war.

Emma Shay Compton wusste, dass ihre Ehe mit Richard auf viele wie ein echtes Märchen wirkte. Und obwohl sie Richard geliebt hatte, war da immer das Gefühl gewesen, dass irgendetwas fehlte. Sie konnte es nicht benennen, so vage war dieses Gefühl. Richard war gut zu ihr, großzügig, aber er war ein viel beschäftigter Mann. Und schon kurz nach ihrer Hochzeit hatte er sich von ihr zurückgezogen, war auf Distanz gegangen. Damals hatte sie sich eingeredet, dass megareiche Börsenmakler eben nicht zu Hause rumsaßen, um ihre jungen Ehefrauen zu bespaßen. Dass sie Sechzehn-Stunden-Tage hatten. Dass sie ständig am Telefon hingen. Dass sie Herrscher über Millionen waren. Und wenn jemand – sogar seine Frau – Richard sehen wollte, musste das geplant sein. Deswegen hatte sie sich stets selbst die Schuld daran gegeben, wenn sie gedacht hatte, dass mit ihrer Ehe irgendwas nicht stimmte.

Es war ihr kaum aufgefallen, dass seine Anwälte plötzlich mit ihm über Probleme mit der US-Börsenaufsicht SEC sprachen. Als sie aus den Medien erfuhr, dass Richards Firma wegen des Verdachts auf Wertpapierbetrug überprüft wurde, und ihn danach fragte, sagte er beiläufig: »Sommerloch.«

Und dann begann er zu dozieren. »Lies mal die Wirtschaftsseiten der Zeitungen, dann siehst du so was jeden Tag. Momentan werden mehrere millionenschwere Banken und Investmentgesellschaften unter die Lupe genommen. Die Börsenaufsichtsbehörde muss eben irgendwie ihre Existenz rechtfertigen. Das kostet uns Zeit, was mir ganz und gar nicht gefällt, aber es geht schnell vorbei.«

Also war Emma unbesorgt, warf jedoch hin und wieder tatsächlich einen Blick auf die Wirtschaftsnachrichten. Natürlich hatte er recht. Da war von vielen Untersuchungen die Rede, von hohen Geldbußen, Neuorganisationen, Buy-outs und Firmenschließungen. Die Welt der Banken und Investments stand unter genauer Beobachtung.

Schließlich eröffnete Richard ihr, dass er vor Gericht erscheinen müsse. Er und seine Anwälte. Er wollte Emma gern an seiner Seite haben und erkundigte sich, ob sie es einrichten könne.

Sie lachte. »Ich bin nicht diejenige mit dem vollen Terminkalender, Richard.«

Er schenkte ihr sein perfektes zuversichtliches, entspanntes Lächeln und streichelte ihre Wange. »Du musst nur da sein, sonst nichts.«

Am Morgen des Gerichtstermins betrachtete er den Anzug, den sie ihm rausgelegt hatte, und meinte: »Perfekt.« Er ging ins Bad. Sie saß an ihrem Schminktisch und cremte sich die Beine ein. Hörte, wie Wasser ins Waschbecken lief. Und kurz darauf: »Verdammte Scheiße!«

Richard hatte sich beim Rasieren geschnitten und fluchte – das war nichts Ungewöhnliches. Aber dann sah sie im Spiegel ihre eigenen Augen, und da wusste sie es. Sie hatte eine Lüge gelebt, und alles, was sie über ihn gehört hatte, war die Wahrheit.

Ihr Ehemann war ein kalter, berechnender Lügner und Dieb. Und sie musste damit aufhören, sich etwas vorzumachen.

1. Kapitel

Es sind die kleinen Dinge, an denen du zerbrichst. Das hatte Emma Shay in letzter Zeit häufig gedacht. Sie ertrug es, dass ihr alles genommen wurde, während sie in einem kleinen Motel an der Küste von New Jersey quasi unter Hausarrest stand. Während ihr Mann beerdigt wurde. Während die Reporter ihr unterstellten, dass sie von den Betrügereien ihres Mannes gewusst hatte und vielleicht sogar seine Komplizin war. Das alles hielt sie aus. Doch als der Absatz ihrer besten Slingback-Pumps abbrach und sie die Treppe vor dem Gerichtsgebäude herunterfiel, brach sie in Tränen aufgelöst zusammen. Das Foto ging durch sämtliche Medien, selbst im »People«-Magazin wurde es abgedruckt. Als man sie kurz darauf in ihrem Yogastudio bat, in Zukunft nicht mehr zu kommen, wäre sie vor Scham am liebsten gestorben. An diesem Abend weinte sie sich in den Schlaf. Niemand hatte ihr je erklärt, dass so ein letzter Strohhalm schwer zu fassen war.

Das gesamte Inventar aus ihrem Apartment in Manhattan und ihrem Ferienhaus war versteigert worden. Sie hatte nur einige praktische Dinge zusammengepackt, ihre Alltagskleidung hatte sie zu einem Teil an Frauenhäuser gespendet. Natürlich waren alle Wertgegenstände – die Kunstwerke, das Glas, das Porzellan, das Tafelsilber und der Schmuck – als Erstes gepfändet worden. Sogar Gegenstände, bei denen sie beweisen konnte, dass sie nichts mit Richards krummen Geschäften zu tun gehabt hatten, wie die Hochzeitsgeschenke von Freunden. Ihre Designerroben waren weg. Ihr Hochzeitskleid von Vera Wang. Einen gewissen Teil ihrer teuren Bettwäsche und

Handtücher und der Küchenausstattung samt Gläsern, Tischsets, Servietten und so weiter durfte sie behalten. Außerdem nahm sie die Kiste mit Fotos mit, von denen die meisten aus der Zeit vor Richard stammten. Sie lud alles in ihren Toyota Prius. Selbstverständlich war der Jaguar auch Geschichte.

Man hatte ihr einen finanziellen Vergleich angeboten, nachdem man ihr nicht nachweisen konnte, dass sie etwas mit Richards Schneeballsystem zu tun gehabt hatte. Natürlich konnte man es nicht nachweisen, denn sie war ja unschuldig. Aber sie hatte auch nicht gegen Richard ausgesagt – allerdings nicht etwa aus Gründen der Loyalität oder weil es ihr von Rechts wegen zustand, sondern schlicht, weil sie nichts zu erzählen hatte, das in irgendeiner Weise dem Verfahren geholfen hätte. Sie war nicht etwa jeden Tag im Gerichtssaal gewesen, um Richard zu unterstützen, sondern bloß, weil sie wissen wollte, welcher Verbrechen er genau beschuldigt wurde. Sie hatte damals Ersparnisse in Höhe von neuntausend Dollar mit in die Ehe gebracht. Jetzt war sie Witwe, und die neuntausend Dollar hatte man ihr gelassen. Sie befanden sich auf ihrem Girokonto und würden ihr als Reserve dienen. Emma verließ New York und fuhr einmal quer durchs Land – bis nach Sonoma County, wo sie aufgewachsen war.

Sie hatte alles gründlich durchdacht. Schon Monate vor Richards Tod. Sie hätte die Vergleichssumme akzeptieren und sich in die Karibik absetzen können. Oder vielleicht nach Europa. Die Schweiz hatte ihr immer gefallen. Sie hätte einen anderen Namen annehmen, sich die Haare färben und über ihre Vergangenheit lügen können. Aber was, wenn man ihr auf die Schliche kam? Wollte sie wirklich ein Leben auf der Flucht führen?

Stattdessen lehnte sie das Vergleichsangebot ab und trennte sich von allem, was sie hätte behalten können. Denn sie wollte Richards zu Unrecht erworbene Güter nicht. Obwohl sie selbst niemanden betrogen hatte, konnte sie guten Gewissens nicht unter solchen Umständen leben.

In Santa Rosa kannte sie noch ein paar Leute von früher. Mit einigen war sie in Kontakt geblieben. Es war ihre alte Heimat. Von ihrer Familie lebte jedoch kaum noch jemand hier. Ihre Stiefmutter Rosemary war mit ihrem dritten Ehemann nach Palm Springs gezogen. Soweit Emma wusste, wohnten ihre Stiefschwester Anna und ihre Halbschwester Lauren noch gemeinsam in dem Haus, in dem sie alle zusammen groß geworden waren. Aber sie hatten sich von Emma abgewandt, nachdem Richard verurteilt worden war. Mit ihrer Stiefmutter hatte sie zum letzten Mal kurz vor Richards Tod gesprochen, als alles um sie herum zusammengebrochen war. Vor einigen von Richards wütenden Betrugsopfern hatte Emma sich regelrecht verstecken müssen, denn sie waren überzeugt gewesen, Emma hätte sich einen Teil des verschwundenen Geldes unter den Nagel gerissen. Rosemary hatte zu ihr gesagt: »Diesmal hat sich deine Gier wohl nicht ausgezahlt.«

»Rosemary, ich hatte doch nichts damit zu tun!«, hatte Emma ihr versichert.

Und dann hatte ihre Stiefmutter ausgesprochen, was alle glaubten. »*Sagst du.*«

Tja. Diese Frau hatte nie etwas von ihr gehalten. Jetzt baute Emma darauf, dass nicht alle in Sonoma County so dachten wie sie. Emma war hier aufgewachsen, hatte die katholische Grundschule und die Highschool besucht. Und sie hielt es für extrem unwahrscheinlich, dass Mandanten – beziehungsweise Opfer – von Richards in New York ansässiger Investmentfirma in den kleinen Ortschaften von Sonoma County zu finden waren.

Ihr bester Freund Lyle Dressler, mittlerweile vermutlich ihr einziger Freund, hatte für sie einen kleinen möblierten Bungalow in Sebastopol gefunden. In dieser Stadt lebte Lyle mit seinem Partner. Also hatte sie dort zumindest etwas moralische Unterstützung.

Emma war jetzt vierunddreißig. Sie hatte Richard Compton vor neun Jahren geheiratet. Damals war er fünfundvierzig gewesen, klug, gut aussehend, erfolgreich. Mit ihren fünfundzwanzig Jahren war sie absolut von ihm verzaubert gewesen, obwohl er zwanzig Jahre älter war als sie. Aber fünfundvierzig war doch kein Alter! Er war fit, genial, reich und mächtig gewesen. Er hatte sogar zu den begehrtesten Junggesellen von New York City gehört.

Damals hatten Rosemary und Emmas Schwestern ihn auch noch gemocht. Sie waren ganz begierig darauf gewesen, zu irgendwelchen Veranstaltungen nach New York zu reisen, zu denen Richard sie – wenn auch nur widerwillig – eingeladen hatte. Doch kaum war es hart auf hart gekommen, hatten sie Emma nicht das kleinste bisschen Unterstützung angeboten.

Die Jahre, in denen die Vorwürfe und die Anklage gegen Richard noch nicht ihre Ehe überschattet hatten, waren zwar nicht gerade der Himmel auf Erden, aber auch nicht schlecht gewesen. Alles, worüber sie sich beschwert hatte, war ihr von anderen Frauen in ähnlicher Lage bekannt gewesen: Ihr Mann hatte zu viel zu tun, war dauernd abwesend, und selbst auf gemeinsamen Reisen verbrachten sie kaum Zeit miteinander. Die Freunde, die sie in New York durch ihre Arbeit kennengelernt hatte, waren immer mehr aus ihrem Leben verschwunden, nachdem sie den superreichen Investmentbanker geheiratet hatte.

Und da sie sich in den elitären Kreisen, in denen sie seitdem verkehrte, nie wirklich wohlgefühlt hatte, kam sie sich immer etwas einsam vor. Dabei war sie permanent unter Leuten, engagierte sich in Komitees, trieb Sport, empfing Gäste und bildete sich ein, dass sie für Richard unverzichtbar war. Tatsächlich war er alles, was sie noch hatte. Es war ein äußerst dunkler Tag gewesen, als sie schließlich entdeckt hatte, dass sie den Mann an ihrer Seite in Wahrheit überhaupt nicht gekannt hatte.

Die Untersuchung der Börsenaufsicht hatte kurz vor ihrem fünften Hochzeitstag begonnen. Vor dem siebten waren die Anklageschrift erstellt und alle Konten eingefroren worden. Den achten hatte sie im Gerichtssaal verbracht. Richards Verteidiger hatten zwar eine Aufschiebung erreichen können, doch schließlich war der Tag der Verhandlung da. Es war ein wahres Spektakel von einer Verhandlung, und Emma spielte die vertrauensvolle, gute Ehefrau, die erhobenen Hauptes dabeisaß. Richards Mutter und Schwester waren dem Prozess ferngeblieben und weigerten sich auch, Interviews zu geben. Emma hatte stets geglaubt, die beiden hätten sie nie für gut genug für Richard gehalten, aber nach der Verhandlung änderte sie ihre Meinung. Die beiden mussten über Richard Bescheid gewusst haben. Sie hatten seine innere Leere, seine dunkle Seite gekannt.

Er selbst hatte in der ganzen Zeit nicht mit ihr über die Angelegenheit gesprochen, erst kurz vor dem bitteren Ende. Auf ihre Frage nach der Untersuchung hatte er bloß erwidert, sie seien hinter ihm her. Es sei eben ein hartes Geschäft, doch er sei härter, und man werde ihm niemals etwas nachweisen können. Am Ende war es zwischen ihnen zu einigen kurzen, hässlichen, allerdings aufschlussreichen Wortwechseln gekommen. *Wie konntest du nur? – Wieso denn nicht? – Womit kannst du deine Gier rechtfertigen? – Meine Gier? Was ist mit deren Gier? – Müssen sie sich rechtfertigen? – Sie alle wollten, dass ich für sie das meiste raushole! Ich sollte für sie Stroh zu Gold spinnen, selbst wenn ich dafür lügen, stehlen und betrügen musste! Jeder Einzelne von ihnen wollte abkassieren, bevor das System aufflog!*

Die Ermittler konnten alles genauestens nachweisen. Richards Angestellte machten Deals mit der Staatsanwaltschaft und sagten im Gegenzug gegen Richard aus. Tonnen von Papieren dokumentierten Wertpapierbetrug, Diebstahl, Post- und Überweisungsbetrug, Geldwäsche ... Die Liste war lang. Kurz vor dem Ende, als Richard zu fliehen versucht hatte und ohne viel Federlesens von den US-Marshals zurückgebracht worden war, als man seine Offshore-Konten entdeckt und ihm zugeordnet hatte, als ihm eine lange Haftstrafe gedroht hatte und nichts mehr zu retten gewesen war, da erschoss Richard sich.

Natürlich glaubte niemand, dass Emma nichts von seinen Machenschaften gewusst hatte. Vermutlich meinten die Leute, er wäre jeden Abend von der Arbeit nach Hause gekommen und hätte bei einem Drink mit ihr über alles geplaudert. Aber das hatte er nicht.

Der Richard, den sie gekannt hatte, war offensichtlich ein Betrüger, ein Chamäleon gewesen. Er hatte so charmant, so entzückend sein können. Doch er hatte nichts ohne Hintergedanken gemacht und immer noch mehr gewollt. *Wieso hätte ich dich nicht heiraten sollen? Du warst eine außergewöhnliche Investition! Perfekt für diese Rolle! Es ist eine allgemein bekannte Tatsache, dass die Menschen eher einem verheirateten als einem unverheirateten Mann vertrauen.* Richard war ein Narzisst, ein Manipulant, ein Lügner und Betrüger. Und er war verdammt gut in dem, was er tat. Die Leute fühlten sich geradezu geehrt, ihm auf den Leim gegangen zu sein. Er hatte das Aussehen eines Richard Gere, die Genialität eines Steve Jobs und die Moral eines Bernard L. Madoff. Glücklicherweise war er nicht ganz so erfolgreich wie dieser gewesen. Richard hatte nur hundert Millionen gestohlen.

Aber was hatte sie wirklich gewusst? Sie hatte gewusst, dass er diskret war. Er sprach nie über seine Arbeit, was sie für einen Mann mit seiner Macht und in seiner Position für ganz normal gehalten hatte. Er war zwar ungeheuer kommunikativ, sowohl als Privatmensch als auch im Geschäftsleben, doch kaum waren sie verheiratet gewesen, hatte er ihr nichts mehr von seiner

Familie, seiner Kindheit, seinem Studium oder seinen ersten Jahren an der Wall Street erzählt. Sie wusste, dass er nicht viele Freunde von früher hatte, sondern überwiegend geschäftliche Kontakte. Er stellte sie nie Ex-Kommilitonen oder Kollegen aus seiner beruflichen Anfangszeit vor. Dafür fragte er sie routinemäßig immer, wie ihr Tag gewesen war. Er erkundigte sich, was sie tagsüber gemacht hatte, welche Projekte bei ihr anstanden, wen sie getroffen hatte und was sich in ihrer Welt ereignete. Das war natürlich nur der Fall, wenn er mal zu Hause war – denn oft arbeitete er bis spät in die Nacht oder war auf Reisen. Was Richard jedoch von den üblichen mittelmäßigen Betrügern abhob, war die Tatsache, dass er *zuhören* konnte. Die Leute – inklusive Emma selbst – dachten immer, sie würden ihn kennen, obwohl er nicht ein einziges Wort über sich selbst erzählte. Aber er hörte eben zu. Und zwar gebannt. Und die Menschen mochten seine Aufmerksamkeit.

Neun Jahre Ehe. Vier Jahre, die ganz in Ordnung gewesen waren, und fünf, die sich als absoluter Albtraum entpuppt hatten. Emma fragte sich, wann dieser Albtraum endlich vorüber sein würde.

Sie fuhr direkt zu Lyles Blumenladen, der »Hello, Gorgeous« hieß – benannt nach den berühmten Zeilen aus dem Film »Funny Girl« mit Barbra Streisand. Lyle hatte ihr in dieser ganzen schrecklichen Zeit zur Seite gestanden. Leider hatte er nicht oft in New York sein können, was zum Teil der Entfernung und der teuren Anreise geschuldet war. Aber zum Teil lag es auch daran, dass sein Partner Ethan Emma nie richtig gemocht hatte, obwohl er sie eigentlich gar nicht kannte. In der schlimmsten Phase allerdings hatte Lyle täglich mit ihr telefoniert. Emma verstand Ethans Haltung sogar. Lyle und sie waren jedoch schon Freunde gewesen, lange bevor Ethan in sein Leben getreten war. Deswegen vermutete sie, dass einfach

Eifersucht dahintersteckte – als ob Emma Lyles heterosexuelle Seite zum Vorschein bringen könnte oder so was. Emma und Ethan hatten also immer ein recht distanziertes Verhältnis zueinander gehabt. Und nach Richards Fehlverhalten hatte es sich auf Ethans Seite zu eisigem Schweigen ausgewachsen.

Aber – und das war wichtig zu wissen – wenn Ethan sich weiterhin allzu negativ über Emma ausließ, würde er Lyle verlieren.

Jetzt stand Emma vor dem Laden und holte noch einmal tief Luft, bevor sie hineinging. Natürlich stand Ethan hinter dem Tresen.

»Emma. Du hast es also hierher geschafft«, begrüßte er sie in dem Versuch, höflich zu sein.

»Ja, vielen Dank«, erwiderte sie.

»Wie war die Fahrt?« Mit dieser Frage überraschte er sie.

»Anstrengend. In jeder Hinsicht.«

»Da bist du ja!«, rief Lyle, während er aus dem hinteren Teil des Ladens kam. Er umarmte sie. »Möchtest du einen Kaffee oder lieber was anderes, bevor wir rüber zu Penny fahren?«

Sie schüttelte den Kopf. »Ich parke einen Block weiter auf dem einzigen freien Platz, aber ich würde gern so schnell wie möglich weiter. Ich hab viel auf dem Zettel.«

»Alles klar«, erwiderte er und wandte sich an Ethan. »Ich fahre kurz mit Em zu Penny und helfe ihr. Vermutlich werde ich mit den beiden noch was essen. Aber ich komm nicht allzu spät zurück.«

Ethan hob den Kopf und schnaufte, doch seine Antwort war vollkommen angemessen. »Okay. Dann geh ich bei Nora und Ed vorbei. Klingt nach dem perfekten Abend, um mal wieder Onkel zu spielen.«

»Sehr gut. Grüß sie von mir.« Damit führte Lyle sie am Ellbogen aus dem Laden. »Ich stehe gleich hier«, sagte er. »Komm, ich fahr dich zu deinem Wagen.«

»Bitte nicht«, meinte sie lachend. »Mein Hintern tut so weh, dass ich ans Sitzen gar nicht mehr denken will. Ich laufe, es ist ja nur ein Block. Übrigens habe ich eine Kühlbox mit Getränken für uns dabei. Aber ich will nicht, dass ...« Sie deutete mit dem Kopf in Richtung Laden. »Ich möchte nicht, dass es meinetwegen Spannungen zwischen euch gibt. Bring mich doch einfach zu dem Haus und stell mich deiner Freundin vor. Ich komm dann allein klar.«

»Keine Sorge, Emma. Ich hab Ethan schon vor Tagen angekündigt, dass ich dir beim Umzug helfen werde.« Er lachte. »Er hat sehr erwachsen reagiert. Außerdem ist es wirklich mal wieder Zeit, dass er seine Schwester besucht. Sie wohnen nicht mal zwei Kilometer von hier, aber Ethan besucht sie nicht halb so oft, wie er könnte. Ich glaube sogar, ich bin öfter bei seiner Familie als er – wir haben nämlich eine sehr süße Nichte. Heute Abend kann er sich ja dann mal richtig über mich ausheulen. Und abgesehen davon will ich sichergehen, dass bei dir alles in Ordnung ist.«

Voller Dankbarkeit lächelte Emma ihn an. »Vielleicht wird nie mehr alles in Ordnung sein«, sagte sie. »Aber ich freue mich auf ein bisschen Ruhe und Anonymität.«

»Hast du was von Rosemary gehört?«, erkundigte er sich.

»Ich habe ihr den Gefallen getan und ihr per E-Mail mitgeteilt, dass ich in einen kleinen Bungalow in Sebastopol ziehe und dass sie mich über dich erreichen kann. Ich vertraue ihr nicht so sehr, dass ich ihr meine neue Handynummer geben möchte. Sie würde sie bestimmt sofort an die Pressegeier verkaufen. Bei dir hat sie sich vermutlich auch nicht gemeldet?«

Lyle schüttelte den Kopf.

Kein Wunder. Rosemary war nur mit ihr in Kontakt geblieben, solange sie geglaubt hatte, Richard wäre wohlhabend und einflussreich. Nach seinem Absturz tat sie so, als hätte sie ihn nie gekannt. »Wir haben uns noch nicht wieder vertragen. Sie war nicht gerade eine große Unterstützung«, fügte Emma hinzu.

»Aber deine Schwestern werden dir doch sicher zur Seite stehen«, erwiderte er.

Die beiden hatten bisher überhaupt nichts getan, um sie zu unterstützen. »So eine Familie waren wir nie«, erklärte Emma. Sie waren eigentlich überhaupt nie eine Familie gewesen.

»Kann ich nachvollziehen«, sagte Lyle.

Emma war bekannt, dass Lyle es früher mit seinem Vater nicht leicht gehabt hatte. Doch wenigstens vergötterte seine Mutter ihn. Sie drückte seinen Arm. »Du rettest mir gerade das Leben. Ohne dieses Haus, das du für mich gefunden hast, wäre ich verloren.«

»Das Haus hat übrigens mich gefunden, nicht umgekehrt. Penny ist eine ältere Dame, aber benutz dieses Wort bloß nicht in ihrer Gegenwart! Sie ist sehr rüstig. Mit ihren fast achtzig geht sie jeden Tag noch fünf Kilometer am Tag spazieren, kümmert sich um ihren Garten und spielt hin und wieder sogar Tennis. Leider gibt es jedoch ein Problem, wenn man ewig lebt: Das Geld wird irgendwann knapp.«

»Weiß sie Bescheid über alles?«, erkundigte Emma sich.

Er nickte. »Wie du es mir aufgetragen hast. Sie hat gesagt: ›Wir haben uns alle irgendwann mal für den falschen Partner entschieden. Das arme Ding.‹ Der Bungalow ist übrigens eher eine Art Gästehaus, eine *Casita*, aber das Haupthaus ist nicht viel größer. Also damit du vorbereitet bist: Alles ist etwas beengt. Aber Penny benötigt keine Pflege oder so was. Es geht ihr allein um ein bisschen Miete. Damit ist euch ja beiden geholfen.« Er schüttelte den Kopf. »Ich weiß nicht, ob du jemals so einfach gelebt hast, Em. Es ist alles ziemlich in die Jahre gekommen, klein und geschmacklos.«

»Du hast keine Ahnung, wie sehr ich mich darauf freue!«

Das sogenannte Gästehaus war eigentlich eine umgebaute frei stehende Garage mit einer Wand und einem bodentiefen Fenster an der Stelle der Garagentore. Durch das Fenster sah man auf die hübsche, von Bäumen gesäumte Straße.

Es war ein winziges Haus mit nur zwei Zimmern, einem kleinen Bad und einer Küchenzeile. Ein Garten trennte das Gästehaus von Penelope Penningtons Wohnhaus. »Natürlich dürfen Sie den Garten uneingeschränkt nutzen«, versicherte Penny ihr. »Und wenn Sie sich mal was Anständiges kochen möchten, benutzen Sie ruhig meine Küche.«

Das war eine sehr gute Abmachung. Penny hatte die Einfahrt vor einigen Jahren entfernen lassen und durch einen Carport und einen Geräteschuppen ersetzen lassen. Vor beiden Häusern und seitlich neben dem Weg zum Carport gab es Rasenflächen mit ein paar Büschen, Bäumen und Blumen. Vom Garten ging es rechts zu Emmas kleinem Häuschen und links zu Penny. Ein hoher weißer Zaun mit Gartentor umgab das Grundstück.

Es dauerte bloß eine halbe Stunde, um Emmas Habseligkeiten auszuladen. Viele Möbel standen nicht in dem Bungalow, nur ein Bett und ein Schreibtisch, ein kleiner Tisch mit zwei Stühlen, ein paar Lampen, ein kleines Sofa und zwei Sessel. Bettwäsche und Küchenutensilien hatte Emma selbst mitgebracht. Sie fand ihre neue Bleibe schlicht, aber gemütlich. Eigentlich hätte sie die Umzugskisten und Koffer auspacken sollen, doch das war ihr erst mal egal. Lyle fuhr zu einem Lebensmittelladen, um etwas zum Abendessen zu besorgen, und kam mit einem riesigen griechischen Bauernsalat, Hummus, Fladenbrot und einer Flasche Wein für sie alle zurück. Sie setzten sich bei Penny an den Esstisch und aßen. Emma mochte die alte Dame sofort.

Und dann waren es nur noch Emma und Lyle, die sich mit einem letzten Glas Wein in ihr neues, gemütliches kleines

Wohnzimmer zurückzogen. Sie saß in einem etwas muffigen alten Sessel mit Blumenmuster-Bezug und hatte die Füße auf ein Bänkchen gestellt, das nicht wirklich dazu passte. Lyle lag auf dem Sofa, hatte die Füße auf dem Couchtisch.

»Wir müssen die Bude eindeutig ein bisschen aufmöbeln«, schlug Lyle vor.

»Mir gefällt es, wie es ist«, widersprach Emma. »Das hier wird mein Lesesessel.«

»Wie willst du dich denn aufs Lesen konzentrieren, wenn all diese grässlichen Blumen dich zu verschlingen drohen?«

Sie lachte.

»Weißt du schon, was für einen Job du dir suchen willst?«, fragte er.

»Tja.« Nachdenklich nippte sie an ihrem Wein. »Ich wollte es vielleicht als Coach versuchen. Was meinst du?«

»Du bringst jedenfalls ziemlich viel Erfahrung darin mit, was man *nicht* tun sollte«, erwiderte er.

»So entspannt wie gerade war ich seit Jahren nicht mehr«, sagte sie.

Lyle schwieg einen Moment. »Emmie, ich weiß nicht, wie du hier zurechtkommen wirst. Es ist eine kleine, ruhige Stadt, aber hier wird viel getratscht und die Leute können gemein sein. Verstehst du?«

»Hallo?! Ich bin hier aufgewachsen, schon vergessen? Ganz egal, wohin ich gehe: Diese Sache wird mich verfolgen. Obwohl ich nicht einmal eines Verbrechens angeklagt wurde! Aber glaub mir, sie haben tief gegraben und nichts unversucht gelassen, um mir etwas anzuhängen.«

»Ich möchte nur, dass du vorbereitet bist. Für den Fall der Fälle.«

»Für den Fall, dass die Leute anfangen zu tuscheln, wenn ich an ihnen vorbeilaufe? Oder mir Beleidigungen an den Kopf werfen? Aus genau diesem Grund bin ich hierher zurückgekommen, statt an einem fremden Ort neu anzufangen und mir eine neue Identität zuzulegen. Irgendwann würde es ohnehin herauskommen. Lügen bringen einen nicht weit – Richard war der beste Beweis dafür. Ich will die Sache endlich hinter mir lassen. Ich war mit dem verstorbenen Richard Compton verheiratet, dem berüchtigten Broker und Millionendieb. Daran gibt es nichts zu rütteln. Und ich musste nicht lange nachdenken: Meine Identität geheim zu halten wäre mir zu stressig gewesen. Das bin ich einfach nicht. Ich hätte mir ein komplettes Umstyling gönnen müssen – neuer Name, neue Haarfarbe, neue Nase –, und dennoch würde man mich irgendwann enttarnen. Es ist hoffnungslos, Lyle. Gib meinen Namen in eine Suchmaschine ein und überzeug dich selbst.«

»Als Emma Shay?«

»Und Emma Shay Compton, Emma Compton, Emma Catherine Shay ...«

»Mein Gott«, stöhnte er. »Hoffentlich ist das wirklich alles schnell vorbei.«

»Was einmal im Netz ist ... Und jeder, der es wissen will, kann es nachlesen. Es gibt sogar schon Bücher über Richards Fall, auch wenn sie nicht sonderlich akkurat sind.«

»Wie hat er es gemacht, Em?«

Ihr war klar, was Lyle meinte. Richards Selbstmord. Sie holte tief Luft. Erstaunlich, dass Lyle das nicht mitbekommen hatte, denn dieses Detail war wirklich überall zu finden. In jeder Zeitung und auf sämtlichen Internetseiten.

»Nachdem er erfolglos versucht hatte, mit dem Privatjet eines Kollegen und einem falschen Pass zu fliehen, brachte man ihn zurück ins Gefängnis. Seinen Rechtsanwälten gelang es dann jedoch, dass er unter Hausarrest gestellt und mit einer elektronischen Fußfessel ausgestattet wurde. Nach dem Schuldspruch bemühten sie sich, das Strafmaß zu mildern, indem sie die Nummern seiner Offshore-Konten offenlegten.

Doch auf ihn wartete in jedem Fall eine sehr lange Haftstrafe. Also öffnete Richard den geheimen Safe hinter dem Bücherregal in seinem Arbeitszimmer zu Hause, nahm seine geladene Glock-Pistole heraus und schoss sich in den Kopf.«

Lyle schüttelte den Kopf. »Er wollte nicht ins Gefängnis.«

»Ich bin sicher, es war nicht nur das«, sagte sie. »Natürlich wäre das Gefängnis schrecklich gewesen, aber deswegen hat er es nicht getan. Es ging vielmehr darum, dass er nichts mehr besaß. Nicht mal seine Offshore-Konten und die Bankkonten in der Schweiz. Es war vorbei. Er würde für fünfzig Jahre in den Bau gehen, und selbst wenn er irgendwann eine Begnadigung erreichen oder fliehen könnte, hätte er nichts mehr gehabt, um sich einen ruhigen Lebensabend auf Aruba oder einer anderen Insel leisten zu können. Mit seinen gestohlenen Millionen.« Sie seufzte. »Das war ihm immer das Wichtigste: sein Reichtum.«

»Erstaunlich, dass die Ermittler nichts von diesem Safe und der Waffe gewusst haben«, stellte Lyle fest. »Haben sie denn die Wohnung nicht durchsucht?«

Sie zuckte die Achseln. »Keine Ahnung, ob sie davon wussten. Danach gesucht haben sie jedenfalls nicht. Sie haben seine Computer beschlagnahmt und jede Menge Aktenordner von zu Hause und aus dem Büro mitgenommen, seine gesamten elektronischen Geräte, aber von Waffen oder Drogen war in dem Hausdurchsuchungsbeschluss nicht die Rede. Ich selbst hatte auch keine Ahnung, dass er eine Waffe besaß.«

»Hat er denn wenigstens irgendwas unternommen, um dich zu schützen?«

Sie schüttelte den Kopf.

»Und was war nach seiner Beerdigung?«

»Es dauerte mehrere Wochen, bis alle Sachen verkauft waren, der Papierkram von der Auktion erledigt und die Wohnung endgültig verkauft war. Ich machte die Tür zu seinem Arbeitszimmer zu und schlief in der Zeit auf einem Klappbett in der Küche. Das war der sicherste Ort. Marshals bewachten das Apartment, und einen Pförtner gab es auch.« Sie verzog das Gesicht. »Das war alles so schrecklich.«

»Ich sag es nur noch dieses letzte Mal, Emmie, okay? Das tut mir so fürchterlich leid.«

»Danke«, entgegnete sie sanft. »Und jetzt fahr lieber nach Hause. Sag Ethan bitte, dass ich ihm dankbar für sein anständiges Verhalten bin, und versprich ihm von mir, dass ich euch nicht auf den Geist gehen werde. Ich weiß jetzt, dass ich sehr gut allein klarkomme. Es ist zwar schön, mit dir zusammen zu sein, aber du musst dir keine Sorgen machen, dass ich von nun an jeden Tag bei dir vor der Tür stehe und dich für mich beanspruche. Ich werde nicht das fünfte Rad am Wagen spielen.«

»Wir haben sehr nette Freunde, viele Schwule, und es gibt so einige fünfte Räder darunter. Mach dir also keine Gedanken. Du kannst anrufen, wann immer dir danach ist.«

»Du bist wunderbar. Ich glaube, du warst mir immer ein besserer Freund als ich dir«, fügte sie hinzu.

»Unsinn. Du hast ab und zu durchaus ein paarmal …«

»Ich warne dich!« Vor all dem Ärger hatte sie so viel Haushaltsgeld zur Verfügung gehabt, dass für sie selbst ein ganzer Batzen übrig geblieben war. Das war ihr Geld, und sie hatte es zum Teil darauf verwendet, den Aufbau von Lyles »Hello, Gorgeous« zu finanzieren. Am besten war es, wenn niemand davon erfuhr. Lyle war von der Polizei nach seinem Verhältnis zu ihr befragt, vielleicht sogar überprüft worden, aber er hatte nie als Verdächtiger gegolten. Sie sprachen nicht darüber. Emma war sich ziemlich sicher, dass Ethan die Details gar nicht kannte.

»Überflüssig zu erwähnen, dass ich mich freue, dass du hier bist«, sagte Lyle. »Ich hab dich vermisst. Ein paar Dinge solltest du noch wissen. Natürlich haben sich die Leute nach dir erkundigt. Das ist ihr gutes Recht. Ein paar gute Freunde haben mehrfach gefragt, was du jetzt wohl machst. Sogar Riley kam letztens in den Laden und hat wissen wollen, ob es dir gut geht. Sie weiß, dass wir nie den Kontakt verloren haben, so wie ich auch mit ihr den Kontakt halte. Aber was euch beide betrifft, habe ich mir eine ganz klare Politik verordnet: keine Geschichten über die andere. Trotzdem hat sie gefragt, ob du vielleicht etwas brauchst.«

»Das ist wohl ihr schlechtes Gewissen«, mutmaßte Emma.

»Kein vorschnelles Urteil, bitte. Sie könnte eine von den wenigen sein, die nachempfinden können, was du gerade durchmachst«, widersprach er. »Ich weiß, du magst sie nicht, aber nachdem du weggegangen bist, musste sie sich ebenfalls ein neues Leben aufbauen. Und Jock hat angerufen. Er ist geschieden und lebt nun in Santa Rosa. Er wollte von mir wissen, ob du nach dem ganzen Zirkus eventuell hierher zurückkommen würdest. Auch er hat mich gebeten, dir auszurichten, falls du etwas brauchst …«

»Im Ernst?«, unterbrach sie ihn.

»Ja. Ich bin nicht sein größter Fan, doch er hat seine Unterstützung angeboten.«

Emma schwieg. Selbstverständlich war ihr klar gewesen, dass sie beide hier sein würden – Riley und Jock. Damals war Riley ihre beste Freundin und Jock ihr Freund gewesen. Seit sie weggegangen war, hatte sie immer nur kurze Besuche in der Stadt verbracht und dabei nicht mit ihnen gesprochen. Aber sie hatte gewusst, dass sie noch hier lebten. Als sie sich dazu entschieden hatte, in ihre alte Heimat zurückzukehren, hatte sie bereits geahnt, dass sie sich irgendwann über den Weg laufen würden.

»Vermutlich ist es an der Zeit, sich von den Schrecken der Vergangenheit zu befreien, Emma«, meinte Lyle.

»Das habe ich schon getan«, antwortete sie. »Ich habe vieles hinter mir gelassen. Und ich werde keinen Schritt zurück machen.«

2. Kapitel

Als Emma Catherine Shay neun Jahre alt war und in die vierte Klasse der St.-Pascal-Grundschule in Santa Rosa ging, kamen zwei neue Kinder an die Schule: Riley und Adam Kerrigan. Riley kam in Emmas Klasse, und die Lehrerin bat sie, Riley in der Anfangszeit zur Seite zu stehen.

Emma war ein freundliches Kind, das gern anderen half, aber sie ärgerte sich. Erstens hatte sie schon zwei beste Freundinnen – Susanna und Paula –, und dass Riley jetzt an ihr klebte, störte sie. Und zweitens war Riley offensichtlich nicht in der Lage, zu sprechen. Sie folgte ihr schweigend und saß stumm und nervös beim Mittagessen. Wenn sie mal den Mund aufmachte, sprach sie so leise, dass man sie kaum verstehen konnte. Und drittens fand Emma, dass Riley wie eine Flickenpuppe aussah, auch wenn das gemein war. Sie trug alte, abgetragene Klamotten, die ihr nicht richtig passten.

Rileys älterer Bruder Adam war traurig und still und wartete nach der Schule immer auf seine Schwester, um gemeinsam mit ihr nach Hause zu gehen. Wenigstens das blieb also nicht an Emma hängen. Vor allem aber war es stinklangweilig mit Riley. Doch damit Schwester Judith stolz auf sie war, bemühte sich Emma so gut wie möglich um ihre unglückliche neue Mitschülerin.

Am Ende des zweiten Schultags überraschte Riley Emma damit, dass sie zu ihr sagte: »Ich kenne mich jetzt genug aus. Du kannst wieder zu deinen Freundinnen gehen.«

Emma kam sich mies vor. »Wir können doch alle zusammen abhängen«, schlug sie halbherzig vor und hasste sich dafür.

In den kommenden Tagen erfuhr Emma, dass Riley, Adam und ihre Mutter nach Santa Rosa gekommen waren, weil Rileys Vater sehr krank geworden und gestorben war. Jetzt lebten sie bei Rileys Großeltern. Riley war also nicht nur schüchtern und arm, sondern trauerte außerdem. Emma blieb bei ihr.

Aber sie konnte nicht leugnen, dass sie es aus Mitleid tat. Immerhin hatte sie selbst keine Mutter mehr. Sie war damals jedoch noch so klein gewesen, dass sie sich nicht mehr an sie erinnerte. Ihr Vater hatte dann wieder geheiratet, als sie ein Krabbelkind gewesen war – vermutlich, weil er sich eine Mutter für seine Tochter gewünscht hatte. Seine neue Frau Rosemary war selbst Witwe, war fleißig und effizient, und hatte ihre dreijährige Tochter Anna in die Ehe mitgebracht. Drei Jahre später hatten ihr Dad und Rosemary ein gemeinsames Kind bekommen, Lauren. Die einzige Mutter, die Emma je gekannt hatte, war ihre Stiefmutter, und von allen drei Kindern hatte Rosemary sie am wenigsten gemocht. Emma verstand erst im Alter von zehn Jahren, dass es eine reine Zweckehe war.

Emma plante schon, sich endgültig von Riley loszueisen, als diese anfing, sich immer besser in ihrer neuen Umgebung zurechtzufinden. Da fiel ihr auf, wie Riley wirklich war. Erstens war sie sehr lustig. Wenn sie einmal angefangen hatten zu lachen, konnten sie kaum wieder aufhören. Und wenn Riley nicht gerade niedergeschlagen war, sprach sie voller Selbstvertrauen. Sie war sehr gut in der Schule und avancierte schnell zur Klassenbesten. Nun war sie es, die Emma half – und nicht umgekehrt. Und Rileys Mutter June war vermutlich die wunderbarste, liebevollste, lustigste und am positivsten eingestellte Frau auf der ganzen Welt. Sie nahm Emma mit offenen Armen auf, und Emma fühlte sich von ihr wertgeschätzt. Rileys Großeltern taten so, als wäre es der schönste Tag in ihrem Leben gewesen, als die Kerrigans zu ihnen in ihr ohnehin sehr kleines Haus gezogen waren. Es war eng bei ihnen, und sie hatten wenig Geld, aber bei ihnen wurde mehr gelacht als bei Emma zu Hause. Riley und Adam trugen gebrauchte Kleidung, ihre Großeltern waren schon alt, und June Kerrigan ging putzen und jobbte als Kellnerin, um Geld zu verdienen. Trotzdem war Emma jederzeit willkommen und wurde wie ein Familienmitglied behandelt.

Zu Hause war sie nicht halb so glücklich. Rosemary misshandelte sie nicht oder so, doch sie interessierte sich einfach nicht für Emma.

Vielmehr beschwerte Rosemary sich dauernd darüber, wie viel sie bei der Zulassungsstelle arbeiten müsste, wie gestresst sie war, wie faul und unordentlich Emmas Vater war. Sie beschwerte sich über ihr Gewicht, ihre Freundinnen und alle möglichen anderen Sachen. Abgesehen von Anna und Lauren gab es wenig, an dem sie Freude hatte. Rosemary bezeichnete Emma und Lauren zwar auch als ihre Töchter, aber Anna war eindeutig ihr Liebling. Es dauerte nicht lange, und Emma verbrachte ihre Zeit lieber bei Riley als zu Hause. Es überraschte sie wenig, dass Rosemary sich daran nicht störte.

Wir werden gegenseitig unsere Trauzeuginnen sein. Wir werden gleichzeitig unsere Kinder bekommen, damit sie auch beste Freunde sein können.

Von dem Tag an, an dem Schwester Judith sie zusammengebracht hatte, bis zu ihrem Schulabschluss waren Emma und Riley unzertrennlich. Rileys Großvater sprach von ihnen nur als die »siamesischen Zwillinge«. Sie gingen miteinander durch dick und dünn, hielten beim plötzlichen Tod von Emmas Vater zusammen, der starb, als sie sechzehn war, ertrugen Rosemarys dritte Ehe mit Vince Kingston und alle Leiden der Teenagerzeit. Ihre Freundschaft war in Erz gegossen, Meinungsverschiedenheiten gab es so gut wie nie. Doch dann verliebten sie sich beide in denselben Jungen: Jock Curry. Das war tatsächlich sein Name. Er war nach einem seiner Großväter benannt worden.

Sie gingen auf die Highschool, als sie sich in ihn verliebten. Sie fanden ihn sexy, klug, supersportlich und lustig. Alle Mädchen waren hinter ihm her, aber in der Oberstufe kam er schließlich mit Emma zusammen – und da wurde er brav. Er sagte, seine wilde Zeit wäre jetzt vorbei. Natürlich war er damals gerade mal siebzehn. Er versuchte, Emma dazu zu überreden, auf dasselbe College zu gehen wie er. Es war nicht allzu weit weg von zu Hause. Aber sie hatte ein Stipendium erhalten und würde auf die Seattle Pacific University gehen, die für einen sehr guten Studiengang im Bereich Innenarchitektur bekannt war. Es war sehr unwahrscheinlich gewesen, dass ausgerechnet sie diejenige von ihnen sein würde, die ein Stipendium bekam, aber Rileys Familie konnte es sich trotz eines Stipendiums nicht leisten, Riley auf ein College in einem anderen Bundesstaat zu schicken. Emma würde es mit Studentenjobs und Krediten hinkriegen, und Rosemary steckte ihr auch immer wieder mal ein bisschen Geld zu. Außerdem hatte sie große Pläne: Eines Tages würde sie die Inneneinrichtung von großen Fünfsternehotels und Luxusvillen planen!

Riley schrieb sich auf demselben Community-College ein wie Jock, wohnte weiterhin zu Hause und verdiente sich ein bisschen Geld als Putzfrau dazu, so wie ihre Mom.

Jock hegte keine großen Zukunftspläne. Er wollte einfach ohne großen Aufwand seinen Abschluss machen, ein bisschen jobben, Baseball spielen und Spaß haben.

Emma ahnte nicht, dass in ihrer Abwesenheit zwischen den beiden etwas laufen würde. Doch dann standen die Weihnachtsferien an, und Riley benahm sich seltsam. Sie und Jock hatten viel Zeit miteinander verbracht, aber das war ja wohl zu erwarten gewesen. Emma vertraute den beiden. Auf einmal beschlich sie jedoch ein seltsames Gefühl. Lief da womöglich doch etwas zwischen den beiden? Riley verhielt sich ihr gegenüber anders als sonst. Und Jock wirkte ein bisschen zu fröhlich, selbstsicher und entspannt. Sie hatte alles erlebt mit ihm: Zuerst hatte er sich darüber beschwert, dass sie sich mehr Zeit für ihre gemeinsamen Telefonate nehmen sollte, und inzwischen erwähnte er gar nicht mehr, wie lange es her war, dass sie eines dieser langen nächtlichen Gespräche geführt hatten.

Emma hegte den Verdacht, dass ihre beste Freundin ihrem Freund etwas zu nahe gekommen war. Als sie Riley damit konfrontierte, brach diese in Tränen aus und gab alles zu. Sie schwor allerdings, dass es nicht allein ihre Schuld sei und dass auch Jock die Gelegenheit ausgenutzt habe. Er habe ja gewusst, dass sie ihn immer schon mochte. Und ohne ihre beste Freundin wäre sie eben einsam gewesen.

Jock sagte bloß zu ihr: »Werd endlich erwachsen. Das hat doch alles nichts zu bedeuten. Außerdem – was hast du denn erwartet? Du hattest ja für keinen von uns beiden mehr Zeit.«

Emma hatte nie verstehen können, wie so etwas *einfach so* passieren konnte, vor allem, weil Jock und Riley beide darauf beharrten, sie hätten das nicht vorgehabt und es sei ein schrecklicher Fehler gewesen. Und dann wandten sich beide von ihr ab, als ob es ihre Schuld wäre, dass sie in einer anderen Stadt studierte. Emma war am Boden zerstört, denn sie hatte die beiden Menschen verloren, die in ihrem Leben die wichtigsten gewesen waren. Nun konnte sie ihnen beiden nicht mehr vertrauen, und diese Erkenntnis warf sie völlig aus der Bahn. Nach den Weihnachtsferien kehrte sie nach Seattle zurück und war nur noch ein Schatten ihrer selbst. Sie verabredete sich mit Männern, aber das lief nicht sonderlich gut. Riley schrieb ihr mehrere Briefe und hinterließ ihr ein paar Nachrichten, doch Emma war zu verletzt, um darauf zu reagieren. Bis zu den Sommerferien ließ sie sich in Santa Rosa nicht blicken. Und selbst dann wollte sie eigentlich nicht hinfahren. Was wartete dort schließlich noch auf sie? Ihr Vater war tot, ihre Stiefmutter war ein kalter Fisch und hasste sie, ihr neuer Ehemann war ein widerlicher Lüstling, und ihre Schwestern scherten sich keinen Deut um sie.

Emma blieb nicht lange in Santa Rosa. Denn sie erfuhr, was niemand ihr hatte sagen wollen – außer ihrer Stiefschwester Anna, die es gar nicht erwarten konnte. Riley war nämlich schwanger. Während Emma fleißig studierte, hatten Riley und Jock nichts Besseres zu tun gehabt, als es permanent miteinander zu treiben, und jetzt bekamen sie ein Kind. Emma verabschiedete sich tränenreich von Lyle, nahm all ihre Sachen aus dem Haus ihres Vaters mit – das Haus, in dem sie aufgewachsen war – und fuhr auf dem schnellsten Weg zurück nach Seattle. Dort suchte sie sich einen Job, schloss sich einer Schwesternschaft an und kam nur noch äußerst selten und sehr kurz zu Besuch nach Santa Rosa. Und wenn sie länger blieb, wohnte sie bei Lyle.

Doch selbst Seattle war nicht weit genug entfernt. Nach dem Hochschulabschluss ergatterte Emma einen Job in New York und zog an die Ostküste. Innerhalb von drei Jahren avancierte sie zur Chef-Einkäuferin einer der größten unabhängigen Kaufhausketten des Landes und reiste in Sachen Haushaltsgüter um die ganze Welt. Sie war Einrichtungsspezialistin und träumte davon, eines Tages ihre eigene Designfirma zu eröffnen.

Aber dann lernte sie Richard kennen …

Wenn Emma eins gelernt hatte, dann das: Sie war äußerst nachtragend. Die Tatsache, dass Rileys Beziehung mit Jock scheiterte und er sich als eben doch nicht so toller Fang entpuppte, schmälerte nicht ihr Empfinden, übel betrogen worden zu sein. Die nicht zu verleugnende Wahrheit – nämlich, dass sie froh sein konnte, dass aus ihr und Jock nichts geworden war – tröstete sie nicht. Auch die Tatsache, dass sie einen gut aussehenden, wohlhabenden und erfolgreichen Mann geheiratet hatte, sorgte nicht dafür, dass sie vergeben und vergessen konnte.

Dann passierte der ganze Ärger mit Richard. Alles, was sie mit ihm durchmachte – seine mutwillige Täuschung, seine betrügerischen Handlungen, sein Absturz –, zeigte ihr jedoch etwas sehr deutlich: nämlich, dass es wichtigere Dinge gab, als über eine Fehde mit einer Freundin aus der Jugendzeit zu grübeln, die nun über fünfzehn Jahre her war.

Es gab kein Zurück, das wusste Emma. Für sie ging es nur noch nach vorn.

Emma hatte zwar seit neun Jahren nicht mehr in ihrem Beruf gearbeitet, beherrschte ihn aber trotzdem. Deswegen bewarb sie sich bei verschiedenen Arbeitsvermittlungsstellen, legte ihren Lebenslauf sowie ihr Abschlusszeugnis von der Hochschule vor und brachte auch Belege über ihre ehrenamtliche Tätigkeit beim Metropolitan Museum of Art bei. Dort hatte sie bei wichtigen Fundraising-Projekten mitgewirkt, bei großen Ausstellungsevents – doch das reichte offensichtlich nicht. Sie hatte beschlossen, offensiv ehrlich zu sein. Dann zweifelte sie allerdings daran, ob das so klug gewesen war. Denn vielleicht wollte man sie nicht einstellen, weil man ihr nicht vertraute und Angst vor negativer Presse hatte. Ihre Vergangenheit – beziehungsweise die ihres Mannes – war ja bekannt, und Kunden eines Unternehmens würden unter Umständen ihretwegen abspringen. Natürlich wurde ihr das nicht offen mitgeteilt. Stattdessen kamen die üblichen Absagen: »Zurzeit ist leider keine passende Position verfügbar, aber wir nehmen Sie gerne in die Kartei auf.« Bla, bla.

Also musste sie das Netz weiter auswerfen. Sie hatte eine Liste von Unternehmen zusammengestellt, bei denen sie sich direkt bewerben wollte: Kunstgalerien, bestimmte Geschäfte, Tagungszentren, Winzerbetriebe und sogar politische Parteien.

Sie beschloss, nicht mehr zu erwähnen, dass ihr verstorbener Mann *der* Richard Compton gewesen war. Sie erklärte einfach nur, dass sie nach einer gescheiterten Ehe wieder ins Berufsleben einsteigen wolle. Nach zwei Wochen ohne erfolgreiche Rückmeldungen wandte sie sich an die kleineren Arbeitsagenturen. An diejenigen, die nicht auf die Sparte festgelegt waren, in der sie gerne gearbeitet hätte. Immerhin konnte sie auch Maschine schreiben, Büroarbeiten ausführen und war fit am Computer. Jedes Mal wirkte alles zunächst sehr positiv, doch vermutlich nahm man sie per Internetsuche genauer unter die Lupe. Und das Ende vom Lied war immer, dass man ihr eine Absage erteilte. Eine zu ihrem Profil passende Stelle stände gerade nicht zur Verfügung.

Nach vier Wochen war sie verzweifelt.

»Das ist eigentlich Diskriminierung, oder nicht?«, beschwerte sie sich bei Lyle.

»Auf jeden Fall«, pflichtete er ihr bei. »Ich weiß nur nicht, welcher Art.«

Als sie glaubte, es könne nicht schlimmer werden, nahm sie schließlich einen Job in einem Fast-Food-Restaurant an. Sie betrachtete dies als Zwischenlösung, bis sie eine richtige Stelle finden würde. Ihr Chef war gerade mal neunzehn. Sie machte alles, was man ihr sagte, und bemühte sich sehr. Man hatte sie für die Abendschicht eingeteilt, wenn die Jugendlichen aus der Schule und vom College in den Laden einfielen. Aber es fiel ihr schwer, mit ihrem Gehalt auszukommen. Sie arbeitete fünf Tage die Woche für fünf Stunden, das machte insgesamt 91,75 Dollar – abzüglich der Steuern, Sozialabgaben und Kosten für ihre Arbeitskleidung. Pro Stunde verdiente sie netto 3,67 Dollar. Und wenn sie nach Hause kam, schmerzten ihr Rücken und ihre Füße.

Sie fragte sich ernsthaft, ob sie nicht doch eine neue Identität annehmen sollte.

Emmas Handy klingelte. Sie wusste, dass es Lyle war, obwohl sie insgeheim hoffte, es würde sich um ein spannendes Jobangebot handeln. Aber natürlich war es Lyle.

»Kennst du einen Mann namens Aaron Justice?«, fragte er.

Sie lachte. »Unvergesslich. Ein Freund meines Vaters. Ein Rechtsanwalt. Der ist inzwischen bestimmt hundert!«

»Ich tippe auf fünfundsiebzig. Anscheinend hat ihm eine deiner Schwestern gesagt, dass man dich über mich erreichen kann. Er will Kontakt mit dir aufnehmen und schlägt vor, dass ihr euch mal auf einen Kaffee trefft. Offenbar macht er sich Sorgen um dich. Und deswegen möchte er dich sehen – wohl um sich zu vergewissern, dass es dir gut geht.«

»Das ist ja süß«, erwiderte sie. »Das ist doch wohl hoffentlich keine Falle, oder? Er vertritt nicht zufällig jemanden, den Richard abgezogen hat?«

»Kommt so was denn vor?«, fragte Lyle.

»Bisher noch nicht, aber ich rechne mit allem.«

»Er hat seine Nummer hinterlassen«, meinte Lyle. »Du kannst ihn ja anrufen und dich erkundigen, was er will, bevor du dich mit ihm triffst. Ich glaube allerdings, er ist einfach nur ein lieber alter Mann.«

»Oh, du kennst ihn nicht.« Emma lachte. »Er wirkt heute vielleicht wie ein alter Mann. Damals war er jedoch ein herausragender Anwalt.«

Es dauerte eine Weile, bis sie den Mut aufbrachte, die Nummer zu wählen. Es wäre eine zu große Enttäuschung für sie, wenn Aaron Justice sich als Feind herausstellen würde. Ihr Vater, der als Rechnungsprüfer seine eigene kleine, aber gut laufende Kanzlei geführt hatte, war gut mit Aaron befreundet gewesen. Emma kannte ihn schon ihr ganzes Leben lang. Die Familien hatten sich nicht nur privat getroffen; Aaron hatte außerdem John Shays Testament verwaltet und sich um andere juristische Dinge für ihn gekümmert.

»Ich möchte dich sehen, meine Liebe«, sagte Aaron. »Ich habe dein Schicksal in den Medien verfolgt und mir Sorgen um dich gemacht. Komm doch her und trink einen Kaffee mit mir.«

An ihrem nächsten freien Nachmittag trafen sie sich in einem Café in Santa Rosa. Als Emma den alten Rechtsanwalt sah, kamen ihr die Tränen. Er schien geschrumpft zu sein, aber seine Umarmung war noch kräftig. Vielleicht drückte sie ihn ein bisschen zu fest an sich. Er war ein eleganter älterer Gentleman. Natürlich fiel ihr bei seinem Anblick sofort ihr Vater ein. Seit seinem Tod waren mittlerweile achtzehn Jahre vergangen, und sie dachte kurz daran, wie sehr sie ihn vermisste.

Sie setzten sich an einen Tisch, bestellten Kaffee und hielten sich an den Händen, während sie ihre Neuigkeiten austauschten. Aarons Frau war einige Jahre zuvor verstorben, seine Enkelsöhne waren inzwischen im Teenageralter, und er hatte ein paar aufregende Reisen mit ihnen unternommen. Er war erleichtert, dass es Emma so gut ging, und sagte, sie wäre schön wie eh und je und er freue sich über ihre Rückkehr. Nach etwa zwanzig Minuten fragte er sie schließlich, ob sie über die Sache reden wolle.

Sie wollte sich auf das Wichtigste beschränken. Wie schockiert sie gewesen war, als sie von Richards Betrug erfahren hatte. Dass sie das Gefühl gehabt hatte, mit einem völlig Fremden verheiratet gewesen zu sein, als alles über ihnen zusammengebrochen war und Richard sich dem Ganzen entzogen hatte. »Nachdem man festgestellt hatte, dass ich mit dem Betrug nichts zu tun hatte, wurde mir eine Vergleichszahlung angeboten. Aber mein Gewissen hat mir verboten, das Geld anzunehmen.«

»Dein Vater wäre stolz auf dich gewesen«, lobte Aaron sie.

»Aber er wäre entsetzt gewesen, wenn er diesen Niedergang miterlebt hätte.«

»Er war ein unerschütterlicher Konservativer«, erwiderte Aaron. »Ich denke, er hätte es gut gefunden, wie du damit umgegangen bist. Ich hoffe, das Treuhandvermögen deines Vaters hat dir ein bisschen geholfen.«

Sie lachte. »Welches Treuhandvermögen? Rosemary hat mir gesagt, da wäre so gut wie nichts.«

»Ich meine mich erinnern zu können, dass es sich um eine recht stattliche Summe handelte.«

»Vor achtzehn Jahren vielleicht«, gab Emma zu bedenken.

Aaron runzelte die Stirn. »Du warst ja damals noch so jung, und John wollte die Kontostände niemandem verraten. Damit ihr drei Mädchen euch keine fantasievollen Hoffnungen macht und euch zum Kauf eines Autos oder zu wilden Shoppingtouren hinreißen lasst. Aber das Geld war an einen Zweck gebunden: Dein Anteil und der deiner Schwestern sollten nur für Gesundheitskosten und soziales Wohlergehen zur Verfügung stehen. Rosemary wird ihren Anteil gebraucht haben, um die Familie durchzubringen. Und natürlich waren da noch die Studiengebühren ...«

Emma schüttelte den Kopf. »Ich habe fürs Studium einen Kredit aufgenommen und ein Teilstipendium gehabt. Vielleicht hat Rosemary das Geld ja für Laurens und Annas Ausbildung verwendet.«

»Rosemary hat dir kein Geld fürs College gegeben?«

»Manchmal hat sie mir eine Art Taschengeld geschickt. Vielleicht hatte sie Angst, an das Geld zu gehen, und wollte es lieber fürs Alter sparen. Sie hat dann einen echten Volltrottel geheiratet und ist mit ihm nach Palm Springs gezogen.«

»Sie hat sich gleich nach Johns Tod einen anderen Rechtsanwalt genommen«, erklärte Aaron. »Ich weiß nicht, was in den letzten achtzehn Jahren passiert ist. Aber dir stand etwas aus dem Vermögen deines Vaters zu – und zwar die Hälfte deines Anteils im Alter von dreißig Jahren, die andere Hälfte mit fünfunddreißig. Es war John wichtig, dass du lernst, deinen eigenen Weg zu gehen und dich selbst um dein Auskommen zu kümmern, bevor du Geld erbst, das du sonst für unnützen Krempel ausgegeben hättest.«

Sie lächelte. »Das klingt sehr nach Dad. Er war immer sehr vorsichtig.«

»Es war ein unabänderlicher Treuhandfonds, Emma. Als Treuhänderin konnte Rosemary das Geld aus deinem Anteil nur dir für deine Belange aushändigen, nicht Anna oder Lauren. Hast du dir die Beträge nie genauer angesehen?«, erkundigte Aaron sich.

»Wovon?«

»Das Vermögen deines Vaters. Die Bedingungen in seinem Testament.«

»Aaron, ich war mit einem der reichsten Männer New Yorks verheiratet. Wieso hätte ich mich um das Geld aus dem letzten Willen meines Vaters kümmern sollen? Er betrieb eine kleine Kanzlei in einer kleinen Stadt und hielt mir ständig Vorträge darüber, dass man nicht verschwenderisch sein solle. Ich würde ihn nicht direkt als Geizkragen bezeichnen, aber er hat doch wirklich jeden Cent zehnmal umgedreht.«

Aaron lachte. »Das stimmt. Und dann hat er eine Frau geheiratet, die die schönen Dinge des Lebens mochte …«

»Für mich hat Rosemary jedenfalls nie was springen lassen. Nach meinem ersten Jahr am College gab ich mich geschlagen und fuhr nur selten nach Hause. Und du weißt ja, was danach passiert ist. Ich habe mich in einen Dieb verliebt und ihn geheiratet.«

»Darf ich einen Vorschlag machen? Erbitte eine Vermögensaufstellung des Fonds. Und das Haus gibt es ja auch noch. Es ist ein großes Haus.«

»Zu mir hat sie gesagt, allein die Ratenzahlungen für die Hypothek würden sie umbringen«, bemerkte Emma.

»Emma, das Haus war versichert für den Fall, dass dein Vater stirbt. Es gibt keine Hypothek. Weißt du, ich habe immer noch meine Kanzlei, mache aber nur noch Sachen für alte Freunde und langjährige Mandanten. Wenn ich dein Anwalt wäre, könnte ich mir die Sache mal genauer ansehen.«

Sie fing an zu lachen. »O Aaron, das ist wirklich lieb von dir! Aber ich kann mir keinen Anwalt leisten. Ich arbeite in einem Fast-Food-Restaurant. Außerdem ... Wenn nach all den Jahren noch etwas von diesem Vermögen übrig wäre, soll ich es dann etwa einklagen? Ich kann mich vor Gericht doch gar nicht mehr blicken lassen!«

»Ich erkläre dir, wie ich vorgehen würde. Ich würde mich mit ihrem Rechtsanwalt oder Steuerberater treffen und als dein anwaltlicher Vertreter um Akteneinsicht in Bezug auf die aktuellen Vermögensstände bitten. Und wenn da noch etwas ist, das dir zusteht, würde ich im Notfall Klage einreichen. In der Regel kommt es aber selten dazu, wenn nicht gerade Millionen im Spiel sind. Bei kleineren Summen stimmen die Treuhänder in der Regel einer Einigung zu, um Kosten zu sparen. Und wenn da noch Geld sein sollte, werde ich dir so lange nichts berechnen, bis du es dir leisten kannst, mich zu bezahlen. Ich würde auf einen prozentualen Anteil verzichten und bloß meine reguläre Gebühr erheben. Und das«, fügte er hinzu, »ist ein echtes Schnäppchenangebot.«

»Ich werde garantiert niemanden verklagen, das steht schon mal fest. Ich will auch kein Geld von Rosemary verlangen. Sie hasst mich, und mittlerweile geht es mir mit ihr genauso. Ich fange gerade von vorne an. Aber ich danke dir für dein großzügiges Angebot.«

»Lass es uns wenigstens herausfinden, Emma. Es war damals nicht wenig Geld, das weiß ich. Und das Haus deines Vaters, das ist doch keine einfache Hütte. Alle waren neidisch auf euer Haus.«

»Dad hat es zusammen mit meiner Mutter gebaut. Er hat es zwar nie gesagt, aber ich glaube, sie wollten gern mehr Kinder haben.« Sie schüttelte den Kopf. »Selbst die bloße Vorstellung von Geld macht mich krank. Ich wohne in einer Zweizimmerwohnung. Ich halte alles zusammen, sodass sogar John Shay stolz auf mich wäre. Und ich könnte den Gedanken nicht ertragen, dir etwas zu schulden, nur weil du mir einen Gefallen tun willst.«

»Wenn kein Geld da ist oder du dich entscheidest, dass du es nicht haben willst, musst du mich gar nicht bezahlen.«

Sie sah ihn erstaunt an. »Na ja … Du hättest offenbar Spaß daran, Rosemary auf frischer Tat mit den Fingern in der Keksdose zu ertappen …«

»Du hast mich überführt!«, erwiderte er. »John war ein so sanfter Mann. Ich finde, sie hat das Leben aus ihm herausgesaugt.«

»Ich glaube, er hat sie bloß geheiratet, um mich nicht allein großziehen zu müssen«, meinte sie. »Es muss schwer für ihn gewesen sein. Jeder, der meine Mutter kannte, mochte sie. Aber Rosemary mochte niemand. Sie ist eine sehr harte Frau.«

Aaron schwieg für einen Moment. »John war ein guter Freund. Er hat seinen letzten Willen sehr sorgsam abgefasst. Es kann jedoch ein paar Monate dauern, bis wir Antwort erhalten, Emma. Monate, bevor du dich entscheiden musst, wie du vorgehen willst. Für deinen Seelenfrieden schlage ich vor, dass ich mich einfach um die Sache kümmere.«

Sie zuckte die Achseln. »Wieso nicht? Ich werde mir deswegen jedenfalls keine Hoffnungen machen. Wenn Rosemary ein falsches Spiel treibt, hat sie sicher viel Spaß dabei gehabt, die Kohle auf den Kopf zu hauen. Sie hat ja noch in der Woche, in der mein Vater starb, aufgehört zu arbeiten.«

»Dann habe ich jetzt etwas Wichtiges zu erledigen. Es freut mich, das hier für dich herausfinden zu dürfen.« Er drückte ihre Hand. »Schön, dass du wieder hier bist, Emma.«

Lyle war schon dabei, den Laden zuzumachen. Er stand an der Theke und überprüfte die Bestellungen für den Samstag. Im August lief das Geschäft immer erst langsam wieder an. Im Sommer gab es keine Feiertage, an denen man Blumen verschenkte, und die meisten Leute hatten im Garten eigene Blumen. Der Sommer im Sonoma County war himmlisch.

Auf einmal öffnete sich die Tür. Lyle lächelte, als er Riley Kerrigan erblickte. Hat ja lange genug gedauert, dachte er bei sich. Er hatte sie seit ein paar Monaten nicht mehr getroffen. Sie sah fantastisch aus, wie üblich. Bei ihrer Erscheinung vermutete niemand, dass sie ein Gebäudereinigungsunternehmen führte. Sie wirkte eher wie eine Bankerin aus den oberen Etagen oder wie eine erfolgreiche Rechtsanwältin. Nach der langen Zeit in Secondhandklamotten und den kargen Jahren, in denen sie ihr Geschäft aufgebaut hatte, schien sie zumindest in Sachen Kleidung Verlorenes nachzuholen.

»Hi«, begrüßte sie ihn. »Ich dachte, ich schau schnell noch mal rein, bevor du abschließt. Wie läuft's?«

»Bestens. Und bei Happy Housekeeping?«, erwiderte er, wohl wissend, dass das nicht der Name ihres Unternehmens war.

»Happy, happy, happy. Und? Ist sie wieder hier?«

Er nickte. »Schon seit über einem Monat«, erklärte er. »Sag mir nur eins: War es reine Willenskraft, die dich dazu gebracht hat, so lange mit dieser Frage zu warten?«

»Ich habe nicht erwartet, dass sie mich anruft, wenn du das meinst. Wie geht es ihr?«, erkundigte Riley sich.

»Sie hält sich gut, unter den gegebenen Umständen.«

Rileys Lächeln fiel dürftig aus. »Emma war schon immer ein Stehaufmännchen.«

»Wenn sie es diesmal wieder schafft, geht sie als Superheldin durch. Sie hat alleine in dieser Riesenwohnung auf einem Feldbett geschlafen, obwohl noch das Blut ihres Mannes in seinem Arbeitszimmer klebte. Niemand hat ihr Hilfe angeboten oder einen Schlafplatz, nicht mal ihre gut bezahlten Anwälte. Und in einem Hotel wäre sie nicht sicher gewesen: Zu viele von Richards Opfern haben sie bedroht. Ich wollte damals zu ihr fahren, aber sie hat abgelehnt. Sie wollte mich nicht in Gefahr bringen. Dann ist sie allein hierher nach Kalifornien gekommen. Sie meinte, sie bräuchte ein bisschen Zeit für sich. Ihr Mann ist jetzt seit ein paar Monaten tot. Nach knapp vier Wochen hat sie einen Job gefunden, der aber mehr schlecht als recht ist. Sie sagt, sie kommt zurecht. Ich bin erstaunt, dass sie überhaupt steht.«

»Was sie da durchmachen muss, tut mir echt leid. Von mir würde sie jedoch ohnehin keine Hilfe annehmen, und mein Mitleid braucht sie ebenso wenig. Aber wenn dir was einfällt, das ich für sie tun kann, ohne dass sie erfährt, wo es herkommt, sag mir Bescheid. Okay?«

»Klar«, antwortete er. »Sie meinte übrigens zu mir, sie wäre darüber hinweg. Also, über eure Fehde.«

»Bin ich auch«, meinte Riley. »Aber trotzdem …«

»Genau das hat sie auch gesagt.«

Riley musste lächeln. Auf der Schule waren sie die drei Musketiere gewesen: Emma, Lyle und Riley.

Sie lachte stumm und schüttelte den Kopf. »Darf ich den Mann in der Mitte zu einem Drink einladen?«

»Aber auf alle Fälle«, erwiderte Lyle. »Ich denke, sie hat dir inzwischen verziehen.«

»Gut zu wissen. Ich hasse sie zwar immer noch, aber ich bin zumindest nicht mehr wütend auf sie.«

»Wunderbar.« Er schaltete die Lichter aus. »Komm, gehen wir einen trinken.«

Nach dem gemeinsamen Glas Wein mit Lyle hielt Riley noch beim Supermarkt. Sie waren schon so lange befreundet. Normalerweise klappten Freundschaften zu dritt selten, aber weil Lyle ein Mann war, hatte es bei ihnen hingehauen. Zumindest so lange, bis es zum großen Zerwürfnis zwischen Emma und Riley gekommen war. Dadurch war Lyle zwischen die Fronten geraten, doch er bemühte sich, neutral zu bleiben. In den vergangenen sechzehn Jahren hatte er auf diese Weise seinen beiden Freundinnen die Treue gehalten.

Riley streichelte gedankenverloren eine Honigmelone.

»Wollen Sie damit bowlen oder sie in den Einkaufswagen legen?«, fragte da eine männliche Stimme.

Sie hob den Blick und lächelte. Irgendwo hatte sie diesen Mann schon mal gesehen. Vielleicht bei Starbucks? »Entschuldigung«, sagte sie und legte die Melone in ihren Einkaufswagen, obwohl sie sie eigentlich gar nicht kaufen wollte.

»Die sehen gut aus, finde ich«, meinte er. »Wissen Sie zufällig, wo die gerösteten Paprikaschoten stehen?« Er warf einen Blick auf seinen Einkaufszettel.

Sie schüttelte sich kurz, um sich wieder ins echte Leben zu katapultieren und die Gedanken an Lyle und ihre Vergangenheit als Dreiergespann loszuwerden. »Da drüben, wo die Oliven stehen, glaub ich. Im Glas.«

»Und Artischockenherzen?«

»Selbe Stelle. Oder vielleicht in der Tiefkühlabteilung.«

»Parmesan?«

Sie lächelte. Der Mann sah echt gut aus. »Sie wollen einen Artischockendip machen, richtig? Zeigen Sie mal her«, forderte sie ihn auf und betrachtete den Zettel, der sich als Rezept entpuppte. »Da sind doch gar keine gerösteten Paprika drin.«

»Ich weiß. Die brauche ich für was anderes. Ich soll sie … einer Nachbarin mitbringen.«

»Natürlich. Okay. Also, die Artischocken sollten Sie in Wasser einlegen, eine halbe Tasse Mozzarella dazugeben, einen Hauch Chilipulver und eine Tasse gehackten frischen Spinat.

Dann wird Ihnen die Glückliche sicher einen Heiratsantrag machen.«

»Bomben-Tipp. Ich danke Ihnen.« Er wandte sich zum Gehen, drehte sich dann jedoch noch einmal um und fragte: »Das Chilipulver?«

»Bei den Gewürzen. Aber nicht zu viel nehmen!« Sie schenkte ihm ein süßes Lächeln und fuhr mit ihrem Gemüseeinkauf fort. Hmm, dachte sie. *Ein nicht schwuler Mann im Lebensmittelladen … Denn wenn er schwul wäre, wüsste er, wie man einen Artischockendip zubereitet.*

Sofort musste sie wieder an Emma und Lyle denken. Nun, sie würden sich Lyle eben teilen müssen. Er war schließlich ihr bester Freund.

3. Kapitel

Emma sah sich mit ganz neuen Prioritäten konfrontiert. Sie konnte ein paar zusätzliche Stunden in dieser Burger-Hölle arbeiten, und in ihrer Freizeit suchte sie weiterhin nach einem besseren Job. Natürlich durfte sie nur eine bestimmte Stundenzahl arbeiten, damit nicht zu hohe Sozialabgaben für sie fällig wurden, aber Emma musste sich ohnehin krankenversichern, wie es das Gesetz jetzt vorschrieb. Um ihren Notgroschen nicht anzubrechen, versuchte sie, sehr gut mit ihrem Geld zu haushalten. Die Miete war der größte und wichtigste Posten ihrer Ausgaben, und sie war sich sicher, dass die alte Dame das Geld gut gebrauchen konnte. Außerdem musste sie ja irgendwo wohnen, wenn sie schon hungerte. Sie bemühte sich allerdings, die Nebenkosten so gering wie möglich zu halten. Zum Beispiel duschte sie nicht mehr so lange mit heißem Wasser – was ein ziemliches Opfer war, denn sie roch nun hartnäckig nach Frittenfett. Autoversicherung und Benzinkosten standen an nächster Stelle, und erst dann kam das Essen. Manchmal schaffte sie es, im Burgerladen zu essen, obwohl das etwas problematisch war: Es war ihr schließlich nicht vertraglich zugesichert. Allerdings fiel ihr auf, dass keiner der Angestellten sich daran hielt. Anscheinend gab es da ein ungeschriebenes Gesetz: *Es wird schon keinem auffallen, wenn ein paar Pommes fehlen, aber lasst es uns nicht an die große Glocke hängen.* Und vor allem: *nie vor den Kunden essen!* Außerdem war das Essen alles andere als gesund; es war kalorienreich, fettig und salzig. Bereits nach wenigen Wochen spannten ihre Hosen, und sie hatte den Eindruck, ihre Fußknöchel wären permanent geschwollen.

Im September fing die Schule wieder an, und die Ferienjobber verschwanden aus der Tagschicht. Jetzt konnte sie wenigstens wieder zu normalen Zeiten arbeiten. Sie war überzeugt davon, dass es irgendwo da draußen eine bessere Stelle für sie gab, wusste jedoch zugleich, dass diese nicht leicht zu finden sein würde. Schon als Jugendliche hatte Emma gedacht, dass sie es nicht leicht hatte. Während ihrer Schulzeit und natürlich auch während der Jahre an der Universität hatte sie stets gejobbt, sich ihr Studium mit Krediten und Stipendien finanziert. Aber wenigstens hatte sie ein altes Auto gehabt, um hin und her zu fahren. Und damit hatte sie es immer noch leichter gehabt als Riley.

Ihre ersten paar Jahre in New York hatten ihr dann die Augen geöffnet. Wie unglaublich teuer war das Leben in dieser Stadt! Sie war eine junge, hübsche Frau, Single noch dazu; allerdings war sie nicht die einzige, auf die das zutraf. Also hatte sie im Nullkommanichts ein paar Mitbewohnerinnen gefunden. Von nun an fuhr sie U-Bahn, fand heraus, wo man für wenig Geld essen und Spaß haben konnte, und traf sich mit Jungs. Mit ziemlich vielen sogar. Das war das Coole an New York gewesen: Sie hatte sich nie einsam gefühlt.

Und hier in Sebastopol erlebte sie in ihrer kleinen Zweizimmerwohnung eine echte Transformation: Das Mädchen, das einst teure Villen und Fünfsternehotels ausstatten wollte, entdeckte Freude am einfachen Lebensstil. In Emmas Leben gab es nichts Überflüssiges mehr, keinen unnötigen Ballast.

Sie traf sich mit Lyle und Ethan zum Abendessen, und Ethan war für seine Verhältnisse wirklich freundlich. Sie plauderte mit Penny, wenn diese draußen im Garten war. Aber der Herbst kam, und es wurde kühler, sodass sich die alte Dame nicht mehr so oft draußen aufhielt. Häufig war sie gar nicht da, denn sie hatte viele Freundinnen und war eine äußerst aktive Seniorin.

An ihren freien Tagen spazierte Emma durch Sebastopol, ohne allerdings nach einer Arbeit zu suchen – aus Angst, man könnte sie als die berüchtigte Witwe erkennen. Doch sie meldete sich auf jedes Jobangebot in Sonoma County, bei dem mehr als der Mindestlohn gezahlt wurde.

Sebastopol selbst war ein hübsches Städtchen. Die alten Gebäude und Ladenzeilen waren in bunten Farben angestrichen, bei schönem Wetter waren Obst- und Gemüsestände und andere Waren draußen aufgebaut. Ethan stellte große Kübel mit Blühpflanzen vor die Tür, und Emma blieb oft vor dem Blumenladen stehen und beglückwünschte ihn zu seinen Arrangements. Sie wollte ihn endlich für sich gewinnen. Sie kaufte immer zwei Äpfel, zwei Tomaten und eine Banane, und ab und zu gönnte sie sich auch einen Blumenstrauß. Ethan gab ihr dann Rabatt, und Lyle grinste verräterisch dazu.

Seit acht Wochen war sie nun zurück. Die Blätter verfärbten sich schon, und als sie eines Abends nach einem weiteren Tag im Burgerladen mit geschwollenen Knöcheln und hungrig nach Hause kam und den Fettgestank an sich wahrnahm, warf sie sich aufs Bett und heulte. Wenn das von nun an ihr Leben sein sollte, würde sie nicht lange durchhalten. Und sie hatte solche Angst davor, doch an ihre neuntausend Dollar Notgroschen gehen zu müssen – und dann auf der Straße zu landen.

Du bist eben verwöhnt, sagte der kleine Teufel, der auf ihrer Schulter hockte. *Hast du nicht selbst gesagt, es würde dir nicht schwerfallen, auf die Kohle zu verzichten? Hast du das wirklich ernst gemeint? Denn jetzt musst du auf einmal für dein Auskommen arbeiten wie jeder andere Mensch auf der Welt, und damit kommst du nicht klar!*

Emma schämte sich. Sie ging unter die Dusche und heulte dort weiter, als ob ihr Gewissen es so nicht mitbekommen würde. Aber als sie ihre Haare föhnte, hörte sie wieder die

Stimme. *Wenn du es hart findest, mit dem Mindestlohn über die Runden zu kommen, warte erst mal ab, bis du erfährst, wofür deine Ersparnisse draufgegangen sind: für einen Zweitwohnsitz auf Aruba und einen Privatjet.*

»Ich kann nicht mehr«, sagte sie plötzlich laut. »Es war doch alles nicht meine Schuld. Bitte!«

Am nächsten Nachmittag wischte sie gerade die Tische in dem Fast-Food-Restaurant ab, als sie ein bekanntes Gesicht entdeckte. Das heißt, sie erblickte einen Hinterkopf, der ihr bekannt vorkam. Sie wusste sofort, dass er es war: Sein dichtes braunes Haar würde sie überall erkennen. Adam Kerrigan, Rileys Bruder. Er hatte ein Mädchen im Teenageralter dabei. Das musste Maddie sein, Rileys Tochter. Emma lächelte, ging ein paar Schritte auf die beiden zu – und blieb dann stehen. Was, wenn Adam sie hasste? Nach Emmas und Rileys großem Streit hatte er noch eine Weile den Kontakt zu ihr gehalten, aber seit ihrer Hochzeit mit Richard hatte sie nichts mehr von ihm gehört.

Andererseits: Wieso sollte er sie hassen? Wegen der Dinge, die Richard getan hatte? Vielleicht nahm er wie so viele andere an, dass sie in der Sache mit drinsteckte? Und dass sie irgendwo einen Batzen Geld gebunkert hatte, den sie sich krallen würde, sobald sich die Aufregung gelegt hätte? Mal sehen, dachte sie. *Das lässt sich ja sofort herausfinden.*

»Adam?«, fragte sie.

Er sah sie mit vollem Mund an. Sein Blick spiegelte absolute Überraschung. Er kaute und schluckte schnell den Bissen vom Burger herunter, während das Mädchen die Hand hob, um ein Lachen dahinter zu verbergen. Mit einer Serviette wischte er sich die Lippen ab. »Emmie Cat?«, fragte er ungläubig und benutzte den alten Spitznamen, den er ihr als Kind gegeben hatte. Es war die Kurzform von Emma Catherine.

Das ermunterte sie, und sie lächelte. »Ja, ich bin es. Wie geht's dir?« Als er aufstehen wollte, meinte sie: »Bleib doch sitzen.« Und dann setzte sie sich, den Putzlappen noch in der Hand, auf die Bank gegenüber.

»Arbeitest du etwa hier?«, erkundigte er sich.

»Ja«, antwortete sie. »Und glaub mir, es ist echt Arbeit. Kein Wunder, dass der Laden von Teenagern geschmissen wird. Sie sind wohl die Einzigen, die diesen Job energiemäßig bewältigen können. Und wie läuft's bei dir?«

»Sehr gut, danke. Das ist übrigens Maddie. Maddie, das ist Emma Shay. Wir waren zusammen auf der Schule.«

»Obwohl Adam viel älter ist«, stichelte Emma. Er war drei Jahre älter als sie.

»Seit wann bist du wieder hier?«, wollte er wissen. Und in seiner Frage schwang keine Spur von Feindseligkeit mit.

»Schon seit ein paar Monaten. Erinnerst du dich an Lyle? Er hat für mich ein Häuschen gefunden, in dem ich jetzt zur Miete wohne. Es war irgendwie die logische Konsequenz.«

»Na klar erinnere ich mich an Lyle! Ich treffe ihn auch ständig. Und wie fühlt es sich an, nach so langer Zeit wieder hier zu sein?«

Sie zuckte die Achseln. »Nicht leicht«, erwiderte sie. »Aber ich will mehr von dir erfahren! Ich muss zugeben, dass ich mich lange nicht gemeldet habe, deswegen …«

»Entschuldigt mich«, unterbrach Maddie sie. »Ich geh mal kurz aufs Klo, während ihr plaudert.« Sie grinste schelmisch. »Ich versuche, es auszudehnen.« Und damit glitt sie aus ihrem Sitz und ließ sie allein – bis auf das halbe Dutzend Kunden, die am Verkaufstresen anstanden.

Emma lächelte. »Sie ist sehr hübsch. Und so wohlerzogen.«

»Stimmt«, pflichtete er ihr bei.

»Und was ist mit dir? Bist du verheiratet?«

Sie meinte, einen Anflug von Traurigkeit in seinem Gesicht zu lesen. »Ich war ein paarmal kurz davor, aber es sollte wohl nicht sein. Vermutlich bin ich als Onkel zu sehr eingespannt.«

»Kümmert Jock sich nicht?«

»Doch, er kommt ab und zu mal vorbei. Er war mal kurz verheiratet, als Maddie noch sehr klein war ... Aber du weißt selbst am besten, wie es ist, wenn die Chemie mit der Stiefmutter nicht stimmt ...«

O ja, nur zu gut, dachte sie. Plötzlich musste sie mit den Tränen kämpfen. Nicht, weil sie mit dem Kind ihrer einst besten Freundin und ihres Ex-Freundes konfrontiert war, das die beiden bekommen hatten, als Emma fleißig studiert hatte. »Wow«, sagte sie mit feuchten Augen. Vermutlich glaubte er, sie würde aus Nostalgie weinen, doch das hatte nichts damit zu tun.

Dann überraschte er sie, indem er tröstend eine Hand auf ihre Schulter legte. »Du hättest dich echt mal melden sollen, Emmie Cat. Fünfzehn Jahre sind zu lange für gute alte Freunde.«

»Onkel Adam«, meinte sie mit einem Gefühl des Widerstrebens, sah nach unten und wischte sich die Augen.

»Wie sich herausgestellt hat, braucht es wirklich eine ganze Fußballmannschaft, um so ein Kind großzuziehen«, erklärte er lachend. »Riley, ich, meine Mutter, Jock – es war ein Gemeinschaftsprojekt. Aber mit einem ziemlich guten Ergebnis«, fügte er hinzu. »Maddie ist ein tolles Mädchen.«

»Und du bestimmt ein toller Onkel.«

»Ich tu mein Bestes. Ich bin Lehrer, also kenne ich mich mit dieser Spezies aus. Und Jock arbeitet in einem Elektronikfachgeschäft, darum sind wir mit Handys und Laptops und allen möglichen Spielzeugen bestens ausgestattet.«

»Derselbe Laden, in dem er damals gearbeitet hat?«, fragte sie.

»Genau. Inzwischen ist er jedoch zum Manager aufgestiegen.«

»Und du bist echt immer noch Lehrer? Dann hast du dir ja von Anfang an den richtigen Job ausgesucht.«

»Ich denke, ja. Tut mir übrigens leid wegen all dem, was du durchmachen musstest. Mein Beileid, Emmie.«

»Danke.«

»Ich habe hundertmal gedacht, ich sollte mich mal bei dir melden, weil ich nicht wusste, wie es dir ging. Und als ich es schließlich getan habe, stimmte deine Nummer nicht mehr. Deshalb habe ich mich ab und zu bei Lyle nach dir erkundigt. Jeder hier weiß, dass du nichts mit irgendwas Illegalem zu tun gehabt hast.«

»Noch mal danke.«

»Wir haben erst vor ein paar Wochen von dir gesprochen und uns gefragt, ob du schon wieder hier bist. Wir haben an die alten Zeiten gedacht.«

»Wir?«, platzte sie heraus.

»Ich. Mom. Riley. Es kann kein Zufall sein, dass ich dir gerade jetzt begegnet bin.«

Ein großer, dürrer Teenager steuerte ihren Tisch an. »Kleine Pause, Ms. Shay?«, fragte er.

»Ich beantworte diesem Kunden bloß ein paar Fragen, Justin.«

»Kann ich helfen?«, wandte Justin sich an Adam.

»Ich denke nicht«, erwiderte Adam. »Ich muss Emma nur noch kurz beanspruchen. Bitte entschuldigen Sie.«

Justin starrte sie einen Moment sprachlos an, bevor er sich umdrehte und sie allein ließ.

»Ein echter Despot«, flüsterte Emma Adam zu. »Aber leider gibt es zurzeit nicht viele gute Jobs.«

»Könntest du vielleicht ein Empfehlungsschreiben gebrauchen?«, erkundigte er sich.

Sie stand auf. »Ich könnte eine komplette Runderneuerung meines Lebens gebrauchen.« Sie seufzte. »Aber danke für das Angebot. Was unterrichtest du denn eigentlich?«

»Naturwissenschaften an einer Highschool in Napa. Heute machen Maddie und ich allerdings blau. Wir waren bei der Zulassungsbehörde, damit sie den Test für den Lernführerschein machen konnte. Eigentlich wollte Riley das übernehmen, doch leider sind die beiden in einem Auto kein gutes Team. Deswegen übt Maddie lieber mit mir oder Jock. Der musste heute Nachmittag jedoch arbeiten, und natürlich wollte Maddie nicht warten. Wann bist du hier fertig?«

»Erst gegen neun. Wieso?«

»Wir könnten ein Glas Wein trinken gehen, und du könntest mir dabei verraten, was ich in das Empfehlungsschreiben eintragen soll.«

In diesem Moment kam Maddie zurück und nahm wieder Platz.

»Ähm …«, stammelte Emma. »Du weißt echt nicht, was du da vorschlägst …«

»Nein? Warum nicht? Wir sind immer noch Freunde, oder nicht?«

»Das meinte ich nicht. Es hat zum Teil damit zu tun, dass …« Sie holte tief Luft. Nein, das würde sie nicht vor dieser netten, unschuldigen Fünfzehnjährigen sagen. *Das ist das Kind meines Freundes – und wahrscheinlich der Grund dafür, dass ich die Fassung verloren habe.* Sie beugte sich zu Adam vor. »Nimm mal ’ne Nase. So rieche ich nach der Arbeit.«

Er lachte herzlich. »Wir sehen uns später«, sagte er.

Als sie wieder hinter den Tresen trat, fühlte sie sich irgendwie verwirrt. Am liebsten wäre sie weggerannt und hätte sich versteckt. Wenn sie jetzt Zeit mit Adam verbrachte, würde sie das nur noch mehr an die Vergangenheit erinnern und an all das, was sie verloren hatte. Andererseits war sie auch erleichtert. Vielleicht konnten sie und Adam ja Freunde sein? Nach Maddies Geburt hatten sie ein paarmal telefoniert, doch diese Gespräche waren sehr oberflächlich geblieben. Sie hatten wohl beide verhindern wollen, dass ihr Streit mit Riley ihre Beziehung zueinander beeinträchtigte. Emma hatte Adam immer bewundert. Damals hatte sie sich gefragt, ob er sich nicht nur aus Schuldgefühlen bei ihr gemeldet hatte. Weil er es nicht guthieß, was seine Schwester getan hatte.

Während des Studiums und in ihrer ersten Zeit in New York als Single war es bei ihr mit Freundschaften eigentlich ganz gut gelaufen. Aber sie hatte peinlich genau darauf geachtet, niemanden zu nah an sich heranzulassen. Sie hatte Angst davor gehabt, wieder jemandem zu vertrauen.

Das war vielleicht die schlimmste Verletzung von allen.

Emmas erste Erinnerung an Adam war die, dass er am Zaun vor dem Schulspielplatz stand, um Riley sicher nach Hause zu bringen. Noch bevor ihr aufgegangen war, dass sie Riley mochte, hatte sie sich gewünscht, einen Bruder wie Adam zu haben. Als sie an diesem Abend den Burgerladen verließ, stand er auf dem Parkplatz und lehnte mit verschränkten Armen an der Motorhaube seines SUV. Er wartete auf sie. Und er sah aus wie eine ältere Version des zwölfjährigen Jungen von damals. Allerdings viel glücklicher. Vielleicht hatte er einfach seine Komplexe abgelegt.

Ja, so war er damals: ein ernsthafter, sturer, unter Umständen auch verängstigter Junge in abgelatschten Schuhen und abgewetzter Jacke, der sich nach dem Tod des Vaters um die Familie gekümmert hatte. Und heute hatte Emma sich den ganzen Tag wegen dieses merkwürdigen Dates den Kopf zerbrochen – bis sie ihn nun da stehen sah. Da wurde ihr klar, dass sie bloß an sich dachte und an ihre eigenen Probleme. Aber Adam war noch ein Kind gewesen, als er einen Elternteil verloren hatte, und trotzdem alt genug, um den Verlust zu begreifen und sich zu erinnern. Und er war so mutig gewesen, hatte seine Mutter und seine Schwester stets beschützt. Immer war er da gewesen, vor der St.-Pascal's-Schule, und selbst als er später eine andere Schule besucht hatte, war er sehr oft da gewesen, um auf Riley aufzupassen. Und auf Emma.

»Ich kann nicht fassen, dass du wirklich hier bist«, begrüßte sie ihn. »Du hast dich mit jemandem verabredet, der nach Burger und Pommes riecht.«

»Das werde ich überleben. Hast du denn Lust auf ein Glas Wein oder was anderes?«

»Sehr gern ein Glas Wein.«

»Gut. Wo wohnst du?«

»In einem kleinen Häuschen in Sebastopol, nicht weit weg von Lyles Geschäft.«

»Perfekt. Da kenne ich einen netten Laden. Ist auf dem Weg zu dir. Fährst du mir hinterher?«

»Ich parke da drüben. Der Prius.«

»Dann los«, sagte er.

Sie folgte ihm durch die Nebenstraßen der kleinen Stadt, doch als er in eine Gasse bog, verlor sie die Orientierung. War besorgt. Er parkte in der Nähe von einigen Bäumen, in denen eine Lichterkette hing. Hier schien ein Restaurant zu sein. *The Cellar* stand auf einem Schild. Er stieg aus, sie ebenfalls, und er öffnete das Tor zur Terrasse des Lokals. Dort standen ein halbes Dutzend Tische. An einem saßen ein paar Frauen, vor ihnen auf dem Tisch standen Wein und Obst. Die anderen Plätze waren leer.

»Sie machen bald zu, aber ich bin mit den Besitzern befreundet«, erklärte Adam. »Ich besorg uns einen Wein und was zu knabbern – und sie sagen uns noch Gute Nacht, bevor sie gehen.«

»Bitte?«

Er lachte. »Brauchst du die Weinkarte?«

»Nein«, erwiderte sie. »Ich trinke normalerweise Sauvignon Blanc.«

Eine Frau mit Kellnerschürze trat aus der Hintertür. »Gerade noch rechtzeitig, wie immer«, meinte sie. »Alles gut bei dir, Adam?«

Adam küsste sie auf die Wange. »Ausgezeichnet. Kate, das ist meine Freundin Emma.«

»Schön, dich kennenzulernen. Was darf ich euch bringen?«

»Eine Flasche Napa Cellars Sauvignon Blanc, eine Portion Brie mit Crackern und Obst und zwei Wasser, bitte. Vielen Dank.«

»Kommt sofort.«

Er rückte Emma einen Stuhl zurecht.

»Was ist das für ein Restaurant?«, fragte sie.

»Nur eine kleine Weinbar. Mit den Besitzern bin ich schon lange befreundet. Wenn nur noch Leute da sind, die sie kennen, gehen sie nach Hause. Wir können die Flasche mitnehmen, wenn sie noch nicht leer ist. Die Gläser können wir auf dem Tisch stehen lassen, und die Teller und Essensreste schieben wir einfach durch diese Klappe, damit die Vögel hier kein Massaker veranstalten. Sie schließen in …« Er schaute auf die Uhr. »Wahrscheinlich machen sie schon sauber und sind in einer Viertelstunde weg.«

In diesem Moment kam Kate mit ihrer Bestellung. Ihr folgte ein junger Mann, der einen Kübel Eis auf den Tisch stellte. Kate öffnete den Wein, und Adam bedeutete Emma, dass sie probieren sollte. Dann legte Kate die Rechnung auf den Tisch. Adam unterschrieb und bedankte sich. Bevor Kate wieder reinging, verabschiedeten sich die Frauen vom Nebentisch und verließen das Lokal.

»Warum habe ich bloß keinen Job in einem Laden wie diesem gefunden und muss stattdessen in dem Burgerladen schuften?«, fragte Emma.

»Das hier ist ein reiner Familienbetrieb. Vermutlich muss man einheiraten. Aber es ist schön hier, oder?«

»Ich glaube, ich muss meine Suche noch mal ausweiten. Nachdem ich inzwischen Erfahrung in der Gastronomie habe, wenn man das so sagen kann.«

»Du musst mir das alles erzählen. Von deiner Rückkehr, deiner Jobsuche – einfach alles, was du mal loswerden willst. Aber eine Sache müssen wir als Erstes aus dem Weg schaffen. Maddie. Sie weiß nicht, dass du mal Jocks Freundin warst und dass du und Riley früher beste Freundinnen gewesen seid. Sie ahnt nichts von dieser ganzen unerfreulichen Geschichte. Sie ist absolut unschuldig.«

Emma dachte kurz nach. »Jock und Riley haben ihr nie was erzählt?«

»Emmie, ich glaube, selbst ich kenne nicht alle Einzelheiten, wenn ich es mal so formulieren darf. Allerdings fiel es mir nicht schwer, es mir zusammenzureimen. Riley und Jock haben nie geheiratet. Sie waren nicht einmal mehr zusammen, als Maddie auf die Welt kam.«

Mit offenem Mund starrte Emma ihn an. Sie hatte sich die ganze Zeit ausgemalt, wie verliebt Riley und Jock gewesen waren. Natürlich hatte sie gewusst, dass sie nicht lange zusammengeblieben waren, dass er eine andere geheiratet hatte und mittlerweile wieder geschieden war. Aber sie war davon ausgegangen, dass die beiden zumindest eine Weile zusammen gewesen wären. »Nicht dein Ernst!«

Er schüttelte den Kopf.

»Jetzt ergibt alles einen Sinn.«

»Ich verstehe nicht ganz«, bemerkte er.

»Meine Halbschwester und meine Stiefschwester, Drizella und Anastasia, wie ich sie nach den Cinderella-Figuren nenne, konnten es kaum erwarten, mir zu erzählen, dass meine beste Freundin schwanger war und meinen Ex-Freund heiraten wollte. Aber danach habe ich von dieser Nummer nichts mehr gehört. Das glückliche Paar war also gar nicht mehr zusammen. Später ist es mir dann zu Ohren gekommen, aber es hat mir nicht leidgetan. Ich dachte, ich würde dadurch …« Sie brach ab. »Du hast mir damals aber auch nichts davon gesagt, dass sie nicht mehr zusammen waren.«

»Ich habe bewusst vermieden, über die beiden zu sprechen«, gestand er. »Eine Weile ging es hin und her zwischen den beiden. Oder … eigentlich stimmt das nicht. Sie waren nie richtig zusammen. Dann haben sie beschlossen, aus Rücksicht auf Maddie ein freundschaftliches Verhältnis zueinander zu pflegen. Sie haben jedoch nie zusammengelebt oder so was. Ich habe sehr lange überhaupt nicht kapiert, wie Maddie ihr Kind sein kann, denn die beiden waren wie Feuer und Wasser. Ich möchte nur nicht, dass Maddie über einen von den beiden schlecht denkt. Um ganz ehrlich zu sein, fände ich es zwar ganz schön, wenn sie Jock nicht so gut fände. Er kotzt mich total an. Erst schwängert er meine Schwester und fühlt sich dann irgendwie nicht verantwortlich. Okay, er war damals noch ziemlich jung. Trotzdem … Er ist ihr Vater. Deswegen möchte ich, dass wir alle gut miteinander auskommen. Und ich will auf jeden Fall vermeiden, dass Maddie mit irgendwelchen gemeinen Gerüchten konfrontiert wird.«

»Ich werde ihr garantiert nichts verraten, Adam. Ich würde am liebsten vergessen, was war«, erklärte Emma. »Damals war es allerdings schrecklich.«

»Man kann mit Fug und Recht sagen, dass sehr viele Leute verletzt wurden.«

»Du hast Glück. Wenn sich jemand überhaupt an mich erinnert, dann sicher nicht wegen der Tatsache, dass mein Freund vor sechzehn Jahren mit meiner besten Freundin rumgemacht hat. Aber ich denke, Riley und Jock sollten es ihr lieber erzählen, bevor jemand anderes es tut.«

»Natürlich. Und zwar dann, wenn sie dazu in der Lage ist, das Ganze auch nur ein bisschen nachzuvollziehen. Weißt du, ich bin Experte in Sachen Teenager. Mädchen in Maddies Alter haben oft eine permanente Aura von Dramatik und Fatalismus um sich, die sie schnell in die falsche Richtung treiben kann. Das habe ich schon erlebt. Auch wir hatten unsere Herausforderungen als Familie; es war nicht immer leicht. Eins haben wir jedoch geschafft: Wir haben geschafft, dass Maddie sich nie wie ein Fehler vorgekommen ist. Sie fühlt sich geliebt und gewollt. Glaube ich zumindest.«

»Das Thema kam nie zur Sprache?«, hakte Emma nach. »Niemand hat sich je darüber gewundert, dass Riley von Jock schwanger war, obwohl er eigentlich mein Freund war?«

»Vielleicht ein- oder zweimal. Riley hat behauptet, du und Jock hättet Schluss gemacht, als du aufs College gegangen bist – was zum Teil ja auch stimmte. Aber das ist alles so lange her. Ich möchte ja bloß, dass Maddie sich geborgen fühlt.«

Was für ein Glück, dachte Emma. Seit ihrer Kindheit hatten für sie zwei Dinge über die Familie Kerrigan stets festgestanden: dass das Leben für sie nie leicht war, aber dass es innerhalb der Familie so viel Loyalität und Liebe füreinander gab, dass sie daran nicht zerbrach. Emma war immer neidisch darauf gewesen. So etwas hatte sie nie gehabt.

Ihre Probleme hatten begonnen, lange bevor ihre beste Freundin sich ihren Freund geschnappt hatte.

Emma war noch zu klein gewesen, um ihre Stellung in der Familie zu verstehen, als ihr Vater Rosemary Caliban geheiratet hatte. Aber es hatte nicht lange gedauert, bis ihr instinktiv klar gewesen war, dass nur ihr Vater sie geliebt hatte. Und ihr Vater war ein einsamer, unglücklicher, gebrochener Mann gewesen.

Nachdem seine Frau gestorben war, hatte John Shay eine Frau geheiratet, die auf den ersten Blick ein Glücksgriff zu sein schien. Eine Frau, die bereit war, Emma mit ihm großzuziehen. Doch Rosemary war eine strenge Frau mit einer gemeinen Ader und einem Hang zu heftigen Eifersuchtsausbrüchen. Sie brachte eine eigene Tochter mit in die Ehe, bekam mit John eine weitere Tochter und zog beide Mädchen Emma vor. Erst später im Rückblick wurde Emma bewusst, dass es ihr nicht zuträglich gewesen war, von Leuten immer wieder zu hören zu bekommen, wie hübsch sie war. Und ihr Vater hatte gern betont, wie sehr sie ihrer verstorbenen Mutter ähnelte, mit ihrem kastanienbraunen Haar und den großen dunklen Augen. Rosemary musste es gehasst haben, das zu hören. Wer konnte es ihr verdenken?

Emma erinnerte sich daran, wie subtil Rosemary ihre Vorlieben gezeigt hatte. Zum Beispiel hatte sie Annas und Laurens frisch gewaschene Kleidung stets sorgfältig zusammengelegt, während Emmas Kleidung in einem Haufen auf ihrem Bett gelandet war. Mit den beiden anderen Mädchen ging Rosemary shoppen und zum Lunch. Emma dagegen verbrachte ihre Zeit bei Riley, denn mit ihr unternahm Rosemary niemals etwas. Selbst ihre Weihnachtsgeschenke besaßen einen geringeren Wert als die ihrer Schwestern, und wenn sie etwas zum Anziehen geschenkt bekam, passten die Sachen so gut wie nie. Rosemary half ihren Töchtern auch dabei, die Küche aufzuräumen, wenn sie damit an der Reihe waren, aber Emma musste immer alles alleine machen. Und als ihr Vater auf einmal anfing, ihr zu helfen, wusste sie, dass er die Ungleichbehandlung bemerkt hatte. Aber sie fühlte sich deswegen nicht besser, sondern schlechter. Und als ihr Vater starb, bekam sie von der Familie Kerrigan mehr Trost als von ihrer eigenen. Es war ziemlich offensichtlich, dass Rosemary ihren Mann nicht sehr vermisste.

Dementsprechend dauerte es nicht lange, bis ein neuer Mann einzog. Ihr neuer Stiefvater Vince Kingston. Vince war kein freundlicher, sanftmütiger Mann wie ihr Vater. Er war ein absoluter Volltrottel, der primitive und anzügliche Kommentare von sich gab, was seine Stieftöchter anging – aber das ignorierte Rosemary. Emma machte einen großen Bogen um ihn, so wie Anna und Lauren auch. Sie wusste nun nicht mehr, wo sie hingehörte. Oder ob sie überhaupt noch irgendwo dazugehörte.

Das war immer ihr größtes Problem gewesen: dass sie keine richtige Familie hatte. Vor allem während der Highschool war dieses Thema sehr wichtig für sie gewesen, und als dann auch noch ihr Vater starb … schwand sämtliche Hoffnung. Sie war total gehemmt, dachte, jeder in der Schule wüsste, dass sie nun sozusagen eine Waise war. Und wer war für sie in dieser Zeit der Trauer und Verwirrung da gewesen? Riley und Adam und deren Mutter und Großeltern. Das war die Familie, nach der sich Emma immer gesehnt hatte.

Und Adam war derjenige, der auf sie alle aufpasste.

Beim zweiten Glas Wein stärkte Emma sich mit etwas Käse und Crackern und fragte Adam nach seinen Großeltern. Sie wusste, dass sie nicht mehr lebten, hatte davon aber erst erfahren, als sie schon eine Weile tot gewesen waren.

»Grandpa starb, als ich zweiundzwanzig war. Er war nicht lange krank, der Krebs hat ihn schnell dahingerafft. Gram überstand das alles und schlief ein Jahr später friedlich ein. Da hatte ich gerade meinen Abschluss in der Tasche. Meine Großeltern hinterließen Mom das Haus, natürlich. Erst fünf Jahre später bin ich dann in eine eigene Wohnung gezogen. Riley und Maddie haben ein bisschen länger gebraucht. Und ganz ehrlich: Ich frage mich, wieso sie überhaupt ausgezogen sind. Sie hängen sowieso die ganze Zeit bei Mom rum!« Er lachte. »Aber ich ja ehrlich gesagt auch. Ich sehe oft nach ihr. Ich erledige die schweren Sachen, die so anfallen, und bemühe mich, sie regelmäßig zum Essen auszuführen. Ich möchte nicht, dass sie immer für uns alle kocht, auch wenn sie das sehr gerne tut. Zusammen mit ein paar anderen Frauen aus der Kirchengemeinde versorgt sie sogar alte und kranke Menschen mit Essen.«

Emma blickte zu Boden. »Ich hab eure Familie vermisst. Vor allem deine Mutter. Sie war immer viel mehr Mutter für mich als Rosemary.«

»Und sie vermisst dich. Es wäre schön, wenn du mal bei ihr vorbeischaust. Aber fühl dich bitte nicht verpflichtet. Ich denke, es wäre an der Zeit, den alten Streit zu vergessen.«

Emma lachte gequält. »Du verstehst das nicht. Ich bin nicht mehr wütend. Es ist nur so … Wir können einfach keine Freunde mehr sein, Adam.«

»Wer? Du und ich?«

»Oh, ich wäre sehr gerne deine Freundin«, meinte sie lachend. »Vor allem, seit ich weiß, was du für nette Kneipen kennst, in denen man draußen sitzen und Wein trinken kann. Ich möchte jedoch nicht, dass du dir Gedanken darüber machst, wie du das zwischen mir und Riley wieder kitten kannst. Die Sache ist durch.«

Er sah sie ein bisschen amüsiert an. »Wirklich, Emmie Cat? Nach allem, was du in den letzten Jahren durchgemacht hast, machst du dir Sorgen um eine Freundschaft mit Riley?«

»Wir würden einander eh nicht mehr vertrauen …«

Er lachte. »Das ist über fünfzehn Jahre her! Du musst ihr nicht vertrauen. Wen kümmert das? Du musst sie nicht mal mögen. Wenn du es dir genau überlegst, war sie allerdings nie deine Feindin.«

»Aber auch nicht gerade meine Freundin.«

»Wäre sie eine bessere Freundin gewesen, hättest du am Ende Jock geheiratet. Das wäre vielleicht toll geworden …«

»Verglichen mit dem Mann, den ich geheiratet habe? Ganz sicher! Dann hätte ich wenigstens Richard nie kennengelernt!

Doch ich bin entschlossen, ab jetzt ein besseres Leben zu führen als das, was ich hinter mir habe. Ich …« Sie brach ab.
»Schon gut, schon gut! Denk nicht, ich wäre nicht selbst bereits auf diese Idee gekommen. Aber bitte setz dir nicht in den Kopf, uns wiedervereinigen zu müssen.«

Abwehrend hob er die Hände. »Gott bewahre!« Er trank einen Schluck Wein. »Willst du die Wahrheit wissen? Ich würde mich freuen, wenn ihr euch versöhnt. Zusammen wart ihr immer stärker als jede für sich. Ich weigere mich zu glauben, dass du heute noch nicht über den Verlust von Jock hinweg bist. Immer noch wütend auf meine Schwester zu sein scheint mir nicht ganz oben auf deiner Prioritätenliste zu stehen.«

Nach allem, was sie mit Richard erlebt hatte, wünschte sich Emma natürlich fast, dass sie damals Jock geheiratet hätte – damit *er* ihr Leben ruiniert hätte. In dem Fall hätte sie jedoch auch Kalifornien nicht verlassen und Richard nicht kennengelernt. Sie schüttelte den Kopf. »Das stimmt. Ich habe inzwischen wirklich andere Prioritäten. Und ich betrachte unsere Situation auch nicht als immerwährende Fehde oder so was. Ich denke sogar, wir wären sehr höflich zueinander, wenn wir uns zufällig über den Weg laufen. Vielleicht sogar freundlich. Aber die unbeschwerten Kindheitstage sind dahin. Ich muss erst mal wieder auf die Füße kommen. Ich habe zwar nicht erwartet, sofort einen Top-Job zu ergattern, doch etwas Besseres als das, was ich gerade mache, hatte ich mir schon ausgerechnet. Ich habe immerhin einen Hochschulabschluss. Und mit meiner Erfahrung wäre ich eine verdammt gute Event-Planerin, auch wenn ich neun Jahre aus dem Berufsleben raus bin.«

Sie seufzte. »Aber obwohl ich nichts falsch gemacht habe, hängt über mir eine dunkle Wolke. Ich selbst wurde nicht einmal angeklagt; trotzdem trauen die Leute mir nicht. Sie haben Angst, dass ich Richards Komplizin gewesen sein könnte. Er hatte ja auch Angestellte, die sein Spiel mitgespielt haben und die am Ende gegen ihn aussagten, weil sie einen Deal mit der Staatsanwaltschaft ausgehandelt hatten. Ich dagegen habe nie gegen Richard ausgesagt, und deswegen bin ich verdächtig. Dabei wollte ich ihn nicht etwa beschützen. Ich habe bloß deshalb keine Aussage gemacht, weil ich überhaupt nichts zu dem Thema beitragen konnte. Merke dir das gut, Adam: Lass dich niemals auf Verbrecher ein. Ihnen mag es helfen, wenn du während der Verhandlung im Gerichtssaal sitzt, aber dir selbst schadest du damit nur.«

»Wieso bist du zurückgekommen, Emmie?«, fragte er. »Ich dachte wirklich, du würdest dich aus dem Staub machen und wir würden dich nie wiedersehen.«

»Ich wusste nicht, wohin ich hätte gehen sollen«, erwiderte sie. »Natürlich habe ich überlegt, irgendwo hinzugehen, wo niemand mich kennt. Aber weißt du was? Früher oder später hätte irgendjemand mich doch erkannt, und dann wäre alles nur noch schlimmer geworden. Dann hätte man mir am Ende tatsächlich mutwillige Täuschung vorwerfen können, zusätzlich zu dem Betrugsverdacht. Mein Name ist nicht mehr vertrauenswürdig. Und in New York bleiben konnte ich auch nicht. Dort wurde ich behandelt wie eine Aussätzige. Nicht mal so einen Job in einer Fast-Food-Kette hätte ich in New York bekommen! Außerdem sind da Leute, die sich dafür an mir rächen wollten, was Richard ihnen angetan hat. Monatelang musste ich mich verstecken. Hier bin ich zwar auch einigen Widerständen begegnet, doch wenigstens habe ich Arbeit. Nichts Tolles, aber immerhin. Vielleicht wird es leichter, wenn die Menschen sehen, dass ich fleißig bin. Ich mache mir bloß ein bisschen Sorgen darüber, dass es zu lange dauern könnte, bis sie das bemerken.« Sie trank einen Schluck Wein. »Ich muss zugeben, ich hätte nicht gedacht, dass es so schwer werden würde. Hast du mal versucht, mit dem Mindestlohn über die Runden zu kommen?«

Er bedachte sie mit einem matten Lächeln. Sicherlich hatte er das. Als sie in die Stadt gezogen waren, hatte June zwei Jobs gehabt: Sie hatte geputzt und als Kellnerin gearbeitet. Die ganze Zeit hatte sie nur gearbeitet. Emma erinnerte sich wieder daran, wie June sich am Ende eines langen Tages ein Fußbad eingelassen hatte, um ihre müden, schmerzenden Füße einzuweichen. Und auch sie hatte ihren Mann verloren.

»Wie bist du eigentlich an Richard Compton geraten?«, wollte Adam wissen.

»Der Klassiker. Ich habe ihn über Freunde kennengelernt. In einem Restaurant. Ich war mit Freundinnen unterwegs, er hatte ein Abendessen mit Kunden. Wir haben uns nett unterhalten. Ich merkte, dass er an mir interessiert war, und fühlte mich geschmeichelt. Er bat mich um meine Telefonnummer, doch die verriet ich ihm nicht. Also gab er mir seine Visitenkarte. Er wirkte jedoch irgendwie einschüchternd auf mich, weshalb ich ihn nicht anrief. Ein paar Wochen später tauchte er dann in dem Geschäft auf, in dem ich damals arbeitete. Eine Freundin von mir hatte ihm erzählt, wie es hieß. Er musste sich wirklich anstrengen, bis ich das erste Mal mit ihm ausging. Aber weißt du was? Ich war total hingerissen von ihm. Richard sah so gut aus, hatte Klasse, war charmant. Man zieht Leuten nicht mehrere hundert Millionen aus der Tasche, wenn man sich wie ein Arschloch benimmt. Er konnte jeden mit seinem Charme betören.«

Sie fuhr fort: »Als ich ihn heiratete, war mir nicht klar, wie reich mein Mann war. Okay, er war erfolgreich und führte ein ziemlich luxuriöses Leben, doch ich kannte keine Details zu seinen finanziellen Verhältnissen. Ganz sicher hatte ich keine Ahnung, dass er sich illegal bereicherte. Glaubst du denn, ich wäre bei ihm geblieben, wenn ich das auch nur vermutet hätte? Ich habe keine einzige der Steuererklärungen gesehen. Ich hatte auch keinen Schlüssel zu irgendwelchen Schließfächern. Ich wusste nicht mal, dass es in seinem Arbeitszimmer einen Safe gab! Wir hatten schließlich noch einen anderen, einen größeren, der nicht versteckt war. Und sogar die Polizei hat nicht damit gerechnet. Er war nämlich hinter einem Bücherregal verborgen. Man kann also kaum sagen, dass Richard leicht zu durchschauen war.«

Adam runzelte die Stirn. »Musstest du die Steuererklärung denn nicht unterschreiben?«

Sie schüttelte den Kopf. »Wir reichten beide unsere eigenen Steuererklärungen ein. Richard hat sich darum gekümmert. Es gab auch einen überaus großzügigen Ehevertrag, der im Fall einer Scheidung so viel Geld für mich vorsah, dass ich gar nicht gewusst hätte, was ich damit anfangen sollte. Natürlich war er so reich, dass er sich quasi alles leisten konnte. Und er hat es nie hinterfragt, wenn ich etwas haben wollte.«

Eine In-vitro-Befruchtung, Emma? Im Ernst? Na gut, dann mach.

Aber Richard, dafür musst du ein paar Untersuchungen vornehmen lassen …

Kein Problem. Ich mache uns einen Termin beim besten Arzt in der Stadt.

»Das hier ist eine ganz neue Welt für mich«, fügte sie hinzu. »Niemand wird Mitleid mit mir haben, weil ich auf einmal von zweihundert Dollar die Woche leben muss, nachdem ich neun Jahre in einem Luxusapartment in Manhattan gelebt habe und ein Ferienhaus auf einer Insel besaß. Aber gut. Sobald ich einen zweiten Job finde oder schlicht einen besseren, dürfte es einfacher werden.«

Adam lächelte sie an. »Ich werde die Augen offen halten«, versprach er. »Und wenn du was findest und ein Empfehlungsschreiben brauchst …«

»… wirst du sagen, dass du ziemlich sicher bist, dass ich kein schlechter Mensch bin?«, vollendete sie den Satz mit einer Frage.

»Ich werde sagen, dass ich dich fast mein ganzes Leben lang kenne und weiß, dass du stark, klug, ehrlich und zuverlässig bist.« Er nahm sein Portemonnaie aus der Tasche und nahm eine Geschäftskarte heraus. Nachdem er etwas auf die Rückseite geschrieben hatte, reichte er sie ihr. »Meine Handynummer. Ich bin nicht so oft in deinem Burgerladen in Santa Rosa. Aber du kannst mich jederzeit anrufen.«

Emma drehte die Visitenkarte um und las: *Kerrigan Cleaning Services. Gebäude- und Haushaltsreinigung. Riley Kerrigan, Geschäftsführung.* Fragend schaute sie ihn an.

»Die Arbeit ist kein Zuckerschlecken, doch Riley zahlt mehr als den Mindestlohn, und man kann innerhalb der Firma aufsteigen. Sie ist eine gute Chefin.« Er zuckte die Achseln. »Falls deine finanzielle Situation irgendwann mal schwerer wiegen sollte als die ungute Vergangenheit.«

»Das wird nie passieren, Adam«, konterte sie und gab ihm die Karte zurück.

Er schloss seine Hand um ihre und weigerte sich, die Visitenkarte anzunehmen. »Das ist das Erste, was du lernen musst, um wieder auf die Beine zu kommen: Schlag nie ein Angebot aus. Vor allem nicht aus falschem Stolz.«

»Du verstehst mich vollkommen falsch«, erwiderte sie. »Von meinem Stolz ist nichts mehr übrig. Aber vor gewissen Entscheidungen muss ich mich schützen.«

»Das sollst du auch. Doch eins musst du wissen: Meine Schwester hat viel für Frauen wie dich getan. Frauen, die noch einmal von vorn anfangen müssen, die sich ein funktionierendes Leben und ihr Selbstwertgefühl neu aufbauen müssen. Meist nach einer Scheidung oder einem Todesfall.«

»Du bist sehr stolz auf sie«, stellte sie fest.

»O ja, das bin ich. Riley versetzt mich immer wieder in Erstaunen. Behalt ihre Karte. Meine Nummer steht auf der Rückseite.«

Sie steckte die Karte in ihre Handtasche. Bevor ich Riley Kerrigan um Hilfe bitte, friert die Hölle zu, schoss es Emma dabei durch den Kopf.

Am nächsten Tag warf der kleine Tyrann aus dem Burgerladen sie raus.

4. Kapitel

Riley Kerrigan hatte ihre Firma fest im Griff und arbeitete effizient. Ihr Büro befand sich in Santa Rosa, günstig gelegen zwischen Marin County, San Francisco, Davis und dem Napa Valley. Es war von Anfang an ihr Ziel gewesen, einen Service für Unternehmen und Privathaushalte anzubieten, die sich das Beste leisten konnten. Die Tatsache, dass solche Kunden natürlich auch besonders anspruchsvoll waren, spielte für sie keine Rolle. Sie war einfach überzeugt davon, dass sie mit ihren Dienstleistungen die beste Qualität anbot.

Es gab nur zwei Festangestellte im Büro: Riley selbst und ihre Sekretärin Jeanette Sutton. Die Räumlichkeiten bestanden aus fünf Zimmern: ihrem eigenen großen Büro, dem Empfangsbereich für Jeanette, einem Büro für die Finanzchefin und Buchhalterin Brazil Johnson, einem Konferenzzimmer für Meetings und einem kleinen Aufenthaltsraum sowie den Toiletten. Brazil war nur selten im Büro, arbeitete so oft wie möglich von zu Hause. Betriebsleiter Nick Cabrini war überwiegend im Außendienst tätig, aber er konnte sich im Notfall in Brazils Büro oder im Konferenzraum einrichten. Makenna Rice hatte die Leitung und die Ausbildung der Reinigungskräfte inne. Auch sie benutzte ab und zu den Konferenzraum.

Riley unterhielt nur deswegen Räumlichkeiten, weil die Kunden darauf ansprachen – vor allem die gewerblichen Kunden, doch auch einige Privatleute, die Wert auf ein »richtiges« Büro legten. Es verlieh ihrem Unternehmen Glaubwürdigkeit. Aus diesem Grund fuhr Nick Cabrini auch einen Firmenwagen. Er kleidete sich smart, hatte in seiner teuren Aktentasche stets einen Laptop dabei und machte einen rundherum professionellen Eindruck. Er war zuständig für Kostenvoranschläge und die Überprüfung der Arbeitscrews.

Insgesamt hatte Riley zweihundert Mitarbeiter, die meisten auf Teilzeitbasis. Es gab auch etliche Vollzeitkräfte, die sich grundsätzlich um dieselben Objekte kümmerten. Manche Teams arbeiteten ausschließlich nachts und reinigten Büros, einige Tagesteams waren für die Reinigung privater Haushalte zuständig. Dazu gab es noch Spezialkräfte, die nach Notfällen wie Wasserschäden oder Zimmerbränden zum Einsatz kamen und die mit entsprechender Schutzausrüstung ausgestattet waren. Riley stellte sich voll und ganz ihrer großen Verantwortung. Ihr Jahreseinkommen lag bei mehreren hunderttausend Dollar, und ihre Firma hatte inzwischen einen sehr hohen Vermögenswert. Das Haus ihrer Mutter war abbezahlt, ihre eigene Altersvorsorge wuchs stetig an, und Maddies Collegefonds war so gut wie finanziert. In einem Wort: Riley ging es blendend.

Aber das hatte auch lange genug gedauert. Viele Jahre lang hatte sie achtzig Stunden pro Woche in ihren Job investiert.

Mit achtzehn, nach dem Abschluss an der Highschool, hatte Riley ein paar Kurse am Community-College belegt und ihrer Mutter bei ihren Putzjobs geholfen. Damals hatten sie schwarz, gegen Bargeld, gearbeitet und waren allzu oft wie der letzte Dreck behandelt worden. Ihre Kunden brachen kurzfristig in den Urlaub auf und benötigten wochenlang ihre Dienste nicht – und natürlich wurden sie in dieser Zeit auch nicht bezahlt. Dann gab es Kunden, die sich über ihre Preise beschwerten. Sie fügten weitere Pflichten für sie hinzu, ohne die nötigen Vorbereitungen zu treffen, ohne sie zu fragen oder ihnen mehr Geld anzubieten. »Oh, June, ich muss ein paar Besorgungen machen. Könnten Sie in der Zeit ein Auge auf den Kleinen haben?« Oder: »June, ich komme mit der Wäsche nicht mehr hinterher. Würden Sie mir unter die Arme greifen?« Oder auch:

»June, Liebes, heute wäre doch ein guter Tag zum Fensterputzen.« Soweit Riley wusste, hatte ihre Mutter die Preise zehn Jahre lang nicht erhöht.

»Wir müssen das professioneller angehen«, sagte Riley schließlich zu ihrer Mutter. »Selbst ein paar deiner ältesten Kunden nutzen deine Gutmütigkeit schamlos aus.«

»Für mich sind diese Leute eben wie Freunde. Ich helfe gerne, wenn ich kann«, erwiderte ihre Mutter dann.

»Nur sehen sie dich nicht als ihre Freundin an. Ihre Freunde behandeln sie mit mehr Respekt als dich. Lass dich nicht täuschen. Und niemandem von ihnen ist an deiner Altersversorgung gelegen. Wir werden einen anderen Weg finden, diese Arbeit zu machen und besser zu verdienen. Und uns vielleicht sogar finanziell abzusichern.«

Mit achtzehn erstellte Riley einen Businessplan, rekrutierte ein paar Mädels vom College, die – wie sie – auch nicht Vollzeit studierten, besorgte sich für zweihundert Dollar einen Gewerbeschein und fing mit der Akquise an. Sie nannte ihr Unternehmen »Kerrigan's Kleaning« und ließ Visitenkarten drucken. Zunächst entstanden ihr keine weiteren Kosten, abgesehen von ihrer Freizeit, in der sie sich mit der Buchhaltung befasste. Riley bezahlte Steuern, Sozialabgaben und Löhne und schrieb 1099-Statements an ihre Angestellten. Innerhalb weniger Monate brummte »Kerrigan's Kleaning« – und der Kundenkreis wuchs.

Dann war Riley schwanger geworden.

Sie erinnerte sich jetzt daran als eine schreckliche, dunkle Zeit. Emma hatte den Kontakt zu ihr abgebrochen, was sie wenig überrascht hatte. Und Jock war plötzlich verschwunden gewesen. Dann kehrte er zurück, bot ihr Geld für eine Abtreibung an und schlug ihr danach vor zu heiraten. Das blaue Auge, das nun sein Gesicht zierte, erinnerte in der Form verräterisch an Adams Faust. Riley lehnte beide Vorschläge ab. Allerdings drohte sie damit, ihn auf Unterhalt zu verklagen, denn sie war eben sehr geschäftstüchtig. Natürlich blieb sie zusammen mit ihrer Mutter und ihrem Bruder bei ihren Großeltern wohnen, und dort wurde sie liebevoll von allen umsorgt.

Sie arbeitete weiter. Doch je mehr sie an Umfang zunahm, desto häufiger dachte sie daran, dass sie unbedingt mit ihrem Geschäft erfolgreich sein musste. Denn es gab keinen Mann, der sie unterstützen würde. Jock zahlte nur sehr unregelmäßig, und als sie in den Wehen lag, hatte er es nicht einmal nötig, ins Krankenhaus zu kommen. Adam und ihre Mutter waren bei ihr, ihre Großeltern warteten auf dem Flur.

Erst viel später besuchte Jock sie. Ihre Familie war zu dem Zeitpunkt schon gegangen. Sie hatte seitdem versucht, es zu vergessen, doch die Erinnerung daran, wie er weinend das Baby hielt, hatte sich in ihr Gedächtnis eingebrannt. Trotzdem würde sie nicht mehr auf ihn hereinfallen.

Die Schwangerschaft war emotional schwierig für sie gewesen, und sie hatte das Gefühl gehabt, mit einer einzigen falschen Entscheidung ihr Leben ruiniert zu haben. Als sie dann jedoch Maddies perfektes kleines Gesichtchen gesehen hatte, waren all diese Gedanken wie weggeblasen gewesen. Sie bereute es einerseits, andererseits hatte jetzt alles einen Sinn. Und sie arbeitete wie der Teufel, denn sie hatte jetzt eine Tochter. Und ihre Tochter sollte ein hingebungsvolles Zuhause haben, mit viel Liebe und allen Möglichkeiten.

Als Maddie ein paar Monate alt war, tauchte Jock regelmäßiger auf. Der Schmerz und die Wut wurden für Riley fast unerträglich. Wieso führte er sich auf einmal als Vater auf? Jede einzelne Begegnung mit ihm wurde zur Zerreißprobe. Sie stritten sich und keiften sich an, und natürlich mischte Adam sich ein und bedrohte Jock. Maddie war etwa neun Monate alt, als sie einen heftigen Streit hatten. Jock wollte Maddie mit zu seiner Mutter nehmen, um sie seiner Familie vorzuführen, und Riley sagte, das würde sie auf gar keinen Fall zulassen.

Da sprach ihre Mutter ein Machtwort. »Aufhören!« Sie nahm Riley das Baby ab, gab es ihrer Großmutter und setzte sich mit den jungen Eltern an einen Tisch. »Keiner von euch beiden sollte jetzt etwas sagen, wenn ihm sein Leben lieb ist. Dieses Baby ist ein glückliches Kind, das hoffentlich neunzig Jahre alt wird. Aber alles, was es von seinen Eltern und von seinem Onkel zu hören bekommt, sind Streitereien. Was meint ihr wohl, wie sich das auf sein Selbstwertgefühl auswirken wird?«

»Wir haben schließlich kein gemeinsames Sorgerecht, oder?«, zischte Riley.

»Hast du das Geld für einen Anwalt?«, fragte ihre Mutter sie. Und an Jock gewandt: »Oder du?«

»Er hat nicht mal Verantwortung für die Mutter gezeigt! Wie soll er da Verantwortung für ein Kind übernehmen?«, rief Adam.

»Möchtest du wirklich, dass die Kleine aufwächst und sich fragen muss, wer ihr Vater ist?«, hielt June ihrem Sohn vor. »Oder sich fragt, wieso ihre Mutter und ihr Onkel ihren Dad von ihr ferngehalten haben? Damit ist hier und jetzt Schluss. Wir schreien uns ab sofort in ihrer Gegenwart nicht mehr an. Jock verdient die Chance, sich als guter Vater zu beweisen. Und das kann er nur, wenn er Zeit mit seiner Tochter verbringt. Wenn ihr zwei weiterhin auf ihm rumhackt, wird die einzige Leidtragende Maddie sein.«

»Ich versuche bloß, das Richtige zu tun«, meinte Jock.

»Zu spät!«, sagten Adam und Riley wie aus einem Mund. Als sie Junes Blick bemerkten, entschuldigten sie sich.

»Selbstverständlich kannst du das Baby zu deiner Mutter mitnehmen«, erklärte June. »Doch erst musst du lernen, wie man sie richtig in den Kindersitz setzt. Und du solltest mir mal zeigen, ob du weißt, wie man eine Windel wechselt. Aber weil deine Mutter ja auch da ist, sind wir diesbezüglich wohl auf der sicheren Seite. Ich gebe dir ein Fläschchen mit, und ich möchte, dass du sie in drei Stunden zurückbringst. Und ab heute wirst du uns vorher über deine Pläne informieren, Jock. Riley ist eine gute Mutter, aus vielerlei Gründen jedoch überhaupt nicht flexibel. Solche Dinge müssen geplant werden. Wir werden von nun an alle an einem Strang ziehen – und zwar zum Wohl von Maddie.«

»Wenn er vorher mal geplant hätte, wäre Maddie gar nicht hier«, stieß Riley hervor.

»War das ein Danke?«, erwiderte Jock.

»Ich warne euch«, sagte June.

Nach diesem Ereignis lief es ein bisschen besser mit Jock, doch es dauerte ein paar Jahre, bis Riley ihre Verbitterung ihm gegenüber in eine angespannte Akzeptanz verwandeln konnte. So hatte sie sich ihr Leben nicht vorgestellt: ein Kind mit einem Mann zu haben, der bloß widerwillig Vater war und sie nicht wirklich liebte. Und die Tatsache, dass sie ihn einmal geliebt hatte – wenn auch nur kurz –, vergrößerte ihre Scham.

Ihre Mutter hatte noch etwas zu ihr gesagt. Unter vier Augen. Denn sie kannte ihre Tochter gut. »Dein Stolz wird dich noch mal umbringen«, hatte June gemeint. »Versuch, dich auf Maddie zu konzentrieren und nicht auf deinen verletzten Stolz. Darum bitte ich dich.«

Das war die Zeit, als Riley den emotionalen Schutzwall um sich aufgebaut hatte und zur toughen, professionellen Businessfrau geworden war. Ihr Reinigungsunternehmen florierte. Als sie den ersten gewerblichen Kunden an Land zog, feierte sie groß. Und sie bot etwas Neues an, ein »Umzugsspecial«: Komplettreinigung der neuen Wohnung vor dem Einzug. Das war eine harte Arbeit, die sie sich gut bezahlen ließ. Manchmal hatten sie, ihre Mutter und Adam Zwölf- bis Fünfzehn-Stunden-Tage, um die viele Arbeit zu schaffen. Bei solchen Gelegenheiten passte Jock auf die Kleine auf – in Junes Haus.

Dann begann Riley, sich auf die gewerbliche Gebäudereinigung zu konzentrieren. Instinktiv ahnte sie, dass dort mehr

Geld zu holen war. Schimmel, Wasserschäden, Feuerschäden, Geruchsentfernung. Nur von Tatortreinigungen und Verunreinigungen durch Chemikalien ließ sie die Finger. Sie stellte ein Team zusammen, an welches sie einen Großteil ihres Gewinns weitergab. Sie sorgte dafür, dass dieses Team ein weiteres Team für die Gebäudereinigung ausbildete – und dieses Team war dann ihr eigenes. Sie leitete ihre Geschäfte vom Küchentisch ihrer Mutter aus, während sie ihre kleine Tochter mit pürierten Erbsen fütterte und später, als sie ihr bei den Schulaufgaben half.

Es war ein Schlag für die Familie, als die Großeltern starben. Doch solange Riley ihr Personal und die Verträge im Blick hatte, funktionierte die Firma. June arbeitete in Teilzeit für sie, übernahm ein paar Jobs pro Woche. In der restlichen Zeit kümmerte sie sich um Maddie. Als Maddie zehn Jahre alt wurde, änderte Riley den Namen ihres Unternehmens in Kerrigan Cleaning Services, mietete ein Büro an und machte alles offiziell.

Es war ein langer Weg gewesen vom Schwangerschaftsschnelltest damals bis hierher. Aber sie wusste jetzt, dass es Menschen gab, die sie niemals im Stich lassen würden, die ihr alles verzeihen würden und die sie ebenso bedingungslos liebten, wie sie es tat: Maddie, ihre Mutter, Adam. Eine Beziehung hatte sie seit dem Intermezzo mit Jock nicht mehr gehabt.

Und eine beste Freundin hatte sie auch nicht mehr.

Heute war ein ziemlich normaler Tag. Er begann mit einem Meeting mit Brazil und Jeanette, das sich um geschäftliche Dinge drehte. Sie unterschrieb Rechnungen, beantwortete E-Mails und hatte einen Termin mit einem potenziellen Kunden, der eine Vollzeit-Reinigungskraft für sein 1300 Quadratmeter großes Haus suchte. Nick hatte bereits einen Kostenvoranschlag erstellt und dem Kunden einen Vertrag angeboten. Aber der Eigentümer wollte mit Riley sprechen, weil er die Vorstellung scheute, dass bei zusätzlichen Aufgaben wie »nach dem Hochzeitsempfang Haus und Garten reinigen« ein Zusatztarif fällig wurde. Der Mann hatte zehn Millionen Dollar für sein Haus bezahlt, wollte bei der Pflege seines Eigentums jedoch Kosten sparen. Riley blieb hart. Sie schickte ihn weg. Er würde ohnehin wiederkommen.

Dann besuchte sie drei ihrer Teams bei der Arbeit. Zwei von ihnen machten ihre Arbeit sehr gut, im dritten gab es interne Schwierigkeiten. Zwei der drei Reinigungskräfte hatten sich angefreundet und benahmen sich der dritten gegenüber unfair, einer älteren Frau, die Riley schon lange kannte. Sie war Trainerin und Teamleiterin. Dieses Szenario kannte Riley nur allzu gut. Die Leiterin war vertrauenswürdig und hatte extrem hohe Standards. Die beiden jüngeren Frauen hingegen wollten ihre acht Arbeitsstunden in sechs erledigen und arbeiteten vermutlich nicht ordentlich. Sie nutzten die Fähigkeiten der älteren aus und ließen sie die Detailarbeiten machen – aber das war sehr kurzsichtig von ihnen. Riley hätte ein Gespräch mit ihnen führen und ihnen Hinweise geben können, wie sie gemeinsam effektiver arbeiten könnten. Stattdessen sagte sie nur: »Ich werde ein neues Team zusammenstellen, doch für diese Woche verlange ich, dass die Arbeit ohne weitere Reibereien erledigt wird.«

Damit übergab sie den Fall an ihren Betriebsleiter Nick Cabrini. Ihm fiel die Aufgabe zu, alle drei Frauen in neue Teams einzuteilen. Die beiden unverschämten jüngeren Frauen sollten nicht damit davonkommen, wie sie ihre ältere Kollegin behandelt hatten.

Alle weiblichen Angestellten mochten Nick, und die wenigen Männer respektierten ihn. Riley selbst mochte ihn ebenfalls. Er war jung und sympathisch, aber sehr streng, was die Standards betraf. Er war nie zu hart zu den Leuten, soweit sie wusste, ließ ihnen jedoch auch nichts durchgehen. Und er beherrschte zwei Sprachen. Er hatte eine gute Ausbildung und wollte sich selbst eines Tages in einem anderen Dienstleistungsbereich selbstständig machen: Transportwesen, ein Taxi- und Limousinenservice. Doch Nicks größte Qualität war, dass ihm seine Mutter beigebracht hatte, wie man anständig putzte. Er konnte einen kleinen Schmutzfleck oder ein Staubkorn aus zehn Metern Entfernung erkennen.

Sein Gegenpart war Louis Spinoza, ein ehemaliger Feuerwehrmann, der die Abteilung für Gebäuderenovierung leitete. Louis kannte sich mit Gefahrstoffen aus, hatte immer wieder auf dem Bau gearbeitet und – wie so viele Feuerwehrleute – immer einen Zweitjob: als Reinigungsfachmann.

Auf dem Weg zurück ins Büro besorgte Riley sich einen Hühnchensalat, den sie am Schreibtisch aß. Als gerade die typische Nachmittagsmüdigkeit über sie hereinzubrechen drohte, tauchte ihr Bruder Adam auf. Er klopfte ein paarmal und streckte dann den Kopf zur Tür rein.

»Ist die Dame beschäftigt?«, fragte er.

Sie schob den Salat zur Seite. »Ich bin immer beschäftigt, aber du darfst gerne reinkommen. Heute früher Schluss gehabt?«

»Nein. Hab bloß gerade nichts anderes vor.«

»Gut! Ich will nämlich unbedingt von einer objektiven Person wissen, wie Maddies Führerscheinprüfung gelaufen ist. Sie meinte nur zu mir, dass das Ding nach einer Viertelstunde geritzt war.«

Er lachte breit. »Nach zwanzig Minuten. Und einen Fehler hat sie gemacht. Aber sie ließ es drauf ankommen und zeigte ihnen die Seite, auf der ihre Antwort stand. Die ich ihr gegeben hatte.«

»Du würdest ihr auch eine Niere geben«, erwiderte Riley lachend.

»Stimmt«, gestand ihr Bruder und setzte sich auf den Stuhl vor dem Schreibtisch. Er schlug die Beine übereinander. »Ich muss dir was erzählen. Rate, wem ich gestern nach der Fahrprüfung begegnet bin? Emma. Ich hab mich dann später auf einen Wein mit ihr getroffen.«

Riley runzelte die Stirn. »Aha. Du bist ihr begegnet?«

»Auf dem Weg nach Hause haben wir uns einen Burger geholt. Und dreimal darfst du raten, wer in dem Laden arbeitet? Mit kleinem Papierhütchen, Schürze und allem?«

»Maddie hat gar nichts erwähnt.«

»Mich hat sie auf dem Heimweg ein bisschen aufgezogen. Ich hatte ihr bloß gesagt, dass Emma eine alte Freundin aus der Schulzeit wäre.« Er holte tief Luft. »Du musst ihr reinen Wein einschenken. Du musst Maddie das mit dir und Emma und Jock erklären.«

»Wieso?«, fragte sie sofort. Und im Verteidigungsmodus.

»Weil es damals doch einige Leute mitbekommen haben. Ich weiß zwar auch nicht alles, was passiert ist. Aber ich weiß, dass Jock eigentlich mit Emma zusammen war, als du plötzlich von ihm schwanger warst. Und dass es daraufhin einen Riesenstreit zwischen dir und deiner besten Freundin gab. Gleich mehrere Familien waren von diesem Zerwürfnis und dem daraus resultierenden Groll und Schmerz betroffen. Riley, Maddie hat auch eine beste Freundin. Oder sogar mehrere. Sie muss wissen, was dir damals passiert ist.«

»Das hat nichts mit Maddie zu tun«, erwiderte sie. »Maddie wurde in eine liebende Familie hineingeboren, sie kennt ihren Vater und verbringt viel Zeit mit ihm, vor allem wenn es um Sport geht. Maddie ist sicher und geborgen.«

»Natürlich, was die frisierte Version der Ereignisse angeht, ja. Doch eines Tages verrät ihr vielleicht jemand, was wirklich passiert ist. Dass Betrug im Spiel war und die Sache immer noch nicht vom Tisch ist. Wenn du Pech hast, könnte das bereits sehr bald passieren; wenn nämlich Leute, die uns alle ein Leben lang kennen, mitkriegen, dass Emma wieder hier ist. Und da könnte so mancher an die dramatischen Ereignisse von damals erinnert werden. Die Geschichte wird umso interessanter dadurch, dass Emma nach dem Vorfall Kalifornien verlassen hat – natürlich zum Teil auch deswegen – und schließlich einen international bekannten Betrüger geheiratet hat. Und abgesehen davon waren wir nie so eine Familie – eine Familie, die die Wahrheit verdreht.«

»Was macht das schon?«, fragte Riley mit leicht verzweifelt klingender Stimme. »Es war vielleicht nicht korrekt, aber es ist zumindest nicht schwer zu verstehen. Emma war weg, und wir waren noch hier und verbrachten viel Zeit zusammen. Bereue ich es? Nicht, wenn ich Maddie sehe. Trotzdem wünsche ich mir, Jock wäre der Freund einer anderen gewesen.«

Er beugte sich zu ihr. Geduldig. Doch in seinem Blick lag Sorge. »Riley, verstehst du nicht? Die Frage sollte gar nicht erst aufkommen. Erklär Maddie einfach die Umstände. Dass es eine Reihe von unglücklichen Missverständnissen und Ereignissen gab, die auf allen Seiten für Kummer gesorgt haben. Am Ende geht immer alles gut aus, davon bin ich überzeugt. Hoffentlich auch für Emma, denn sie hat die Hölle durchgemacht. Für dich ist es jedenfalls gut ausgegangen. Und für mich ebenso, denn ich habe eine wunderschöne, kluge Nichte. Und ich hoffe, dass Maddie das Leben hat, das sie sich wünscht, auch wenn ihre Familie bloß aus alleinerziehenden Elternteilen zu bestehen scheint. Doch es gibt immer irgendwo diesen Punkt, an dem das Gute das Schlechte überwiegt. Verstehst du, was ich meine? Diese zarte, ehrliche Wahrheit.«

»Du weißt ja nicht, was du mir da gerade vorschlägst.«

»Du bist eine erfolgreiche Unternehmerin, Riley. Du kannst stolz darauf sein, was du erreicht hast. Jeder von uns hat in seinem Leben die eine oder andere fragwürdige Entscheidung getroffen, aber nur wenige können von sich behaupten, dass sie ihren vermeintlichen Fehler zu Gold gemacht haben.«

»Und wenn Maddie sämtlichen Respekt vor mir verliert?«

Er schüttelte den Kopf. »Das halte ich für unmöglich. Maddie bewundert dich mehr als jeden anderen Menschen auf dieser Welt. Außer mir vielleicht«, scherzte er. »Und ich bin dein größter Fan.«

Ihre Züge entspannten sich. Adam hatte so ein reines Herz. Er war ein guter Mensch in einer mehr als ansprechenden Verpackung.

»Warum arbeitet Emma denn in diesem Fast-Food-Restaurant?«, erkundigte Riley sich.

»Sie hat mir erzählt, es wäre der einzige Job, den sie kriegen konnte. Sie war sich nicht sicher, woran es lag. Daran, dass sie seit fast zehn Jahren nicht mehr gearbeitet hat, weil sie mit einem Millionär verheiratet war, oder weil ihr Ex-Mann ein skrupelloser Betrüger war. Sie vermutet Letzteres, und ich neige dazu, ihr darin zuzustimmen. Die Leute geben ihr einfach keine Chance.«

»Warum sollte sie mit ihrem Schicksal hausieren gehen? Sie könnte ihren Namen ändern lassen.«

»Sie heißt jetzt wieder Emma Shay, doch sie will sich nicht verstecken. Trotzdem … Du weißt ja, wie Arbeitgeber heutzutage sind. Sie checken die Bewerber im Internet, bei Facebook und Twitter – so wie du. Und Emma sieht immer noch genauso aus wie vor fünfzehn Jahren.«

»Sechzehn«, stellte Riley klar und war unangenehm berührt. Sie fuhr sich durch ihr kurzes blondes Haar und strich es sich hinter die Ohren.

»Riley, du hast diese Sache immer mit dir rumgeschleppt wie ein Büßergewand. Wir hätten schon vor Jahren darüber reden sollen, aber du warst ja immer mit deiner Selbstgeißelung beschäftigt. Emma war auch ein Teil von meinem und von Moms Leben. Sie wusste gestern sofort, wer Maddie war. Und hör zu, obwohl du mir nicht alles anvertraut hast, ist mir klar, dass die Sache nicht allein deine Schuld war. Gestern Abend habe ich Emma erzählt, dass du und Jock gar nicht mehr zusammen wart, als Maddie auf die Welt kam. Das hat sie sehr überrascht. Sie war überrascht und enttäuscht von Jock. Diesen Umstand hätte sie bereits vor Jahren erfahren sollen, nicht erst gestern Abend. Doch sie hatte nun mal so gut wie keinen Kontakt zu den Leuten hier.«

Riley spürte, wie ihr die Tränen kamen. »Ich habe ja versucht, es ihr zu sagen, aber sie wollte nicht mit mir sprechen. Lyle hätte es ihr auch mitteilen können, wollte sich jedoch aus der ganzen Sache heraushalten. Und außerdem war sie beschäftigt, Adam. Sie musste in ihrem Privatflugzeug um die Welt jetten …«

»Ich habe keinen Zweifel daran, dass sie dieses Leben sofort hinter sich gelassen hätte, wenn sie über ihren Mann Bescheid gewusst hätte. Ich dachte eigentlich, du hättest Mitleid mit ihr. Sie wurde belogen und betrogen. Alle haben sich von ihr abgewandt.«

»Die arme Emma. Anscheinend hat sie kein gutes Händchen bei der Partnerwahl.«

»Musst du unbedingt sarkastisch werden?«, meinte er.

»Tut mir leid. Ich fühle mich aber gerade irgendwie in die Ecke gedrängt. Herrje, wieso entschuldige ich mich eigentlich bei dir? Emma weiß nicht mal, dass ich eben diese oberflächliche Bemerkung gemacht habe!«

»Ich habe ihr übrigens deine Visitenkarte gegeben. Und ihr berichtet, dass du mehr als den Mindestlohn zahlst.«

»Das kann nicht dein Ernst sein«, sagte Riley erstaunt. »Sie würde bei mir nicht mal in einem Jahr verdienen, was sie früher für Blumenschmuck ausgegeben hat.«

»Genau das ist das Stichwort: *früher*. Vielleicht meldet sie sich ja bei dir. Sie macht gerade harte Zeiten durch.«

»Lyle hat mir gar nichts davon erzählt«, bemerkte sie.

»Lyle verhält sich, was euch beide angeht, wie die Schweiz. Deswegen wusste Emma ja auch so gut wie nichts von dir und Jock. Bereite dich lieber darauf vor, ihr über kurz oder lang über den Weg zu laufen. Abgesehen davon habe ich vor, mich jetzt öfter mit ihr zu treffen.«

»Was? Wieso?«

»Wenn ihr beide euch nicht mehr vertragen wollt, ist das euer Ding. Ich bin dagegen weder auf Emma noch auf dich wütend. Und ich möchte sie gern wiedersehen.«

»Du benimmst dich, als wärst du in sie verliebt«, stellte Riley fest.

»Ich habe es vorhin schon gesagt: Sie war auch meine Freundin. Und ich mache mir Sorgen um sie. Es ist mir wichtig, dass es ihr gut geht.« Damit stand er auf.

»Hast du dich in sie verliebt, Adam?«, fragte Riley ganz direkt. Ihr gut aussehender Bruder, dieser wunderbare Mann, hatte kaum je eine Beziehung gehabt, obwohl Frauen allein bei seinem Anblick zu seufzen anfingen. Einmal hatte Riley sogar zu ihm gesagt: *Es ist vollkommen in Ordnung für mich, wenn du schwul bist.* Darauf hatte er geantwortet: *Und für mich, wenn du lesbisch bist.*

»Du willst mit ihr ausgehen, oder?«, hakte sie nach.

»Wir haben ein Glas Wein zusammen getrunken«, antwortete er. »Es war schön, sie zu sehen. Wir haben uns ein bisschen über Maddie unterhalten, über Emmas Rückkehr nach Kalifornien nach ihrem Ausflug an die Ostküste. Und darüber, wie schwierig es für sie war, hier einen Job zu finden. Sie hat sich nach Mom erkundigt und nach Grandma und Grandpa. Außer zu der alten Dame, die ihre Vermieterin ist, und zu Lyle hat sie eigentlich zu niemandem Kontakt. Wir hatten eine nette Stunde zusammen, und ich habe mich ehrlich gefreut, sie wiederzusehen. Der ganze Stress mit ihrem Mann in New York, dann noch sein Selbstmord … Ich habe viel an sie gedacht. Immer wieder habe ich mich bei Lyle erkundigt, ob es ihr gut geht. Gegen Ende hat Lyle fast täglich mit ihr telefoniert. Er war der Einzige, der ihr beigestanden hat. Ich hätte sie auch mal anrufen sollen, denke ich jetzt. Lyle hätte mir bestimmt ihre Nummer gegeben, doch ich habe nie danach gefragt. Stattdessen wollte ich lieber abwarten und gucken, wie sich die Dinge entwickeln. Und dann kam der Selbstmord, und die Bundespolizei hat ihr gesamtes Eigentum beschlagnahmt.«

Er atmete durch. »Was Emma durchgemacht hat, muss unvorstellbar schmerzhaft gewesen sein. Schlimmer als alles, was ich mir vorstellen kann. Du weißt ja, dass Emma schon als Kind ihre Mutter verloren hat. So wie wir unseren Dad. Aber wir hatten Mom, und wen hatte sie? Rosemary, diese kaltherzige Hexe. Also … es war schön, mal wieder mit ihr zu reden, sie zu sehen, sich gegenseitig auf den neuesten Stand zu bringen. Ich habe ihr angeboten, ihr ein Empfehlungsschreiben zu geben. Und ich habe ihr wie gesagt deine Visitenkarte dagelassen. Sie wird sich vermutlich nie bei dir melden und dich um einen Job bitten, aber falls doch: Du weißt nun, von wem sie die Karte bekommen hat. Und wenn ich mir diesen einen Satz erlauben darf: Du bist ihr was schuldig.«

»O Gott, komm mir nicht damit! Ich habe sie wegen Jock x-mal um Verzeihung gebeten, aber sie hat mir nicht verziehen. Die schrecklichen Schimpfworte, mit denen sie mich tituliert hat, will ich gar nicht wiederholen. Sie ist hier nicht als gebrochene Frau weggegangen, Adam. Sie …«

»Sie war noch ein Mädchen«, unterbrach Adam sie. Und fügte leiser hinzu: »Und du auch. Ihr wart beide noch Mädchen.«

»Hör auf damit, Adam. Lass dich nicht mit ihr ein. Ich hege keinen Groll mehr gegen sie, doch nach allem, was passiert ist, bitte ich dich: Bring sie nicht mit zu uns. Und sag mir nicht, dass ich ihr etwas schulde. Jetzt nicht mehr. Ich weiß, dass es nicht schön war für sie, aber erinnere dich auch daran: Während ich Fußböden geschrubbt und versucht habe, mein Baby allein durchzubringen, ist sie, die ehemalige Schwesternschaft-Prinzessin, zur New Yorker Gesellschaftslady aufgestiegen. Und ich habe von ihr nie ein Wort der Entschuldigung gehört.«

»Das ist alles Schnee von gestern«, erklärte er. »Sie ist keine Verbindungsprinzessin mehr und auch keine Gesellschaftslady, und du schrubbst keine Fußböden mehr und musst dich um kein Baby kümmern.«

Riley rieb sich die Schläfen mit den Fingerspitzen und stöhnte. »Es ist vorbei, und ich will nicht, dass das alles aufgewärmt wird. Nicht jetzt. Ich bitte dich, Adam.«

»Du kannst die Vergangenheit nicht ausradieren. Genauso wenig wie sie. Aber wir können alle versuchen, anständig damit umzugehen. Falls sie dich anruft, hoffe ich sehr, dass du das Richtige tust, Riley.«

Adam war wirklich ein guter Mensch, und schon als kleiner Junge hatte er es am liebsten gehabt, wenn die ganz Familie zusammen gewesen war. Er mochte es nicht, wenn Probleme ungeklärt blieben. Er war ein Beschützer. Seit Maddies Geburt war er wie ein Vater für ihre Tochter gewesen. Und ganz klar: Ohne Adam wäre Riley verloren.

»Sie wird mich garantiert nicht anrufen«, sagte sie.

»Da sei dir mal nicht zu sicher. Es ist echt an der Zeit, dass ihr die Dinge aus der Vergangenheit begrabt.«

»Aber ich habe keine Jobs zu vergeben außer an Reinigungskräfte. Da müsste sie sich ja die Hände schmutzig machen!«

Adam lachte. »Meinst du etwa, dass das Leben in New York sie vor Dreck verschont hat?« Er ging zur Tür. »Ich wollte dich nur vorwarnen.«

Als Kinder waren Riley und Emma überall als Zweiergespann aufgetaucht. Man hatte sie »die Schöne und das Hirn« genannt. Sie waren beide hübsch und intelligent gewesen, hatten aber sehr unterschiedlich ausgesehen. Emma war eine große schlanke Brünette mit rosigen Lippen und dunklen großen Rehaugen. Riley dagegen war blond, ein paar Zentimeter kleiner, eher drahtig von der Statur und hatte knallblaue Augen. Beide waren unglaublich beliebt. Sie waren zwar unzertrennlich, verbrachten jedoch auch Zeit mit ihren anderen Freundinnen. Emma war Cheerleader und Turnerin, Riley war im Schulchor, Pom-Pom-Girl und der Star im Schulmusical *Grease*. Emma war Homecoming Queen und Riley die Jahrgangsbeste.

Und es gab damals einen weiteren Unterschied zwischen ihnen, der Riley nur allzu bewusst war: Sie hatte kein Geld. Emma protestierte zwar und betonte, ihre Familie wäre auch nicht reich oder privilegiert. Nur könne ihr Vater als Wirtschaftsprüfer eben gut mit Geld umgehen. Und natürlich verdiente man in seinem Geschäft einfach besser, als man es als Putzfrau tat.

Als sie auf die St. Pascal's gingen, war sich Riley bewusst, wie schäbig sie aussah. In der achten Klasse war es ihr dank Babysitten und cleverem Shopping jedoch gelungen, kleidungstechnisch aufzuholen. Emma war in einem großen Einfamilienhaus auf einem zweitausend Quadratmeter großen Grundstück aufgewachsen, während Riley in einem kleinen alten Häuschen mit nur einem Badezimmer groß wurde, das sie sich noch dazu zu fünft teilten. Sie schlief mit ihrer Mutter in einem Zimmer. Wenn Emma und Riley zusammen übernachten wollten, was häufig vorkam, schlug Adam sein Nachtlager im Wohnzimmer auf der Couch auf und sagte: »Aber nur, wenn Mom in meinem Zimmer schläft, damit ihr nicht in meinen Sachen wühlt!« Seine Sachen hatten sie jedoch, wie Riley sich erinnerte, überhaupt nicht interessiert.

Selbst diese sozialen Unterschiede hatten ihrer Freundschaft keinen Abbruch getan. Und Riley war zehn Jahre alt, als sie verkündete: »Meine Familie wird nicht immer arm sein, wart's ab.«

In all den Jahren, in denen sie beste Freundinnen waren, stritten Riley und Emma sich nur dreimal. Aber diese Auseinandersetzungen waren umso bemerkenswerter. Eine ereignete sich in der siebten Klasse, als Riley zu einer der ersten Partys für Mädchen und Jungs aus ihrer Klasse eingeladen wurde und Emma nicht. Emma war von einigen eifersüchtigen Mädchen sogar absichtlich nicht eingeladen worden. Es war melodramatisch und tragisch, und es flossen viele Tränen. Einen ganzen schrecklichen Monat lang hatten sie deshalb nichts miteinander zu tun.

In der Oberstufe wurde Emma dann von einem Jungen aus der Abiturklasse zum Abschlussball eingeladen und vernachlässigte Riley zugunsten der älteren Schüler. Sie ging ihr Kleid mit anderen Mädchen aus der Oberstufe einkaufen, die zur Clique des Jungen zählten. Riley war am Boden zerstört. Sie saß am Abend des Abschlussballs zu Hause und spielte mit ihrer Mutter und ihrem Bruder Scrabble. Dafür wurde der Abend für Emma zum Desaster. Der Typ trank zu viel und wollte Sex mit ihr, sodass sie ihren Vater anrufen musste, damit er sie abholte. Und zwar schon um neun Uhr.

Beide Mädchen hatten danach schlechte Laune und waren traurig. Sie gingen einander wochenlang aus dem Weg.

Und plötzlich starb Emmas Vater bei einem Autounfall. Ein Betrunkener raste in ihn hinein.

Natürlich kümmerten sich Riley und ihre Familie sofort um sie, nahmen sie in den Arm, machten ihr Mut. Die Mädchen vertrugen sich wieder und schworen einander, dass sie sich von so oberflächlichen Dingen nie wieder trennen lassen würden. Emma bereute es, dass sie sich nur noch mit ihren Freunden vom Abschlussball umgeben hatte, und Riley tat es leid, dass ihre Freundin einen so miesen Abend gehabt hatte – auch wenn sie ihr das vorher heimlich gewünscht hatte. Emmas Trauer war es, die sie wieder zusammenbrachte. Immerhin hatte Riley ebenfalls in jungen Jahren ihren Vater verloren. Sie kannte diesen Schmerz allzu gut.

Emma war nun allein mit dieser verknöcherten, bösartigen Rosemary und ihren beiden gemeinen Schwestern, die sie nicht als ihre Schwestern betrachtete.

Schließlich kam das College. Emma erhielt ein Teilstipendium. Ihre Stiefmutter sagte, sie könne sie ein bisschen unterstützen. Sie kaufte sich neue Klamotten und bereitete sich aufgeregt auf diesen neuen Lebensabschnitt vor. Der Abschied von Riley war tränenreich, und in den ersten zwei Wochen telefonierten die beiden andauernd. Sie vermissten einander sehr. Dann gewöhnte Emma sich langsam ein, hatte mehr zu tun, ergatterte einen Teilzeitjob. Sie hatte tolle Mitbewohnerinnen, bewarb sich bei einer Schwesternschaft und war begeistert von ihrem Studium. Sie mochte die vielen Veranstaltungen und den allgemeinen Trubel. Außerdem kam sie aufgrund ihrer Schönheit bei den Jungs gut an, sogar bei den älteren Studenten. Sie gestand Riley, dass sie sich mit ein paar von ihnen traf, aber alles ganz harmlos. Trotzdem wollte sie nicht, dass Jock davon erfuhr. Natürlich war ihr Geheimnis bei Riley sicher.

Sich am Community-College einzugewöhnen war nicht halb so aufregend. Riley erinnerte dort alles sehr an die Highschool, mit der Ausnahme, dass keine Anwesenheitslisten geführt wurden. Hurra. Es dauerte nicht lange, und Riley fühlte sich einsam.

Zu dieser Zeit war Emma so richtig angekommen auf der Uni. Sie fand neue Freunde und experimentierte mit ihrer neuen Freiheit – und meldete sich nicht mehr so häufig. Sie ging nicht mehr ans Telefon, wenn Riley oder Jock anriefen, sie antwortete nicht mehr sofort auf Textnachrichten und ließ sich Zeit mit dem Zurückrufen. Und wenn sie es tat, hatte sie meistens nicht viel Zeit. Sie war immer auf dem Sprung zu irgendwas, das im Hintergrund wie eine einzige große Party klang. Sie sprach eigentlich bloß noch über sich selbst und alle ihre neuen coolen Erlebnisse. Erst verging nur eine, dann zwei und schließlich drei Wochen, ohne dass sie etwas von sich hören ließ. Und wenn, dann eben sehr kurz. Gerade mal so lange, dass Emma von all den tollen Sachen erzählen konnte, die sie so trieb. Anfang Oktober berichtete sie, dass sie Thanksgiving in diesem Jahr mit einer Kommilitonin und deren Familie in Astoria, Oregon, verbringen würde, statt nach Santa Rosa zu fahren. »Ich habe Bilder von ihrem Haus gesehen, Riley«, sagte Emma ganz aufgeregt zu ihr. »Ich glaube, die Leute sind unfassbar reich.«

»Wir unterhalten uns gar nicht mehr richtig«, beschwerte sich Riley bei ihr. »Als hättest du zu wenig Zeit, um dich mal mit mir zu befassen.«

»Das stimmt doch nicht! Es kann schon sein, dass wir uns gerade ein bisschen auseinanderentwickeln«, räumte Emma ein. »Aber nur, weil wir auf verschiedene Colleges gehen. Wir werden trotzdem immer beste Freundinnen bleiben.«

Riley, die es gewohnt war, jeden Tag – mehrmals – mit ihrer besten Freundin zu telefonieren, kam sich auf einmal verloren vor. Jock, der es nicht lange ohne ein Mädchen aushielt, rief jetzt oft bei ihr an und verbrachte viel Zeit mit ihr. Er sagte zu ihr, es sei vollkommen logisch, dass jetzt sie beide zusammen ausgingen. »Erzähl mir nicht, dass Emma das nicht auch macht«, meinte er zu Riley. »Ich werde jedenfalls nicht zu Hause rumsitzen und darauf warten, dass Emma beschließt, wieder mal Zeit für mich zu haben.«

Rückblickend erinnerte sich Riley, dass sie sich richtig alleingelassen vorgekommen war. Vernachlässigt. War es denn zu viel von Emma verlangt, dass sie sich alle paar Tage mal bei ihr meldete? Nur zweimal die Woche? Für etwas mehr als drei Minuten? Und sich vielleicht auch danach erkundigte, wie es Riley ging?

Sie und Jock badeten geradezu im Selbstmitleid. Jock war eigentlich immer da, rief sie an, ging mit ihr Pizza essen, lud sie zum Homecoming-Footballspiel ihrer alten Highschool und zur anschließenden Party mit ihren alten Klassenkameraden ein. Sie waren Partner in ihrer Einsamkeit.

»Nimm dich vor ihm in Acht«, mahnte Adam sie. »Jock ist bekannt dafür, dass er Mädchen ausnutzt.«

»Wir sind nur Freunde, okay?«, antwortete Riley dann.

Doch Jock wuchs ihr mehr und mehr ans Herz. Sie freute sich auf jeden seiner Anrufe, auf jedes kleine Date mit ihm. Sie hörten auf mit dem Selbstmitleid und hatten endlich wieder Spaß. Sie lachten viel. Sie trafen sich mit Freunden zum Pizzaessen oder am Strand. In einer kühlen Nacht fuhren sie an die Küste und tranken am Lagerfeuer am Strand ein paar Bier, nur sie beide. Es war unglaublich, über wie viele Dinge sie miteinander reden konnten. Emmas Name fiel dabei nie. Riley wunderte sich darüber, dass sie sich plötzlich gar nicht mehr verlassen vorkam.

Sie verliebte sich in ihn.

»Ich glaube, ich habe mich auch in dich verliebt«, gestand er ihr. »Verdammt, das hätte ich nie gedacht! Inzwischen denke ich fast, wir beide hätten von Anfang an zusammen sein sollen.«

»Wir müssen es ihr sagen, Jock. Wir müssen ihr erklären, wie es dazu kommen konnte. Sie hatte nicht mal zwei Minuten am Telefon für uns übrig, also haben wir Zeit miteinander verbracht. Und dadurch haben wir eine gewisse Nähe entwickelt – zuerst, weil wir sie beide vermisst haben. Und dann, weil da plötzlich etwas zwischen uns war. Die Chemie stimmte einfach.«

Er lachte. »Meinst du, das interessiert Emma überhaupt? Nur zu, sprich ihr eine Nachricht auf die Mailbox. Sie wird sich vielleicht in zwei Wochen bei dir melden.«

Und dann überschritten sie die Grenze. Riley hätte nie gedacht, dass das passieren würde. Das wäre es sicherlich auch nicht, wenn sie länger darüber nachgedacht hätte. Oder erst, wenn sie Emma darüber informiert hätte, was Sache war. Sie hatte sich einreden wollen, dass es nichts Schlimmes war, so viel Zeit mit dem Freund ihrer Freundin zu verbringen, mit ihm ein bisschen rumzuknutschen und im Dunkeln rumzumachen. Aber dann geriet alles außer Kontrolle. Und bevor sie es verhindern konnte, hatte er ihr das T-Shirt hochgeschoben und sie ihre Hose ausgezogen, und es kam zum Äußersten. Die ganze Zeit davor waren sie noch halbwegs ehrlich zu Emma gewesen.

»O Gott, Jock. Ich wollte es Emma sagen, bevor das passiert.«

»Baby, es ist Emma vollkommen egal!«

»Aber ich habe mich in den Freund meiner besten Freundin verliebt!«

»Hey, hey«, meinte er. »Mach langsam, Riley.«

»Ich dachte, du wärst auch in mich verliebt?«, entgegnete sie. »Nach allem, was du gesagt hast … Dass du das alles ohne mich nicht durchstehen würdest und dass ich das Beste wäre, was dir je passiert ist. Und dass wir besser von Anfang an …«

»Entschuldige, dass ich nett zu dir war. Natürlich empfinde ich etwas für dich. Wer sagt, dass ich das nicht tue? Das hier war deine Entscheidung. Du wolltest es doch. Also sag ihr einfach nichts, okay? Man muss die Sache nicht an die große Glocke hängen, wenn du verstehst. Ich werde es ihr jedenfalls garantiert nicht erzählen. Und ich weiß nicht, ob ich das zwischen uns Liebe nennen würde. Noch nicht.«

»Du musst mit ihr Schluss machen und ihr das von uns erzählen. Schließlich hast du damit angefangen, mit mir rumzumachen – nicht umgekehrt! Oder willst du etwa nicht mit ihr Schluss machen?«

»Ich glaube nicht, dass das noch nötig ist«, antwortete er. »Sie hat eigentlich schon vor drei Monaten mit mir Schluss gemacht. Seit sie in Seattle die Nächte durchtanzt.«

»Und du bist total brav, oder was?«, schrie sie.

Vier Wochen später, kurz bevor Emma über Weihnachten nach Hause kam, teilte Riley Jock mit, dass sie schwanger war. Sie hatte einen Schnelltest gemacht. Positiv.

»Ganz sicher, dass es von mir ist?«, fragte er. »Ich hab ein Kondom benutzt.«

»Ich war mit niemand anderem zusammen«, erwiderte sie aufgewühlt.

»Aber ganz sicher kann ich das nicht wissen, oder? Immerhin war ich nicht jede Minute mit dir zusammen. Und wie gesagt, ich habe ein Kondom benutzt.«

»Und was soll ich jetzt machen?«

»Weiß ich auch nicht. Ich schätze mal das, was alle machen würden. Brauchst du Geld?«

Sie schämte sich so sehr, war so wütend und enttäuscht, dass sie am liebsten gestorben wäre. Aber sie reckte das Kinn und sagte: »Fahr einfach zur Hölle, Jock.«

Und doch: Als es passiert war, hatte sie gedacht, sie würde ihn lieben. Noch Jahre später kämpfte sie damit, dass sie dieses Gefühl für ihn empfunden hatte.

Adam ließ Riley in ihrem Büro allein zurück und ging zu seinem Auto. Er hatte vor, noch bei seiner Mutter vorbeizufahren und sie zu fragen, ob er ihr bei etwas helfen könne und was sie für den Abend geplant habe. Vielleicht würde er ihr von Emma erzählen, aber das wusste er noch nicht genau. Er hatte ein paarmal mit Emma in Kontakt gestanden, als sie noch studiert hatte, und später, als sie frisch nach New York gezogen war. Das hatte er seiner Familie gegenüber nie erwähnt, und auch Lyle hatte er nichts davon gesagt. Emma hatte anscheinend ebenfalls nichts erzählt. Vielleicht hatte es für sie keine so große Bedeutung gehabt.

Wieso? Hast du dich in sie verliebt?

O ja. Schon damals, in dem Sommer, in dem sie fünfzehn geworden war. Mann, das war ein besonderer Sommer für sie gewesen. Emma hatte sich von der kleinen Schwester in eine spannende Frau verwandelt.

Ich merke doch, wie du Emma ansiehst, hatte seine Mutter gesagt. *Rühr das Mädchen ja nicht an, hörst du? Sie ist wie eine Tochter für mich und wie eine Schwester für dich und Riley. Und du bist achtzehn. Sie ist tabu für dich. Zumindest so lange, bis ihr beide erwachsen seid. Und das ist nicht verhandelbar. Ihre böse Stiefmutter würde dich nur zu gerne ins Gefängnis wandern lassen!*

Nicht lange nach ihrem achtzehnten Geburtstag ging Emma jedoch nach Seattle. Kurz darauf wurde Riley schwanger von Jock. Ein Teil von Adam freute sich zwar, dass Jock jetzt nicht mehr Emmas Freund war. Aber er war gleichzeitig klug genug, um zu wissen, dass er sich ruhig verhalten musste, bis Emma sich von ihrem gebrochenen Herzen erholt hatte.

Die nächsten sechs Jahre lebte er wie unter einem Schleier. Emma kam nur ein paarmal für kurze Besuche nach Santa Rosa zurück, und er sah sie nie. Er hatte zwei Jobs und studierte, dann starben seine Großeltern, und er half seiner Mutter und Riley so gut wie möglich. Maddie liebte er bald sehr. Schließlich zog Emma nach New York. Und er dachte immer noch: Eines Tages …

Während er das noch gedacht hatte, war sie vor den Altar getreten. Und zwar nicht mit irgendjemandem, sondern mit einem international bekannten Millionär.

Aber das alles war vorbei. Sie war wieder da.

5. Kapitel

Anspruch auf Arbeitslosenhilfe hatte Emma nicht, weil sie nur kurz einen Teilzeitjob gehabt hatte. Essensmarken standen ihr jedoch zu, die allerdings nicht mehr so genannt wurden. Obwohl sie online einen Termin ausgemacht hatte, musste sie auf dem Sozialamt vier Stunden mit den ausgefüllten Formularen in der Hand warten. Man würde ihr per Post eine Debitkarte zusenden, hieß es. In etwa dreißig Tagen. Wenn alles gut ging und ihr Antrag nicht abgelehnt wurde.

Sie verglich sich mit den anderen, die mit ihr in dem Amt warteten. Ihr Mann hatte immer darüber geschimpft, wie viele Leute unberechtigt das soziale System in Anspruch nähmen und Geld kassierten, ohne sich auch nur ein kleines bisschen um Arbeit zu bemühen. Sie kam sich vor wie eine von denen und überlegte, ob sie wirklich hilfsbedürftig war. Wahrscheinlich nicht. Immerhin war sie mit ihm verheiratet gewesen. Sie fragte sich außerdem, wo dieses Geld herkam und wo die Menschen waren, die dafür sorgten, dass das System funktionierte. Sie hatte stets dieses Bild vor Augen gehabt, wie irgendwelche aalglatten Typen hinter einer Tür verschwanden und mit einem Scheck oder einer anderen Form von Hilfe wieder herauskamen.

Doch hier warteten überwiegend Frauen, von denen die Mehrzahl kleine Kinder dabeihatte, die sich an ihnen festklammerten oder auf ihrem Schoß saßen. Die Hälfte von ihnen waren Latinas, aber sie mussten gültige Papiere besitzen, damit sie überhaupt einen Anspruch auf staatliche Unterstützung hatten. Das hatte Emma in den Vorschriften gelesen. Niemand sah aus wie die Leute aus ihrer Vorstellung. Und niemand sah so aus, als wäre er gerne hier. Emma fühlte sich regelrecht krank. Sie war mutlos und schämte sich, dass sie hier saß – als wäre dies ein weiterer Beweis dafür, dass sie alles falsch gemacht hatte. Schließlich sah sie noch besser aus als die übrigen Frauen. Sie besaß immer noch geschmackvolle Kleidung, teure Schuhe und ein paar schicke Handtaschen – vermutlich im Gegensatz zu all den anderen Wartenden.

Allerdings passten ihre Sachen ihr nicht mehr so gut. Es hatte nicht lange gedauert, bis sie die Kilos wieder los war, die sie durch das Essen im Burgerladen zugenommen hatte. Und der Stress, der mit der Jobsuche verbunden war, und alles, was sie davor hatte durchmachen müssen, war kalorienraubend. Noch dazu verbunden mit der Sorge, dass sie vielleicht nie wieder allein für sich sorgen konnte.

Ob Rosemary, Anna und Lauren wohl darüber nachdachten, was sie jetzt machte? Kam es ihnen denn gar nicht in den Sinn, dass sie Probleme haben könnte? Keine von den dreien hatte sich bei ihr gemeldet und sich erkundigt, wie es ihr ging. Als noch alles in Ordnung gewesen war, bevor die Ermittlungen begonnen hatten, war ihre Familie immer an vorderster Front aufgetaucht. Sie waren auf Richards Kosten erste Klasse nach New York geflogen, und er hatte ihnen, nur um sich nicht mit ihnen abgeben zu müssen, eine Suite im Hotel Plaza Athénée gebucht. Und diese Behandlung wurde rasch als eine Selbstverständlichkeit betrachtet. Rosemary – die Frau, die mit ihr nicht mal shoppen gegangen war, als sie noch ein Kind gewesen war – hatte angerufen und mit ihrer süßesten Stimme gefragt: »Es ist Zeit für unseren alljährlichen Besuch in der Stadt, Schätzchen. Buchst du alles für uns?« Emma hatte ihnen auch immer großzügige Geschenke zum Geburtstag und zu Weihnachten gemacht. Ein Dankeschön hatte sie nie dafür bekommen. Wahrscheinlich hatten die drei geglaubt, eine ihrer Angestellten hätte die Sachen gekauft und ihnen geschickt.

Die einzigen Jobs, für die Emma infrage zu kommen schien, waren aus dem Dienstleistungssektor. Fürs Kellnern bekam man nicht einmal den Mindestlohn, weil man ja Trinkgeld kassierte, das man außerdem noch versteuern musste. Am Ende war es vermutlich klüger, ihren Hochschulabschluss gar nicht zu erwähnen und nur zu sagen, dass sie die Highschool abgeschlossen hatte. Sie behauptete jedoch, als Putzhilfe gearbeitet zu haben. Ihre einzige Referenz sei Adam Kerrigan, da sie nach der Schule weggezogen war.

Daraufhin bekam sie eine Stelle als Reinigungskraft in einem Krankenhaus in Petaluma. Nach vier Tagen Einweisung begann sie dort in der Tagschicht, die um sieben Uhr morgens losging.

Emma traf eine Entscheidung, die ihr leichtfiel. Sie würde niemandem die Wahrheit erzählen. Zumindest für eine Weile wollte sie schließlich ihre Rechnungen bezahlen können. Also erfand sie eine simple Geschichte: Sie war mit einem Mann namens Rick verheiratet gewesen (niemand hatte Richard je Rick genannt), ihre Ehe war kinderlos geblieben, und Rick war an einer Hirnverletzung gestorben. Fürs Krankenhauspersonal bedeutete das entweder ein Schlaganfall oder ein Aneurysma, jedenfalls keine Kugel im Kopf. New York erwähnte sie auch nicht; sie behauptete, sie hätte in Ohio gelebt. In der Zeile, in der nach ihrer letzten Anschrift gefragt wurden, erfand sie eine Adresse in Akron. Sie hatte beschlossen, nach Kalifornien zurückzukehren, weil sie hier aufgewachsen war und noch ein paar Freunde und entfernte Verwandte hatte. Etwas brenzlig wurde es, wenn die Leute fragten: »Und wie heißen Ihre Freunde? Kennen wir sie vielleicht?« Dann dachte Emma sich auch diese Freunde aus und antwortete: »Da ist Mary Ann, mit der ich zur Schule gegangen bin, und meine Cousine Jennifer. Sie ist verheiratet und hat zwei Kinder. Und dann ist da noch meine Lieblingstante Ruth, die nur vier Jahre älter ist als ich.«

Ihre Kolleginnen waren alle ausnahmslos freundlich, nahmen sie gut auf und warnten sie vor der Vorgesetzten, einem Drachen namens Glynnis Carlson. Glynnis war klein, hatte eine Frisur, die vor vierzig Jahren aktuell gewesen war, mit einer silbrigen Strähne vorne, und kam über sie wie ein unerwarteter Sturm. Sie mahnte sie ganz ohne erhobene Stimme, ihre Handys bloß nicht während der Arbeitszeit zu benutzen, verschmutzte Laken falsch zu entsorgen, Streifen auf dem Fußboden oder Geschirr zu hinterlassen, ihren Reinigungswagen zu überladen oder – noch schlimmer – nicht ausreichend auszustatten. Und diese Belehrung war noch kein Vergleich dazu, wie Glynnis schimpfte, wenn eine der Frauen ihren Bereich nicht in der vorgegebenen Zeit reinigte, was nicht ganz einfach war, weil Krankenschwestern und anderes Personal ja auch noch da waren und ihre Arbeit machten. Alles, was die Patienten betraf, gehörte zwar nicht zu den Aufgaben des Reinigungsteams, aber wann immer etwas auf dem Boden landete, mussten sie ran. Es gab ziemlich viel, worum sich das medizinische Personal nicht kümmerte – vor allem die ekligen Dinge.

»Sei froh, dass du nicht im OP oder in der Notaufnahme zum Einsatz kommst. Trag eine Maske und bei der Arbeit immer Handschuhe, die du häufig wechselst«, riet Barbara ihr, die den Job schon seit vielen Jahren machte. »Pack so viel wie möglich in die Laken, alles außer Plastik oder Papier, und bring sie so schnell wie möglich zum Wäscheschacht. Die Laken sind das Problem der Wäscherei. Okay? Das ist hier die Hackordnung.«

Und die Hackordnung war klar in diesem Krankenhaus. Die Ärzte gaben alles an die Schwestern weiter, die es an die untergeordneten Schwesternhelferinnen und Hilfspfleger weiterleiteten. Die wiederum reichten es an die Putzkolonne weiter und diese an die Wäscherei.

Der Job war weder leicht noch angenehm, aber sie hatte regelmäßige Arbeitszeiten und nette Kolleginnen. Emma hatte sich nie vor harter Arbeit gedrückt, und ihr Selbstvertrauen erstarkte wieder. Fast war sie sogar ein bisschen glücklich. Sie hatte eine Stelle und genug Geld, denn sie brauchte ja nicht viel zum Leben. Sie fühlte sich wohl in ihrem winzigen Bungalow, alles war unkompliziert. Und nicht nur ihre Kolleginnen waren nett, sondern auch die Patienten und Besucher waren in der Regel umgänglich – trotz der Umstände, denn schließlich waren sie im Krankenhaus. Die Reinigungskräfte durften sich nicht um die Patienten kümmern, darin waren sie nicht ausgebildet. Aber natürlich durfte man höflich sein, Blumen frisches Wasser geben oder die Schwester rufen, wenn es ein Problem gab. »Aber Sie dürfen die Patienten nicht anfassen«, schärfte der Drache ihnen ein. »Nicht mal, wenn jemand stürzt. Drücken Sie die Klingel und warten Sie, bis jemand kommt.«

»Nicht mal, wenn jemand stürzt?«, fragte Emma erstaunt nach.

»Was, wenn Sie dabei jemandem versehentlich etwas brechen? Dann verlieren Sie nicht nur Ihren Job, sondern das Krankenhaus wird verklagt. Sie fassen ja auch kein Unfallopfer an. Dafür gibt es Fachkräfte.«

»Wenn man es so sieht, ist es schon sinnvoll«, räumte sie ein.

»Sie müssen sich alle Patienten als Unfallopfer vorstellen«, sagte Glynnis. »Putzen Sie einfach die Bäder.«

Allen Warnungen zum Trotz freundete sich Emma ein bisschen mit den Patienten an, vor allem mit den älteren. Diese alten Leutchen waren so verletzlich, wenn sie krank waren, da konnte sie sich nicht abwenden. Die alten Frauen mochten sie sehr und die alten Männer noch mehr. Emma konnte nicht anders, als zwischendurch immer mal zu fragen, ob sie ihnen behilflich sein konnte, wenn sie sah, dass jemand mit seinem Glas oder dem Tablett nicht zurechtkam. Es bereitete ihr Freude, einem Patienten einen feuchten Waschlappen zu reichen, wenn er ihn brauchte. Sie blieb einmal sogar länger, um einer fünfundachtzigjährigen blinden Frau vorzulesen, wobei sie zuvor zur Sicherheit den Drachen um Erlaubnis gefragt hatte.

»Ich darf Ihnen leider nicht helfen, zur Toilette zu gehen«, sagte sie zu der Frau. »Aber ich rufe gern für Sie die Schwester.«

»Ich mag die Schwester nicht. Sie wären mir lieber.«

»Ich würde Ihnen gern helfen, aber als Reinigungskraft drohen mir ernsthafte Konsequenzen, wenn ich mich über die Regeln hinwegsetze. Ich habe keine medizinische Ausbildung. Ich rufe die Schwester und bleibe hier, bis sie kommt.«

Eine Zeit lang zog sie danach ernsthaft in Betracht, eine Ausbildung als Schwesternhelferin zu beginnen.

Drei Wochen genoss sie die Arbeit im Krankenhaus, auch wenn sie noch nie so schwer gearbeitet hatte. Aber das war ihr egal. Sie ging gern mit ihren Kolleginnen in die Pause, aß mit ihnen zu Mittag, plauderte mit ihnen über ihr Leben, ihre Ehen, ihre Kinder, ihre älter werdenden Eltern, die Probleme mit dem Wagen und ihre Urlaubspläne.

Schon bald träumte Emma von einem normalen Leben. Es wäre kein Leben in Reichtum mehr, ganz klar, doch zu diesem Zeitpunkt bedeutete viel Geld für sie ohnehin nur Gefahr. Sie sehnte sich einfach nach Stabilität, sonst nichts. Inzwischen hatte sie ihre Debitkarte für Lebensmittel, und an Halloween verteilte sie Süßigkeiten mit Penny. Die Blätter verfärbten sich allmählich herbstlich. Der November begann kalt und regnerisch. Sie traf sich mit Lyle und Ethan, der allmählich zu der Überzeugung zu kommen schien, dass sie doch kein schlechter Mensch war. Ein paarmal telefonierte sie mit Adam, wenn er anrief, um sich zu erkundigen, wie es ihr ging. Ab und zu nahm sie mit Penny ein leichtes Abendessen vor dem Fernseher zu sich. Sie guckten zusammen die TV-Serie »Madam Secretary« – wie ganz normale Leute.

Eines Abends lud Penny sie zum Potluck-Dinner mit ihren Freundinnen Susan, Marilyn und Dorothy ein, und zu ihrer freudigen Überraschung mochten die alten Damen Martini! Susans Sohn spielte den Chauffeur für die drei anderen.

»Ich habe ihm gesagt, dass ich sehr gut selbst fahren kann«, meinte Susan. »Aber umso besser, wenn er uns fährt. Dann kann ich zwei Martini trinken!«

»William ist wirklich ein netter Junge«, sagte Penny über Susans Sohn.

»Der *Junge* ist neunundfünfzig«, erwiderte Penny. »Über kurz oder lang werde ich *ihn* chauffieren!«

Zwei Wochen vor Thanksgiving hatte Emma jede Menge Einladungen zum Festessen. Lyle und Ethan verbrachten den Feiertag bei Ethans Schwester und hatten sie eingeladen, mitzukommen. Das hätte sie auch gerne getan, doch weil Penny sie ebenfalls einlud, zusammen mit ihren verwitweten Freundinnen bei Penny zu feiern, entschied sie sich für die Damenrunde.

»Allerdings weiß ich noch nicht, ob ich an dem Tag nicht arbeiten muss«, sagte Emma zu Penny. »Immerhin bin ich ja eine von den Neuen.«

»Das haben wir schon in Betracht gezogen«, erklärte Penny. »Wir werden so gegen vier Uhr nachmittags anfangen, dann müsstest du eigentlich wieder zu Hause sein und hast noch Zeit zu duschen. Und danach kommst du auf ein paar Schnittchen und ein Glas Wein zu mir rüber.«

»Den Wein bringe ich aber mit«, versprach Emma.

»Sehr gerne.«

»Und ich frage Lyle, ob er mir Rabatt auf ein Blumengesteck gibt«, fügte sie hinzu.

»Das kannst du gerne versuchen, aber ich muss dich warnen. Er wird dir keinen geben. Seit Jahren versuche ich, einen Rabatt bei ihm herauszuschlagen. Doch ich darf mich nicht beschweren«, meinte sie lächelnd. »Dafür hat er mir ja dich gebracht.«

Emmas neues Leben nahm langsam Gestalt an. Sie hatte gute Bekannte auf der Arbeit, verdiente genug, um ihre laufenden

Kosten zu decken, hatte Freunde außerhalb des Kollegenkreises, gleich zwei Einladungen für den Feiertag und eine gemütliche Wohnung. Es störte sie nicht einmal, dass ihre eigene Familie sich nicht meldete, geschweige denn, sie zum Thanksgiving-Dinner einlud. Ehrlich gesagt war sie sogar erleichtert.

Und gerade als sie anfing, sich einigermaßen zu entspannen, passierte etwas Seltsames. Eine der älteren Krankenschwestern guckte sie aus unerfindlichen Gründen auf einmal finster an. Clarice schien wegen irgendetwas sauer auf sie zu sein. Sauer oder gereizt. Ein paar andere folgten ihrem Beispiel. Anscheinend war auf der Station Tag der miesen Laune. Spannung lag in der Luft, und Emma wusste, dass irgendwas nicht stimmte. Es hatte einige Notfälle gegeben, vielleicht war das der Grund.

Doch schließlich war die Spannung kaum mehr zum Aushalten. Emma wollte es zunächst ignorieren, aber das seltsame Verhalten rings um sie herum verursachte ihr allmählich Beklemmungen.

Es dauerte nicht lange, bis sich alles entlud. Um zwei Uhr nachmittags, etwa eine Stunde nach dem Schichtwechsel, war es so weit. Ein Patient war entlassen worden, und das Zimmer musste gereinigt werden. Emma holte ihren Wagen, ihren Mopp und frische Betttücher, schlüpfte in ihre Handschuhe und betrat das Zimmer. Neben dem Bett erwartete Clarice sie.

»Wie viel haben Sie eingesackt?«, fragte sie mit harscher Stimme.

»Wie bitte?«

»Sie haben mich sehr gut verstanden. Wie viel haben Sie eingesackt? Genug, um meine alte Mutter versorgen zu können? Denn Hugh und ich können uns das nicht leisten. Sie wohnt bei uns, seit man sie um ihre Ersparnisse gebracht hat.«

»Wovon reden Sie überhaupt?«, erwiderte Emma, obwohl sie genau wusste, was jetzt kommen würde.

»Ich weiß, wer Sie sind, Mrs. Compton. Wir wissen alle, wer

Sie sind. Der Name meiner Mutter ist Roberta Sinclair, und Sie haben ihr alles genommen, was sie besaß. Und ich denke, Sie wissen auch, wie Sie es ihr zurückgeben können.«

O nein! Obwohl sie solche Konfrontationen x-mal in allen möglichen Varianten in Gedanken durchgegangen war, hatte Emma in diesem Moment keine Ahnung, wie sie reagieren sollte. Sie schüttelte nur den Kopf. »Es gibt nichts mehr«, erklärte sie. »Ich habe nichts.«

»Es gibt Vermögenswerte, die auf Sie laufen«, behauptete Clarice.

Erneut schüttelte Emma den Kopf. »Es läuft gar nichts auf meinen Namen. Alles lief auf Richard, und die wenigen Dinge, bei denen das nicht der Fall war, wurden bereits beschlagnahmt. Unser gesamter Besitz wurde versteigert, ich habe nichts mehr. Glauben Sie im Ernst, ich würde in einem Krankenhaus als Putzfrau arbeiten, wenn ich noch irgendwo Geld hätte?«

»Klar, für den Übergang«, antwortete die Frau. »Sie tun einfach eine Zeit lang so, als wären Sie arm dran, und sobald niemand mehr an die Sache denkt, krallen Sie sich das Geld, das Sie irgendwo gebunkert haben. Die Nummer kennt man doch!«

»Da liegen Sie schief! Was Sie da im Internet gelesen haben, stimmt nicht! Alles ist weg – sogar mein Ehering, mein Brautkleid, meine Hochzeitsgeschenke. Ich habe nichts behalten. Und ich lüge nicht. Ich benutze meinen echten Namen, habe mir nicht mal die Haare gefärbt! Ich wusste selbst nicht, was mein Mann da treibt, Clarice. Ich hatte nichts mit seinen Geschäften zu tun!«

»Und was ist mit dem Geld auf den Offshore-Konten? Ich habe gelesen, dass er die Kontonummern preisgeben wollte, als …«

»Alles weg. Es war ein Versuch, eine geringere Haftstrafe auszuhandeln, aber … Es ist nichts mehr da, von dem ich weiß. Mir ist nichts geblieben, das schwöre ich Ihnen.«

»Ich habe gelesen, dass Sie immer noch 1,4 Millionen haben und wertvolles Wohneigentum.«

Emma wurde schwindelig. »Ich hatte ein paar Dollar, um hierher zurückzukommen und eine Wohnung zu mieten. Die US-Marshals haben in einer Auktion all unseren Besitz verkauft. Alles. Ich besitze noch ein bisschen Bettwäsche und einige Handtücher, Töpfe und Pfannen. Meine Kleider habe ich an Frauenhäuser gespendet. Es gibt nichts mehr. Meinen Sie, ich will mit diesem scheußlichen Verbrechen in Zusammenhang gebracht werden? Man hat mir erzählt, dass die Investoren knapp zweiunddreißig Cent für jeden investierten Dollar bekommen haben. Mehr konnte ich nicht tun!«

»Sie lügen!«, protestierte Clarice. »Sie hatten doch Anwälte! Meine Mutter hatte keinen Anwalt, weil sie sich keinen leisten konnte. Und sie hat sowieso nicht so viel bekommen. Sie hat eine Hypothek auf ihr Haus aufgenommen, um bei Compton zu investieren.«

So hatte das nicht funktioniert, das wusste Emma aus der Verhandlung. Richard Compton hatte mit einer Vielzahl von Finanzmanagern und Brokern zusammengearbeitet, die kleinere Investoren repräsentiert hatten, und diese Leute waren es, die in seine Firma investiert hatten. Richard selbst hatte nie Einzelpersonen dazu gebracht, eine Hypothek auf ihr Haus aufzunehmen; er hatte nur mit Hedgefonds-Managern zu tun gehabt, die er überzeugen konnte, Geld in seine Firma zu stecken. Ihm war es egal gewesen, wo das Geld hergekommen war. Vielleicht hatte er es nicht einmal gewusst. Aber Richard hatte sich nicht mit kleinen Summen abgegeben. Die minimale Investitionssumme betrug etwa ein Hundertfaches von dem Wert von Mrs. Sinclairs Hypothek.

»Ich hatte einen Pflichtverteidiger, der mir einen gewissen Betrag beschaffen wollte, damit ich die Zeit überbrücken konnte, bis ich einen Job finden würde – denn er ahnte, dass dies schwierig werden würde. Aber ich wollte nichts haben von diesem schmutzigen Geld. Es tut mir leid«, meinte Emma. »Es tut mir sogar sehr leid. Ich hätte nicht zugelassen, dass so etwas passiert, wenn ich es hätte verhindern können.«

»Sie lügen!«

Clarice schnappte sich die Bettpfanne, die auf dem leeren Bett stand, und warf sie nach ihr. Instinktiv hielt Emma die Arme vor sich, aber das half nicht viel. Das verdammte Ding war nämlich voll. Der entlassene Patient war nur ambulant behandelt worden, Clarice musste also ganz genau gewusst haben, wo sie eine geeignete Bettpfanne finden würde. Oder vielleicht hatte sie auch die Katheterpackungen in die Bettpfanne geleert. Jedenfalls verlor Emma das Gleichgewicht. Sie stolperte rückwärts und fiel hin, stieß mit dem Steißbein gegen den Putzeimer und schlug mit dem Kopf gegen das Metallgitter des Bettes. Sie war voll mit Urin.

Als sie aufstehen wollte, drehte sich alles, und so floh sie auf allen vieren aus dem Krankenzimmer.

»Mein Gott!«, rief eine ihrer Kolleginnen und rannte zu ihr. »Wie ist das passiert? Hast du dir wehgetan?«

Clarice trat nun ebenfalls auf den Gang und stolzierte mit gerecktem Kinn an Emma vorbei zur Schwesternstation am Ende des Flurs.

»Kannst du aufstehen?«, fragte ihre Kollegin.

»Ich weiß nicht«, flüsterte Emma. »O Gott, das ist so ekelhaft.«

»Wie ist denn das geschehen?«

»Sie hat eine Bettpfanne nach mir geworfen. Anscheinend war sie betroffen von … Mein verstorbener Ehemann war schuld an … Aber ich wusste das alles nicht«, stammelte Emma und sah die andere flehend an. »Ich schwöre es. So was würde ich nie tun. Und jetzt ist er tot.«

Zwei Krankenschwestern kamen herbeigeeilt. »Meine Güte«, sagte die eine, während die andere meinte: »Clarice hat wohl den Verstand verloren.« Sie versuchten, Emma auf die Beine zu helfen, aber sie schwankte und drohte wieder zu stürzen. Also holten sie einen Rollstuhl und brachten sie zur Notaufnahme. Emma bemühte sich, ihnen das Problem zu schildern, doch es gelang ihr nicht wirklich. Sie wollte ihnen erklären, dass sie mit einem bösen Mann, einem Dieb, verheiratet gewesen war, dass sie davon keine Ahnung gehabt hatte, dass Clarice anscheinend eins seiner Opfer war und dass Emma nicht wusste …

Ich hätte etwas tun sollen, dachte sie. *Ich hätte etwas tun sollen, als ich mich darüber gewundert habe, wieso Anwälte einen Ehevertrag aushandeln. Aber Richard hatte sie engagiert. Ich hätte mehr Fragen stellen sollen, als dieser unfassbar reiche Mann mich heiraten wollte, doch das habe ich nicht getan. Ich hätte etwas tun sollen, als die Börsenaufsicht ihn unter die Lupe nahm. Ich hätte mir seine Papiere ansehen müssen oder seinen Computer hacken, als ich ahnte, dass etwas nicht stimmt. Ich wusste nichts. Ich hätte es allerdings wissen müssen. Wieso habe ich es nicht gewusst? Ich hätte mit den Leuten reden sollen, die für ihn gearbeitet haben, mit denen, die am Ende gegen ihn ausgesagt haben. Ich hätte herausfinden sollen, wie sie weitermachen würden; sie haben mit der Staatsanwaltschaft Deals ausgehandelt. Alle haben Deals ausgehandelt, sogar seine Geliebte!*

Gerade weil alles so schwammig, so undurchsichtig gewesen ist, hätte ich Fragen stellen müssen. Vielleicht hätte ich am besten einen Detektiv angeheuert oder so was. Oder ich hätte einfach abhauen sollen!

»Machen Sie sie sauber, wir müssen ein CT des Schädels vornehmen«, ordnete der Arzt in der Notaufnahme an. »Sie haben eventuell eine Gehirnerschütterung, Emma. Können Sie sich abholen lassen? Es wäre besser, wenn Sie Ihr Auto hier stehen lassen.«

»Ich weiß nicht«, antwortete sie. *Ich bin voller Urin! Wer wird mich da abholen?*

»Denken Sie drüber nach. Wir besorgen Ihnen frische Sachen, Sie können auch unter die Dusche gehen. Mandy wird Sie begleiten, damit Sie nicht wieder ohnmächtig werden und in der Dusche stürzen. Und während des CTs können Sie sich überlegen, wen Sie anrufen können. Wenn Sie niemanden haben, kann einer Ihrer Kollegen Sie womöglich fahren, sonst rufen wir Ihnen ein Taxi. Und Mrs. Carlson möchte noch mit Ihnen sprechen, aber jetzt machen Sie sich erst mal sauber.«

Glynnis! Glynnis würde sie feuern!

Emma wurde zu einer Dusche gebracht, ihre verschmutzte, stinkende Uniform in eine Plastiktüte gesteckt und frische Kleidung bereitgelegt.

»Ich glaube, Ihre Schuhe sind in Ordnung«, stellte Mandy fest, die vor dem Vorhang stand.

»Meine Schuhe sind in Ordnung, weil das Ding mich am Kopf getroffen und meine Haare durchnässt hat«, antwortete Emma in einem Anfall von Selbstmitleid.

»Schmeißen Sie die Schuhe trotzdem lieber in die Waschmaschine, wenn Sie nach Hause kommen. Oder sprühen Sie sie wenigstens mit einem Desinfektionsmittel ein.«

»Man kann Schuhe in die Waschmaschine stecken?«

»Ich mach das immer – also, Turnschuhe. Ist doch nur Stoff und ein bisschen Kunststoff oder Leder.«

Hätte ich mich selbst um meine Wäsche gekümmert, statt dafür Personal zu haben, wüsste ich so was vermutlich, dachte Emma.

Sie lieh sich einen Kamm, Lipgloss hatte sie in der Handtasche. Als der Arzt das CT durchführte, waren ihre Haare beinahe trocken, aber total zerzaust. Ohne Pflegeprodukte, Bürste und Föhn sah sie furchtbar aus. Es war schön, wieder sauber zu sein. Trotzdem fühlte sie sich nur unwesentlich besser. Man hatte ihr eine Liste von Symptomen mitgegeben, auf die sie achten sollte, und sie hatte eine große Beule am Hinterkopf.

Die tat jedoch nicht halb so weh wie ihr Steißbein, mit dem sie auf den Metalleimer geknallt war. Man gab ihr ein Schmerzmittel dagegen.

Der Arzt bestand darauf, dass sie nicht selbst fahren durfte. Emma zog kurz in Erwägung, seine Anweisung zu ignorieren. Dann führte sie sich aber vor Augen, dass sie im Falle einer kurzen Ohnmacht beim Fahren eine komplette Familie auslöschen könnte. Sie konnte den Gedanken kaum ertragen, bei Lyle anzurufen und ihm zu erzählen, dass die Vergangenheit sie nun auch hier eingeholt hatte, und hörte Ethan schon leise lachen. Penny wollte sie auch auf keinen Fall verständigen. Am Ende würde ihre Vermieterin sich noch Gedanken darüber machen, wen sie sich da ins Haus geholt hatte.

Also schrieb sie Adam eine SMS. *Hatte einen kleinen Arbeitsunfall und bräuchte jemanden, der mich im Krankenhaus in Petaluma abholt und nach Hause fährt. Hättest du Zeit? Wenn nicht, frage ich hier mal rum.*

Er antwortete sofort: *Gleich ist Schulschluss, ich komme ASAP. Ich brauche allerdings eine Stunde. Ist das zumutbar?*

Mir geht's gut. Schick mir eine SMS, wenn du auf dem Parkplatz bist, dann komme ich raus. Hab vielen Dank!

Sie ging zum Büro von Glynnis Carlson und wartete vor der Tür, die Plastiktüte mit ihrer Arbeitskleidung in der Hand. Wenige Minuten später öffnete der Drache die Tür und bedeutete ihr, hereinzukommen. Sie wies zu einem Stuhl vor ihrem Schreibtisch.

Glynnis setzte sich und faltete die Hände auf der Tischplatte. »Können Sie mir sagen, was vorgefallen ist?«

»Ich will es versuchen«, antwortete Emma. »Mein Ehemann war Richard Compton. Sagt Ihnen der Name etwas?«

Glynnis nickte. Sie erklärte, dass Clarice' Mutter offensichtlich ein Opfer seiner Machenschaften geworden war. Emma kannte Richards Kunden nicht. Es hatte sich ja überwiegend um finanzstarke Investoren und andere Multimillionäre gehandelt. Bei Gericht hatte sie einige von ihnen gesehen. Sie wunderte sich darüber, dass überhaupt jemand aus Kalifornien zu den Geprellten zählte – und dann noch ausgerechnet Clarice' Mutter. Aber der Verbrecher war nicht sie, sondern ihr Mann.

»Das hätten Sie mir mitteilen müssen«, stellte Glynnis klar.

»Dann hätten Sie mich nicht eingestellt.«

»Ich hätte Sie eingestellt, aber vermutlich für die Nachtschicht eingeteilt. Tja, jetzt ist das Kind in den Brunnen gefallen. Ihnen steht die Möglichkeit offen, die Polizei einzuschalten und Klage wegen Körperverletzung zu erheben. Die Krankenschwester, die Sie angegriffen hat, muss mit einer Disziplinarstrafe rechnen. Wahrscheinlich verliert sie sogar ihre Stelle, aber Sie können trotzdem …«

Emma schüttelte den Kopf. »Ich will der Sache nicht noch mehr Aufmerksamkeit zuteilwerden lassen. Außerdem verstehe ich ihre Wut ja. Nur kann ich gar nichts für sie tun. Ich wollte nichts von dem Geld, das Richard sich auf unlautere Weise angeeignet hat. Es ist sowieso nichts mehr da.«

»Und wieso denkt Clarice das dann?«

»Es gibt einige Bücher über Richard und seine Verbrechen, dazu jede Menge Artikel. Es liefen auch Berichte im Fernsehen, und entsprechende Spekulationen machen im Internet die Runde. In denen heißt es, ich hätte einen Teil der Beute beiseitegeschafft. Was nicht stimmt.«

»Emma, Sie können vorerst leider nicht im Publikumsverkehr arbeiten, auch wenn Sie von allen Schuldzuweisungen entlastet wurden. Verstehen Sie?«

»Ich habe versucht, nicht aufzufallen«, erwiderte Emma.

»Ich werde mich für eine Entschädigung für Sie einsetzen, Emma. Fürs Erste habe ich Sie vom Dienstplan genommen. Nehmen Sie sich zwei Wochen frei. Ich schlage vor, dass Sie danach kündigen und sich woanders eine Stelle suchen. Vielleicht wären Sie als Zimmermädchen in einem Hotel besser aufgehoben – weniger Kontakt mit Menschen.«

»Aber ich bin nicht so schwer verletzt, dass ich zwei Wochen zu Hause bleiben müsste«, widersprach Emma.

»Im Moment wäre es nicht so gut, wenn Sie hier weiterarbeiten. Nehmen Sie sich eine kleine Auszeit, die steht Ihnen zu.«

»Aber Sie kündigen mir nicht?«, erkundigte sie sich.

»Soweit ich das sehe, haben Sie nichts falsch gemacht. Bitte überlegen Sie sich dennoch genau, ob Sie weiterhin hier tätig sein möchten. Ich kann Sie in eine andere Schicht einteilen, sodass Sie der Krankenschwester, die Sie angegriffen hat, nicht mehr begegnen müssen. Sie hat jedoch sicher Freundinnen unter ihren Kolleginnen, und Sie wissen ja: Wenn so was einmal die Runde macht … Man könnte Ihnen das Leben schwer machen.«

Fast musste Emma lachen. »Ich hab also gar keine Chance.«

»Fragen Sie in den Hotels in der Umgebung nach, während Sie sich erholen. Das wäre doch eine Option. Sie würden nicht mit vielen anderen Menschen zusammenarbeiten und hätten auch so gut wie keinen Kontakt zu den Hotelgästen. Oder … Warten Sie mal kurz.« Glynnis griff in ihre Schublade und kramte in einem Haufen Visitenkarten. »Diese Frau bietet ebenfalls Reinigungsdienste an – das volle Programm. Aber bitte sagen Sie dort von Anfang an die Wahrheit. Falls nötig, gebe ich Ihnen gern ein Empfehlungsschreiben mit. Sie haben während Ihrer kurzen Zeit hier bei uns Ihre Arbeit sehr gut gemacht.«

Emma betrachtete die Karte. Riley Kerrigan. Sie war wirklich überall. »Ja, Ma'am«, sagte sie artig. Der einzige Vorteil für sie bestand darin, dass sie Riley nichts über »die Umstände« erklären müsste.

»Denken Sie darüber nach. Und dann rufen Sie mich an.«

»Das werde ich machen.«

Nach ihrem Besuch bei Glynnis Carlson ging Emma auf die Toilette. Dort holte sie ein paarmal tief Luft. Glynnis war nett gewesen, fair und nett. Doch Emma musste den Tatsachen ins Auge sehen: Die Leute würden stets ihr die Schuld geben. Wenn man sie nicht als Komplizin verdächtigte, würde man sie dafür verurteilen, dass sie nichts unternommen und auch nicht gegen Richard ausgesagt hatte. Niemand würde ihr glauben, dass sie einfach nichts zu der Sache zu sagen gehabt hatte und nichts zur Aufklärung hätte beitragen können.

Jetzt dreh nicht gleich durch, mahnte sie sich im Stillen. *Das Ganze ist erst sechs Monate her. Es könnte noch eine Weile so weitergehen. Du hast doch gewusst, dass es nicht leicht werden würde – ganz egal, wo du hingehst, ganz egal, was du machst.*

Emma warf die Tüte mit ihren beschmutzten Klamotten in die Mülltonne. Dann ging sie zur Umkleide im Keller, wo sich auch die Stempeluhr befand, und holte ihre Jacke. Sie würde nicht hier auf Adam warten, wo die anderen Angestellten auf dem Weg zu ihren Autos an ihr vorbeigehen mussten. Hinter der Notaufnahme gab es einen netten kleinen Innenhof. Er war vermutlich für die wenigen Raucher gedacht, aber im Moment hielt sich niemand dort auf. Die Sonne schien. Es war eigentlich ein wunderschöner Herbstnachmittag. Emma setzte sich mit dem Rücken zur Tür und führte weiter im Geiste Gespräche mit sich selbst.

Es ist gerade mal sechs Monate her. Manche der Geprellten werden ihr Leben lang verbittert und wütend sein. Viele denken vermutlich, dass nur Selbstmord nicht Strafe genug für Richard war. Und es würde auch immer diejenigen geben, die davon ausgingen, dass sie einen Teil des Geldes einkassiert hätte. Dass sie eine Weile abwarten und sich danach wie der Phönix aus der Asche aufschwingen würde, um wieder das Highlife zu genießen. *Es ist gerade mal sechs Monate her, also hör auf zu heulen.*

Und trotzdem rollten die Tränen über ihre Wangen.

Es waren ein paar Minuten vergangen, da bemerkte sie, wie sich hinter ihr die Tür öffnete. Sie hörte etwas rascheln, dann Schritte, und schließlich ging ein Mann an ihr vorbei. Er hatte einen Blumenstrauß in der Hand, der in Zellophan eingewickelt war. Das war also das raschelnde Geräusch gewesen. Der Mann lief bis zum äußersten Ende des Innenhofs und drehte sich dann um. Er streifte sie kurz mit seinem Blick, bevor er sich auf eine Bank setzte. Er mied jeden weiteren Blickkontakt und starrte auf seine Knie.

Emma wischte sich die Augen.

Der Mann sah auf. »Schlechten Tag gehabt?«, fragte er.

Sie nickte. »Und Sie?«

»Ein bisschen enttäuschend, aber das wird schon wieder. Was ist passiert? Sind Sie Ärztin?«

Sie schüttelte den Kopf. Vermutlich dachte er das, weil sie einen Kittel trug.

»Dann also Krankenschwester. Ich schätze mal, als Krankenschwester hat man jede Menge schlechter Tage.«

Sie gab keine Antwort, und das war auch nicht nötig. Sie hasste es, Menschen zu belügen – auch wenn ihr das niemand glaubte. Vermutlich hielten fast alle Menschen sie für eine Lügnerin.

In dem Moment piepte das Handy in ihrer Tasche. Als sie nachsah, stellte sie fest, dass es eine SMS von Adam war. »Ich muss gehen, mein Abholer ist da«, sagte sie zu dem Mann. »Hoffentlich wird Ihr Tag wieder besser.«

Als er aufstand, fiel ihr auf, dass er sehr gut aussah. Er war groß und breitschultrig. »Das wünsche ich Ihnen auch. Hier«, meinte er und streckte ihr die Blumen hin. »Nehmen Sie sie. Ich würde sie sonst nur in den Abfall werfen.«

»Können Sie sie nicht Ihrer Frau mitbringen?«

»Ich bin nicht verheiratet.«

»Ihrer Mutter? Tochter? Schwester?«

Er lächelte, wodurch er noch besser aussah. »Nein. Hier. Erfreuen Sie sich daran.« Als sie nur schweigend dastand, fügte er hinzu: »Jetzt kommen Sie, jemand will Ihnen eine Freude machen. Nehmen Sie sie.«

Schließlich nahm sie die Blumen und bedankte sich. Dann ging sie auf den Parkplatz, entdeckte dort Adams SUV und stieg ein.

Adam schaute auf die Blumen. »Ein Abschiedsgeschenk?«, fragte er.

Da brach Emma in Tränen aus.

6. Kapitel

Adam war klar, dass mehr als »Ich hatte einen Arbeitsunfall« dahintersteckte. Er wusste nicht, wieso; er hatte es einfach geahnt. Auf dem Weg zum Krankenhaus hatte er deshalb noch mal kurz angehalten und zwei Becher Mokkakaffee mit Sahne geholt. Als er Emma jetzt fragte, was passiert war, kam aus ihrem Mund nur zusammenhangloses Gestammel. Er beschloss, dass es besser war, schon mal loszufahren, als hier auf dem Parkplatz mit ihr zu sitzen und ihr beim Weinen zuzusehen. Und sie weinte wirklich haltlos.

Ein paar Dinge konnte er ihrem Wortschwall entnehmen. Jemand hatte sie erkannt und sie mit einer Bettpfanne beworfen. Sie brachte wimmernd hervor, dass sie das alles nicht gewusst hätte, auch keine Komplizin von Richard gewesen sei und alle sie nur für eine geldgeile Lügnerin hielten. Dann endete sie mit einer kaum verständlichen Rede über den widerwärtigen Zustand ihres Haars. Er riss erstaunt die Augen auf. Was hatte das alles mit ihren Haaren zu tun?

Als sie an einem schönen Park vorbeikamen, fuhr er auf den Parkplatz und hielt unter einem Baum, dessen Blätter sich bunt verfärbt hatten. Er reichte ihr Taschentücher, und nachdem sie sich die Nase geputzt hatte, gab er ihr den Kaffee. Allmählich beruhigte sie sich, und er konnte verstehen, was sie sagte.

Adam war sich nicht sicher, ob er nicht zu egoistisch handelte. Aber er wollte, dass sie dieses Problem endlich für sich löste, wenigstens emotional, denn sie würde nicht für seine Annäherungsversuche empfänglich sein, wenn ihr Kopf nicht frei war. Doch noch war sie einfach nicht so weit. Sie hatte das alles noch nicht hinter sich gelassen. Ihr Leben befand sich im Umbruch. Und das hatte mehr damit zu tun, was Emma über sich selbst dachte, als mit dem, was andere von ihr hielten oder nicht.

»Zum Glück bin ich dir in diesem Burgerladen begegnet«, sagte sie unter Tränen. »Bitte fahr mich nach Hause, Adam. Ich wollte das nicht alles bei dir abladen.«

»Nein, ich fahr dich noch nicht nach Hause. Erst trinkst du mal deinen Kaffee und atmest tief durch, dann reden wir.«

»Ich finde aber, dass du dir dieses ganze Chaos nicht anhören musst …«

»Das halte ich schon aus«, versicherte er ihr. »Ich mache mir ein bisschen Sorgen um dich. Du wirkst immer noch verwirrt, irgendwie so verletzlich. Du machst dich zum Opfer.«

»Hab ich nicht jedes Recht dazu?«, fragte sie.

»Vermutlich ja. Aber bitte halt dir auch mal eins vor Augen, Emmie: Fehlende Macht kommt von fehlendem Wissen. Falls ich nicht völlig danebenliege, bist du immer noch komplett verwirrt wegen dem, was dir passiert ist, wie es passieren konnte und was du nun anfangen sollst.«

»Ich habe keine Ahnung, worauf du hinauswillst«, meinte sie.

»Warst du schon mal bei einem Therapeuten?«, wollte er wissen.

»Was für ein Therapeut?«

»Okay, das ist jetzt bloß eine Vermutung, aber ich glaube, du hast einen Schock erlitten. Vielleicht eine Art posttraumatische Belastungsstörung, denn du kommst einfach nicht über die Sache hinweg.«

Als sie ihn mit großen Augen anstarrte, musste er lächeln.

»Diese Krankheit bekommen nicht nur Kriegsveteranen, Emmie«, fügte er hinzu. »Jeder, der ein Trauma erlebt hat, kann das durchmachen. Ein Kriegsveteran mag bei der Fehlzündung eines Autos Symptome zeigen – Wut, Schlaflosigkeit, Angst, Panikattacken, Phobien und so weiter. Für Opfer von emotionalem Missbrauch braucht es oft nicht mehr als einen gewissen Gesichtsausdruck, bestimmte Kommentare, einen Wutausbruch oder eine Bedrohung durch jemanden. Das solltest du abklären lassen. Geh zu einem Spezialisten.«

»Hör zu«, sagte sie ernst und drehte sich zu ihm. »Ich habe kein Geld für einen Psychologen, und meine Krankenversicherung ist für echte Notfälle gedacht. Aber niemand, wirklich *niemand*, wird mir vergünstigte Therapiesitzungen anbieten, weil ich darunter leide, plötzlich kein Geld mehr zu haben, nachdem ich viele Jahre wie eine Königin gelebt habe.«

»Opfer«, erwiderte er. »Du stellst dich immer als Opfer dar. Und wahrscheinlich warst du zuletzt ja auch das Opfer und nicht die Königin. Aber du brauchst Hilfe. Ich hör mich um. Vielleicht finde ich ja jemanden, wer weiß. Ich kenne so viele Leute – immerhin unterrichte ich seit fünfzehn Jahren an einer Highschool. Und während ich mich umhöre, kannst du ja selbst mal was zu dem Thema lesen. Nach allem, was du mir erzählt hast, scheint dir selbst gar nicht klar zu sein, was eigentlich genau geschehen ist. Du hast keine Ahnung, wie du in diesem psychisch-emotionalen Minenfeld gelandet bist. Doch dafür muss es eine Erklärung geben. Und wenn es keine eindeutige Erklärung gibt, wirst du genug Informationen finden, die dir helfen werden, gewisse Rückschlüsse zu ziehen. Geh in die Bücherei. Lies die Bücher, die über euren Fall geschrieben wurden. Finde heraus, was die Autoren glauben, über *dich* zu wissen. Und was sie glauben, über deinen Mann zu wissen.«

Sie schüttelte den Kopf. »Du weißt ja nicht, was du mir da vorschlägst. Ist dir bewusst, wie weh das tut? Schon die kleinsten Ausschnitte dieser Werke sind für mich unerträglich.«

»Ich weiß.«

»Du weißt das? Woher?«

»Weil ich sie gelesen habe«, antwortete er schulterzuckend. »Viele, viele Theorien über deinen verstorbenen Mann. Und über dich. Verschiedenste Theorien.«

»Wieso?«, fragte sie leise. »Wieso hast du diesen Dreck gelesen?«

»Emmie, ich unterrichte Naturwissenschaften. Wir recherchieren. Wir schlagen auch Schwachsinn nach.« Er schenkte ihr ein unsicheres Lächeln. »Es war nur ein Vorschlag. Du kannst all dem sowieso nicht entkommen. Also solltest du dich der Situation stellen.«

»Ich dachte eigentlich, das hätte ich in den vergangenen Monaten getan«, erklärte sie. »Schließlich war ich in unserer Wohnung, als Richard sich dort sein Hirn weggeballert hat. Ich musste mich vor wütenden Klägerparteien verstecken. Ich musste zusehen, wie mir mein Eigentum genommen wurde. Ich …«

»Du wolltest das alles hinter dir lassen, und das kann dir niemand verübeln. Aber dieses Fiasko ist Teil deines Lebens. Damit musst du umzugehen lernen. Wäre es da nicht besser, zu wissen, wie es dazu kommen konnte? Zu ergründen, was für ein Mensch Richard wirklich gewesen ist? Im Grunde weißt du das ja gar nicht, oder? Du hast gesagt, wenn du eine Ahnung gehabt hättest, wärst du davongerannt. Was weißt du also über Soziopathen? Denn ich vermute, dass er genau das war: ein Soziopath.«

»Was weißt *du* denn über Soziopathen?«, erkundigte sie sich.

Er schüttelte den Kopf. »Nicht viel, aber ich muss gestehen, das Thema fasziniert mich. Als der liebe Gott das schlechte Gewissen verteilt hat, muss er wohl ein paar Leute vergessen haben; mich hat er allerdings besonders bedacht. Mein Gewissen macht irgendwie ständig Überstunden.« Er streckte die Hand nach ihr aus. »Meinst du, du könntest in Frieden mit der Sache abschließen, wenn du alles etwas besser verstehst?«

»Ich weiß es nicht.«

»Dann finde es heraus«, schlug er vor. »Ich kann dir helfen. Ich recherchiere wirklich gern. Und ich unterhalte mich gern mit dir. Aber eins nach dem anderen. Du erholst dich jetzt ein paar Tage und packst dir erst mal einen Eisbeutel auf den Kopf.«

»Und auf den Hintern«, ergänzte Emma.

»Haben sie dich geröntgt?«

»Nein. Mir wurde bloß gesagt, ich soll noch mal vorbeikommen, wenn es weiterhin wehtut. Doch nach den Schmerztabletten ist es inzwischen schon besser.«

»Also lass uns nach vorne schauen. Ich denke, es ist an der Zeit, dass du dich bei Riley nach einem Job erkundigst. Es muss ja nichts Langfristiges sein. Aber du musst etwas …«

»Ach Adam.«

»Sie wird dich beschützen, Emmie. Sie weiß, wie schwer ein Neuanfang ist. Wie schwer es ist, nach einem Tiefschlag wieder hochzukommen.«

»Ich kann einfach nicht glauben, dass sie mir helfen wird«, meinte Emma.

»Natürlich wird sie das. Und wenn nicht, hieße das, dass ich meine Schwester vollkommen falsch einschätze. Und das halte ich für unmöglich.«

»Weiß sie denn, dass wir uns getroffen haben?«, fragte Emma.

»Sie weiß, dass wir uns in dem Burgerladen zufällig über den Weg gelaufen sind. Und dass wir zusammen ein Glas Wein trinken waren und ich dir ihre Karte gegeben habe. Mehr weiß sie nicht. Ich habe ihr nie erzählt, dass wir noch in Kontakt geblieben sind, nachdem zwischen dir und Jock Schluss war und Maddie geboren wurde …«

»Und das war ja nicht nur ein paarmal«, erinnerte Emma ihn. »Aber wieso hast du das ihr gegenüber nie erwähnt?«

Er antwortete nicht sofort. »Das hat mit Riley zu tun. Wenn ich ihr gesagt hätte, dass wir telefonieren, hätte sie mir unendlich viele Fragen gestellt: was du jetzt über sie denkst, was du über deine Situation denkst, über euren Streit. Es wäre wieder alles bloß um sie gegangen und *ihre* Beziehung zu dir. Denn das war nicht der Grund, warum ich damals bei dir angerufen habe. Du bist jahrelang bei uns ein und aus gegangen, als wir Teenager waren. Ich habe aus einem einzigen Grund bei dir angerufen: meinetwegen.«

»O Adam …« Sie klang gerührt.

»Aber bei dir war es eigentlich genauso wie bei Riley. Wann immer wir miteinander telefoniert haben, hast du nach kürzester Zeit das Thema auf Riley gebracht. Auf Riley und Jock. Auf Riley und dich. Sogar Jahre später noch. Eins kann ich jedenfalls über euch beide sagen: Ihr habt ein erstaunliches Durchhaltevermögen, was diese Fehde betrifft. Die Sache ist ja heute noch total emotionsbehaftet. Du hattest sogar Tränen in den Augen, als ich dir Maddie vorgestellt habe.«

»Nein.« Emma schüttelte den Kopf. »Ich meine, ja, das stimmt, ich hätte fast geweint. Kannst du ein Geheimnis bewahren? Dumme Frage, natürlich kannst du das. Du hast Riley ja nicht mal verraten, wie oft wir seit meiner Rückkehr schon miteinander gesprochen haben. Ich habe nicht etwa geweint, weil ich dachte, Maddie könnte mein Kind sein. Obwohl alles erstrebenswerter gewesen wäre als das, wo ich am Ende gelandet bin. Was hätte ich denn getan, wenn ich schwanger gewesen wäre und nur Rosemary an meiner Seite gehabt hätte? Nein, ich habe geweint, weil ich nach allem, was ich mit meinem Mann durchgemacht habe, auch noch erfahren musste, dass ich unfruchtbar bin.«

Verdammt, dachte Adam. Jetzt war *er* kurz sprachlos.

Drei Tage später lernte Emma Lucinda Lopez kennen, eine Ehe- und Familientherapeutin.

»Es ist übrigens das erste Mal, dass Adam mich um einen Gefallen bittet«, erklärte Lucinda. »Mit ihm habe ich mich als Erstes angefreundet, als ich noch unterrichtet habe. Er ist ein toller Lehrer. Ich war keine so tolle Lehrerin, aber ich denke, ich bin eine gute Therapeutin.«

»Hat Ihnen das Unterrichten nicht gefallen?«, erkundigte Emma sich.

»Ich konnte meine Rechnungen bezahlen, und es war eine anständige Arbeit. Ich habe Dienst nach Vorschrift gemacht. Doch es gibt Lehrer, so wie Adam, die wissen, wie man die Kinder inspiriert. Ihm ist es zu verdanken, dass einige seiner Schüler eine naturwissenschaftliche Karriere eingeschlagen haben. Also … Er hat mir gesagt, dass Sie gerade nur sehr wenig Geld haben, aber dringend jemanden in der Beratung bräuchten. Ich habe Ihr Anmeldeformular noch nicht gelesen. Trifft das auf Sie zu?«

»Im Moment warte ich auf eine Auszahlung und bin auf Arbeitssuche, weil … Das mit meinem letzten Job geht nicht mehr. Und der Grund dafür ist derselbe, weswegen ich eine Beratung brauche.«

»In Ordnung, wir fangen gleich an. Aber bevor wir zu viel Zeit auf Ihre eigentliche Geschichte verwenden, sagen Sie mir bitte, was Sie finanziell für die Beratung aufbringen können. Es ist wichtig, dass Sie etwas bezahlen, damit die Beratung für Sie auch eine Priorität hat. Sie können natürlich jederzeit entscheiden, ob es für Sie funktioniert oder nicht, das ist ganz Ihnen überlassen. Aber bitte verstehen Sie mich nicht falsch: Wenn ich Sie kostenlos berate, haben Sie weniger Wertschätzung für die Sache. Versuchen Sie also bitte – nicht um meinetwillen, sondern um Ihretwillen – etwas Geld dafür aufzubringen. Wir werden bessere Ergebnisse erzielen, wenn Sie sich anstrengen müssen und eine Verpflichtung eingehen.«

»Ich weiß es nicht. Ich weiß ja nicht, wie oft ich zu Ihnen kommen werde. Können Sie mir das sagen?«

»Sie meinen, was die Therapiestunde kostet? Natürlich. Ich berechne einen Tarif, der sich an der Höhe des Einkommens misst. Hier, das ist die Gleitskala«, sagte sie.

Emma warf einen Blick darauf. Die Zahlen schüchterten sie ein. Der Tarif begann mit einem Stundensatz von fünfunddreißig Dollar und endete bei einhundertfünfundzwanzig. Vermutlich wären zwei Sitzungen im Monat sinnvoll. Siebzig Dollar waren bei einem Einkommen wie ihrem aktuellen ein ziemlich harter Einschnitt.

»Wir sollten gleich loslegen«, erklärte Emma.

»Sobald Sie so weit sind«, erwiderte die Therapeutin.

Emma erzählte ihr die ganze Geschichte in der Kurzversion. Dafür brauchte sie eine Viertelstunde, unterbrochen von ein paar Fragen von Lucinda, die dem Verständnis dienten. Nach dieser Viertelstunde empfand sie die Therapeutin als sehr einfühlsam und offen, das erleichterte das Gespräch. Lucinda war eine hübsche Frau mexikanischer Abstammung. Erste graue Haare zierten ihre pechschwarze Mähne. Sie hatte dunkle, fast schwarze Augen und ein sanftes Lächeln. Auch ihre Stimme war sanft und freundlich, gleichzeitig jedoch voller Selbstvertrauen.

Als Emma bei der Gegenwart angekommen war, sagte die Therapeutin, sie würde gern noch einmal zurückgehen. Und zwar in die Jahre, bevor Emma ihren Mann kennengelernt hatte.

»Wie weit zurück?«, wollte Emma wissen.

»Da bin ich flexibel«, antwortete Lucinda. »Zu einer Zeit in Ihrem Leben, die für Sie ausschlaggebend war. Eine Zeit der Veränderung vielleicht. Das kann eine Phase gewesen sein, in der Ihnen viel abverlangt wurde. Oder in der Sie sich umstellen und Ihre Prioritäten neu ordnen mussten. War da etwas Besonderes?«

Emma dachte kurz nach. Schließlich meinte sie: »Das Jahr nach der Highschool, als ich aufs College ging. Ein Jahr nachdem mein Vater gestorben war.«

»Gut. Versuchen Sie bitte, mir nicht nur die Ereignisse zu schildern, von denen Sie glauben, dass sie eine Veränderung in Ihrem Leben bewirkt haben. Berichten Sie auch, wie Sie damals empfunden haben und wie es Ihnen geht, wenn Sie heute daran zurückdenken.«

»Das könnte eine ganze Weile in Anspruch nehmen«, gab Emma zu bedenken.

»Und machen Sie sich wenn möglich keine Sorgen wegen der Zeit. Wir müssen nicht alles heute klären. Wir erzielen die besten Ergebnisse, wenn Sie mir die Dinge anvertrauen, über die Sie gerne nachdenken würden. Denn nicht *ich* werde es sein, die Ihre Probleme löst, sondern Sie. Ich bin nur hier, um Ihnen die Richtung zu weisen.«

Als Emma sich verabschiedete, umarmte sie die Therapeutin spontan. »Halten Sie mich für total verrückt?«, fragte sie.

»Ich halte Sie für bemerkenswert«, sagte Lucinda. »Ich freue mich, dass wir uns kennengelernt haben. Bitte bedanken Sie sich bei Adam für mich.«

Emma rief bei mehreren Hotelketten an und erkundigte sich nach Jobs. Alle forderten sie auf, einen Bewerbungsbogen auszufüllen. Sie versprachen, sich dann wegen eines Vorstellungsgesprächs bei ihr zu melden. Doch anscheinend bestand nirgendwo echtes Interesse. Emma suchte in Zeitungen und im Internet nach Stellenangeboten, so wie sie es zu Anfang bereits getan hatte, aber auch diesmal war nicht wirklich etwas Geeignetes dabei.

Also musste sie nun doch Riley anrufen. Sie probierte, sich selbst Mut zu machen.

Manchmal verwässerten Worte, die man gesagt hatte, mit der Zeit. Doch manchmal gärten sie auch, wirkten nach Jahren noch stärker als in dem Moment, in dem man sie geäußert hatte. In Emmas Gedächtnis hatten sich ihre eigenen Worte eingeprägt, die sie zu Riley gesagt hatte: »Ich will dich in meinem ganzen Leben nie mehr sehen und nie wieder mit dir sprechen!«

»Wir finden bestimmt einen Weg, um diese Sache hinter uns zu lassen. Hatten wir nicht mal gesagt, dass kein Mann zwischen uns kommen darf?«

»Ja, bis du dir *meinen* Mann geschnappt hast! Aber bitte, du kannst ihn haben! Ich würde ihn nicht mal zurücknehmen, wenn er auf Knien angerutscht käme! Nicht mit deinem Gestank an ihm!«

»Es wird dir noch leidtun, wenn du unsere Freundschaft wegen dieser Sache aufgibst! Du wirst nie wieder eine Freundin wie mich finden!«

»Hoffentlich! Gott schütze dich davor!«, hatte Emma damals geschrien.

Und jetzt war sie kurz davor, Riley um einen Job anzubetteln.

»Es tut mir leid«, meinte die Dame am Empfang. »Wir haben momentan keine freien Stellen. Aber wenn Sie Ihren Namen und Ihre Telefonnummer hinterlassen, melden wir uns gerne, sobald sich eine Gelegenheit ergibt.«

»Natürlich«, antwortete sie. »Mein Name ist Emma Shay und …«

»Oh, Ms. Shay. Ich habe für Sie bereits einen persönlichen Termin vorgesehen. Könnten Sie am Donnerstagnachmittag um vierzehn Uhr hier sein, um mit Ms. Kerrigan zu sprechen?«

»Äh … Ja, klar«, erwiderte sie. War das etwa ein gutes Zeichen? Adam war ja überzeugt gewesen, dass Riley ihr helfen würde. Aber was, wenn er sich irrte?

Vor sechzehn Jahren, nachdem sie ihrer Freundin an den Kopf geworfen hatte, auf so eine Freundin verzichten zu können, hatte Riley geantwortet: »Emma, ich bitte dich! Versuch doch, mich zu verstehen! Ich wollte nicht, dass das passiert, und es tut mir ehrlich leid! Ich möchte dich nicht als Freundin verlieren!«

Wutschnaubend hatte Emma entgegnet: »Dann frag doch Jock, ob er deine Freundin sein will, du Schlampe!«

Natürlich hatte Emma damals nichts von Rileys Schwangerschaft gewusst. Aber hätte sie in dem Fall ihre Wortwahl gemildert? Ganz sicher nicht. Wahrscheinlich wäre sie sogar noch fieser gewesen. Emma hatte zu der Zeit geglaubt, Riley niemals vergeben zu können. Aber an Rileys Stelle hätte sie ihre eigenen Worte wohl niemals vergessen.

Also wieso sollte Riley ihr jetzt helfen?

Emma trug dasselbe konservative, aber schicke Kostüm, das sie bisher bei jedem Vorstellungsgespräch getragen hatte. Es war von Chanel, aus brauner Wolle, mit einer Falte vorne im Rock. Dazu trug sie einen malvenfarbenen Pullover, eine Strumpfhose und Pumps sowie die passende Handtasche von Dooney & Bourke. Würde Riley angesichts dieses Aufzugs denken, dass Emma alles wohl doch ziemlich gut überstanden hatte? Die Riley von früher hatte nie so schöne Kleider besessen.

Der Gang in Rileys Büro war schlimm für Emma. Schlimmer als alles andere, was sie je hatte tun müssen. Sie erinnerte sich daran, wie sie im Blitzlichtgewitter die Treppen des Obersten Gerichtshofs heruntergeschritten war, wie sie sich vom Grab ihres Mannes den Weg zu ihrem Wagen durch einen Haufen Fotografen gebahnt hatte. Als sie nun das Vorzimmer betrat, blickte Rileys Sekretärin auf. Emma lächelte die junge Frau an. »Hallo, ich bin Emma Shay. Ich habe einen Termin bei Ms. Kerrigan.«

»Bitte gehen Sie durch«, forderte Jeanette sie auf. »Sie werden erwartet.«

Aus Höflichkeit klopfte Emma kurz an, bevor sie die Tür öffnete.

Riley starrte konzentriert auf ihren Computerbildschirm. Ohne aufzublicken, meinte sie: »Komm rein und nimm Platz. Ich bin gleich so weit.«

Emma setzte sich auf einen der Stühle vor dem Schreibtisch. Sie hob ihre Tasche auf den Schoß und schlug die Beine über den Fußknöcheln zusammen, hielt sie nach rechts abgewinkelt. Als Riley sie schließlich ansah, ruhte ihr Blick lange Zeit auf ihrer Handtasche.

Dann drehte sie den Monitor weg, faltete die Hände auf der Tischplatte und schaute Emma an. »Hallo, Emma. Wie geht es dir?«, begann Riley.

»Ganz okay, danke. Und dir?«

»Sehr gut, vielen Dank. Ich höre, du brauchst einen Job?«

»Ja.«

»Du weißt, dass das hier ein Reinigungsunternehmen ist? Putzjobs?«

»Ja. Ich kann dir von meiner letzten Vorgesetzten ein Empfehlungsschreiben geben. Mrs. Carlson ist die Leiterin des Reinigungsteams im Krankenhaus von Petaluma.«

Riley machte große Augen. »Das will was heißen. Ich kenne Glynnis seit vielen Jahren. Wieso gibst du den Job dort auf?«

Emma wunderte sich, dass Riley das nicht wusste. Aber wieso eigentlich? Adam plauderte eben nichts aus. »Ich bin gestürzt. Das heißt, ein wütendes Opfer von Richard hat mich mit etwas beworfen, und daraufhin bin ich gestürzt. Ich wurde nicht wirklich verletzt, doch man hat mich vorsorglich gleich in die Notaufnahme gebracht. Mrs. Carlson hat mich daraufhin zur Vorsicht erst mal aus dem Dienstplan gestrichen, mir eine Entschädigung zugesagt und mir gleichzeitig nahegelegt, mir eine andere Stelle zu suchen.«

Riley runzelte die Stirn und schwieg.

»Wenn du dieses Risiko nicht eingehen möchtest, falls ich bei dir arbeiten sollte …«

»In meiner Firma passiert so etwas nicht. Ich weiß, welche Kunden sich kennen, und ich weiß, wo getratscht wird. Wir ha ben hier einen Unternehmenskodex: Höflichkeit und Hilfsbereitschaft sind alles. Aber keine persönlichen Beziehungen zu den Kunden, sonst wird man schnell ausgebeutet. Die Kunden erfahren von meinen Angestellten nur den Vornamen, und in den meisten Fällen sind die Kunden auch gar nicht zu Hause, wenn wir kommen. Falls sie da sind, gehen sie uns aus dem Weg. Es gibt also keinen Grund, mit dem Kunden privat zu reden. Nur arbeitsrelevante Dinge werden besprochen. Unsere Verträge sind ziemlich streng. Zusätzliche Tätigkeiten müssen im Vorfeld mit der Firma vereinbart werden und werden extra abgerechnet, und zwar pro Stunde. Das System ist denkbar einfach: Alles geht durch meine Hände oder durch die meines Betriebsleiters Nick. Auf diese Weise umgehen wir Diskussionen vor Ort mit den Kunden, ob es nun Privat- oder Geschäftskunden sind. Zunächst musst du unser firmeneigenes Training durchlaufen. Kannst du am Montag nach Thanksgiving anfangen? Vorher läuft kein Trainingsprogramm.«

»Ich kann jederzeit anfangen, und ich habe im Krankenhaus schon eine Schulung mitgemacht.«

»Trotzdem machst du unser Training mit.« Riley blieb standhaft. »Das letzte Mal, als eine Frau wegen guter Qualifikationen vom hauseigenen Training befreit wurde, musste ich einem Kunden seine Mikrowelle erstatten. Die Dame hatte sie mit Stahlwolle gesäubert. Wir legen großen Wert auf unsere

Unternehmenskultur, und die solltest du genauso gut kennen wie unsere sonstigen Regeln.«

»Vielleicht sollte ich besser Büros putzen«, schlug Emma vor.

»In diesem Bereich ist derzeit nichts frei. Das sind die begehrten Nachtschichten, die meisten meiner Angestellten bevorzugen diese Jobs. Es gibt ein bisschen mehr Lohn, und viele meiner Mitarbeiter haben zwei Jobs und Kinder, die sie versorgen müssen. Im Moment habe ich nur Arbeit in Privathäusern anzubieten. Und das ist keine leichte Tätigkeit.«

»Damit habe ich kein Problem«, stellte Emma klar.

»Du wirst dein Training bei Makenna Rice absolvieren. Sie ist jung, tough, vielleicht nicht sonderlich sympathisch, aber sie setzt hervorragende Maßstäbe und kommt mit allem klar, mit dem wir konfrontiert werden. Sie wird dich hart rannehmen. Aber am Ende wirst du stolz auf die Arbeit sein, die du hier leistest.«

»Danke.«

»Für den Anfang zahle ich vierzehn Dollar pro Stunde. Wenn du nach neunzig Tagen noch dabei bist, gibt es eine Erhöhung um zwei Dollar. Darin eingeschlossen sind die Ausbildung, die Uniform, der Transport mit den firmeneigenen Fahrzeugen und die Krankenversicherung. Es ist sicher nicht die allerbeste Krankenversicherungsregelung, doch vergleichbar mit denen der anderen Unternehmen in der Branche. Es betrifft dich zwar nicht, aber wir haben auch Sonderkonditionen für die Kinderbetreuung. Viele meiner Angestellten haben Kinder, die noch nicht im schulpflichtigen Alter sind. Sprichst du zufällig Spanisch?«

Emma schüttelte den Kopf. »Nur ein bisschen Französisch, ist aber eingerostet.«

»Wie schade. Viele meiner Kräfte sind Mexikanerinnen, alle natürlich mit offizieller Arbeits- und Aufenthaltserlaubnis.

Aber keine Sorge: Wir haben viele zweisprachige Angestellte, und mein Betriebsleiter spricht auch Spanisch.« Riley sah ihr direkt in die Augen. »Du kriegst hier keine Sonderbehandlung. Bist du dir wirklich sicher, dass du das machen willst?«

»Ja, sehr sicher. Ich bin dir sehr dankbar.«

»Ich gebe dir bloß einen Job«, erwiderte Riley. »Das ist alles.«

»Mehr habe ich auch nicht erwartet«, entgegnete Emma. »Und um ehrlich zu sein, hab ich nicht mal das erwartet.«

»Jeanette wird gleich mit dir den Papierkram erledigen. Das wird nicht länger als zwanzig Minuten dauern. Dann sehen wir uns am Montag nach Thanksgiving, hier in diesem Büro, um sieben Uhr morgens. Pack etwas zu essen für die Mittagspause ein, etwas zu trinken und was du sonst noch brauchst. Jeanette wird dir erklären, wo du deine Uniform abholen kannst. Pro Jahr wird eine gestellt.«

»Danke«, wiederholte Emma.

Riley erhob sich. »Komm bitte mit in den Konferenzraum, um den Personalbogen auszufüllen.«

»Riley, ich habe nichts getan«, sagte Emma auf einmal unvermittelt. Sie schüttelte den Kopf. »Ich hatte nichts mit Richards Betrügereien zu tun. Ich war einfach zu dumm, um zu erkennen, was er da trieb. Aber ich hatte nichts damit zu tun.«

»Natürlich nicht. Jeder mit ein bisschen Grips weiß, dass er schon lange vor eurem Kennenlernen damit angefangen hat, sein Gebäude aus Lug und Trug zu errichten. Komm mit.« Sie öffnete eine Tür zu einem weiteren Raum, in dem ein glänzender Tisch und acht Stühle standen. »Bitte nimm Platz. Ich schicke Jeanette rein.«

Emma setzte sich und wartete. Das Bewerbungsgespräch war nicht sonderlich angenehm gewesen, aber auch nicht so übel, wie es hätte verlaufen können. Es musste Riley eine Freude sein, Emma so um Arbeit betteln zu sehen. Das würden auch viele genießen, die sie nicht einmal kannten: die Vorzeigeehefrau aus der Upperclass, die nun die Zeche zahlen musste. Und zwar jeden Tag. Jede Stunde. Jede Minute.

Rileys Kleidung ist gar nicht mehr so ausgeleiert und abgetragen, dachte Emma. Im Gegenteil, Riley sah toll aus. Offensichtlich kaufte sie in San Francisco ein. Das Kostüm von Marco de Vincenzo war zwar ein bisschen zu jung und kurz für Riley, aber es stand ihr. Emma würde fast darauf wetten, dass Riley das Kostüm extra für sie zum ersten Mal angezogen hatte.

Nachdem sie mit dem Ausfüllen der Formulare fertig war, lief sie zurück zu Rileys Büro. Wieder klopfte sie, bevor sie eintrat. Riley telefonierte gerade, bedeutete ihr jedoch, sich hinzusetzen. Während Emma wartete, kam Jeanette im Mantel und mit der Handtasche über der Schulter herein. Anscheinend machte die Sekretärin Feierabend. Sie winkte Riley kurz zu, und Riley winkte zurück.

Jetzt waren also nur noch sie beide da.

Riley beendete das Telefonat und sah Emma an. »Noch Fragen?«

»Nein, im Moment fällt mir nichts ein. Vielen Dank noch mal.«

»Keine Ursache«, antwortete Riley sehr geschäftsmäßig. »Wir sehen uns dann an deinem ersten Tag. Bitte sei pünktlich.«

»Selbstverständlich.« Emma stand auf.

Sie war schon fast zur Tür hinaus, als Riley sagte: »Emma?« Sie drehte sich um.

»Ich denke mal, nun sind wir quitt«, meinte Riley, ohne sie anzuschauen. »Ich bin dir nichts mehr schuldig.«

Für einen Moment war Emma sprachlos und stand da wie erstarrt. Schließlich fand sie ihre Stimme wieder. »Denkst du, ich führe Buch? Du musst das nicht tun. Du musst mich nicht anstellen wegen einer Sache, die ... Herrje! Wir waren Kinder damals!«

»Und sind es heute nicht mehr«, erwiderte Riley. »Wir werden keine Freunde mehr, Emma, aber diese Sache zwischen uns … Für mich ist sie damit erledigt. Nur eins noch: Bitte halte dich von meinem Bruder fern.« Damit wandte sie sich erneut ihrem Computerbildschirm zu.

Emma schloss langsam die Tür hinter sich. Dann öffnete sie sie wieder. »Eine Frage habe ich doch noch«, sagte sie. »Bist *du* etwa sauer auf *mich*? Weil ich dir damals ein paar sehr hässliche Dinge an den Kopf geworfen habe, die ich heute bereue? Ich finde nur grundsätzlich, dass du schon die Verantwortung übernehmen musst für das, was du getan hast!«

»Es ist vorbei«, erwiderte Riley.

»Anscheinend nicht!«, schoss Emma zurück. Sie ereiferte sich mehr, als sie vorgehabt hatte.

»Das war alles sehr bedauerlich«, bemerkte Riley. »Und sicherlich ist die Frage, wer schuld war, nicht wirklich geklärt.«

»Es würde helfen, wenn ich wüsste, welche Schuld mir vorgeworfen wird.«

»Wie gesagt, lass uns nicht mehr darüber sprechen«, erklärte Riley und richtete sich auf. »Lass uns die Sache einfach vergessen.«

»O nein! Du hast doch gerade wieder damit angefangen! Riley, nicht ich habe hinter deinem Rücken mit deinem Freund geschlafen! Wieso bist du also wütend auf mich? Weil ich damals diese hässlichen Dinge zu dir gesagt habe? Weil ich wütend war? Wenn es das ist …«

»Das ist es nicht«, widersprach Riley ihr energisch. »Ich schätze mal, du hattest allen Grund dazu. Ich habe verstanden, wieso du so wütend warst.«

»Und was ist es dann?«

»Dass du mir nie verziehen hast!« Ein verräterisches Schimmern trat auf einmal in Rileys Augen, und sie presste die Lippen aufeinander.

Das Einzige, was Emma herausbekam, war: »Ich war einfach zu verletzt. Und zu wütend.«

»Wegen Jock?«, wollte Riley wissen. Sie lachte kurz auf. »Du hast unsere Anrufe wochenlang nicht erwidert! Und dein gebrochenes Herz hat so schwer gewogen, dass du so sauer auf mich warst? Wir waren über zehn Jahre lang die besten Freundinnen!«

Emma schüttelte den Kopf. »Über Jock war ich nach ein paar Monaten hinweg. Ich habe das alles schon so lange hinter mir gelassen.«

»Aber es ist dir nie in den Sinn gekommen, mir irgendwie mitzuteilen: ›Liebe Riley, lass uns vergessen, was war‹?«

»Riley, ich … Nein, das ist mir tatsächlich nie in den Sinn gekommen. Ich dachte, es wäre am besten so. Wir hatten uns tierisch gestritten.«

»Ja«, sagte Riley leise. »Aber ich habe dich angefleht. Ich bin zu Kreuze gekrochen, habe dir Dutzende von Nachrichten geschickt. Und du hast nie reagiert. Du wolltest dir meine Seite der Geschichte nicht mal anhören. Stattdessen bist du erhobenen Hauptes in ein besseres, feineres Leben entschwunden, zu besseren Freunden.«

Emma schüttelte den Kopf. »Das hielt nicht lange«, entgegnete sie. »Ist es wirklich nur das, was dich stört? Dass ich dir nie gesagt habe, ich würde dir verzeihen? Dass ich mir deine Version der Geschichte nicht angehört habe? Willst du sie mir vielleicht jetzt erzählen?«

»Ha! Ich will nicht mal mehr daran denken. Vergessen war die ganze Nummer allerdings nie.«

Emma gab ein hohles Lachen von sich. »Wir hätten beide sauer auf Jock sein sollen, nicht aufeinander.«

»Das war ich auch. Und bin es bis heute noch manchmal. Aber er ist nun mal Maddies Vater, und ich werde ihn nicht mehr los. Dich hingegen kann ich loswerden.«

»Das stimmt. Ich bin auch nicht auf deine Wohltätigkeit angewiesen. Das heißt, eigentlich schon, aber ich verzichte gerne, selbst wenn ich Hunger leiden muss! Doch du gibst mir den Job trotzdem?«, fragte Emma.

»Ja, und du baust besser keinen Mist. Ich habe mir diese Firma selbst aufgebaut, und sie bedeutet mir sehr viel. Wenn du es vermasselst, feuere ich dich in einer Sekunde New Yorker Zeit!«

»Ich werde meine Arbeit anständig machen«, versprach Emma und wandte sich zum Gehen. Dann drehte sie sich noch einmal um. »Ich habe es dir vielleicht nie gesagt, weil ich zu viel um die Ohren hatte. Aber ich habe dir schon vor langer Zeit vergeben.«

»Und bis zu dem Moment, in dem ich dich wiedergesehen habe, hätte ich nie geglaubt, dass das für mich noch eine Rolle spielt. Ich bin davon ausgegangen, dass ich meine Emotionen im Griff habe.«

»Was sollte das überhaupt mit deinem Bruder? Was hast du damit gemeint?«

Riley holte tief Luft. »Ich freue mich, wenn ich dir mit einem Job helfen kann – vorausgesetzt, du verdienst deinen Gehaltsscheck auch. Doch ich denke nicht, dass wir jemals wieder Freundinnen sein können. Offensichtlich ist der Schaden von damals nicht zu reparieren. Und deswegen sollten wir uns nicht unbedingt bei Familienfeiern begegnen.«

»Ich verstehe. Das könnte ein Problem werden.«

»Bitte bring mich meiner Familie gegenüber nicht in eine unangenehme Situation.«

»Natürlich nicht«, entgegnete Emma. »Man kann nicht behaupten, dass wir uns weinend in die Arme gefallen sind, aber – wollen wir die Sache damit als erledigt betrachten? Und einfach als Arbeitgeberin und Arbeitnehmerin noch mal von vorn anfangen?«

»Sehr gerne. Wir sehen uns am Montag in einer Woche um sieben Uhr.«

Emma ging und schloss leise die Tür hinter sich. Doch noch einmal musste sie umkehren. Anscheinend hatte sie eine masochistische Ader. »Vermutlich solltest du mir dankbar sein«, meinte sie. »Wärst du nicht so sauer auf mich gewesen und hättest Angst vor der Zukunft gehabt, hättest du dir wahrscheinlich nie ein so erfolgreiches Unternehmen aufgebaut.«

»Bild dir bloß nichts ein«, erwiderte Riley. »Ich war schon auf einem guten Weg, bis Jock meine Pläne zerstört hat.«

Emma lächelte. »Du warst ohne mich am Ende viel besser dran. Wer weiß? Wenn wir Freundinnen geblieben wären, hätte ich dir am Ende noch geraten, dein Geld bei Richard anzulegen.«

Dann schloss sie endgültig die Tür und ging.

Riley saß noch lange reglos vor ihrem Computer. Das Telefon klingelte zweimal, aber sie warf nur einen Blick auf die Nummer des Anrufers und ließ dann den Anrufbeantworter rangehen.

Wie übel, dachte sie bei sich. Es hatte keine zehn Minuten gedauert, bis sie beide sich zurück in die Vergangenheit katapultiert und sich wie die Kesselflicker gestritten hatten – genau wie damals mit dreizehn Jahren. Nur waren ihre Auseinandersetzungen früher innerhalb von zehn Minuten wieder vorbei gewesen. Das würde diesmal nicht passieren.

Auch wenn ihr aktueller Streit nicht viel länger gedauert hatte. Nun schien alles endgültig vorbei zu sein. Riley empfand eine gewisse Müdigkeit, so ähnlich wie nach ausgiebigem Sport. Sie verschränkte die Arme auf der Schreibtischplatte und ließ den Kopf sinken. Das war vermutlich das Schwierigste, was sie in ihrem Leben getan hatte – und sie hatte bisher einige sehr schwierige Dinge getan. Es war nicht der erneute Streit mit Emma oder die Tatsache, dass sie ihr einen Job angeboten hatte. Es war der Umstand gewesen, Emma zu sehen und mit ihr zu reden, sich wieder auf sie einzulassen – und zwar in dem Wissen, dass es ihren Schmerz von Neuem entfachen würde.

Ihre gemeinsame Geschichte war so verquast, so komplex. Als Kinder beste Freundinnen, heute erbitterte Feindinnen. Ein echtes Wirrwarr aus Wut, Schuld, Neid, Mitleid. Wie lange hatte Riley sich nichts sehnlicher gewünscht, als dass Emma ihr verzeihen und mit ihr gemeinsam Jock die Schuld an allem geben würde. Wie sehr hatte sie gelitten, wie traurig war sie gewesen. Und dann war die Wut gekommen. Wenn Emma Jock wirklich so sehr liebte, wieso hatte sie dann nicht auf seine Anrufe reagiert? Eines Tages hatte sie ein Bild von Emma in ihrem Designer-Hochzeitskleid gesehen, wie sie in einer Kutsche durch den Central Park fuhr, so schön und würdevoll wie eine Prinzessin. Riley selbst dagegen hatte sich zu der Zeit als Putzfrau über Wasser gehalten und abends für ihr Studium gelernt. Da hatte sie sich gefragt, wie Emma immer noch wütend darüber sein konnte, dass aus Jock und ihr nichts geworden war. Diese Frau landete doch sowieso immer auf den Füßen!

Und danach hatte sie aus der Ferne Emmas monumentalen Absturz beobachtet. Es hatte ihr das Herz zerrissen. Trotzdem hatte sie keinen Kontakt zur ihr aufgenommen. Nein, dazu war sie zu stolz. Emma hatte sich schließlich auch nicht um sie geschert, als es ihr schlecht gegangen war und sie sich einsam gefühlt hatte.

Mir hat das alles mindestens genauso wehgetan! Kann sie das denn nicht sehen? Dass alles so schwer war?

Sie waren immer füreinander da gewesen – bis zu diesem ersten Semester auf dem College. Du hättest nicht so gemein sein müssen, mahnte Riley sich. Doch sie hatte klare Verhältnisse schaffen wollen: Das war ihre Firma, ihr Geschäft. Und sie bot Emma einen Job an, keine Einladung zur Versöhnung oder zur

Erneuerung ihrer Freundschaft. Sie würde niemals wieder jemanden um etwas anbetteln.

Aber wenigstens war es jetzt endlich raus. Sie hatte ihren Teil gesagt. Sie hatte Emmas Überraschung bemerkt und auch ihre Gewissensbisse. Emma hatte erklärt, dass es ihr leidtäte und dass sie Riley bereits vor langer Zeit vergeben hätte – dass die Sache für sie erledigt wäre. Und jetzt war sie wirklich erledigt. Keine von ihnen würde noch einmal einen Schritt auf die andere zugehen, doch immerhin konnten sie nun unbelastet von vorne anfangen.

Riley fuhr den Rechner herunter, schaltete die Rufumleitung ein, nahm ihre Handtasche und begab sich auf den Weg zum Parkplatz.

7. Kapitel

Riley fuhr zu Starbucks. Hier war sie jeden Tag mindestens ein Mal.

Meist setzte sie sich nicht hin, sondern holte sich nur etwas zum Mitnehmen, denn sie hatte immer so viel zu tun. Es gab Leute, die hockten stundenlang in dem Café, schrieben E-Mails, arbeiteten oder lernten. Leute, die – anders als sie – nicht dauernd irgendwo sein mussten. Riley kam nie zur Ruhe.

Auf dem Weg in den Laden kaufte sie sich eine Zeitung. Sie musste eine Menge verarbeiten, und das konnte sie am besten hinter der Barriere einer Zeitung.

Es war ein kalter Novembertag, deshalb erschien ihr heißer Kaffee mit viel Sahne genau das Richtige zu sein. Gleich neben dem Fenster entdeckte sie einen netten kleinen Tisch mit Blick auf den Innenhof, den sich Starbucks mit dem Deli von nebenan teilte. Sie lächelte ein paar Leute an, die sie nicht kannte, dort jedoch oft sah. Dann machte sie es sich hinter ihrer Zeitung bequem.

Frauen, dachte sie. *Schwierige, komplizierte, emotionale Geschöpfe.* Das musste sie ja eigentlich wissen. Schließlich war sie selbst schwierig und kompliziert, und sie hatte deutlich mehr weibliche als männliche Angestellte. In den Dreier- oder Viererteams kam es immer wieder zu unüberbrückbaren Differenzen wegen einer falschen Äußerung einer der Frauen, wegen eines schiefen Blicks oder einfach, weil es um einen Machtkampf ging. Und die ganze Zeit musste Riley schlichten. Oder Nick. Er war damit allerdings nur erfolgreich, weil er sich nicht für die Einzelheiten interessierte, sondern den Frauen schlicht

Angst machte. »Könnt ihr das nicht unter euch ausmachen? Oder soll ich euer Team auflösen und euch auf andere Einheiten verteilen? Aber was, wenn ihr eure neuen Kolleginnen auch nicht mögt? Wenn ihr es nicht schafft, miteinander auszukommen, dann sprecht nicht miteinander. Macht einfach eure Arbeit und redet nur, wenn es um den Job geht. Habt ihr das verstanden?«

Riley musste lächeln, als sie daran dachte. Das war so ein typischer Vater-Tochter-Ansatz. Nick könnte genauso gut sagen: »Ich verstehe überhaupt nicht, worum es geht. Also lasst es gut sein.«

Für Nick hatte diese Stutenbissigkeit wenig Bewandtnis. Ihn interessierte nur, dass die Arbeit ordentlich erledigt wurde. Aber Frauen konnten sich in so etwas festbeißen. Manche Zerwürfnisse konnten Jahrhunderte überdauern. Und es ging immer um etwas Persönliches. Eine Frau, die sonst nie wütend wurde, konnte sich durch eine flapsige Bemerkung über ihr Teenagerkind aufs Tiefste beleidigt fühlen. »Wenn du deinem faulen Kind endlich mal sagst, dass es nicht mehr umsonst bei dir wohnen darf, wird es sich schon einen Job suchen und aufs College gehen.« *Wumm.* Sofortige Fehde.

Auch wenn es sexistisch klang: So etwas kam unter Männern nicht so oft vor. Natürlich gab es da auch Streitereien, keine Frage, und Männer versuchten erst recht nicht, ihre Probleme mit einem offenen Gespräch aus der Welt zu schaffen. Unter Umständen explodierten sie leichter, aber sie waren nicht so sehr in ihren Befindlichkeiten gefangen und deswegen auch selten jahrelang von solchen Dingen besessen.

Riley war tough und klug und erfolgreich – und trotzdem jahrelang von Emma besessen gewesen. Sie hatte sich zwischen zwei Extremen hin- und hergerissen gefühlt: der Wut auf ihre einstige beste Freundin und ihren eigenen Schuldgefühlen wegen dem, was sie getan hatte. Sie hatte sich so sehr darum bemüht, sich wieder mit Emma zu vertragen, hatte sie so oft um Vergebung angefleht. Doch Emma hatte ihr einfach den Rücken zugewandt. Und jetzt, als Emma schlecht dran war, sollte ausgerechnet Riley die Großherzige spielen? Wenn sie zurückblickte auf das Leben, das sie beide seit damals gehabt hatten, erschien ihr das alles verquer. Aus der Spur gelaufen. Emma hatte sich den falschen Mann ausgesucht. Und Riley? Gar keinen.

»Entschuldigung«, sagte da eine männliche Stimme. »Ist hier noch frei?«

Perfektes Timing, dachte Riley. Ein Mann. Sie senkte die Zeitung und überlegte, wie sie möglichst höflich ausdrücken konnte, dass sie weder den Tisch teilen noch sich unterhalten wollte.

»Hey«, meinte der Mann und zeigte ein ansprechendes Lächeln. »Sie sind das!«

»Ich … äh …«

Er streckte die Hand aus und ließ sie nicht zu Ende stammeln. »Logan. Logan Danner. Wir haben uns nie offiziell vorgestellt, aber wir sind uns bestimmt schon fünfmal im Supermarkt begegnet. Das heißt, Sie müssen hier in der Nähe wohnen oder arbeiten.«

Tu es nicht, mahnte sie sich im Stillen. Sie schüttelte seine Hand. »Riley. Ich … äh … ich arbeite tatsächlich ganz in der Nähe. Und ich bin süchtig nach Kaffee, von dem ein Becher sieben Dollar kostet. Schlechte Angewohnheit.«

Er lachte und setzte sich unaufgefordert. »Es gibt Schlimmeres. Wir könnten uns ja auch in irgendeiner Drogenhölle begegnet sein. Das fände ich wirklich schlimm.«

»Hören Sie …«

»Oh, Entschuldigung«, unterbrach er sie. »Sie wollten ungestört sein. Mein Fehler. Ich lasse mir meinen Kaffee to go geben und hole Ihnen gern noch was am Deli-Schalter.«

»Nein, tut mir leid.« Sie seufzte. »Ich musste nur gerade ein Problem verdauen, das auf der Arbeit aufgetaucht ist. Bitte bleiben Sie sitzen. Sehr unterhaltungsfreudig bin ich aber im Moment nicht.«

Wie aus der Pistole geschossen erwiderte er: »Ich bin ein guter Zuhörer, wenn Sie drüber reden wollen.«

»Nein danke. Belassen wir es lieber dabei, über den Preis von Melonen zu fachsimpeln.«

»Ich bin auch gut im Reden, falls ich diesen Part übernehmen soll. Oder wir tun so, als säßen wir jeder allein hier.« Er nahm einen kleinen Laptop aus seiner Schultertasche und klappte ihn auf. Er schaltete das Gerät ein und trank einen Schluck Kaffee. Dann sah er über den Bildschirm hinweg zu ihr hinüber.

Sie lachte kurz. »Sehr unauffällig.«

Er schaute sie nun direkt an. »Was meinen Sie?«

»Versuchen Sie, meine Aufmerksamkeit auf sich zu lenken? Interesse in mir zu wecken?«

»Genau«, antwortete er. »Und? Wie mache ich mich?«

»Sie sind furchtbar«, antwortete sie lachend. »Kurz vor ärgerlich. Sind unsere häufigen Begegnungen denn tatsächlich Zufall? Oder stalken Sie mich?«

»Das wäre äußerst unangemessen«, stellte er fest. »Und eine Straftat. Also zumindest, wenn es bedrohlich wird. Ein geringfügiges Vergehen, wenn es nur nervt.«

»Und woher wissen Sie das alles so genau?«

»Ich bin bei der Polizei.«

Sie lachte. »O Mann, das ist wirklich der einzige Anmachspruch, der noch besser funktioniert als ›Ich bin ein Navy-SEAL‹.«

Er holte seine Brieftasche aus der Hosentasche und hielt sie ihr hin. Tatsächlich: Polizeimarke und -ausweis.

»Eine Sekunde«, meinte sie. Sie griff in ihre Handtasche und nahm ihr Handy heraus, um ein Foto zu machen.

Rasch legte er seine Hand auf ihre und änderte so den Fokus der Kamera. »Bedeutet das etwa, Sie wollen erst überprüfen, ob ich echt bin, bevor Sie mit mir ausgehen?«

Sie zuckte die Achseln. »Ich will vielleicht herausfinden, ob Sie echt sind, bevor ich Ihnen wieder einen Tipp bezüglich der Melonen gebe oder Sie vor dem Makkaronisalat im Deli warne. An ein Date habe ich dabei in keiner Weise gedacht, und ich habe auch kein Interesse daran.«

Er ließ sie los. »Echt brutal. Aber bitte, tun Sie sich keinen Zwang an.«

Sie machte das Bild. »Was für ein Polizist sind Sie denn?«

»Detective für Eigentumsdelikte.«

»Das bedeutet?«

»Vorsicht mit allzu freundlicher Konversation, Riley. Am Ende stellen Sie sich als gar nicht so gemein, sondern als nettes Mädchen heraus. Eigentumsdelikte heißt meistens Einbruchdiebstahl. Jemand hat Ihren Computer und Ihren Diamantring gestohlen, und ich versuche, die Dinge wiederzufinden. Von Raubüberfall ist die Rede, wenn eine Waffe im Spiel ist.«

»Eine tödliche Waffe?«, fragte sie fasziniert.

Fragend hob er eine Braue. »Jede Waffe kann tödlich sein. Sogar ein Löffel, wenn man weiß, wie es geht. Eigentumsdelikte befassen sich mit Eigentum, das aus Privatbesitz entwendet wurde – aus Ihrem Haus, Ihrem Geschäft, Ihrem Wagen. Taschendiebstahl fällt auch darunter. Ohne Löffel, natürlich.« Er grinste schief.

»Und wieso begegnen wir uns in letzter Zeit dauernd?«

»Das Einkaufszentrum liegt genau zwischen meiner Arbeitsstelle und meinem Zuhause. Und ich bin viel unterwegs. Aber dass ich Ihnen begegnet bin, gehört zu den schönen Zufällen in meinem Beruf. Also, was sagen Sie? Dinner? Oder lieber wandern gehen? Eine Radtour? Oder doch ein ganz gewöhnliches Date?«

»Kaffee«, erwiderte sie. »Wir trinken gerade zusammen Kaffee. Ich verabrede mich generell nicht.«

»Hab keinen Ring gesehen.«

Sie schüttelte den Kopf. »Ich bin auch nicht verheiratet. Ich mag bloß keine Dates.«

»Dafür muss es einen Grund geben«, bemerkte er.

»Nein«, entgegnete sie.

»Darf ich fragen, was Sie beruflich machen?«

»Wenn es sein muss. Ich sage es Ihnen allerdings nur, weil ich Sie wirklich für einen Polizisten halte. Ich bin Unternehmerin. Und alleinerziehend. Und ich kümmere mich um meine alte Mutter. Sie sehen also, ich habe mehr als genug um die Ohren.«

Er klappte seinen Laptop zu und stützte sich mit den Ellbogen darauf. »Gut, ich gebe es zu: Ich gehe öfter in diesen Supermarkt, seit Sie mir den Tipp mit den Melonen gegeben haben. Aber das muss doch auch anders gehen! Ich habe schon viel zu viele Melonen im Haus. Was machen Sie gern, wenn Sie nicht arbeiten? Vielleicht können wir mal zusammen joggen? Oder im Park Fangen spielen? Oder uns ganz oft auf einen Kaffee treffen?«

»Wieso?«, wollte sie wissen.

Er legte den Kopf schräg. »Ich finde Sie attraktiv?«

»War das eine Frage?«, konterte sie.

»Ich war schon länger nicht mehr mit einer Frau aus. Ich hatte lange nicht mal mehr ein Date. Meine Partnerin ist jetzt mit einem tollen Feuerwehrmann verheiratet und hat drei kleine Kinder. Meine Schwester und meine Ex sind beste Freundinnen. Glauben Sie mir, die Versuche der beiden, mich zu verkuppeln, sind das pure Grauen.«

»Das ist ja spannend! Ihre Schwester und Ihre Ex-Frau?«

»Es ist furchtbar. Aber sehen Sie: Jetzt finden Sie mich doch interessant.« Triumphierend lächelnd sah er sich um. »Möchten Sie etwas essen? Einen Donut?«

Sie musste lachen, weil sie ihn so lächerlich fand. Und gleichzeitig süß. »Es stimmt also: Cops und Donuts!«

»Dabei habe ich ausschließlich an Sie gedacht. Ich hatte meine Ration für heute. Jetzt kommen Sie, Riley. Lassen Sie uns gemeinsam etwas planen. In der Öffentlichkeit, am Tag, vollkommen sicher und platonisch. Ich zeige Ihnen auch meine Waffe«, ergänzte er und hob die Augenbrauen wie einst Groucho Marx.

Wieder musste sie lachen. »Nein«, sagte sie und stand auf. »Wir sehen uns im Supermarkt«, fügte sie beim Hinausgehen noch hinzu.

Es dauerte einen Moment, bis er seinen Computer eingepackt und seinen Kaffee geschnappt hatte, dann folgte er ihr. »Warten Sie!«, rief er. Als er sie eingeholt hatte, reichte er ihr seine Karte. »Das wird Ihre Mission etwas vereinfachen.«

Sie warf einen Blick darauf. *Sergeant Logan Danner, Polizei Santa Rosa, Eigentumsdelikte*. Dazu eine Telefonnummer mit Durchwahl.

»Soll ich Ihnen auch meine Handynummer geben?«, fragte er.

»Nicht nötig.«

»Steht ohnehin auf der Karte. Bitte, Riley. Ich wette, wir zwei haben Spaß zusammen.«

Sie drehte sich noch einmal um, bevor sie in ihren Wagen stieg. »Nein. Und wenn Sie mir weiterhin folgen, rufe ich Ihren Chef an und schwärze Sie an.«

»Kein Ding. Mein Boss mag mich«, behauptete er.

Riley fuhr nach Hause. Während der gesamten Fahrt musste sie lächeln. Der Kerl war überaus attraktiv und noch dazu sehr lustig. Eine echte Versuchung.

Wow, Riley, dachte sie. *Im Ernst? Eine Versuchung? Das ist mal was Neues.* Es war nicht so, dass noch nie ein Mann mit ihr geflirtet oder sie zu einem Date eingeladen hatte. Sie war ein paarmal ausgegangen – aber das war alles nicht erwähnenswert. Definitiv war kein Typ dabei gewesen, mit dem sich eine Beziehung gelohnt hätte. Allzu viele Verabredungen hatte sie allerdings auch nicht gehabt, denn sie pendelte zwischen der Arbeit und ihrem Zuhause, Maddie und ihrer Mom, dem Supermarkt und ab und zu mal ihrer Joggingstrecke.

Wusste er etwa, dass sie joggte? Falls er sie wirklich beobachtet hatte, würde sie sich tatsächlich bei seinem Chef über ihn beschweren – und sie würde Adam Bescheid sagen. Adam hatte ein echtes Beschützergen.

Doch zum ersten Mal seit vielen, vielen Jahren hatte sie das Gefühl, dass eine zwanglose Freundschaft mit einem Mann etwas für sie sein könnte. Sie fragte sich, ob ihre Begegnung mit Emma und die Konfrontation mit der Vergangenheit etwas damit zu tun hatten.

Aber im Ernst: Was wusste dieser Mann über sie? Wenn er sie ausspionierte, würde sie knallhart zu ihm sein.

Trotzdem musste sie lachen. *Und ich habe seine Marke fotografiert.*

Was Emma betraf, hatte sie richtig gehandelt. Sie hatte für klare Fronten gesorgt und ihr eine Stelle gegeben. Von jetzt an konnte sie nett zu ihr sein, professionell – und Abstand halten.

Und dann würde es in ihrem Leben vielleicht auch wieder vorwärtsgehen.

Endlich wieder.

Riley hat also ihre Grenzen gesteckt, dachte Emma. Ganz klar, nicht alle bitteren Gefühle waren verschwunden. Es gab immer noch Ressentiments. Emma war kurz missmutig, denn sie wollte nicht melancholisch werden. Eine Frauenfreundschaft wie ihre damals konnte so innig und persönlich sein, dass es einem fast schwerer fiel, sich von seinem Partner zu trennen als von der besten Freundin. Sie vermisste ihre Freundschaft mit

Riley, die so eng und vertrauensvoll gewesen war. Und sie war traurig darüber, dass es damit ein für alle Mal vorbei war.

Doch dann riss sie sich zusammen. Riley stand inzwischen besser da als sie und hatte ihr Leben definitiv besser im Griff. Sie würden zwar keine Freundinnen mehr sein, aber zumindest hatte Emma wieder einen Job. Einen Job, der vollkommen in Ordnung war. Und sie war sich sehr sicher, dass die toughe Riley dafür sorgen würde, dass man sie in Ruhe ließ. *In meiner Firma wird so was nicht passieren!*

Nachdem sie sich das klargemacht hatte, war Emma regelrecht außer Atem vor Begeisterung. Sie hatte einen neuen Job! Natürlich war er körperlich fordernd, Putzarbeit eben. Dennoch war sie begeistert. Dieses Glücksgefühl würde sicher nicht lange anhalten – vielleicht nur ein paar Tage –, denn sie erwartete alles andere als ein lauer Job. Und trotzdem fühlte sich das alles gerade sehr gut an. Sie *wollte* hart arbeiten, es *sollte* anstrengend sein. Das würde sie wieder auf den Boden der Tatsachen zurückbringen. Zu lange hatte sie in einem Überfluss gelebt, den sie nicht verdient hatte. Nun würde sie beweisen, dass sie richtig zupacken und überleben konnte.

Irgendwie hatte sie den Eindruck, dass sie diese schwere Arbeit verdiente. Es war ihre gerechte Strafe, obwohl sie eigentlich unschuldig war. Allerdings nicht unschuldig in einem Punkt: dass sie den Reichtum genossen hatte. Sicherlich hatte sie dafür auch einige Kompromisse in Kauf genommen – keine unmoralischen oder unethischen, zum Beispiel jedoch die Tatsache, dass ihr Mann immer so viel zu tun gehabt und sich ihr gegenüber oft gleichgültig gezeigt hatte. Sie hatte sich allmählich an die Einsamkeit gewöhnt, Ausflüchte gesucht, Warnzeichen ignoriert und sich die ganze Zeit still und heimlich gefragt, was eigentlich nicht stimmte. Sie hatte überlegt, ob sie sich anders entschieden hätte, wenn Richard kein Geld gehabt hätte. Allein für diese Zweifel musste sie büßen.

Schmutzige Arbeit für einen sauberen Gehaltsscheck, der einzig und allein auf ihre Tatkraft zurückzuführen war. Und die Arbeit war sicher.

Zu ihrer Verwunderung empfand sie nämlich in Rileys Anwesenheit ein Gefühl der Geborgenheit. Rileys selbstgerechte Sturheit garantierte ihr ein sicheres Arbeitsumfeld, denn … *Meine Güte.* Emma *vertraute* ihr. Nach sechzehn Jahren des Lamentierens darüber, dass sie nie mehr einem Menschen vertrauen könnte, setzte sie ihre Hoffnung nun ausgerechnet in den Menschen, der sie schlimmer als jeder andere betrogen hatte. In die Person, die nicht mehr mit ihr befreundet sein wollte.

»Sie hat mir tatsächlich einen Job gegeben«, erzählte sie Adam am Telefon. Sie sprach mit leiser, belegter Stimme, klang verwundert, geheimnistuerisch.

»Natürlich hat sie das«, erwiderte er.

»Du hast ihr gegenüber gar nicht erwähnt, wie oft wir uns in letzter Zeit gesprochen haben«, hielt sie ihm vor.

»Das hatte ich dir bereits gesagt. Ich habe kein Interesse daran, euch beide wieder zu vereinen. Aber sollen wir deinen neuen Job nicht mit einem Glas Wein feiern?«

»Vielleicht in dieser netten Weinbar?«, fragte sie.

Er lachte. »Ich hatte eigentlich gedacht, wir treffen uns bei dir, und ich bringe eine Flasche Wein, ein bisschen Obst und Käse mit. Ich muss morgen früh raus, deswegen sollte es nicht allzu spät werden.«

»Für Wein und Käse sorge ich«, meinte sie. »Nach allem, was du für mich getan hast …«

»Beim nächsten Mal. Ich gehe auf dem Weg zu dir noch schnell einkaufen. Jetzt brauche ich nur noch deine Adresse.«

Emma hatte viele Freunde und einen Ehemann gehabt, doch mit keinem Mann hatte sie je so reden können wie mit Adam. Er hatte sich so entwickelt, wie sie es erwartet hatte. Abgesehen von seinem guten Aussehen – das viele Frauenherzen in Sonoma County schneller schlagen ließ – war er klug, erwachsen und einfach bezaubernd. Er konnte sich so gut ausdrücken, wie man es von einem Lehrer erwartete, und wenn er etwas sagte, hatte er stets ihre volle Aufmerksamkeit. Außerdem war er lustig und brachte sie zum Lachen. Aber er konnte auch ernst sein. Das war ihr besonders wichtig. Wenn er von seiner Familie sprach, von Maddie, Riley oder seiner Mutter, waren seine Worte voller Ernsthaftigkeit und Aufrichtigkeit.

Mom hat sich nicht verändert. Die Familie bedeutet ihr immer noch alles, und sie kann Untätigkeit nicht ertragen – vermutlich, weil sie immer so viel gearbeitet hat. Seit wir sie dazu gebracht haben, nicht mehr so viel in der Firma zu machen, ist sie ehrenamtlich aktiv. Sie fährt fast jeden Tag Essen auf Rädern aus und kümmert sich zusätzlich um Tiere in Not, bis diese ein neues Zuhause finden. Und: *Riley ist stolz auf ihre Erfolge, aber wenn sie mal bei etwas scheitert – egal, wie gering der Misserfolg ist –, nimmt sie das viel zu ernst. Sie ist die Streberin von uns beiden.* Und: *Wenn es jemanden in unserer Familie gibt, der reine Freude leben kann, dann ist das Maddie. Sie mag uns alle, auch Jock, und ganz ohne Anstrengung lässt sie uns das auf ihre authentische Art wissen.*

Ich lebe in einer Familie voller Frauen, was anstrengend sein kann, aber so bleibe ich wachsam. Sie lassen mir nichts durchgehen. Sie lehnen sich bei mir an, umsorgen mich, sind manchmal überfürsorglich und zu anspruchsvoll. Dauernd mischen sie sich in meine Angelegenheiten ein. Doch irgendwie gefällt es mir so.

Emma fragte sich, wie es wohl wäre, mit einem so starken und zugleich sensiblen Mann wie Adam zusammenzuleben. Sie konnte nicht aufhören, seine Hände zu betrachten, denen man die schwere Arbeit von früher ansah und die dennoch schön und stark waren. Er hatte ihr erzählt, dass er mal in den Weinbergen gearbeitet und sich an den störrischen Reben die

Fingerknöchel aufgerissen hatte. Auf dem Bau hatte er ebenfalls mal gearbeitet und dabei genug gelernt, um nicht nur seins, sondern auch das Haus seiner Mutter selbst zu reparieren und zu renovieren. Auch das sah man seinen Händen an. Diese Hände waren für Emma das Sinnbild dafür, dass Adam nie den leichtesten Weg gewählt hatte, sondern immer den, für den man Ausdauer und Kraft brauchte. Ehrliche Arbeit, das war ein Begriff, der ihr auf einmal etwas bedeutete.

Sie war so dankbar, dass sie ihn hatte. Zu wissen, dass er ihr Freund und auf ihrer Seite war, schenkte ihr ein Gefühl von Frieden und Behaglichkeit, das sie lange nicht mehr empfunden hatte. Sie bewunderte ihn. Doch als er sich, kurz bevor er sich auf den Heimweg machte, kurz an sie lehnte, schrak sie zurück. Sie konnte es nicht zulassen, dass er seine Beziehungen und seine Stärke dadurch beschmutzte, dass er jemandem wie ihr zu nahe kam. »Nicht«, flüsterte sie abwehrend.

»Tut mir leid, Emmie. Das war unsensibel von mir«, entschuldigte er sich sofort. »Du bist erst seit Kurzem verwitwet …«

»Nein, das ist es nicht. Vielmehr …«

»Shh.« Er legte sanft den Finger auf ihre Lippen. »Ich verstehe schon. Du willst unsere Freundschaft nicht verkomplizieren.«

»Richtig«, sagte sie erleichtert, weil sie ihre wahren Beweggründe nicht hätte erklären können. Wenn sie sich jemals danach gesehnt hatte, geküsst zu werden, dann in diesem Moment. Und wenn sie sich je nach einem Kuss von einem Mann gesehnt hatte, dann von diesem. Es war jedoch nicht ihre Freundschaft, die sie davon abhielt, ihn zu küssen. Sie hatte Angst davor, ihn zu verletzen – einfach dadurch, dass sie in seinem Leben war. Sie wollte auf keinen Fall ein Problem für Adam werden.

Er lächelte und schaute auf die Uhr. »Ich bin sowieso schon viel zu lange geblieben.«

»Nein«, erwiderte Emma und schüttelte den Kopf. »Überhaupt nicht. Ich hoffe sehr, dass wir das bald wiederholen. Sehr bald.«

»Das machen wir.«

Und dann ging Adam.

Emma hatte mit Penny gesprochen, denn sie hatte etwas mit dem kleinen Bungalow vor. Sie war sozusagen auf einer Mission. Es blieb nur wenig Zeit, bevor sie ihre neue Stelle antrat, und diese Zeit wollte sie sinnvoll nutzen. Sie kaufte ein paar Eimer Farbe: Hellgelb, Hellblau und einen größeren Vorrat an sehr hellem Braun, das fast cremefarben anmutete. Zu zuversichtlich wollte sie nicht sein, doch ein bisschen zu renovieren konnte nicht schaden. Sie würde die Stelle sicherlich auf unbestimmte Zeit behalten. Wenn sie Riley aus dem Weg ging.

Zuerst strich sie das Bad in einer Farbe, die zu ihren Handtüchern passte. Eine Wand in ihrem kleinen Wohnzimmer malte sie hellgelb und die anderen cremefarben, aber so hell, dass es beinahe wie Offwhite aussah. Am Samstag besuchte sie sämtliche Garagenverkäufe in Sonoma County und besorgte dort bunte Kissen, eine schöne Decke fürs Sofa, kleine Korbregale für die Handtücher im Bad, einen wunderschönen Korb, den sie mit Obst oder Kürbissen füllen und auf den kleinen Tisch stellen konnte, ein paar bronzefarbene Bilderrahmen und einen gerahmten Druck, den sie ins Schlafzimmer hängen würde. Es war ein Bild von Matisse, und der Rahmen war super. Außerdem kaufte sie ein paar schöne Weingläser und Dessertteller, die sie zwar nicht brauchte, denen sie aber trotzdem nicht widerstehen konnte. Und eine weiße Jeansjacke, die sie anflehte: »Kauf mich.«

Die Frau, die sie verkaufte, sagte zu ihr: »Leider habe ich so zugenommen, dass sie mir nicht mehr passt. Ich habe sie kaum getragen.«

»Ich finde, Sie sehen toll aus«, meinte Emma. »Aber da habe ich ja echt Glück! So eine tolle Jacke!«

Die Frau schenkte ihr noch einen navyblauen Schal dazu, der ganz fein und weich war, beinahe Paschminaqualität.

Das Wetter war ideal für einen Bummel durch die altmodischen Wohngegenden mit ihren zahlreichen Bäumen. Hier spielten die Kinder noch auf der Straße. Es gab viele alte Backsteingebäude mit nur zwei Stockwerken und großen Veranden. Die Menschen fegten Laub zusammen, schauten ihren Kindern zu oder unterhielten sich über den Zaun mit den Nachbarn. Die Sonne schien, und es war um die zwanzig Grad warm. Die Obst- und Gemüsehändler hatten ihre Ware draußen platziert. Emma konnte nicht widerstehen und kaufte Äpfel, Zucchini, Tomaten, Paprika, grüne Bohnen und ein paar Zwiebeln. Das war eines der Dinge, die sie in New York vermisst hatte: die Gemüsestände der Farmer am Straßenrand, die ihre eigenen Produkte verkauften. Bei diesem Gemüse konnte man fast die schwere Feldarbeit und den Sonnenschein schmecken.

Als sie nach Hause kam, empfand sie ihr kleines Häuschen schon als fröhlicher und moderner – so wie die alte Emma gewesen war. Sie ging noch einmal in den Baumarkt. Ihren kleinen Tisch strich sie danach knallgelb an, einen der Stühle knallblau und den anderen knallgrün.

Jetzt sieht es hier ein bisschen aus wie in einem Sommerhaus, dachte Emma.

Abends empfing sie Lyle zu Antipasti und Wein, um ihm ihr Werk vorzuführen – inklusive eines gerahmten Bildes von Emma, Lyle und Riley bei einer Veranstaltung von der Highschool.

»Interessant«, meinte Lyle und nahm das Foto in die Hand. »Ist das etwa ein gutes Zeichen?«

»Ich wollte eigentlich bis zum Anstoßen mit den News warten, aber ich kann es dir auch jetzt verraten. Riley hat mir einen Job in ihrer Firma gegeben.«

»Aha«, entgegnete Lyle. »Also ist wenigstens eine von euch bereit zur Versöhnung.«

»Freu dich nicht zu früh. Sie war sehr kühl und professionell und machte ganz klar, dass ich keine Sonderbehandlung bekomme und wir keine Freundinnen sind. Es ist nur ein Job, mehr nicht. Trotzdem bin ich ihr sehr dankbar. Sie bezahlt nämlich pro Stunde mehr als doppelt so viel wie das, was ich bisher verdient habe. Plus Sozialleistungen.«

Thanksgiving – vermutlich für die nächste Zukunft ihr letzter freier Feiertag – war absolut wunderbar. Ein frischer Wind im Vergleich zu den Festtagen, die sie in den vergangenen Jahren erlebt hatte. Sie wünschte sich, der Tag würde nie vergehen. Zum Abendessen bei Penny brachte sie Wein mit und tatsächlich Blumenschmuck für den Tisch, den Lyle für sie angefertigt hatte. Sie verbrachte den Vormittag damit, Penny dabei zu helfen, das Haus sauber zu machen, den Truthahn und die anderen Köstlichkeiten zuzubereiten und den Tisch feierlich zu decken. Es war alles so entspannt, so stressfrei.

»Ich wünschte, ich hätte eine Tochter«, sagte Penny, als sie beide in der Küche werkelten.

»Hast du denn Kinder?«, fragte Emma.

»Nein. Bruce und ich waren glücklich verheiratet, aber Kinder zu haben war uns nicht vergönnt.«

»Wann ist dein Mann eigentlich gestorben?«

»Oh, das ist jetzt schon über zwanzig Jahre her. Zuerst war es sehr schwer, so ganz ohne Kinder und allein, weißt du …«

»Das tut mir so leid«, erwiderte Emma. »Du vermisst ihn bestimmt sehr.«

»Manchmal schon. Aber dann bereite ich eine Feier wie diese vor und vergesse darüber, dass ich mal fünfunddreißig Jahre verheiratet gewesen bin und ohne meinen Mann fast nichts unternommen habe. Wir sind alle Witwen, auf eine Art …«

»Was meinst du?«, wollte Emma wissen.

»Na ja. Susan ist von ihrem zweiten Mann geschieden, bereits seit Ewigkeiten, und ihr erster liegt gerade im Sterben. Der alte Mistkerl. Sie hat sich nie wirklich von ihm lösen können. Dorothy ist ebenfalls geschieden, und ihr Ex ist auch tot. Er war ein Widerling. Und Marilyn hat ihren wundervollen Mann vor ein paar Jahren verloren. Die beiden waren gar nicht so lange verheiratet. Haben sich erst spät gefunden und hatten zehn tolle gemeinsame Jahre. Sie hat es gut hingekriegt. Aber komisch, keine von uns hat eine Tochter. Irgendwie ungerecht …«

Emma lächelte. »Dann bin ich euer Tochterersatz«, schlug sie vor. »Ich habe schon die ganze Zeit nach einem Quartett von coolen Müttern gesucht!«

»Wir sind bekannt dafür, dass wir Ärger machen«, gab Penny grinsend zu bedenken.

»Umso besser«, entgegnete Emma.

8. Kapitel

Am Freitag nach Thanksgiving rief Adam an. Er fragte Emma, ob sie Lust hätte, mit ihm nach Napa zu fahren und in einem der Winzer-Restaurants mit ihm zu Mittag zu essen, bevor sie in Lohn und Brot stand. »Hast du morgen Zeit?«, erkundigte er sich.

»Perfekt«, antwortete sie. »Ich bin sehr gespannt, was du über euer Thanksgiving zu erzählen hast. Und ich berichte dir von meinem!«

»Super. Dann bin ich so gegen halb zwölf bei dir.«

Er zog das Gespräch nicht unnötig in die Länge, sondern war erleichtert über ihre gute Laune und ihre schnelle Zustimmung. Eigentlich hatte er damit gerechnet, dass sie ihn zurückweisen würde, aus Sorge darüber, was er bezweckte. Mit dem Versuch, sie zu küssen, war er zu schnell gewesen. Gute Güte, das war neu für ihn! Und wirklich seltsam. Er war jetzt siebenunddreißig – und dachte sonst nicht über solche Dinge nach. Ein Kuss beim ersten Date war normal, Routine, wurde fast sogar erwartet. Wenn man es nicht wenigstens versuchte, glaubte die Frau am Ende noch, dass man nicht an ihr interessiert war … Aber Emma war eben anders.

Sie war noch meilenweit davon entfernt, sich wieder einen Mann in ihrem Leben vorstellen zu können. Und selbst wenn sie irgendwann wieder so weit sein würde: Wieso sollte sie sich ausgerechnet für ihn entscheiden? Außerdem war ihr Mann noch nicht lange tot. Selbst wenn er in den vergangenen drei Jahren wohl weniger ihr Ehemann, sondern vielmehr eine Bürde für sie gewesen war. Und all das hatte sie längst nicht hinter sich gelassen. Sie war ja erst seit ein paar Monaten wieder in Kalifornien.

Adam wollte es sich ganz klarmachen: Sie war zwar zurückgekommen, aber nicht seinetwegen.

Deshalb würde er sich zurückhalten. Sie würde auch ohne ihn klarkommen. Nur dauerte es hoffentlich nicht allzu lange, bis sie sich erholt hatte. Denn er konnte es kaum erwarten, seine Arme um sie zu schließen.

Erstaunlich, wie sich das alte Gefühl sofort wieder eingestellt hatte. Kaum hatte er sie gesehen, war seine Liebe für sie von Neuem entflammt – so als hätte er einen Sprung zurück in der Zeit gemacht. Als sie damals alt genug gewesen war, dass er sich ihr hätte annähern können, war alles viel zu kompliziert gewesen. Sie hatte in Seattle studiert, während er sich bemüht hatte, seine Arbeit und sein Studium unter einen Hut zu bekommen. Und dann war Riley auf einmal schwanger gewesen. Also hatte Adam getan, was notwendig gewesen war – und hatte seine Gefühle in den Hintergrund gedrängt.

Doch Emma war nie zurückgekehrt. Von Seattle war sie direkt nach New York gezogen. Als er gerade genug Mut aufgebracht hatte, um nach New York zu reisen und sie zu besuchen, hatte sie ihre Verlobung verkündet. Mit dem wunderbarsten Mann der Welt.

Nun hoffte er auf eine zweite Chance, war aber zugleich realistisch. Obwohl er sich immer gewünscht hatte, mit Emma zusammen zu sein, bedeutete das noch lange nicht, dass Emma sich dasselbe wünschte. Dann war Samstag, und er holte sie ab. Sie war so glücklich, ihn zu sehen. Sie begrüßte ihn mit einer Umarmung, ihre Augen funkelten, und ihr Lächeln war überwältigend. Auf dem Weg nach Napa plapperte sie aufgeregt wie ein Schulmädchen über ihr Renovierungsprojekt, erzählte vom Anstreichen, Einrichten und den Garagenflohmärkten.

»Ich hab sogar diese Jacke gekauft!«, gestand sie lachend. »Secondhandklamotten vom Flohmarkt! Ich hoffe, Richard dreht sich gerade im Grab um!«

»Emma!«, mahnte Adam sie lachend.

»Darf ich darauf hoffen, dass ihn die Würmer bereits zerlegt haben?«

»Was ist denn heute in dich gefahren?«, fragte er.

»Ich glaube, es liegt an den fröhlichen Witwen. Du müsstest mal hören, wie sie reden – vor allem über ihre verstorbenen oder geschiedenen Männer, die wirklich nicht die Crème de la Crème der Herrenwelt waren. Die alten Damen sind echt unverbesserlich, und ich finde sie toll! Penny und ich haben gemeinsam Thanksgiving ausgerichtet. Es war grandios! Es war weiß Gott nicht schwer, dieses Fest schöner zu verbringen als in den letzten Jahren, das sage ich dir, aber es war einfach fantastisch!«

»Daran hatte ich gar nicht gedacht«, meinte er. »Wahrscheinlich hast du in den vergangenen Jahren solche Feste gar nicht richtig gefeiert.«

»Und davor auch schon nicht«, stellte sie klar. »Vor der offiziellen Anklage haben wir unsere Feiertage immer eher mit Angeberveranstaltungen von reichen Leuten verbracht: Partys und Open-House-Events, bei denen es nur darum ging, die anderen auszustechen. Und ich habe mitgemacht. Immerhin bin ich von Beruf Innenarchitektin. Es war ja immer mein Ziel, große Hotels zu entwerfen und auszustatten, und dazu gehörten prahlerische Urlaubsthemen. Es gibt keinen besseren Ort dafür als New York. Aber erinnernswerte Feste im Kreise der Familien, an die man gerne zurückdenkt?« Sie schüttelte den Kopf. »Richard hat seine Familie nicht mal zu uns eingeladen. Er ging äußerst strategisch vor. Er schenkte ihnen Erste-Klasse-Flugtickets auf die Insel, damit sie schön weit weg und bloß nicht in der Stadt waren.«

Als sie im Restaurant ankamen, unterbrach sie ihren Redefluss. Sie wurden zu einem hübschen kleinen Tisch für zwei auf der Terrasse geführt. Im Schatten war es etwas frisch, aber es gab Heizstrahler. Obwohl es ja ein Feiertagswochenende war, waren nicht viele Gäste da. Die Leute waren vermutlich in den Probierstuben im Tal unterwegs. Hier war es jedenfalls wunderbar ruhig. Adam hätte es nicht besser planen können, wenn er vorher angerufen und um einen besonderen Tisch gebeten hätte.

Emma war so begeistert und hatte so viel Spaß, dass man meinen konnte, sie würden sich zum ersten Mal treffen. Fast war es ja auch so, dachte er. Nachdem sie bestellt hatten, wollte sie alles über sein Thanksgiving-Fest wissen, bis ins kleinste Detail, inklusive der Truthahnfüllung, die June gemacht hatte. Also erzählte er ihr alles, samt der Tatsache, dass Jock vorbeigekommen war, um Maddie zu sehen. Er war zum Dessert geblieben.

»Freut mich, das zu hören«, sagte Emma. »Gibt er sich Mühe, ein guter Vater zu sein?«

»Ich glaube, er ist ein guter Dad«, erwiderte Adam. »Es war bloß nicht ganz so einfach, weil er wegen eines Jobs ein paar Jahre in Sacramento gewohnt hat. Dann war er kurz mit einer Frau verheiratet, die bereits Kinder hatte, und das lief auch nicht immer gut. Aber er hat nie einen Geburtstag oder Weihnachten vergessen, und zu Maddies Fußball- und Basketballspielen kommt er eigentlich jedes Mal. Selbst damals, als er extra aus Sacramento anreisen musste.«

»Und nun erzähl mal was über dich, Adam. Es kann nicht sein, dass du Single bist! Du bist doch ein super Fang! Freundinnen hattest du bestimmt einige.«

»Falls du wissen willst, ob ich mich mit vielen Frauen getroffen habe – ja. Ich hatte sogar ein paar Beziehungen, die einige Jahre hielten und von denen ich dachte, das könnte es jetzt sein.«

»Und trotzdem hast du nie geheiratet? Dabei bist du so ein Familienmensch! Wieso nicht?«

»Keine Ahnung. Es hat sich eben nie richtig angefühlt. Ich war wohl nie verliebt genug, schätze ich.«

»Das hätte ich mir auch besser mal gesagt«, stellte Emma fest.

»Aber du hast Richard geliebt, Emma«, widersprach er. »So wie du ihn immer beschrieben hast … Du hast so von ihm geschwärmt.«

»Ja, ich habe ihn geliebt«, erklärte sie plötzlich ernst und legte die Gabel hin. »Als ich ihn kennengelernt habe, war ich vierundzwanzig. Er hat mir beinahe sofort einen Antrag gemacht. Erst viel später habe ich kapiert, dass er bloß auf jemanden wie mich gewartet hat. Ein Dummchen, das dem Bild der Millionärsehefrau entsprach, von der Haute Couture bis zur Inneneinrichtung – inklusive stressfreier Unterhaltung der Gäste selbst unter größtem Druck. Und natürlich musste ich auch seinen Befehlen gehorchen.« Sie trank ihr Glas Wein leer. »Ich würde dir gern etwas sagen.« Doch dann sprach sie nicht weiter.

»Noch einen Wein?«, erkundigte er sich.

»Lieber einen Tee. Du musst die Kellnerin nicht extra rufen. Aber ich wollte etwas sagen. Vielleicht habe ich dich auf die falsche Fährte geführt. Du meintest ja, ich sollte mehr über Richard herausfinden, damit ich begreife, wie ich es so weit kommen lassen konnte. Ich habe bereits alles gelesen, Adam. Und falls es etwas Neues zu dem Thema gibt, muss ich es nicht wissen. Über drei Jahre lang war ich süchtig nach Nachrichten. Ich habe alles aufgesogen, was ich im Internet über ihn gelesen habe. Die Bücher und die biografischen Artikel über ihn sind, lange bevor es zur Verhandlung kam, erschienen. Ich habe jedes einzelne Gerichtsprotokoll gelesen, das erstellt wurde, obwohl ich eigentlich immer anwesend war. Ich hatte eigene Anwälte.

Lange Zeit waren sie die einzigen Menschen, die überhaupt noch mit mir gesprochen haben.«

Sie atmete durch und fuhr fort: »Es hat nicht lange gedauert, bis ich eine logische Erklärung für alles hatte. Richard hatte starke soziopathische Tendenzen. Soweit ich weiß, hat er in seiner Jugend zwar keine Tiere aus der Nachbarschaft umgebracht, doch laut den Aussagen von ehemaligen Klassenkameraden hat er schon in der Schulzeit gelogen und betrogen. Er hat immer andere Menschen benutzt. Und sich darüber gefreut, dass er damit davonkam. Es gefiel ihm, andere zu täuschen und um jeden Preis zu gewinnen. Empathie war ihm fremd. Man hat ihm vielleicht Betrug und Diebstahl nachweisen können, aber über die meisten anderen Dinge gab es nur Spekulationen. Die Dinge, die seine Einstellung und seine Persönlichkeitsstörung betrafen. Das war mir längst klar, bevor der Prozess vorbei war.«

»O Emmie«, sagte Adam voller Mitgefühl und berührte ihre Hand.

»Ich wusste es nicht, und zugleich wusste ich es. Ich habe mit dem Mann unter einem Dach gelebt. Auch wenn wir uns nie sonderlich nahe waren und nicht gerade eine erfüllende Liebesbeziehung hatten, habe ich mit ihm zusammengelebt. Bin mit ihm gereist. Als ich das erste Mal den Verdacht hatte, dass er mich betrügt, waren wir knapp ein Jahr verheiratet. Damals lächelte er nachsichtig, küsste mich auf die Stirn und sagte: ›Wieso sollte ich eine Geliebte haben? Ich habe doch dich, die schönste Frau in ganz New York City.‹ Natürlich habe ich ihm geglaubt. Er war so selbstbewusst und so überzeugend. Und dann habe ich irgendwann gemerkt, dass wirklich etwas nicht stimmte. Ich bekam Gespräche mit. Ich meine, er hatte Angestellte, und sie alle wussten, was er trieb. Er fütterte sein Business mit kleinen Anlagen, zahlte hier und da mal eine Dividende aus, wenn es noch mehr Kapital brachte. Das nannte er immer ›säen‹ … Geld säen … Zufriedene Kunden brachten ihm mehr Kunden. Wir haben nie darüber gesprochen, aber ich hörte ja, wie er mit Angestellten sprach oder mit Kunden am Telefon. Ich bekam mit, wie er Geld auf Offshore-Konten verschob. Er dachte, ich wäre für finanzielle Dinge nicht klug genug. Ich wusste auch nie wirklich etwas Konkretes, doch ich hatte den starken Verdacht, dass mein gerissener Mann vor nichts haltmachen würde, um an das große Geld zu kommen.«

»Und dann erfuhr ich von seiner Geliebten. Andrea Darius. Ich habe sie bereits vor unserer Hochzeit kennengelernt. Intelligent, eine Frau mit Klasse, der typische High-Society-Typ. Sieht ein bisschen aus wie Katherine Heigl, mit diesem vornehmen, selbstbewussten ›Ich-steh-über-allem-Blick‹. Und ich habe von Anfang an vermutet, dass er etwas mit ihr hatte. Da war etwas an der Art, wie sie ihn ansah. Sie war Imageberaterin, eine Public-Relations-Expertin mit Spezialisierung auf den Finanzsektor. Alle Kreditgeber und Investoren wurden angeblich knallhart überprüft, vor allem die Privatunternehmen und Hedgefonds-Manager. Das war allerdings nur Fassade. Und das war der Zeitpunkt, als ich beschloss, nicht hinzusehen. Ich suchte nach Ausflüchten, um meine Existenz in meinen eigenen Augen zu rechtfertigen.« Sie lachte hohl. »Während ich inzwischen in Manhattan wie eine Aussätzige behandelt werde, spielt Andrea in der New Yorker Gesellschaft immer noch eine wichtige Rolle. Gerüchten zufolge soll sie heute eine Edelprostituierte oder Escort-Dame sein. Aber wer weiß das schon? Und wen interessiert's?«

Die Kellnerin kam, räumte die Teller ab und nahm ihre Getränkewünsche auf. Adam hätte Lust auf einen Drink gehabt, bestellte jedoch einen Kaffee.

»Ich habe keinerlei Beweise«, fügte Emma nun hinzu. »Aber manche Dinge, die er gesagt oder getan hat, führten mich zu der Frage: Wieso verstehe ich ihn nicht besser? Eines Tages begriff ich schließlich, dass ich mit einem Mann verheiratet war, den ich überhaupt nicht kannte – einem Mann ohne Gewissen. Da war es schon zu spät.«

»Und wieso hast du dann nicht gegen ihn ausgesagt?«, wollte Adam wissen.

Sie schüttelte den Kopf. Als der Tee kam, gab sie Milch und Zucker hinzu und rührte langsam um. »Ich wollte einfach, dass Schluss ist, um endlich fliehen zu können. Mehr wollte ich nicht. Ich habe nichts zu meiner Verteidigung anzuführen, doch es ist Fakt, dass eine Aussage von mir weder der Verteidigung noch der Staatsanwaltschaft etwas gebracht hätte. Es war alles reine Vermutung, Gerüchte, Spekulation. Kurz: überhaupt nichts.«

»Und habt ihr versucht, Kinder zu bekommen?«

Emma zuckte zusammen. Unübersehbar. Nach einer Weile antwortete sie: »Das war Wahnsinn. Ich weiß nicht, was ich mir dabei gedacht habe. Wir waren erst ein paar Jahre verheiratet, und ich war noch so jung. Aber irgendwas stimmte eben nicht mit unserer Ehe. Ich dachte, damit könnte ich es richten. Ich dachte, wenn wir eine Familie gründen, würde er … mir mehr Beachtung schenken.« Erneut schüttelte sie den Kopf. »Wie dumm ich war! Jeder weiß, dass ein Kind keine Probleme löst. Und Gott weiß, dass es keine Heilung gibt für das, was Richard hatte! Im Nachhinein ist es ein Segen, dass ich nie schwanger geworden bin. Irgendwann habe ich begriffen, was das für ein katastrophaler Fehler gewesen wäre.«

Sie trank einen Schluck Tee. »Wie du siehst, Adam: Ich muss nichts lesen von all dem, was über Richard und seinen Fall geschrieben wurde. Oder über mich. Ich bin auf dem Laufenden. Allerdings gucke ich heute selten Nachrichten. Und diese Biografien?« Sie schaute ihn an. »Ich weiß nicht mal, ob die Hälfte davon stimmt, was darin geschrieben steht! Allerdings klingt es teilweise verdächtig wahr.«

»Es tut mir so leid, Emmie«, sagte er.

»Ich habe bisher kaum mit jemandem darüber gesprochen. Lyle kann ich vertrauen, und einiges habe ich ihm auch erzählt, als es aktuell war, aber ich wollte nicht, dass seine Beziehung zu Ethan leidet. Denn Ethan kann mich ohnehin nicht sonderlich gut leiden.«

»Aber Lyle …«

»Ist der Beste«, ergänzte sie sofort. »So loyal, so wunderbar und immer für mich da. Und glaub mir, ich hab ihn mit so einigen Dramen behelligt.« Sie nahm einen weiteren Schluck. »Übrigens bin ich dir sehr dankbar für den Kontakt zu Lucinda Lopez. Ich bin mittlerweile schon zweimal bei ihr gewesen. Sie ist großartig. Bei ihr fällt es mir leicht, über alles zu reden, und hin und wieder bringt sie mich zu der perfekten Schlussfolgerung, die alles erklärt. Dann verstehe ich plötzlich. Männer wie Richard Compton haben den richtigen Riecher für Leute, die sie ausnutzen können. Er brauchte ein Mädchen wie mich, elternlos, heimatlos, schutzlos. Eine junge Frau, die jemanden suchte, der ihr sagen würde, sie wäre die Märchenprinzessin. Und er brauchte jemanden, der seine Motive nicht infrage stellen würde. Ganz genau das war ich. Adam, du musst wissen, auf wen du dich da mit mir einlässt.«

Er runzelte die Stirn. »Glaubst du, ich wüsste das alles nicht längst? Ich hatte zwar keine Ahnung, wie du damit klargekommen bist, aber ich habe alles zu dem Thema gelesen: über seine Betrügereien, darüber, dass er eine langjährige Geliebte hatte, dass er ein gewissenloser Betrüger war, über die Spekulationen alter Bekannter, dass er schon immer soziopathische Züge hatte. Er war so narzisstisch, dass mich nur eins wundert: Wieso hat er sich umgebracht?«

»Und die Leute denken, irgendwo wäre noch Geld versteckt«, meinte sie. »Ich weiß davon nichts, und ich habe auch keins. Allerdings vermute ich, sein Selbstmord war zum einen

Teil Rache und zum anderen Teil Genugtuung. Für das Leben an sich hatte er keine große Wertschätzung, nicht wahr? Nicht mal für sein eigenes.«

»Und warst du dir am Ende sicher, dass deine Schlussfolgerungen über ihn korrekt waren?«, fragte er.

»O ja«, antwortete sie. »Während unserer Ehe, in der Zeit der Untersuchung, trotz aller eidesstattlichen Aussagen, markierte er den Coolen. Wir haben nicht ein einziges Mal darüber gesprochen. Doch nachdem man ihn darüber informiert hatte, dass ihm eine Haftstrafe zwischen vierzig und fünfundsiebzig Jahren drohte, öffnete er die Schleusentore und machte keinen Hehl mehr daraus, wie er wirklich war. Er sorgte dafür, dass ich und jeder in Hörweite mitbekam, dass er eine gewissenlose Bestie war.« Sie seufzte. »Es fielen Ausdrücke, die sind so vulgär, dass ich sie hier nicht wiederholen möchte.«

Sie schwiegen. Emma trank ihren Tee und er seinen Kaffee. Die Kellnerin füllte seine Tasse schweigend ein zweites Mal und brachte ihr heißes Wasser, zusammen mit der Rechnung.

»Es ist in Ordnung, Emmie«, versicherte er ihr.

»Nein, das ist es nicht, Adam. Du wolltest mich küssen. Das solltest du besser nicht tun. Ich bin gebrandmarkt. Beschädigt. Ich kann immer noch nicht glauben, wie ich es zulassen konnte, da hineingezogen zu werden.«

»Du warst vierundzwanzig. Und mit dreißig warst du eindeutig klüger. Also mach dir nicht so viele Vorwürfe.«

»Rosemary hat immer gesagt: ›Es ist genauso leicht, sich in einen Mann mit viel Geld zu verlieben, wie in einen mit wenig Geld.‹ Sie hatte lauter solche Sprüche drauf. Nach Richards Tod, als er mir nichts hinterlassen hat außer seinen Verbrechen, als ich die Verdächtige war, weißt du, was meine reizende Stiefmutter da meinte? ›Wer wegen Geld heiratet, verdient jeden Penny.‹«

»Ich habe die Frau nie gemocht«, entgegnete Adam.

»An ihren Sprüchen ist jedoch was dran.«

»Wir schaffen das schon, Emma.«

»Mir hätte es gefallen, wenn du mich geküsst hättest«, sagte sie nun.

Jetzt musste er aufpassen, dass sein Herz nicht explodierte!

»Ich wollte geküsst werden – und von niemand anderem als von dir«, gestand sie ihm. »Aber so was sollte ich nicht einfach tun, nur weil ich mir verlassen vorkomme. Ich will niemanden verletzen, der mir zu nahe kommt. Wir müssen es bei unserer Freundschaft belassen, Adam. Und Riley … Sie war sehr professionell, wirklich, und sie hat ziemlich deutlich gemacht … Sie möchte nicht, dass wir uns irgendwie annähern.«

»Denkst du, es interessiert mich in irgendeiner Form, was Riley möchte?«, fragte er.

»Ja, das tut es. Und das ist gut so. Sie ist Familie. Ich werde noch ein paarmal zu dieser Therapeutin gehen. Vielleicht kann sie mir einen guten Tipp geben. Ich hab einige gute Jahre vor mir, und die würde ich gerne als glücklicher Mensch verbringen.«

Adam lächelte. Einige gute Jahre? Sie war gerade mal vierunddreißig. Doch vermutlich hatte sie das Gefühl, ihr ganzes Leben verschwendet zu haben. »Du schaffst das, Em. Am Montag fängt ein neues Leben für dich an. Toiletten putzen und Fußböden schrubben. Glückwunsch.«

»Ich werde dafür sorgen, dass Riley stolz auf mich sein kann«, verkündete sie. »Aber verrat ihr nicht, dass ich das gesagt habe.«

»Ich sage niemandem irgendwas.«

Emma fühlte sich nicht unbedingt besser, nachdem sie sich bei Adam ausgeweint hatte, aber sie fühlte sich innerlich gereinigt. Irgendwie ehrlicher. Er musste es einfach wissen: Auch wenn sie bei Richards Verbrechen nicht die Komplizin gespielt hatte, war sie doch so weit beteiligt gewesen, dass es so gekommen war, wie es nun war. Sie war auf jeden seiner Tricks reingefallen. Und bevor alles vorbei gewesen war, hatte er dafür gesorgt, dass sie das auch ganz bestimmt erfuhr. Die Ausschnitte aus ihren Gesprächen in den letzten Wochen vor seinem Tod mochten sie womöglich für immer verfolgen, sie nie inneren Frieden finden lassen.

Adam nahm ihre Hand. »Eine Sorge kann ich dir zumindest nehmen: nämlich die, wie ich damit umgehe. Du musst mich nicht beschützen. Verstanden?«

Ihr war klar, dass er stark war. Und klug. Aber konnte er tatsächlich ermessen, was die Verbindung zu Richard aus ihr gemacht hatte? »Ich bin nicht mehr das unschuldige Mädchen von damals, Adam.«

»Schuldig bist du jedoch ebenso wenig. Und du bist eine Überlebende. Das weiß ich.«

»Findest du wirklich?«, fragte sie.

Er lachte freudlos. »Der Tod deines Vaters? Die Zeit mit Rosemary? Ein paar Jahre mit ihr würden jeden beschädigen. Du bist nach der Sache mit Jock wieder auf die Beine gekommen und mit allem, was du hattest, nach New York gegangen – eine der größten, Furcht einflößendsten Städte des Landes.« Er trank seinen Kaffee aus. »Nur leider werde ich die Stadt jetzt wohl nie zu sehen bekommen.«

»Wieso das nicht?«

»Weil du nicht mehr dorthin zurückkehren wirst«, antwortete er. »Und ohne dich fahre ich nicht hin.« Er warf einen kurzen Blick auf die Rechnung.

»Ich befürchte, du steckst schon zu tief drin …«

Lachend zog er sein Portemonnaie heraus.

»Lass uns wenigstens die Rechnung teilen«, schlug sie vor.

»Vergiss es. Ich stecke nicht zu tief drin. Ich habe keine Angst vor dir, Emmie. Ich habe selbst genug durchgemacht, aber ich kenne auch Menschen, die noch Schlimmeres erlebt haben. Zum Beispiel Leute, die im Krieg waren und gekämpft haben. Auch sie haben Probleme und arbeiten daran – so wie du. Niemand hat gesagt, dass das leicht ist.«

Sie war ein bisschen verzweifelt. Er gab Gas und schien nicht ernst zu nehmen, dass sie nicht gut für ihn war. Sie würde nicht in der Lage sein, ihn aufzuhalten. Es gefiel ihr, dass er sie immer noch wollte. Doch sie hatte zugleich Angst um ihn. »Als ich Richard gefragt habe, wieso er eine Geliebte hatte, sagte er, dass er jemanden zum Vögeln brauche, mit dem er auch reden könne.«

»Unfassbar, wie erbärmlich er war«, meinte Adam und legte ein paar Geldscheine auf den Tisch. »Was für ein Vollidiot«, fügte er kopfschüttelnd hinzu.

»Ich habe ihm gesagt, er wäre nichts als ein gewöhnlicher Dieb. Da gab er mir eine Ohrfeige und schrie, an dem, was er getan hatte, wäre nichts Gewöhnliches!«

»Er hat dich geschlagen?« Adams grüne Augen verdunkelten sich.

»Nur dieses eine Mal«, murmelte sie.

»Am liebsten würde ich ihn wieder ausgraben und windelweich prügeln. Aber tot ist tot. Ich hoffe nur, dass er vor dem Letzten Gericht nicht davongekommen ist. Auch wenn ich nicht mehr in die Kirche gehe, glaube ich doch, dass es so was wie Himmel und Hölle gibt.« Er steckte seine Geldbörse ein. »Sollen wir, Emma?«

»Ja«, erwiderte sie.

Als sie zum Auto gingen, hatte er eine Hand auf ihren Rücken gelegt.

Emma versuchte es ein letztes Mal. »Adam, du hast aber verstanden, was ich gesagt habe, oder? Ich komme aus einer sehr dysfunktionalen Beziehung. Mehr als das. Das war alles krank. Und es wird mir wohl noch eine Weile hinterherhängen. Du willst also sicher nicht, dass …«

Da blieb er auf einmal stehen. Er fasste sie an der Taille und sah ihr in die Augen. »Emma, seit sechzehn Jahren warte ich darauf, dass du zurückkommst. Ich werde jetzt also bestimmt nicht vor Schreck wegrennen, bloß weil so ein krankes Arschloch sein Bestes gegeben hat, um dich fertigzumachen. Ich habe es dir doch schon gesagt: Wir schaffen das.« Und dann gab er ihr einen sanften Kuss. »Du musst mich nicht vor dir warnen. Das ist absolut unnötig. Und nun bringe ich dich nach Hause. Und wenn es einen Gott gibt, wirst du mich gleich noch reinbitten.«

»Ich mache mir einfach Sorgen darüber, wie unsere Beziehung aussehen soll«, entgegnete sie. »Du sollst nicht zu Schaden kommen, wenn Richards Lügengebäude über mir einstürzt.«

»Das verstehe ich«, sagte Adam. »Bist du jetzt fertig?«

»Sei nicht dumm«, bat Emma ihn.

»Keine Sorge.«

Auf dem Heimweg erzählte er ihr ein paar Dinge. Adam sprach von der Schönheit von Napa und darüber, wie der kalte Winterregen in Sonoma County in ihm die Sehnsucht nach Suppe und einem Feuer im Kamin weckte. Emma hatte natürlich keinen Kamin, er aber. Er freute sich schon darauf, ihr sein Haus zu zeigen. Es war über fünfzig Jahre alt und stand in einem Viertel mit vielen Bäumen zu beiden Straßenseiten. Es hatte ihm großen Spaß bereitet, es zu renovieren. Das meiste hatte er selbst gemacht. Er hatte zum Beispiel den alten Teppich herausgerissen, neue Holzböden verlegt und die Wände gestrichen. »Ich habe mich auf die vier wichtigsten Zimmer konzentriert: Wohnzimmer, Küche, Schlafzimmer und Bad. Die neue Küche ist so schön, dass ich fast Lust bekomme, zu kochen.«

»Bloß nichts überstürzen«, meinte sie.

Er verführte sie mit Normalität. Es war, als wüsste er, wie

sehr sie sich nach einer Realität sehnte, die sie verstehen konnte. Suppen und Feuer im Kamin, Regentage in einem gemütlichen Zuhause, die Liebe eines guten Mannes.

Sie fuhren zu ihr. Auf der gesamten Fahrt hatte er ihre Hand gehalten. Als sie mit ihm nun ihren kleinen Bungalow betrat, schaute er sich um und sagte: »Du warst fleißig.«

»Zum besseren Eingewöhnen«, erwiderte sie.

»Komm her«, forderte er sie auf, schloss die Tür und zog Emma in seine Arme.

Und dann küsste Adam sie mit einer Leidenschaft und Verzweiflung, die sie nicht erwartet hatte. Nach einem kurzen Überraschungsmoment gab sie sich seinem Kuss hin und beantwortete ihn genauso leidenschaftlich. Es ging ihr nicht einfach um Intimität und Sex, was sie so lange nicht mehr erlebt hatte, sondern um die Intimität mit ihm.

Noch während des Kusses zogen sie sich aus. Es schien lediglich Sekunden zu dauern, bis sie in ihrem Bett landeten, Haut an Haut. Emma hatte seit Jahren keine zärtliche Berührung mehr genossen. Adams schöne Hände, seine Lippen, seine starken Finger: All das sorgte dafür, dass etwas geschah, das sie sich nicht hätte ausmalen können. Es brachte sie ganz weit weg. Sie dachte nur noch an ihn, war ganz erfüllt von seinem Duft, seinem Geschmack, seinem Körper.

Adam war wirklich ein schöner Mann. Lange, durchtrainierte Beine, muskulöse Schultern und Arme, eine breite, unbehaarte Brust. Dichtes braunes Haar, ausdrucksstarke Brauen, smaragdgrüne Augen und ein markantes Kinn ... Jemand sollte ein Denkmal von ihm erschaffen und ausstellen, dachte sie. Doch jetzt gehörte er nur ihr. Und sie ihm.

Emma atmete seinen Duft ein, ließ ihre Zunge in seinen Mund gleiten und öffnete sich seinen Berührungen. Er war ganz sanft und zärtlich, nahm sich Zeit. Aber als er ihren Körper schließlich eroberte, begegnete er ihrem Verlangen mit wilder Lust. Sie rief seinen Namen, während sie kam. Und kam. Und kam.

Und dann war auch er so weit. Er flüsterte ihren Namen, wobei er den Mund an ihren Hals drückte, seine Finger in ihrem Haar vergrub. Sie zitterte noch von den letzten Wellen ihres Höhepunkts, als er leise auflachte. Er küsste ihre Augen, ihre Ohren, ihr Kinn, ihre Lippen. Langsam beruhigte sie sich wieder.

»Machst du dir immer noch Gedanken über uns beide?«, fragte er sie leise.

»Du hast mich unter Drogen gesetzt«, erwiderte sie anklagend.

Er drang wieder in sie ein. »Nur ein bisschen. Verdammt. Ich wusste, dass es toll sein würde mit uns. Aber dass es so toll sein würde, hätte ich nicht gedacht.«

Sie küssten sich, lange und voller Sehnsucht. Er bewegte sich in ihr, füllte sie aus, wiegte sie in seinen Armen. Es dauerte nicht lange, bis sie sich wieder an ihn klammerte und sich gegen ihn presste. Sie wollte mehr.

»Ich kann dir nichts abschlagen«, meinte er. »Wahrscheinlich werde ich dir nie etwas abschlagen können. Und wicso sollte ich auch?«

»Ich hab auch nicht Nein gesagt, oder?«

»Also los.« Damit glitt er erneut in sie, bis sie beide noch mal kamen, diesmal gleichzeitig. Als sie anfing zu zittern, erlebte auch er einen heftigen Orgasmus. Sie stöhnte lustvoll auf. Und dann war es vorbei.

Wieder küsste er ihr Gesicht und streichelte sie am ganzen Körper.

Eine Weile schwiegen sie, während ihr Atem sich normalisierte und ihre Haut sich allmählich abkühlte. Ohne sich von ihr zu lösen, deckte er sie zu und drehte sich mit ihr zusammen auf die Seite.

»Willst du für immer in mir bleiben?«, fragte sie.

»Wäre das unpassend?«, entgegnete er. »Denn es fühlt sich eigentlich so an, als wäre das mein Platz.«

»Seltsam«, bemerkte sie. »Finde ich auch.«

»Mit dir befreundet zu sein hat gewisse Vorteile.«

Sie schwieg einen Moment. »Gut«, sagte sie dann.

Er lachte. »Aber ich will nicht nur mit dir befreundet sein, Emmie.«

»Nein?«

»Natürlich nicht. So was erlebe ich nicht mit Freunden. Das hier hat nichts Belangloses, und das weißt du.«

»Ach so?«

»Komm schon! Das war auch für dich nicht irgendetwas«, stellte er fest. »So schön war es selten, wenn ich mit jemandem geschlafen habe. Vielleicht war es das schönste Mal von allen.«

»Findest du?«

»Ich weiß es«, versicherte er ihr.

Sie lächelte. »Freut mich, das zu hören. Obwohl das Ganze wahrscheinlich trotzdem keine gute Idee war.«

Er stützte sich auf den Ellbogen und schaute sie an. »Ich finde, es war die beste Idee, die ich je hatte.«

Emma konnte nicht aufhören, ihn anzufassen, streichelte mit den Fingerspitzen über sein Gesicht. »Ich vermute mal, du willst nicht so bald zur Vernunft kommen …«

Er schüttelte den Kopf und strich eine Strähne hinter ihr Ohr. »Du weißt, was ich für dich empfinde. Das ist dir immer klar gewesen, oder? Du glaubst doch nicht im Ernst, das könntest du mir ausreden.«

»Na ja, ich dachte, ich könnte …«

»Nein!«

Sie biss sich auf die Lippe, schaute ihm in die Augen und seufzte. »Gott sei Dank.«

Er lächelte sie an.

»Es könnte allerdings ein Problem darstellen, dass ich mit dem Bruder meiner neuen Chefin geschlafen habe …«, meinte sie.

»Es geht Riley nichts an, mit wem ich schlafe. Und mit wem du schläfst, ebenso wenig.«

»Meinst du, sie wäre auch dieser Meinung?«

»Meinst du, ihre Meinung interessiert mich?« Fragend betrachtete er sie. »Jetzt komm.« Er zog sie eng an seine Brust. »Genieß den Moment. Sorgen machen kannst du dir später.«

Sie genoss es, als er sie sanft streichelte. »Auf jeden Fall bin ich gerade deutlich entspannter als vor ein paar Stunden.«

»Na bitte«, meinte er lachend. »Frag mich mal.« Nach ein paar Minuten des Schweigens fragte er: »Willst du schlafen?«

»Nein. Ich hätte Angst, aufzuwachen und festzustellen, dass alles bloß ein Traum gewesen ist«, antwortete Emma.

Er küsste sie auf die Stirn. »Das wird nicht passieren. Die Zeit der Albträume ist vorbei. Jetzt beginnen die schönen Träume!«

Der Rest des Wochenendes war ideal. Geradezu perfekt. Emma hatte nie damit gerechnet, dass ihr so etwas noch mal passieren würde. Nachdem sie ein paar Stunden im Bett verbracht hatten, ging Emma unter die Dusche und machte sich zurecht. Als sie aus dem Bad kam, war Adam in der Küche zugange, machte Tee und schaute nach, was sie im Kühlschrank hatte. Er trug Jeans und Socken, das Hemd hatte er offen gelassen. Er sah wirklich zum Anbeißen aus.

»Wenn du ausgehen möchtest, führe ich dich gerne aus«, sagte er. »Aber wenn ich dich dazu überreden kann, zu Hause zu bleiben, koche ich uns was Leckeres.«

»Willst du zu Hause bleiben?«

Er lachte sie an. »O ja.«

Da klingelte sein Handy. Nach einem Blick aufs Display nahm er das Gespräch an. »Hi, Mom.« Er lauschte eine Weile und nickte, als könnte seine Mutter das hören. »Muss das jetzt sein?« Pause. »Hast du? Das sollst du doch nicht. Natürlich hat es gestört, aber was, wenn du gestürzt wärst? Schon gut, schon gut. Ich wollte dich nicht beleidigen, doch im Ernst … Mach so was nicht wieder, okay? Danke, aber ich gehe heute Abend aus, und morgen muss ich noch was für die Schule tun. Nein, nichts Besonderes.« Er zwinkerte Emma zu. »Ich gehe nur mit einer Freundin ein Glas Wein trinken. Ich glaube nicht, und das soll auch so bleiben. Hör zu, wenn du bei der Weihnachtsdeko meine Hilfe brauchst … Ach so? Jock macht das? Okay, das freut mich. Ich bringe die Lichterkette dann irgendwann diese Woche nach der Schule an, keine Leiter nötig. Ich ruf dich morgen an, ja? Super.«

Nachdem er das Handy weggesteckt hatte, erklärte er: »Ihr Rauchmelder ist angegangen, weil die Batterie leer war. Also ist sie auf eine Trittleiter gestiegen und hat die Batterie gewechselt. Das kriegt sie zwar hin, trotzdem sehe ich sie ungern auf einer Leiter. Für so was hat sie mich ja.« Er verzog das Gesicht. »Normalerweise wechsele ich die Dinger immer aus, damit sie nicht auf die Leiter steigt.«

»Du hast Jock erwähnt.«

»Er holt die großen Kartons für Maddie und Mom aus der Garage. Maddie muss ihn darum gebeten haben. So können die beiden etwas Zeit zusammen verbringen.«

Emma schüttelte den Kopf. »Sie hat dich gefragt, mit wem du ausgehst.«

»Sie hat nur gefragt: ›Kenne ich sie?‹« Sein Lächeln wurde breiter. »Ich gehe rasch unter die Dusche, danach fahre ich einkaufen.«

»Adam, sie dürfen es nicht wissen«, sagte Emma. »Es tut mir leid, aber Riley darf auf keinen Fall …«

»Ich hatte nicht vor, es ihr zu erzählen«, versprach er ihr. »Aber ich habe auch nicht vor, ein Geheimnis daraus zu machen.« Er runzelte die Stirn. »Oder war das dein Plan?«

Sie nickte und biss sich auf die Unterlippe. »Bis Riley entscheidet, dass meine Rückkehr für sie klargeht, oder bis ich ihr bewiesen habe, dass ich ein Gewinn für ihre Firma bin, soll niemand davon erfahren.«

»Du hast Angst, dass sie wütend wird.«

»Natürlich. Sie ist sich meinetwegen noch nicht sicher. Und sie war sehr klar darin, dass sie mir bloß einen Job gibt und das kein Freundschaftsangebot ist. Sie ist noch nicht so weit, mich in ihrem Leben zu akzeptieren. Und du bist nun mal ein riesiger Teil ihres Lebens.«

»Willst du das mit uns beiden denn nicht? Ich kann auch gehen. Das tu ich nicht gerne, doch wenn du mehr Zeit brauchst …«

»Ich kann dich gehen lassen, aber ich werde dich nicht aufgeben. Nicht, wenn du bleiben willst. Nicht mal für Riley.« Sie lächelte. »Bitte denk drüber nach.«

Er erwiderte ihr Lächeln. »Ich dusche jetzt, dann mache ich Besorgungen und bleibe so lange hier, wie du möchtest. Und wenn es dir wichtig ist, werden wir unsere Beziehung die erste Zeit vor Riley geheim halten. Das kriege ich hin. Du sollst dich bei mir sicher und geborgen fühlen.«

»Danke. Ich brauche einfach Zeit, um mich in meinem neuen Job einzugewöhnen. Denn wie gesagt brauche ich diesen Job nicht nur: Ich will auch Riley beweisen, dass ich keinen Gefallen von ihr erwarte. Dass es keine Schuld mehr zu begleichen gibt.«

»Wenn du das so siehst …«

»Ja.«

»… dann wird es so gemacht.«

»Darf ich dich beim Einkaufen begleiten?«

Er lachte. »Also hältst du das mit uns doch nicht vor der Welt geheim, sondern bloß vor Riley, fürs Erste.«

»Das kommt hin. Kannst du damit leben?«

»Schon okay, Emma. Für dich fühlt sich das alles noch sehr wackelig an. Aber ich bin sicher, alles ist bestens.«

Das hoffte sie. Sie wusste jedoch, dass es nicht unbedingt leichter für sie werden würde, wenn sich Riley und Adam ihretwegen in die Haare bekämen. Das wäre schrecklich.

Eine Stunde später kamen sie wieder zu Hause an, mit einer Kartoffel-Käse-Suppe, Mini-Schinkensandwiches, Antipasti aus dem Deli und einer schönen Flasche Wein im Gepäck. Sie aßen auf der Couch vor dem Fernseher und kuschelten anschließend ein bisschen, bevor sie ins Bett gingen. Adam fragte sie nicht, ob er über Nacht bleiben dürfte. Er hatte es ja gesagt: Er blieb so lange, bis sie ihn wegschickte. Sie hielt ihn die ganze Nacht fest, als wäre sie auf dem weiten Meer verschollen, und statt ihre Umklammerung zu lösen, drückte er sie umso fester an sich.

Am Morgen frühstückten sie Bagels mit Frischkäse und Kaffee. Danach machten sie einen Spaziergang durch die Stadt, in der um diese Uhrzeit nichts los war. Als sie wieder bei Emma waren, legten sie sich aufs Sofa und schmiegten sich aneinander.

»So was ist normal, oder?«, fragte Emma. Sie war entspannt und blühte durch seine Berührung auf.

»Du wirst dich dran gewöhnen«, versicherte Adam ihr.

9. Kapitel

Nach dem Thanksgiving-Dinner rief Riley bei ihren Reinigungskräften an, die an diesem Tag Dienst hatten. Natürlich hatte sie auch Kunden, die nicht mal am Feiertag selbst spülen konnten. Sie luden Gäste ein – und brauchten Hilfe. Auch wenn Riley persönlich das ziemlich geschmacklos fand, war es doch äußerst profitabel. Und sie sorgte dafür, dass es sich für ihre Angestellten ebenfalls lohnte. Nach allem, was sie hörte, lief es überall problemlos.

Es war Tradition für Riley und Maddie, nach Thanksgiving zusammen mit June das Haus vorweihnachtlich zu schmücken. Riley setzte Maddie bei June ab und fuhr los, um noch ein paar Besorgungen zu machen. Als sie zurückkam, war Jock in der Garage und holte die Kartons für Maddie und June.

»Ich habe heute gar nicht mit dir gerechnet«, begrüßte sie ihn. »Ist im Geschäft nichts zu tun?«

»Im Gegenteil. Ich habe heute Morgen gearbeitet, als wir aufgemacht haben, und heute Abend lege ich noch eine Schicht ein. Das ganze Wochenende war ein einziger Wahnsinn.«

Black Friday hieß der Schnäppchen-Tag, und nichts verkaufte sich an diesen Freitagen so gut wie Elektronik: Computer, Fernseher und alles vom Kopfhörer bis zum Handy. Immerhin war Jock inzwischen der Manager des Ladens und konnte seinen Dienstplan etwas freier gestalten. Und obwohl Riley es nicht gern zugab, war er kein Faulenzer und legte sich voll ins Zeug.

Sie trat ins Haus, um nicht in seiner Nähe zu sein. Er sah immer noch so gut aus, dass es ihr auf die Nerven fiel. Konnte er nicht wenigstens allmählich die Haare verlieren? Und er machte immer noch viel Sport, ging ins Fitnessstudio, spielte Football, Basketball, Golf und war noch genauso fit wie damals auf der Highschool. Eigentlich sah er noch aus wie der Mann, der damals ihr Herz gestohlen und es dann gebrochen hatte.

In der Küche traf sie auf June, die die Förmchen für die Weihnachtsplätzchen zusammensuchte. »Jock ist ja hier«, sagte Riley zu ihr.

»Ich glaube, Maddie hat ihn darum gebeten«, antwortete ihre Mutter.

»Warum hat sie nicht einfach Adam gefragt?«

June seufzte schwer. »Vermutlich, weil Jock ihr Vater ist. Und sosehr es dich auch ärgert: Die beiden sind gern zusammen.«

»Das ärgert mich überhaupt nicht«, schwindelte Riley. »Und was kann ich für dich tun?«

»Willst du Jock dabei helfen, die Kartons in der Garage durchzusehen?«, fragte June grinsend.

»Ich meinte, hier, im Haus.«

»Sobald sie die Girlande gefunden haben, kannst du sie am Treppengeländer aufhängen, die Lichterkette befestigen und die Verlängerungskabel anschließen.«

»Gut«, meinte Riley und nahm Kurs auf die Kaffeekanne.

Als Maddie noch ein Baby gewesen war, hatte Jock mit ihr mehr Zeit in Junes Haus verbracht als anderswo. Als er sie mal mit zu seinen Eltern hatte nehmen wollen, hatte er das zunächst mit June besprochen, denn sie war entgegenkommender als Riley. Kaum war Maddie auf die Grundschule gegangen, hatte er vorsichtig, aber durchaus energisch auf seine Vaterpflichten gepocht. Er wollte über Schulaktivitäten informiert werden, vom Elternabend bis zur Faschingsfeier. Zwar konnte er nicht zu allen Terminen kommen, aber er wollte immer wissen, was anstand. »Ich möchte ungern die Lehrerin fragen, Riley.« Riley hatte oft ihre Mutter darum gebeten, Jock die Termine mitzuteilen.

Als Maddie zehn Jahre alt war, hatte Jock Riley vorgeschlagen, dass sie sich wieder annähern sollten. »Wir beide sollten uns mal treffen, nur du und ich. Vielleicht wird ja ein Date daraus«, hatte er gesagt. »Lass uns einander neu kennenlernen. Womöglich finden wir ja wieder, was uns damals zum ersten Mal zusammengebracht hat.«

»Du hast anscheinend völlig den Verstand verloren«, erwiderte Riley.

»Ganz und gar nicht. Ich weiß, es gefällt dir nicht, aber du und Maddie, ihr seid für mich meine Familie. Da wir sowieso nicht darum herumkommen, könnten wir das ja auch mal in echt ausprobieren.«

Riley war angewidert. »Da brauche ich nicht mal drüber nachzudenken«, konterte sie. »Und wieso auch? Seit Maddie auf der Welt ist, hast du unzählige Dates mit anderen Frauen gehabt. Ich sehe dich nicht als meine Familie an! Such dir eine andere, die es mit dir probieren will!«

»Ich habe so gut wie nie Dates«, stellte er klar. »Du weißt wirklich gar nichts über mich.«

»Was ich weiß, reicht mir«, entgegnete sie. »Warst du schließlich nicht der Mann, der mich überredet hat, mit ihm Sex zu haben, und der mich dann verlassen hat?«

»Wenn es um mich geht, gibt es bei dir irgendwie einen toten Winkel, was? Ich habe mich schon hundertmal dafür entschuldigt, dass ich mich wie der dumme Achtzehnjährige benommen habe, der ich damals gewesen bin! Aber du warst mir wichtig! Ich habe bloß Angst bekommen. Vor allem vor dir!«

»Und wie kommst du darauf, dass ich mich auf dieses Risiko noch einmal einlassen würde?«

»Weil ich vielleicht keine achtzehn mehr bin und wir eine gemeinsame Tochter haben?«

»Umso mehr ein Grund, vorsichtig zu sein!«

Und natürlich endete ihre Unterhaltung im Streit. Wie so häufig. Riley drückte die Knöpfe, die sie drücken musste, um Jock auf die Palme zu bringen. Sie wurde wütend, und bevor sie sich versahen, keiften sie sich nur noch an.

Also heiratete Jock eine andere, eine junge Frau mit zwei Söhnen. Die Unterschrift auf der Heiratsurkunde war kaum getrocknet, als er wieder Single war und die Frau zurück bei ihrem Ex. Und Riley fühlte sich bestätigt: Jock war nicht beziehungsfähig.

Als Maddie dann auf die weiterführende Schule gekommen war, hatte Jock direkt mit Maddie kommuniziert, und plötzlich war Riley ihm bei Autowaschaktionen und Softballspielen der Schule begegnet. Und inzwischen war sie anscheinend nicht mal im Haus ihrer Mutter sicher davor, ihm in die Arme zu laufen.

Am Samstag hatte Riley gearbeitet, und Maddie hatte ein paar Freundinnen zum Übernachten eingeladen. Also hatte Riley abends auch zu Hause bleiben müssen. Am Sonntagnachmittag durchstöberte Maddie mit June die Rezepte, um zu planen, was sie zu Weihnachten backen wollten. Riley fuhr um sechzehn Uhr hin, um mit ihnen die Reste vom Thanksgiving-Dinner zu essen. Alle waren da – bis auf Adam, der sich entschuldigen ließ, weil er etwas vorhatte. Seiner Mutter hatte er was von Einkäufen und Vorbereitungen für die Schule erzählt, weil er am Samstagabend mit einer Freundin unterwegs gewesen war.

»Oh?«, fragte Riley. »Welche Freundin?«

»Er hat gesagt, ich kenne sie nicht«, antwortete June.

Das war wenig beachtenswert. Adam traf sich oft mit Frauen, war aber stets vorsichtig. Seine eigene Regel besagte, dass er eine Frau, mit der er sich traf, erst dann seiner Familie vorstellte, wenn sie mehrere Monate zusammen waren.

Riley freute sich auf den Montag, verspürte aber auch eine gewisse Beklommenheit. Es war Emmas erster Arbeitstag. Sie würde um sieben Uhr morgens ihre Einweisung von Makenna Rice erhalten. Makenna wird Emma einen schönen Schreck einjagen, dachte Riley. Heimlich schwor sie sich, dass sie sich nicht auf Diskussionen oder Streitgespräche mit Emma einlassen würde. Es war gut gewesen, dass sie bei ihrem ersten Treffen klare Verhältnisse geschaffen hatte – als sie alleine in ihrem Büro gewesen waren. Von jetzt an waren sie nur noch Chefin und Angestellte, und ihr Umgang würde professionell und höflich sein. Sonst musste Emma eben gehen. Schließlich war es *ihre* Firma, wie Riley sich immer wieder sagte.

Um halb sieben kam sie ins Büro, doch wie üblich war Makenna schon vor ihr da. Sie hatte ihre Trainingshandbücher und -utensilien bereits im Konferenzraum verteilt.

»Guten Morgen«, begrüßte Riley sie. »Du bist ja früh dran.«

»Ich möchte pünktlich anfangen. Alles andere wäre ein schlechtes Beispiel.«

Riley lachte. »Möchtest du auch einen Kaffee?«

»Hab schon, danke. Ich hab keine ganze Kanne aufgesetzt, weil ich wusste, dass du bei Starbucks vorbeigehen würdest. Aber dann mach ich das jetzt mal. Vielleicht möchte Ms. Shay ja eine Tasse.«

»Ich kümmere mich darum«, sagte Riley.

Makenna war eine interessante Person, eine von Rileys Angestellten der ersten Stunde. Sie war sehr klein, aber stark. Sie hatte eine orange gefärbte Irokesenfrisur und dunkle Brauen, viele Piercings in den Ohren und ein paar in den Augenbrauen sowie einige bunte Tattoos, die immer mehr wurden. Doch das Einzige, das man sehen konnte, wenn sie ihre Uniform trug, war eine Schlange, die sich in ihrem Nacken nach oben schlängelte. Bei ihrem Anblick musste Riley an eine Biker-Braut denken, aber sie war absolut anständig. Wie viele von Rileys

Angestellten war sie alleinerziehend. Sie hatte einen vierzehnjährigen Sohn, der schon jetzt deutlich größer war als sie. Und Makenna war eine strenge Mutter. Soweit Riley informiert war, machte Curtis ihr keinen Ärger. Riley selbst hätte Angst davor, dieser Frau Ärger zu machen.

Alle Türen zu den Büros standen offen, die Eingangstür war aufgeschlossen, und der Kaffee lief durch. Um zehn vor sieben tauchte Emma auf, zehn Minuten früher als ausgemacht. Gut. Sie hatte eine Stofftasche dabei, in der sie vermutlich etwas zu essen und zu trinken verstaut hatte, ihre Uniform war neu und ungebraucht, und sie sah viel zu gut aus, um als Putzfrau zu arbeiten. Aber so wollte Riley es; so sollten alle ihre Angestellten aussehen. Denn so wünschten es sich die Kunden.

»Guten Morgen«, sagte Riley.

»Guten Morgen«, antwortete Emma.

Riley fiel auf, dass sie leicht errötete. Es war kaum zu bemerken, dennoch wandte sie kurz den Blick ab.

Ist das wegen unserer Auseinandersetzung beim Vorstellungsgespräch oder wegen etwas anderem? Hat Adam am Wochenende wirklich nur Besorgungen gemacht? Von wegen, dachte Riley.

»Wie war dein Wochenende?«, erkundigte sie sich.

»Sehr schön, danke. Ich hatte ein ganz wunderbares Thanksgiving. Meine Vermieterin und ihre Freundinnen, alles verwitwete ältere Damen, haben mich zu ihrem traditionellen Essen eingeladen. Es war fantastisch.«

»Wie schön. Und Rosemary?«

»Weißt du das nicht? Rosemary ist mit ihrem dritten Ehemann Vince schon vor Jahren nach Palm Springs gezogen. Von Lauren und Anna habe ich länger nichts mehr gehört. Ich weiß nicht mal, ob sie noch hier wohnen. Mit etwas Glück bin ich Rosemary für immer los. Ich habe nichts mehr von ihr gehört seit … seit Richards Tod.«

Riley verzog das Gesicht. »Mit etwas Glück«, wiederholte sie und brachte Emma ins Konferenzzimmer. »Makenna erwartet dich bereits. Makenna, das ist Emma Shay.«

Emma streckte ihr die Hand hin. »Freut mich sehr. Und vielen Dank. Ich werde versuchen, Ihre Musterschülerin zu sein.«

»Das behaupten sie alle. Wenn Sie mögen, holen Sie sich noch einen Kaffee. Steht in der Küche. Wir gehen zuerst das Handbuch durch.«

Emma griff in ihre Tasche. »Ich habe mir selbst Kaffee mitgebracht«, sagte sie und brachte einen Thermobecher zum Vorschein.

»Heben Sie sich den für später auf. Trinken Sie den Kaffee aus dem Büro. Wir sehen uns gleich wieder hier.«

»Danke.« Damit ging Emma in die Küche.

Riley setzte sich an ihren Schreibtisch. Bestimmt ist da nichts, dachte sie. *Bestimmt verbringt Adam nur ein bisschen Zeit mit Emma. Er wird garantiert nicht mit ihr anbandeln.* Schließlich war das Leben von ihnen allen auch so schon kompliziert genug.

Ich werde sie rausschmeißen, schoss es Riley durch den Kopf.

Emma betrachtete das sogenannte Handbuch: ein großes Notizbuch mit Spiralbindung, etwa sechs Zentimeter dick.

»Wir beginnen mit einigen wichtigen Firmenregeln und Richtlinien«, setzte Makenna an. »Ich werde Ihnen eins dieser Handbücher überlassen. Sie können sich Kopien machen, Notizen erstellen, es auswendig lernen – was immer Ihnen am besten liegt. Dafür haben Sie zwei Wochen Zeit. Im Büro finden Sie außerdem immer ein Exemplar. Unser Betriebsleiter Nick Cabrini hat es sonst auch in digitaler Form auf seinem Rechner beziehungsweise auf seinem Handy, genau wie ich. Sie können also gern jederzeit hier vorbeikommen oder einen von uns anrufen, falls Sie Fragen haben sollten. Oder um es klar zu sagen: Wenn Sie eine Frage haben, sehen Sie zuerst nach, ob Sie im Sinne der Firmenregeln handeln, bevor Sie handeln.«

Emma runzelte die Stirn. »Zum Beispiel?«

»Das erkläre ich Ihnen jetzt.« Makenna schlug das Buch auf. »Nick beziehungsweise Riley erstellen die Kostenvoranschläge. Und falls es keine Sonderkonditionen gibt, unterschreibt der Kunde für eine einfache Haus- oder Geschäftsgebäudereinigung, die allerdings sehr umfänglich ist. Alle zusätzlichen Arbeiten müssen von Nick bewilligt werden und kosten extra, also nennen Sie selbst dem Kunden bitte keine Preise. Solche Extras betreffen die Reinigung von Fenstern, Kühlschränken und -truhen, das Aufräumen und Putzen von Garagen, die Reinigung von Innenhöfen und Gartenmobiliar, das Ausputzen von Schränken, den Wäscheservice und das Aufräumen nach Veranstaltungen jeder Form. Wir bieten keine Betreuung von Babys, Kindern und Senioren an. Und wir kümmern uns nicht um verstopfte Toiletten: Wir sind keine Installateure. Wenn der Kunde das allein nicht hinkriegt, können wir ihm einen der Subunternehmer empfehlen, mit denen wir zusammenarbeiten – Klempner, Elektriker, Poolreiniger, Schornsteinfeger, Gärtner und so weiter. Es gibt eine lange Liste, hier.«

Sie tippte auf das Buch. »Es ist leider normal, dass die Kunden Sonderleistungen haben möchten, ohne Zeit und Kosten dafür einzuplanen. Deswegen haben wir diese Standards entwickelt. Dazu gehört auch, dass wir nie die Reinigungsmittel des Kunden benutzen, sondern immer unsere eigenen mitbringen, deren Wirkweise wir kennen. Es kam schon vor, dass uns seltsame Mischungen angeboten wurden, die Flecken oder andere Schäden verursachten oder gar giftige Dämpfe entwickelten. Damit beschädigen die Leute ihr eigenes Eigentum. Sie, Emma, werden lernen, welche Mittel wir benutzen und wie bestimmte Materialien zu behandeln sind. Bitte berücksichtigen Sie auf keinen Fall die Ratschläge der Eigentümer – zu Ihrem eigenen Schutz. Wenn die Dame des Hauses zum Beispiel sagt: ›Für diesen Perserteppich können Sie ruhig ein Bleichmittel benutzen‹, dann müssen Sie ihr mitteilen, dass dies nicht den Anweisungen des Unternehmens entspricht. Empfehlen Sie stattdessen die Dienste unseres Betriebsleiters Nick, der dem Kunden Ratschläge für eine geeignete Reinigung ausspricht, sodass wir am Ende keinen neuen Teppich bezahlen müssen. Bitte seien Sie nicht so naiv und denken, dass noch kein Kunde je versucht hat, der dummen Putzfrau etwas einzureden, damit sie ein wertvolles Stück ruiniert und der Kunde von uns Ersatz bekommt. Was Bruchschäden angeht, greift unsere Versicherung, die einen hohen Eigenanteil vorsieht. Die Firma übernimmt jeden Schaden in Höhe von bis zu fünfzig Dollar – für Weingläser, Aschenbecher, Geschirr.«

»Wir benutzen in Privathäusern ausschließlich die Gästetoilette. Falls Sie einmal die Toilette benutzen müssen und es kein Gäste-WC gibt, wird Ihnen ein Bad zugewiesen. Im Haus des Kunden wird nichts gegessen, Wasser aus der Flasche dürfen Sie jederzeit zu sich nehmen. Sie werden von uns damit ausgestattet. Wir nehmen keine neuwertigen oder gebrauchten Dinge als Geschenke an, auch keine Kleidungsstücke. Unter gar keinen Umständen. Wenn der Kunde Ihnen ein Trinkgeld in Form von Bargeld geben möchte, ist dies gestattet. Die einzelnen Reinigungsteams dürfen selbst keine Rabatte aushandeln oder zusätzliche Arbeiten übernehmen, ohne dass dies von der Firmenleitung genehmigt wurde. Des Weiteren gehen wir keine persönlichen Verbindungen mit den Kunden ein: Seien Sie freundlich, hilfsbereit und höflich – aber mehr nicht. Falls jemand persönliche Probleme mit Ihnen besprechen möchte, die nichts mit Ihrer Arbeit zu tun haben, erklären Sie Ihrem Gegenüber, dass Sie nicht dazu befugt sind, Ratschläge zu erteilen oder als Vertraute angesehen zu werden. Teil unserer Firmenpolitik ist es außerdem, dass keine Fachkraft unabhängig von ihrer Arbeit für uns weitere Vereinbarungen mit dem Kunden trifft. Wir werden Sie bitten, eine Wettbewerbsklausel zu unterzeichnen, in der steht, dass Sie erst wieder als unabhängige Reinigungskraft oder Hausangestellte arbeiten werden, wenn Ihr Arbeitsvertrag mit Kerrigan Cleaning Services seit sechs Monaten beendet ist.«

»Unsere Kunden erwarten Diskretion und die Wahrung ihrer Privatsphäre. Natürlich wissen wir, dass es unrealistisch ist, dass die Angestellten sich nicht miteinander unterhalten. Doch bei uns gilt die eiserne Regel, dass kein Mitarbeiter dieser Firma außerhalb des Unternehmens über die Kunden spricht. Und was sich von selbst versteht: Werden Sie des Diebstahls verdächtigt, wird die Polizei hinzugezogen. Ich kann Ihnen versichern, dass so ein Vorwurf mehr als einmal aufgekommen ist, aber ich kann mit Stolz sagen, dass sich die Vorwürfe in den allermeisten Fällen nicht bewahrheitet haben. Falls Sie also polizeilich gesucht werden, ein Haftbefehl gegen Sie vorliegen sollte oder es andere rechtliche Probleme gibt, sollten Sie uns das jetzt mitteilen, denn so etwas kann polizeiliche Ermittlungen verkomplizieren.« Sie hielt einen Moment inne, um Emma die Gelegenheit zu geben, sich zu äußern.

Nach kurzem Schweigen räusperte Makenna sich. »Falls Ihnen Probleme begegnen, die Sie nicht lösen können, wenden Sie sich bitte an mich, Nick oder Riley. Und glauben Sie mir: Es gibt nichts, was nicht schon mal da war.«

Emma runzelte die Stirn. Welche vertraulichen Dinge würde sie wohl mitbekommen? »Ich traue mich fast nicht zu fragen …«

»Sie werden in den ersten zwei Monaten keine Fragen haben, aber ich spare Ihnen etwas Zeit. Es ist klar, dass Sie keine Schränke oder Schubladen durchwühlen, keine Korrespondenz lesen oder Tagebücher und herumliegende Dokumente. Wir untersuchen keine privaten Dinge, wir stauben sie ab.

Dennoch werden Ihnen Dinge auffallen. Mrs. X, die knauserigste Kundin, für die Trinkgeld ein Fremdwort ist, hat 1,5 Millionen Dollar auf dem Konto und eine monatliche Kreditkartenabrechnung von über fünfundzwanzigtausend Dollar. Sie lässt diese Dokumente offen herumliegen, beinahe absichtlich. Mr. und Mrs. Y räumen ihre kleinen Helfer in Sachen Erotik nicht weg.« Als sie Emmas konsternierten Blick bemerkte, erläuterte Makenna: »Sexspielzeuge.«

»O«, sagte Emma.

»Handschuhe«, meinte Makenna nur. »Und Mr. Z schlägt seine Frau. Aber sie denkt, niemand weiß das.«

»Mein Gott! Und da darf ich nicht einschreiten?«

Makenna senkte den Blick und betrachtete das Handbuch. »Mrs. Z hat behauptet, jemand habe anonym die Polizei verständigt, woraufhin jemand von der Abteilung für häusliche Gewalt bei ihnen zu Hause vorbeikam. Aber davon weiß ich selbstverständlich nichts.«

»Das heißt, wir mischen uns nicht ein, Punkt. Selbst wenn Gefahr für Leib und Leben besteht?«

»Das wäre eines der Probleme, mit denen Sie sich dann an Nick oder Riley wenden würden. Und es ist sehr wichtig, dass Sie das tun, Emma. Wenn ein Mitglied eines Haushalts, in dem wir arbeiten, in Gefahr ist, sind auch wir in Gefahr. Wenn Sie Grund zu der Annahme haben, dass jemand das Gesetz bricht, müssen Sie Ihren Vorgesetzten darüber informieren. Im Handbuch finden Sie Beispiele für solche schwierigen Situationen. Riley hat das Buch über viele Jahre zusammengestellt und erweitert. Jede bisher nicht da gewesene Situation wird in das Buch aufgenommen, die Teamleiter bekommen zudem eine vertrauliche Mitteilung, damit sie ihre Mitarbeiter unterweisen können.« Makenna sah Emma an. »Wird es Ihnen möglich sein, das Offensichtliche zu ignorieren? Und in die andere Richtung zu sehen?«

Beinahe hätte Emma laut gelacht. »Sie werden es nicht glauben«, sagte sie, »aber wenn ich eins kann, dann das.«

Makenna räusperte sich. »Nun zu einigen anderen wichtigen Punkten. Die Reinigungsmittel, unsere Putztechniken, einfache Grundlagen der Chemie. Mischen Sie niemals Bleiche und Toilettenreiniger, denn sonst muss der Notarzt kommen.«

Es war ein Intensivkurs, der in schnellem Tempo runtergerasselt wurde. Makenna zeigte ihr sämtliche Reinigungsmittel in Form von Fotos, erklärte dazu, wie jedes davon benutzt wurde und welche Mittel zur Verfügung gestellt wurden.

»Ich erwarte nicht, dass Sie sich das alles merken, Emma. Sie werden diese Woche angelernt, ich werde dabei sein und Ihnen zur Seite stehen. Aus diesem Grund werden wir Sie auch in einige Häuser bringen, die eine gewisse Herausforderung darstellen. Sie müssen lernen, schnell und gut zu sein, sich nicht von geschwätzigen Besitzern ablenken zu lassen, mit Ihrem Team zu kooperieren und immer mit Verstand zu arbeiten. Sicherheit geht vor. Heben Sie nichts, was über achtzehn Kilo wiegt, und gehen Sie in die Knie, wenn Sie etwas Schweres hochheben. Wir haben in den Vans Knieschützer, falls Sie welche brauchen, außerdem Kittel und Schürzen. Versuchen Sie, Ihre Uniform zu schützen. Natürlich wird sie nicht sauber bleiben, aber vermeiden Sie wenn möglich Bleich- oder Fettflecken.« Dann grinste sie und fragte: »Bereit?«

»Hilfe!«, erwiderte Emma.

»Fein. Dann helfen Sie mir, das hier wegzuräumen.«

Sie packten die Trainingsunterlagen zusammen und verließen das Büro, um zum Lieferwagen zu gehen. Zwei weitere Teammitglieder, Shawna und Dellie, kurz für Delilah, warteten dort bereits auf sie.

Shawna hielt ein Klemmbrett in der Hand. »Okay, im ersten Haus übernehme ich die Bettwäsche und das Abstauben, Dellie macht die Küche und die Holzfußböden, und Emma, unsere

Neue, übernimmt das Staubsaugen. Die Treppen nicht vergessen! Mit dem Staubsauger nicht gegen die Wände oder das Mobiliar stoßen. Und mit rachsüchtigem Vergnügen überlasse ich die Bäder Makenna.«

»Du kannst mir keine Angst machen«, meinte Makenna.

»Mir schon«, sagte Emma.

»Und hinterlass schöne Spuren mit dem Staubsauger«, riet Shawna ihr. »Das mögen die Kunden. Für solche Kleinigkeiten lieben sie uns.«

»Ist Abstauben der schwierigste Job?«, erkundigte Emma sich.

Alle lachten. »Es ist der einfachste«, antwortete Makenna. »Aber Jalousien, hohe Regale, Deckenventilatoren, Pflanzen, Leuchtkörper, Holzmöbel, Bücher – das nimmt oft kein Ende. Man muss schnell sein und darf nichts kaputtmachen. Das ist anfangs schwer, denn dafür braucht es einiges an Praxis. Staubsaugen ist schwierig, aber sicher.«

»Dann sind also die Badezimmer das Schlimmste?«

»Kommt auf den Kunden an. Manchmal ja«, meinte Shawna. »Einige sind nicht gerade, wie soll ich sagen …«

»Reinlich«, half Makenna ihr aus.

»Und die Küchen sind auch schwierig. Man weiß nie, was sich darin abgespielt hat. Vielleicht ein aufwendiges Dinner, oder es gab jeden Abend was vom Take-away, oder es wurde einfach viel gekocht. Mit Fettspritzern und dem vollen Programm. Leute, zu denen regelmäßig eine Putzfrau kommt, werden etwas nachlässig in der Beseitigung gewisser Dinge nach dem Kochen. Viele ölen ihre Schränke nicht ein und wischen nie den Boden. Ich hasse es, Küchen zu putzen«, gestand Shawna.

Wenige Minuten später waren sie da.

»Los geht's«, sagte Makenna. Und so machten sie sich an die Arbeit.

Gegen sechs war Emma wieder zu Hause. Kaum hatte sie das Wohnzimmer betreten, ließ sie sich aufs Sofa fallen. Erst jetzt bemerkte sie, dass sie immer noch die Knieschoner trug. Im letzten Haus an diesem Tag hatte sie die Bäder putzen müssen. Ganze sechs an der Zahl. Und jedes war gut benutzt gewesen. Die Waschbecken waren das Schlimmste gewesen, was sie an Dreck je gesehen hatte. Anscheinend handelte es sich um die haarigste Familie auf diesem Planeten, Nachfahren des Yeti oder so was. Und die Toiletten … Sie durfte gar nicht daran denken.

Sobald sie wieder ein bisschen Energie getankt hatte, würde sie Adam anrufen. Um kurz nach drei hatte er ihr eine SMS geschickt, dass er gespannt sei, was sie von ihrem ersten Tag zu berichten habe. Allerdings hatte sie bisher keine Zeit dazu gehabt, ihm zu antworten. Sie war aus dem Firmenvan direkt in ihr Auto gestiegen und nach Hause gefahren. Ihre Tasche mit Essen und Getränken war leer, sie war ausgehungert und sich sicher, dass sie nach dem orgienhaften Wochenende mit Adam nichts mehr im Haus hatte. Er hatte Berge von Essen gekauft, um sie an ihrem »Flitterwochenende« zu versorgen – und hatte alles aufgegessen.

Da klopfte es an der Tür. Nein, kein Lieferdienst. Wahrscheinlich eher Penny. Emma hob den Kopf. »Hoffentlich ist da der Pizzaservice!«, rief sie.

»Wie war dein Tag, Liebes?«, erklang Adams Stimme. Und eine Sekunde später stand er vor ihr und lächelte sie an.

»O Gott.« Sie bemühte sich, hochzukommen, und bemerkte die Tragetaschen in seinen Händen. »O, Nahrung!«

»Knieschützer«, stellte er mit schiefem Lächeln fest. »Sehr apart.«

Sie runzelte die Stirn bei seinem Versuch, witzig zu sein. »Was hast du Schönes mitgebracht?«

»Gefüllten Lachs, Reis, grüne Bohnen, Bagels und Muffins

für morgen früh, Milch für deinen Kaffee und ein paar Sandwiches, die du morgen zur Arbeit mitnehmen kannst.«

»Du bist der perfekte Mann.«

»Hast du Hunger?«

»Ich bin am Verhungern! Aber ich muss mir erst die Hände waschen. Die kamen heute an Orten zum Einsatz …«

»Keine Sorge.« Er stellte die Tüten auf den Tisch und setzte sich ihr gegenüber hin. »Ich habe selbst schon mal für Riley gearbeitet. Hundertzwanzig Teenager am Tag zu bändigen ist dagegen wie bezahlter Urlaub.« Er streichelte ihr übers Haar. »Ich hab auch Wein mitgebracht.«

»Mach ihn bitte auf und gieß ihn mir direkt in den Mund.«

»Schlimmer als die Burger-Hölle?«

»Sie hatte recht. Ich wurde hart rangenommen.«

»Früher hat sie immer gesagt: ›Die Menschen haben ein schmutziges Leben, und wir machen es sauber.‹ Ich muss übrigens nicht zum Essen bleiben. Wenn du mich wegschickst, bin ich nicht sauer.«

»O nein, bitte bleib«, bat sie ihn. »Aber darf ich erst unter die Dusche?«

Er nickte. »Ich bleibe heute auch nicht lange. Versprochen.«

»Und wenn ich will, dass du lange bleibst?«, fragte sie.

»Geh duschen, ich kümmere mich ums Essen.«

»Es gibt nichts Verführerisches als einen Mann, der einen mit Essen versorgt.«

»Wenn du eine richtige Küche hättest, würde ich dir auch mal was kochen. Doch hier …«

»Du hast was besorgt, das reicht mir schon.« Sie erhob sich mühsam, hatte aber Schwierigkeiten, gerade zu stehen. Sie stöhnte.

»Vergiss nicht, die Knieschützer abzunehmen, bevor du unter die Dusche steigst.«

Als sie ein paar Minuten später aus dem Bad kam, hatte er den Tisch gedeckt, den Wein geöffnet und eine Packung Schmerztabletten neben ihren Teller gelegt.

»Ich hoffe, das ist ein legeres Dinner«, meinte sie und deutete auf ihren Pyjama.

Er rückte ihr den Stuhl zurecht. »Madam?«

Nachdem sie sich gesetzt hatte, goss er ihr einen kleinen Schluck Wein ein. Sie trank. »Deine Schwester ist erstaunlich, Adam. Ihre Firma ist beeindruckend. Komplex, alles gut durchdacht, praktisch. Nichts wurde vergessen. Genial, was sie da auf die Beine gestellt hat. Ich habe heute ein Handbuch bekommen, das ich kaum heben kann, und wurde angelernt ...« Sie nahm einen weiteren Schluck. »Ich hatte in New York mal einen Personal Trainer. Der hat mich nicht halb so hart rangenommen wie Rileys Ausbilderin.«

Adam lachte und servierte das Essen. »Ich kenne Makenna. Ein kleiner Dämon, nicht wahr?«

»Kommt drauf an, was man unter einem Dämon versteht. Sie ist echt gut. Eins fünfzig, aber brutal stark und hat absolut Furcht einflößende Drohungen drauf. Ich schätze mal, Riley hat sie eingestellt, weil gerade keine Gangsterbosse oder Jungs von einer Biker-Gang verfügbar waren. Wo hat Riley sie bloß gefunden?«

»Weiß ich nicht mehr«, antwortete er. »Sie ist schon ewig dabei. Gehört praktisch zum Inventar. Riley versucht andauernd, sie ins Management zu hieven. Makenna will davon allerdings nichts hören. Sie mag ihre Arbeit, so wie sie ist, und sie ist gut darin. Immerhin hat sie sich damit einverstanden erklärt, Leiterin und Trainerin zu sein, damit der Laden läuft.«

»Nick habe ich auch kennengelernt«, erzählte sie. »Er scheint nett zu sein.«

»Verscherze es dir nicht mit ihm«, riet Adam ihr. »Einige Frauen haben den Fehler gemacht zu denken, sie könnten sich bei ihm einschmeicheln. Es gibt jedoch nur zwei Personen, die mit Schmeicheleien etwas bei ihm erreichen. Die eine ist seine Mutter …«

»… und die andere Riley?«, fragte Emma.

»Du hast wirklich zu lange nichts mehr mit Riley zu tun. Sie schmeichelt sich bei niemandem ein. Nein, die andere Person ist erstaunlicherweise Makenna – obwohl sie davon selten Gebrauch macht. Makenna frisst Nägel zum Frühstück. Und sie braucht keinen verdammten Mann.«

»Hmm. Heute Morgen hat sie auf die Nägel verzichtet und sich stattdessen mich vorgenommen.« Emma betrachtete den Lachs. »O Adam, ich glaube, ich kann mich nicht mehr zurückhalten.«

Er lachte.

Kaum hatte er ihr gegenüber auf dem grünen Stuhl Platz genommen, stürzte sie sich auf das Essen. Sie versuchte trotzdem, nicht zu schlingen.

»Ich habe keinen einzigen Fehler gemacht«, verkündete sie zwischen den Bissen stolz. »Alles richtig gemacht. Makenna hat meine Staubsaugerspuren auf dem Teppich abgesegnet, meine glänzenden Bäder und meine geölten Holzfußböden. Sie hatte bloß ein paar Anmerkungen, aber nichts Wichtiges. Anscheinend war es gut genug. Oder besser als das. Diese Frauen sind wahre Arbeitstiere.«

»Ja, sie sind gut«, pflichtete Adam ihr bei.

»Makenna hat erwähnt, dass ich diese Woche mit einem besonders guten Team arbeite. Doch angeblich sind nicht alle so. Und sie sagte, dass es manchmal ein schwaches Glied in der Kette gibt, hat jedoch nicht durchblicken lassen, woher sie dann weiß, um wen es sich handelt. Schwärzen sie sich gegenseitig an?«

»Ab und zu. Das ist allerdings nicht der Grund, wieso Makenna und Riley die schwarzen Schafe kennen. Sie werten

Kundenbeschwerden aus und halten nach Übereinstimmungen Ausschau. Nick und Makenna nehmen sich das betreffende Team dann vor. Oft teilen sie es neu auf. Sobald sie herausgefunden haben, wer nicht ordentlich arbeitet, versuchen sie es zunächst mit zusätzlichem Training, beraten und beobachten. Sie müssen eigentlich nie jemanden feuern, weil er seinen Job nicht macht. Das sind eher andere Dinge.«

»Was denn?«

»Unentschuldigtes Fehlen, Verspätungen, Verstöße gegen den Unternehmenskodex. Anscheinend stellt es für viele Frauen eine große Versuchung dar, gebrauchte Kleidung von Kundinnen anzunehmen. Bekanntermaßen sind die meisten von Rileys Angestellten finanziell nicht gut gestellt, und da sind geschenkte teure Klamotten schon verführerisch.«

»Ich wüsste gern mal, wieso das nicht erlaubt ist«, sagte Emma.

Für eine Weile kaute er nachdenklich. »Das Risiko, dass die Reinigungskraft des Diebstahls bezichtigt werden könnte, ist zu hoch. Und man kann keine detaillierteren Regeln aufstellen außer der, es komplett zu untersagen.«

Sie legte die Gabel weg. »Ist Riley durchs systematische Ausprobieren darauf gekommen, oder hat sie eine Weiterbildung gemacht? Oder hat sie irgendein schlaues Buch gelesen, das Ratschläge für Unternehmensgründungen wie ihre gibt?«

»Sie hat alles dazu gelesen, was es gibt, hat Business-Kurse belegt und auch viel durch eigene Erfahrung gelernt. Es ist eine bemerkenswerte Firma. Die Angestellten arbeiten hart und haben exzellente Fähigkeiten. Die Rabatte in der Kinderbetreuung auszuhandeln war echt schwer, doch sie bedeuten für die arbeitenden Mütter eine große Erleichterung. Nicht viele Firmen unterstützen Alleinerziehende.«

»Dazu muss man vermutlich selbst alleinerziehend sein«, meinte Emma.

Dann erkundigte sie sich nach Adams Tag. Heute hatte er eine Laborstunde gehabt. Seine Schüler mochten diese Stunden besonders – auch wenn nichts explodierte. Außerdem hatte er in mehreren Klassen Tests schreiben lassen. Und er hatte einen Kollegen vertreten, damit dieser seine schwangere Frau zur Ultraschalluntersuchung beim Arzt begleiten konnte. Deswegen hatte Adam erst um halb drei Schulschluss gehabt. Anschließend war er zu seiner Mutter gefahren und hatte außen am Haus die Weihnachtsbeleuchtung aufgehängt.

»Klingt nach einem perfekten, ziemlich entspannten Dasein«, sagte Emma.

»Keine Sorge. Ich verschwinde, sobald ich dir mit dem Abwasch geholfen habe. Ich sehe ja, wie müde du bist.«

»Und wenn ich gar nicht so müde bin?«, fragte sie augenzwinkernd.

Um fünf Uhr morgens verließ Adam den Bungalow.

10. Kapitel

Riley achtete in Emmas erster Arbeitswoche sehr auf deren Leistung. Das Feedback war ausgezeichnet. Was sie überraschte. Aber wieso eigentlich? Emma konnte hart zupacken. Doch ständig musste Riley daran denken, wie Emma am Tag ihrer Hochzeit in dieser Kutsche durch den Central Park gefahren war, in ihrem Designerkleid von Vera Wang. Und jetzt putzte sie – womöglich auf allen vieren – um fremde Toiletten herum. Zu gern hätte Riley gewusst, wie viel Emma wohl ihrem Reinigungspersonal in Manhattan gezahlt hatte.

Abgesehen davon hatte Emma sich nie gescheut, sich anzustrengen, wenn sie etwas haben wollte. Sie war fleißig. Und entschlossen. Riley fragte sich außerdem, wie es Emma gelungen war, sich einen Millionär zu angeln. Aber so eine Frage konnte man nur stellen, wenn man miteinander befreundet war – und das war ja nicht der Fall. Chefin und Angestellte, das war jetzt ihr Verhältnis. Nicht mehr und nicht weniger.

Emma hatte von Anfang an einfallsreich sein müssen. Sie hatte keine leichte Kindheit gehabt. Durch den frühen Tod ihres Vaters war sie im Prinzip auf sich gestellt gewesen; nur Riley und die ganze Familie Kerrigan war für sie da gewesen. Irgendwie hatte Emma es jedoch geschafft, auch das Schlimmste noch voller Grazie durchzustehen. Sie hatte viel gearbeitet, war zurechtgekommen, hatte gute Miene zum bösen Spiel gemacht. Auch jetzt war es wieder so. Sie tat so, als wäre es das Tollste auf der ganzen Welt, einen Job als Putzfrau ergattert zu haben.

Sie war echt hart im Nehmen. Irgendwie tat sie Riley leid. Aber da war noch ein anderes Gefühl. Ärger. Unbehagen. Argwohn. Vielleicht sogar Neid? Doch wieso sollte sie jemanden beneiden, der so viele Schicksalsschläge durchgemacht hatte?

Weil Emma schön, stark und eine tragische Prinzessin war. Niemand würde jemals Riley so sehen. Sie war eben das toughe Mädel aus ärmlichen Verhältnissen, das sich hochgearbeitet hatte, und dafür zollte man ihr Respekt. Aber Emma? Vor ihrem inneren Auge zogen die Bilder von Emma vorbei, wie sie weinend und am Boden zerstört die Treppe des Gerichtsgebäudes herunterkam, wie sie sich plötzlich aufrichtete, das Kinn reckte und die Stufen hinabschritt, als würde sie über einen roten Teppich laufen – trotz ihres abgebrochenen Absatzes. Sogar in ihren schwächsten Momenten wirkte Emma stets elegant. Selbstsicher. Sie konnte selbst die schwerste Niederlage tragen wie eine Krone.

Am Freitag nach der Arbeit schaute Riley bei ihrer Mutter vorbei. June werkelte in der in die Jahre gekommenen Küche. Sie stand eigentlich immer am Herd und konnte einfach nicht aufhören zu arbeiten, obwohl Riley und Adam sie schon überredet hatten, in den Ruhestand zu gehen. Also engagierte sie sich jetzt ehrenamtlich. In der Kirchengemeinde, in ihrem Viertel, im Tierheim.

Ein räudig aussehender Hund kam in die Küche geschlichen. Er lief langsam, als täten ihm die Pfoten weh.

»Und wer ist das?«, fragte Riley.

»Beatrice. Ist sie nicht süß?«

Riley lachte kurz auf. »Also … ich finde sie ziemlich hässlich.«

»Psst! Sei lieb zu ihr. Beatrice hat eine schwere Zeit hinter sich. Es wird eine Weile dauern, bis sie zu ihrer alten Schönheit zurückgefunden hat. Aber sie ist eine wunderbare Hundedame und braucht einen Ort, an dem sie sich erholen kann, bis wir ein Zuhause für sie gefunden haben.«

»Wenn bloß die ganze Welt so großherzig wäre wie du …«

»Wo ist Maddie heute Abend?«

»Bei Kylie. Angeblich zum Lernen.«

»Haha«, erwiderte June. »An einem Freitagabend? Und? Was glaubst du, was tun sie in Wirklichkeit?« Beatrice ging zu ihrem Hundebett, das in einer Ecke der Küche stand. June lobte sie.

»Ungesundes Zeug essen, Jungs anrufen, Tanzschritte üben, wilde Pläne schmieden … Aber Kylies Mutter ist wohl zu Hause, deswegen dürfte es nicht allzu schlimm werden.« Riley lächelte June an. Ihre Mutter war inzwischen eine ältere Frau von dreiundsechzig Jahren. Ihr Haar war kurz geschnitten und kastanienbraun, sie hatte immer noch Kleidergröße 40, und in ihren Augen funkelte der Schalk wie eh und je. June hatte ihr ganzes Leben lang gearbeitet, das hatte sie fit gehalten. Nur ihre Füße machten ihr Probleme. Bei den Tätigkeiten als Putzfrau und Kellnerin waren sie schließlich kräftig gefordert worden, und deswegen streikten sie mittlerweile manchmal. Ansonsten erfreute sich ihre Mutter bester Gesundheit. Man sah ihr das Alter zwar an, allerdings auf schöne Weise, und man konnte sie immer noch als hübsche Frau bezeichnen. »Was kochst du da?«, erkundigte Riley sich, als sie sich am Frühstückstresen niedergelassen hatte.

»Einen Hackbraten«, antwortete June. »Ich kann Truthahn nicht mehr sehen. Du etwa?«

»Nein, ich auch nicht. Aber du hast mal wieder das Beste aus dem Vogel rausgeholt«, meinte Riley anerkennend. »Wollen wir ein Glas Wein trinken?«

»Sehr gute Idee«, antwortete June.

»Und … ist Adam heute zum Abendessen da?«

»Nein. Gestern nach der Schule war er hier und hat die Mülltonne für mich rausgestellt. Anscheinend bin ich neuerdings zu gebrechlich dafür.« Sie lachte, wusch sich die Hände und trocknete sie am Handtuch ab.

»Und wofür ist dann der Hackbraten?«

»Für mich. Mit Kartoffelbrei. Wenn du möchtest, kannst du was mitessen. Den Rest werde ich einfrieren. Truthahn esse ich jedoch sicher erst mal keinen mehr. Zumindest nicht bis Weihnachten. Von Kartoffelbrei habe ich hingegen offenbar noch nicht genug.« Sie öffnete den Kühlschrank und holte eine Flasche Weißwein heraus, die bereits geöffnet war. »Nicht so toll wie deine Lieblingsmarke, dennoch für dich in Ordnung?«

»Na klar.« Nachdem June eingeschenkt hatte, trank Riley einen Schluck und fragte: »Hat Adam in letzter Zeit viel zu tun?«

»Ich weiß es nicht. Ich spreche fast täglich mit ihm, doch seine Hilfe habe ich diese Woche nur für die Lichterkette gebraucht, die er gestern angebracht hat. Ich hasse es, das Ding aufzuhängen.«

»Ich hab schon ewig nicht mehr mit ihm gesprochen«, stellte Riley fest.

»Brauchst du ihn für etwas?«

»Nein. Aber normalerweise reden wir viel. Nur war er seit Thanksgiving nicht mehr zum Essen hier.«

»Am Freitagabend hat er ein paar Reste mitgenommen und meinte, das würde ihm zum Essen reichen.«

»Ich glaube, da ist was im Busch«, erklärte Riley. »Ach so, und noch was …« Sie nahm einen weiteren Schluck von ihrem Wein. »Emma ist wieder in der Stadt.«

»Ich weiß«, sagte June. »Sie ist schon seit ein paar Monaten zurück.«

»Ich habe ihr einen Job gegeben«, meinte Riley.

»Das ist anständig von dir! Hoffentlich sehe ich sie bald mal. Ich will nicht auf die Suche nach ihr gehen, denn ich bin mir sicher, sie braucht eine gewisse Zeit, um sich wieder einzugewöhnen. Ich freue mich für sie, dass sie diesen furchtbaren Mist hinter sich gelassen hat. Geht es ihr denn gut?«

»O ja. Und sie ist schön wie eh und je.« Riley fiel es schwer, das zuzugeben. »Hör zu … Ich glaube, Adam trifft sich mit ihr.«

»Aha. Und wie kommst du darauf?«

»Er trifft sich anscheinend mit jemandem, erzählt jedoch gar nichts. Und er ist so gut wie gar nicht mehr erreichbar.«

»Na ja, dann …«

»Was dann?«

June stellte ihr Weinglas ab. »Riley, das ist allein Adams Angelegenheit.«

»Also trifft er sich tatsächlich mit ihr!«

»Riley, du wirst dich da raushalten. Du wirst deinen Mund halten, hast du mich verstanden?«

»Du hast mir überhaupt nichts zu sagen!«

»Habe ich gerade aber. Und ich glaube nicht, dass ich weiter mit dir darüber diskutieren möchte.«

Riley schlug mit der Faust auf den Tisch. »Wieso mischst du dich ein? Anscheinend weißt du so viel, dass du meinst, mir sagen zu müssen, was ich tun soll!«

»Ich weiß genauso viel wie du. Wenn Adam möchte, dass wir mehr erfahren, wird er uns schon informieren. Und bis dahin wirst du dich raushalten!«

»Hat er dir erzählt, dass er sich mit ihr trifft?«

June schüttelte den Kopf. »Er hat nur erwähnt, dass sie wieder hier ist. Und dass sie sich zufällig über den Weg gelaufen sind und ein Glas Wein zusammen getrunken haben. Da hat er ihr deine Karte gegeben, in der Hoffnung, dass sie sich bei dir wegen eines Jobs meldet und du sie anständig behandelst. Deine Firma bietet gute Arbeitsbedingungen und eine faire Bezahlung. Und ich hege keinen Zweifel daran, dass das auch für sie gilt.«

»Ich will aber nicht, dass sie mit Adam zusammen ist!«

»Vermutlich handelst du dir jede Menge Ärger mit deinem Bruder ein, wenn du ihm das mitteilst. Mit wem er sich trifft, geht dich als seine Schwester nun mal nichts an. Er wird ausrasten, wenn du ihm irgendwelche Vorschriften machen willst. Und das werde ich auch tun.«

»Ich vertraue ihr nicht«, erklärte Riley.

»Dann halte Abstand zu ihr. Und was *wir* tun, ist unsere Angelegenheit, nicht deine. Außerdem, wieso gehst du davon aus, dass Emma wieder eine feste Beziehung haben möchte? Hat sie nicht gerade erst wegen eines Mannes etwas Furchtbares durchgemacht?«

»Ja, natürlich«, räumte Riley ein. »Aber wieso tust du so, als wüsstest du Bescheid, wenn du es eigentlich gar nicht weißt?«

»Ich habe dir gesagt, dass er mir nichts erzählt hat«, erwiderte June. »Trotzdem weiß ich es natürlich. Ich habe es immer gewusst.«

»*Was* gewusst?« Riley bekam immer schlechtere Laune.

June holte tief Luft. »Adam war bereits in Emma verliebt, als sie fünfzehn war. Ich habe damit gedroht, ihn umzubringen, wenn er sich an sie heranmacht, bevor sie achtzehn wird. Du hast davon nichts mitbekommen, weil du dich um deine eigenen Verehrer gekümmert hast – was ich gar nicht schlecht fand. Adam hat also alles getan, um Emma aus dem Weg zu gehen. Und wir erinnern uns beide daran, was passiert ist, als Emma dann achtzehn wurde: Sie ging aufs College. Und kam nicht mehr zurück.«

»Und du glaubst …«

»Dass mein Sohn bis jetzt keine Frau gefunden hat, die ihn rundum glücklich macht. Ich habe in den letzten fünfzehn Jahren ein Dutzend wunderbarer Frauen kennengelernt. Mit einigen von ihnen war Adam ziemlich lange zusammen. Diese Natalie zum Beispiel, weißt du noch? Sie hat schon Hochzeitsmagazine durchgeblättert, aber Adam war nicht bereit. Nein, Riley. In diesen letzten fünfzehn Jahren hat er keinen Ton darüber gesagt, und ich glaubte schon, er würde als ewiger Junggeselle enden. Doch dann erzählte er mir, dass Emma wieder in der Stadt ist, und ich sah dieses Funkeln in seinen Augen. Viel mehr brauchte es nicht, und ich habe nicht nachgehakt – aber ich kenne meinen Sohn. Er hat diese Frau schon gewollt, als er noch ein Junge war. Und wenn du nur *ein* Wort zu ihm sagst, wird dir das wirklich leidtun. Das kann ich dir versprechen.«

Riley schwieg überrascht. »Tja«, sagte sie schließlich. »Du bist eine wahre Bärenmutter.«

June kniff die Augen zusammen. »Es steht deinem Bruder zu, ein Privatleben zu haben. Das sind wir Adam schuldig. Du weißt, wie großartig er zu uns ist.«

»Aber musst du ihn wirklich noch beschützen?«

»So was tut man als Mutter. Ich tue das auch für dich.«

»Ich kann mich nicht erinnern, wann du jemals …«

Riley brach ab. Ihr wurde klar, dass sie Unsinn redete. Als sie schwanger gewesen war und die Unterstützung ihrer Familie gebraucht hatte, da hatte ihre Mutter keine komplizierten Erklärungen von ihr verlangt, keine unnötigen Fragen gestellt und ihr auch nicht ihre Meinung aufgezwungen. Sie hatte Riley einfach gefragt, was sie tun wollte, und ihr beigestanden. Die Reaktion ihrer Großeltern war eine andere gewesen. Sie hatten sie gedrängt, zu heiraten und auszuziehen. Ihre Mutter hatte sie jedoch vor ihnen beschützt, überhaupt vor der Meinung anderer, ganz ohne sie zu verurteilen. June hatte alles Menschenmögliche getan, um ihr zu helfen.

»Vergiss es«, sagte Riley daher.

»In der Tat«, erwiderte June.

»Und ich soll mich also für Adam freuen, dass er jemanden hat, auch wenn dieser Jemand niemals mehr meine Freundin sein kann?«

»Halt dich mit deinen Spekulationen besser zurück. Das kannst du nicht wissen und ich auch nicht. Ich habe Emma seit Jahren nicht gesehen. Wer weiß, was sie für ihn empfindet?

Vielleicht ist es ja nur eine ganz normale Freundschaft. Und wer sagt überhaupt, dass es Emma ist, mit der er …«

»Natürlich ist es Emma!«, unterbrach Riley sie. Aber danach sagte sie nichts mehr. Jetzt wusste sie ganz sicher, dass Emmas kurzes Erröten etwas mit Adam zu tun gehabt hatte. Es war so typisch, dass ihr so etwas widerfuhr, wenn sie mit dieser Frau zu tun hatte. Und außerdem konnte sie Emma immer noch lesen. Umgekehrt war es wahrscheinlich genauso. Wie damals, als sie jung gewesen waren.

»Ich hoffe, dass ich sie bald mal treffe«, meinte June. »Ich kann dir gar nicht sagen, wie oft ich an sie gedacht habe und wie sehr ich mir Sorgen gemacht habe. Ich habe sie ja praktisch großgezogen. Eine Weile dachte ich, sie hätte das große Los gezogen, aber das war wohl nichts. Diese Geschichte hat sie ziemlich fertiggemacht.« Sie schüttelte den Kopf und seufzte. Dann trank sie einen Schluck Wein. »Dein Streit mit ihr damals war ebenso schwer für uns alle wie für dich.«

Ich war damals achtzehn und schwanger – so schwer kann nichts sein, dachte Riley. »Immer wird Emma bedauert«, entgegnete sie scharf. »Glaubst du …? Ich meine, hältst du es für möglich …? Hast du etwa den Eindruck, Adam hätte all die Jahre auf sie gewartet?«

June überlegte kurz. Schließlich schüttelte sie den Kopf. »Nicht absichtlich«, antwortete sie. »Und doch …«

Sie tranken schweigend ihren Wein. Irgendwann sagte Riley: »Wir sollten die Küche mal renovieren. Moderne Geräte anschaffen.«

»Ich mag meinen alten Herd, und ich fühle mich wohl in meiner Küche. Sie ist wie eine zweite Haut.«

»Wir machen es trotzdem. Das steigert den Wiederverkaufswert.«

»Das kannst du tun, wenn ich tot bin«, erwiderte June.

»Das dürfte zu spät sein.«

»Nicht für mich.«

»Ich verzichte auf den Hackbraten«, meinte Riley nun. »Ich habe noch was vor.«

»Ach so?«, fragte June.

»Da Maddie bei Kylie ist, kann ich mir auf dem Heimweg einen Salat holen und mir einen gemütlichen Abend zu Hause machen. Ich lese gerade ein sehr gutes Buch.«

»Du hast deinen Wein gar nicht ausgetrunken«, sagte June.

»Ich muss jetzt unbedingt aus dieser Strumpfhose raus.«

»Ich weiß schon. Du lässt mich hier allein sitzen, weil du über alles nachdenken willst. Mein Rat ist: Denk nicht zu viel, Riley. Adam ist jemand, der instinktiv handelt – er erfühlt sich seinen Weg. Und du weißt, dass die Dinge aus einem bestimmten Grund passieren.«

Nicht immer, schoss es Riley durch den Kopf. Nur manchmal. Und ob das auch in diesem Fall so war, würde sich wohl erst noch herausstellen.

Sie stand auf. »Ich werde nicht grübeln. Ich werde lesen und mich entspannen und einen ruhigen Abend genießen. Ich hoffe, du bist jetzt nicht allzu enttäuscht.«

»Alles gut. Ich kann auch sehr gut mal einen ruhigen Abend gebrauchen.«

Riley küsste ihre Mutter auf die Wange. »Ich werde nichts sagen. Ich werde nicht mal das Gesicht verziehen. Aber das wird mich einige Mühe kosten.«

»Es ist besser so. Glaub mir.«

Riley schlüpfte in ihre Jacke, ging zu ihrem Wagen und fuhr auf den Supermarktparkplatz. Dort blieb sie erst mal im Auto sitzen. Natürlich weil sie nachdachte. Und auf einmal hatte sie Tränen in den Augen, sie konnte nichts dagegen tun. Das war doch verrückt! Adam hatte all die Jahre an Emma gedacht und nur sie gewollt. Sich nach ihr verzehrt. Und dann kam sie zurück, und das war's. Da hatte er zugeschlagen.

Riley war tief verletzt. In den vergangenen sechzehn Jahren hatte sie sich mit Schuldgefühlen geplagt und sich einsam gefühlt. Und nun war ihre gesamte Familie überglücklich, dass Emma wieder da war! Riley hatte nicht mehr gewagt, einer Freundin zu vertrauen, seit Emma weggegangen war.

In den letzten fünfzehn Jahren hatte Riley alles erreicht, was sie hatte erreichen wollen. Sie hatte sich auf ihre Firma und ihre Tochter konzentriert und sich um ihre Mutter gekümmert. Ihre besten Freundinnen waren ihre Arbeitskolleginnen und ihre Familie. Während andere Leute in einer so langen Zeit neue Freundschaften und Liebesbeziehungen eingingen, hatte Riley es vorgezogen, sich nicht ablenken oder in Versuchung führen zu lassen. Sogar Jock, von dem sie heimlich gehofft hatte, dass er zurückkommen und sie um Verzeihung bitten würde, hatte geheiratet (und sich wieder scheiden lassen). Die einzige Ausnahme bildete ihre Mutter. Doch June war glücklich mit dem, was sie war. Sie hatte ihre Familie und gute Freunde und anscheinend kein Interesse an einer Partnerschaft. So ist das nun mal mit älteren Menschen, dachte Riley.

Sie war jetzt fünfunddreißig und allein. Kein Mann interessierte sich für sie. Sie hatte keinen Partner. Sie saß abends heulend in ihrem Auto, weil ihre beste Freundin sie vor sechzehn Jahren verlassen hatte wegen eines kleinen … okay, wegen dieses riesigen Fehlers.

Auf einmal hatte Riley eine Vision von sich, wie sie einen Hackbraten für eine Wohltätigkeitsorganisation zubereitete, hässliche alte Hunde bei sich aufnahm und für den Rest ihres Lebens allein vor dem Fernseher saß. Wimmernd, weil Emma nie mehr ihre Freundin sein würde. Und all das war ihre eigene Schuld.

Sie kramte in ihrer Handtasche, bis sie die Karte fand. Sie drehte sie um und schickte eine SMS an die Handynummer. *Haben Sie schon wieder keine Melonen mehr?*

Zurück kam: ??

Sie schrieb: *Ich gehe beim Chinesen etwas essen. Haben Sie schon was gegessen? Riley*

Vier Minuten vergingen, und es kam keine Antwort. Es waren die längsten vier Minuten ihres Lebens. Fast schämte sie sich, ihm überhaupt geschrieben zu haben. Sie war kurz davor, sich doch im Supermarkt einen Salat zu holen. Dann piepte endlich das Handy.

Der Chinese auf der Wayside, Ecke Bayshore?

Genau der, antwortete sie.

Bin in spätestens zehn Minuten da.

Rasch tippte sie die Antwort: *Ich mach uns einen Tisch klar.*

Riley redete sich ein, dass es sich lediglich um ein Experiment handelte. Sie wollte nur sehen, ob sie das Spiel nach so vielen Jahren noch beherrschte. Sie empfand es als unangenehm, dass Adam sich offensichtlich auf eine Beziehung einlassen konnte und Emma anscheinend ebenfalls. Und das nach einer der schlimmsten Beziehungen, die man sich überhaupt vorstellen konnte. Also, wieso sollte *sie* es nicht auch mal ausprobieren – mit einem Mann, der sie faszinierte und außerdem noch ein Cop war? Das war doch beruhigend. Wenn er irgendwie Ärger machen sollte, würde sie einfach seinen Chef anrufen, den sie von verschiedenen Veranstaltungen aus dem Gemeindeleben kannte. Noch idealer wäre es natürlich, wenn eines ihrer Reinigungsteams bei seinem Vorgesetzten zu Hause putzen würde.

Während sie auf Logan Danner wartete, bestellte sie ein Glas Wein und gefüllte Teigtaschen. Sie würde garantiert mehr als dieses eine Glas brauchen. Ob er wohl einen Alkoholtest bei ihr durchführen würde, bevor sie ins Auto steigen durfte?

Ihre Teigtaschen waren gerade serviert worden, als er das Restaurant betrat. Sie spürte, dass sie nervös wurde. Er war wirklich ein attraktiver Mann. Er trug Jeans, einen beigen Pullover über einem weißen Hemd und eine Lederjacke. Sein hellbraunes Haar war ein bisschen zu lang. Nicht zottelig, aber auch nicht kurz geschoren. Und er hatte einen Dreitagebart. Diesen sexy ›Ich-hab-zu-viel-Testosteron-in-mir-Bart‹.

Er setzte sich auf die Bank gegenüber von ihr und lachte breit. »Unser Date!«

»Sparen Sie sich die Frühlingsgefühle«, meinte Riley. »Vermutlich führt das hier zu gar nichts.«

Er schüttelte den Kopf. »Was für eine seltsame Auffassung.« Die Kellnerin kam, und er fragte: »Haben Sie schon etwas bestellt, Riley?«

»Nur Teigtaschen.«

»Gut. Dann bringen Sie mir bitte erst mal ein Tsingtao«, sagte er zu der Bedienung.

Riley sah ihn fragend an.

»Chinesisches Bier«, erklärte er lächelnd. »Sie haben mich doch eingeladen. Warum sollte ich es also nicht krachen lassen?«

»Das ist keine Verabredung in dem Sinn. Wir sind nur zwei Personen, die am selben Tisch etwas essen.«

»Sie konnten also nicht aufhören, an mich zu denken«, entgegnete er.

»Da liegen Sie falsch.«

Er legte die Serviette auf seinen Schoß. »Dann verraten Sie mir mal, wie Ihr Tag war. Die typische erste Frage bei einem Date. Definition Date: Zwei Menschen sitzen an einem Tisch und essen gemeinsam etwas.«

Sie stützte den Kopf auf. »Ich wusste, ich würde es bereuen …«

Er lachte. »Okay, beginnen wir mit der Schilderung meines Tages. Ich hatte heute frei. Erst war ich im Fitnessstudio, dann hab ich kurz bei meiner Mutter im Büro vorbeigeschaut. In ihrem Auto hat irgendeine Warnleuchte geblinkt, also bin ich mit dem Wagen in die Werkstatt gefahren. Außerdem habe ich die Wäsche gemacht und gestaubsaugt, was ich übrigens regelmäßig tue.« Er hielt inne, um sie anzusehen. »Ich hatte übrigens auch daran gedacht, Sie zum Abendessen auszuführen, aber dann fand ich, es könnte ruhig was Spannenderes sein.«

»Zum Beispiel eine Bar?«

»Genau. Ich hab da ein bestimmtes System. Wenn ich allein unterwegs bin, gehe ich meist irgendwohin, wo es laut ist und wo viele Leute sind. Meistens treffe ich jemanden, den ich kenne – oder ich lerne jemanden kennen. Wenn ich eine Verabredung habe, wähle ich eher einen ruhigen Ort aus, so wie dieses Restaurant. Aber wissen Sie, was heute Abend anders ist? Normalerweise, wenn ich mit einer Frau an einem ruhigen Ort wie diesem sitze, quasselt mich mein Gegenüber ohne Punkt und Komma voll. Und ich muss mir keine große Mühe geben, interessant und charmant rüberzukommen.«

»Tja«, meinte Riley. »Ich verabrede mich eben normalerweise nicht.«

Er lehnte sich nach hinten. »Das muss also bedeuten, dass ich etwas Besonderes bin.«

»Vermutlich ja«, gab sie zu. »Und abgesehen davon scheinen Sie der einzige Mann zu sein, der an mir interessiert ist. Bis auf meinen Bruder.«

»Ich werde versuchen, meinen Status auszubauen«, erwiderte er. Sein Bier wurde gebracht, und er nahm einen Schluck. »Nur aus reiner Neugier: Wieso interessiert sich niemand für Sie? Oder werde ich das binnen der nächsten zehn Minuten selbst herausfinden?«

»Das ist eine lange Geschichte …«

»Wie wär's mit der Kurzversion?«, schlug er vor.

»Okay, mal sehen. Erstens: Ich bin alleinerziehend. Als meine Tochter noch klein war, sehr klein, musste ich sehr viel arbeiten, um meine Rechnungen bezahlen zu können. Da kamen Verabredungen überhaupt nicht infrage. Wahrscheinlich war ich auch nicht sehr …«

»Freundlich?«, fragte er.

»Ich meinte eigentlich etwas anderes. Empfänglich.«

»Das heißt, Sie waren nicht so empfänglich für Verabredungen und haben unbewusst entsprechende Signale ausgesandt?« Er schaute sie fragend an.

»Das soll Ihre interessante und charmante Seite sein?« Sie seufzte. »Lassen Sie uns einfach bestellen«, fügte sie hinzu und griff nach der Speisekarte.

»Signale«, murmelte er.

Mit der Hand winkte sie die Bedienung herbei und gab ihre Bestellung auf. »Für mich den Reis mit Brokkoli und Hühnchen und die chinesische Eiersuppe und …« Sie hielt inne und wandte sich an Logan: »Brauchen Sie noch etwas Zeit?«

Er betrachtete die Speisekarte nicht einmal. »Shrimp Lo Mein, das Knoblauchhuhn und noch ein Bier, bitte.«

»Sie wussten schon genau, was Sie essen wollen?«

»Ich war schon mal hier. Ich wohne in Wayside, keine vier Kilometer von hier. Also – wie alt ist Ihre Tochter?«

»Fünfzehn«, antwortete sie und trank einen Schluck Wein. Mit jeder Minute, die verstrich, bereute sie, die SMS geschickt zu haben. Wie war sie bloß auf diese Idee gekommen?

»Und ich bilde für Sie quasi den Wiedereintritt in die Welt von Mann und Frau?«

Sie zuckte die Schultern. »Die Zeit rast.«

»Und jetzt fangen wir damit an, gewisse Gewohnheiten wieder neu zu lernen.«

»Wie zum Beispiel?«

»Wie zum Beispiel: Ein Dinner mit einer Person des anderen Geschlechts kann durchaus Spaß machen. Jemanden kennenzulernen ist wie … Nein, anders. Jemand, der eine Erfahrung gemacht hat, die man selbst nicht gemacht hat, kann faszinierend sein. Ich kann Ihnen beispielsweise jede Menge Dinge über die Polizeiarbeit erzählen, falls es Sie interessiert, und Sie können mir sicher jede Menge Dinge erzählen über … Ja, über was eigentlich?« Er deutete auf sie.

»Gebäudereinigung«, antwortete sie.

»Sie sind Gebäudereinigerin?«, fragte er.

»Auch das manchmal. Aber meistens bin ich die Inhaberin einer Firma, die Gebäudereinigung und andere Dienstleistungen aus diesem Bereich anbietet. Finden Sie das nicht faszinierend?«

Er schüttelte den Kopf. »Das wird länger dauern als erwartet«, murmelte er.

»Wieso sind Sie so ein Besserwisser?«, fragte sie ihn. »Hatten Sie nicht erwähnt, Sie wären geschieden?«

»Das war nicht meine Idee«, erklärte er. »Aber wir haben uns im Guten getrennt, was für die Tatsache spricht, dass ich ein sehr netter Kerl, geduldig und unvoreingenommen bin.«

»Wieso haben Sie sich dann scheiden lassen«

»Also, das ist wirklich eine lange Geschichte«, meinte er.

Sie stützte die Ellbogen auf den Tisch. »Ziemlich lahmer Service hier. Also verraten Sie mir zumindest die Eckdaten.«

Er seufzte. »Meine Frau war nicht für die Ehe gemacht. Jedenfalls nicht mit einem Mann.«

»Bitte?«

Er wirkte befangen. »Sie hat's nicht mit Männern.«

»Im Ernst?«

»O ja.« Er leerte sein Bier.

Riley musste lachen. Sie hielt sich zwar die Hand vor den Mund, doch das nützte nicht viel.

»Gleich verraten Sie mir bestimmt, was daran so witzig ist«, sagte Logan.

»Riley?«

Sie erschrak, als sie plötzlich die Stimme ihrer Mutter hörte, und kippte vor Schreck ihr Glas um. Logan und sie versuchten gleichzeitig, mit Servietten den Wein aufzuwischen. »Mom?«, fragte sie und sah auf.

Seit ihrer Begegnung vor Kurzem hatte June sich umgezogen. Sie trug jetzt ein weißes Hemd zu Jeans und darüber einen Blazer. Sie hatte sich aufwendig frisiert und Lippenstift aufgetragen.

»Mom?«, wiederholte Logan und glitt aus der Bank.

»Hallo«, begrüßte June ihn und schenkte ihm ein freundliches Lächeln.

»Mom, was machst du denn hier?«, wollte Riley wissen.

»Ich habe mir was zum Mitnehmen bestellt«, erklärte ihre Mutter.

»Und was ist mit deinem Hackbraten?«

»Den hab ich ins Eisfach getan. Meine Güte, Riley. Als du gesagt hast, du müsstest aus deiner Strumpfhose raus, wusste ich ja nicht, dass du …« Sie streckte Logan die Hand hin. »June Kerrigan.«

»Freut mich. Logan Danner. Möchten Sie sich zu uns setzen?«

»Ganz sicher nicht.« June lachte. »Kennen Sie sich schon länger?«

Nun lachte auch er auf und schaute dann auf die Uhr. »Seit etwa fünfzehn Minuten, um genau zu sein. Aber wir sind uns vorher ein paarmal im Supermarkt und bei Starbucks begegnet.«

»Wie schön«, meinte June. »Wir reden ein andermal. Ich hole jetzt mein Essen und fahre wieder nach Hause. Viel Spaß noch. Und keine Gläser mehr umwerfen!«

»Auf gar keinen Fall«, erwiderte Logan. Er wartete, bis sie gegangen war, bevor er sich wieder hinsetzte. »Deine *alte* Mutter, darf ich annehmen?«

»Als ich sie das letzte Mal gesehen habe, war sie viel älter«, behauptete Riley.

»Das wird lustiger, als ich dachte«, stellte Logan breit lächelnd fest. »Ich glaube, Sie brauchen ein bisschen Nachhilfe in Sachen Verabredungen …«

»Und die wollen ausgerechnet Sie mir geben?«

»O ja. Ich bin genau der Richtige dafür.«

11. Kapitel

Nachdem Rileys Mutter gegangen war und Logan für Riley ein zweites Glas Wein bestellt hatte, wurde die Atmosphäre gelöster. Die beiden lachten zusammen wie alte Freunde. Riley erzählte Logan alles über ihre Familie: wie sie nach dem Tod ihres Vaters zu den Großeltern nach Santa Rosa gezogen waren, dass ihr Bruder Lehrer war und dass ihre Mutter alles andere als eine ältere Dame war, sondern ziemlich hip und cool. Und dass June ihr sehr mit ihrer Tochter geholfen hatte und Riley es ohne sie nie geschafft hätte.

»Und was ist mit Maddies Vater?«, wollte Logan wissen.

»O, der kümmert sich auch. An Thanksgiving war er gerade erst wieder bei uns. Während der Schwangerschaft und in der Anfangszeit waren jedoch vor allem meine Mutter und meine Großeltern für mich da. Damals habe ich Jock für diese Nachlässigkeit gehasst. Aber mein Gott, wir waren erst achtzehn. Er war zu nichts zu gebrauchen. Unterstützung von ihm kam nur sporadisch und brachte nicht viel. Er war halt noch sehr jung und unreif. Doch mittlerweile ist er erwachsen geworden.« Sie lachte. »Nicht viel, aber immerhin. Er geht super mit Maddie um. Er liebt sie und ist sehr stolz auf sie.«

»Liebt er Sie auch noch?«, fragte Logan.

»Das hat er nie wirklich getan«, erwiderte sie lachend. »Und ich bin schon seit Langem darüber hinweg.«

»Und was macht er beruflich?«

»Er ist Manager einer Filiale einer großen Elektronikmarktkette. Und er entspricht tatsächlich diesem typischen Verkäuferklischee: kurzärmeliges Hemd, schlecht sitzende Krawatte, kakifarbene Hose, athletische Figur. Jock hat die Oberaufsicht über all diese Nerds, die einem das richtige Handy oder den passenden Laptop oder die optimalen Lautsprecher verkaufen wollen. Ein echt sympathischer Mann. Und irgendwie dauerhaft glücklich. Fast wie ein Hundewelpe. Seit ich darüber hinweg bin, was für ein mieser Freund er war, kommen wir gut klar. Und was ist mit Ihnen und Ihrer Ex?«

»Ich glaube, ich hatte es schon erwähnt: Sie ist die beste Freundin meiner Schwester. Und sie ist eine echt nette Frau. Ich muss zugeben, dass es mich damals echt schockiert hat – aber auch das ist Jahre her. Ich bin auch drüber hinweg. Sie ist glücklich, hat ein schönes Leben und ist erfolgreich.«

»Aber man hat Sie natürlich ausgelacht?«

»Ich bin im Polizeidienst, was glauben Sie denn? Es gibt zwar ein paar tolle Frauen in meiner Abteilung, doch dieser Beruf ist immer noch eine Männerdomäne. Und klar, zuerst hat man mich überhaupt nicht in Ruhe gelassen. Und ab und zu ziehen sie mich heute noch damit auf. Aber alle mögen meine Ex. Denn sie ist …« Er zuckte die Achseln. »Liebenswert. Meistens ist jetzt alles gut.«

»Meistens?«

»Na ja. Ab und zu hat man ein erstes Date, und dann muss man erklären, dass man von seiner Frau verlassen wurde, weil sie festgestellt hat, dass sie lesbisch ist …«

»Tut mir leid. Das war unhöflich und eine viel zu persönliche Frage. Ich hätte nicht darüber lachen sollen.«

»Sie haben sich halb totgelacht!«, stellte er klar.

»Na ja, vor dieser Enthüllung waren Sie mir einfach viel zu selbstsicher. Und was macht sie, Ihre Ex?«

»Klinische Pflegeexpertin. Wir sind ein Jahr zusammen gewesen, waren dann ein Jahr verheiratet, sind seit mittlerweile acht Jahren geschieden und sehen uns immer noch andauernd, weil sie ja permanent mit meiner Schwester Bernie rumhängt.«

»Klingt doch nett. Nach Familie.« Sie lächelte ihn an. »Für Sie auch einen Kaffee?«, schlug sie vor.

Inzwischen waren zwei Stunden vergangen, ohne dass Logan es bemerkt hatte. Eins der besten Dates seit Langem, dachte er. Und Riley fand er lustig, süß, sexy und klug. Es faszinierte ihn, wie sie ihr eigenes Business aufgezogen hatte. Und er mochte es, wenn sie von ihrer Kindheit erzählte, von den Problemen ihrer Familie und deren enger Beziehung.

Den Namen Emma Shay erwähnte sie jedoch nicht ein einziges Mal. Logan hoffte deshalb sehr, dass es keine enge Verbindung zwischen den beiden mehr gab.

»Wieso erzähle ich Ihnen eigentlich so viel von mir?«, fragte Riley bei ihrer zweiten Tasse Kaffee.

Er zuckte die Achseln. »Ich bin Detective. Ich weiß, wie man die richtigen Fragen stellt und wann. Doch ich spiele fair: Das hier ist schließlich keine Vernehmung, sondern ein Date. Ich verrate Ihnen also auch alles, was Sie wissen wollen.«

»Alles?«

»Das meiste. Natürlich kann ich nicht über aktuelle Fälle reden, aber das fänden Sie vermutlich ohnehin langweilig«, erklärte er ernst. »Das war wirklich nett mit Ihnen. Ich schätze mal, dass wir das Ihrer Mutter verdanken. Weil Sie hier plötzlich aufgetaucht ist und nichts von Ihrem Date wusste. Das hat das Eis gebrochen.«

»Das stimmt wohl«, musste Riley zugeben. »Und das werde ich mir nun immer anhören müssen.«

»Können Sie mir verraten, wieso ich?«, fragte er. »Und wieso ausgerechnet heute Abend?«

Riley setzte ein geheimnisvolles Lächeln auf. »Vielleicht beim nächsten Mal«, antwortete sie. »Oder beim übernächsten.«

»Das wollte ich hören.«

Riley erlaubte ihm an diesem ersten Abend nicht, sie zu küssen, aber sie verabredete sich mit ihm gleich wieder für den nächsten Tag. Am Samstagnachmittag wollten sie erst ins Kino gehen und danach etwas essen. Sie sahen sich einen Katastrophenfilm an – ein heftiges Erdbeben zerstörte die gesamte Westküste der USA –, und falls das ein Test gewesen sein sollte, verlief er erfolgreich. Riley fand den Film super, und sie hatte fast die ganze Zeit auf seinem Schoß gesessen. Und als sie hinterher bei Pizza und Bier saßen, erzählte er ihr nur allzu gern von seinem Leben.

Logans Eltern hatten sich scheiden lassen, weil sein Vater seine Mutter betrogen hatte. Logan war damals dreizehn gewesen. Sein Vater hatte nicht wieder geheiratet, und seine Eltern schienen ihren Frieden miteinander gemacht zu haben, doch Logan war noch immer nicht fertig damit. »Ich bin jetzt achtunddreißig, und mein Vater hat ständig versucht, sich mit mir zu versöhnen. Grundsätzlich komme ich ganz gut mit ihm klar. Aber ehrlich gesagt bin ich noch stinksauer auf ihn.«

»Das ist heftig«, erwiderte sie. »Bitte erinnere mich daran, dich nie wütend zu machen.«

»Das Seltsame ist: Eigentlich bin ich überhaupt nicht so. Ich war auch nicht lange sauer auf meine Frau. Meine Schwester hat mit Dad keine Probleme, aber er und ich … Wir können einfach nicht miteinander. Wir ziehen uns deswegen regelmäßig den Zorn der gesamten Familie zu. Vielleicht mögen wir uns am Ende doch nicht wirklich.«

»Hast du ihn denn mal gemocht?«, wollte sie wissen.

»Ich habe ihn vergöttert«, sagte Logan.

»Und da haben wir das Problem.«

Wenn das ein zweiter Test war, bestand sie auch diesen mit fliegenden Fahnen. Man konnte gut mit ihr reden: Sie war aufmerksam und sensibel, intelligent und einfühlsam.

»Vielleicht sollte der kleine Junge in dir mal erwachsen werden«, riet sie ihm.

Und sie brachte ihn zum Lachen. Logan fand, dass das fast genauso gut war wie ein Kuss.

Fast.

Am Sonntag fuhren sie zum Brunchen nach Bodega Bay und anschließend weiter zu einem Aussichtspunkt mit Blick auf den Pazifik. Dort bekam Logan endlich seinen Kuss, und der war so toll, dass er sich gleich noch ein paar weitere geben ließ. Anscheinend gefiel es Riley genauso gut, denn binnen kürzester Zeit machten sie miteinander herum wie Teenager. Und auch das war unglaublich schön. Sie schmeckte gut, fühlte sich gut an und reagierte mit großer Leidenschaft auf ihn.

Doch dann hielt sie ihn auf einmal zurück. »Puh«, seufzte sie. »Für mehr stehe ich nicht zur Verfügung.«

Er lächelte und küsste ihre Nasenspitze. »Ist in Ordnung. Du bist die Kluge von uns beiden. Aber eins musst du zugeben: Das war doch schon mal nicht schlecht für den Anfang.«

»Will sagen?«

»Drei Verabredungen an drei Tagen. Gutes Essen, gute Gespräche, tolles Fummeln …«

»Ja. Und jetzt beginnt wieder die Arbeitswoche und …«

»Und?«, fragte er.

»Ich arbeite lange und habe familiäre Verpflichtungen. Normalerweise habe ich nicht so viel Zeit zum Spielen.«

Er nahm sie in den Arm. »Ich spiele nicht, Riley. Und ich habe vollstes Verständnis für volle Terminpläne, Arbeit und Familie. Darf ich dich anrufen? Wir bleiben einfach in Kontakt. In engem Kontakt, okay? Und dann gucken wir, wann wir uns wiedersehen können.«

»Klingt gut.«

»Du klingst etwas verhalten«, meinte er.

»Es ist so lange her bei mir«, gestand sie. »Aber ja, lass uns telefonieren.«

»Wann wäre es dir zu früh, bis ich mich melde?«

»Eine Viertelstunde, nachdem wir uns heute verabschiedet haben.«

Er lachte. »Du hast mich durchschaut, alles klar. Dann melde ich mich lieber heute Abend.«

Und dann küssten sie sich noch einmal.

Logan hatte gar nicht nach einer Frau gesucht. Das heißt, er suchte eigentlich immer nach einer Frau, aber er hatte nicht damit gerechnet, eine zu finden. Diese Frau war eine echte Überraschung. Sie entsprach äußerlich genau dem, was er attraktiv fand. Sie war so klug, dass er wirklich etwas mit ihr anfangen konnte, und so sexy, dass er sich sofort in sie verlieben könnte. Wirklich überraschend, aber gut.

Die hier, dachte er, hat wirklich das Zeug für etwas Langfristiges. Ein paar Dinge mussten allerdings vorher noch geregelt werden. Wie zum Beispiel der Fall, den er gerade bearbeitete. Und die Tatsache, dass er Riley nur begegnet war, weil er Emma Shay beobachtete.

Sie telefonierten am Sonntagabend, obwohl es schon fast zu spät dafür war. Es war ein ruhiges, intensives Kennenlerngespräch, bei dem sie sich einander mitteilten. In der Nacht hatte er fantastische Träume, und am Montag ging er mit einer Art Verliebtheits-Kater zur Arbeit.

»Wir haben einen Durchbruch in der Compton-Observation erzielt«, sagte seine Partnerin Georgianna Severs. »Ihre Beziehung zu den Kerrigans ist wieder aufgeflammt. Sie hat einen Job bei Riley Kerrigan angenommen, und es scheint, dass aus ihrer Freundschaft mit Adam Kerrigan mehr geworden ist. Ich habe mir ihre Telefonprotokolle aus der letzten Woche angesehen. Sie telefoniert mindestens dreimal am Tag mit ihm. Sie arbeitet für Riley und poppt ihren Bruder. Wir haben mehrfach auf Band, wie sie die Namen Adam und Riley Kerrigan erwähnt. Jetzt wissen wir wohl, wieso sie wieder hier ist.«

Logan fühlte sich, als hätte man ihm einen Bauchschuss verpasst. Seine Verdächtige hatte Verbindungen zu seiner neuen Freundin.

Er ließ sich in seinen Schreibtischstuhl sinken und murmelte: »Scheiße.«

»Was ist?«, fragte Georgianna. »Wir wussten, dass sie sich kennen.«

»Hier kennt doch jeder jeden! Sie war mit der halben Stadt auf der Schule, hat sich aber nie bei jemandem gemeldet. Angeblich haben die beiden seit Jahrzehnten kein Wort mehr gewechselt. In vier Monaten eine einzige SMS an diesen Adam. Eine! Reger Kontakt sieht anders aus.«

»Eine SMS, von der wir wissen«, widersprach Georgianna. »Die richterliche Anordnung ist auf ihre Handykontakte und ihre Kontobewegungen beschränkt. Emma Shay steht nicht unter Beobachtung.«

»Aber wir haben sie beobachtet«, entgegnete er.

»Das waren Zufallsüberprüfungen, keine gezielte Observation. Wir sitzen ihr nicht im Nacken.«

»Ich hatte eigentlich gedacht, das Thema hätte sich bald mal erledigt.« Er schüttelte frustriert den Kopf.

Sie hatten nur ein kleines Büro, und es war früh am Tag. Noch nicht allzu viele Kollegen waren da. Das morgendliche Briefing fand erst in einer halben Stunde statt.

»Was ist los?«, erkundigte Georgianna sich.

»Ich habe mich an ihre Freundin herangemacht. Riley Kerrigan.«

Georgianna schwieg. Es dauerte eine Weile, bis sie das Wort ergriff. »Wieso?«

»Wieso? Wieso?«, wiederholte er ungläubig. Dann legte er resignierend den Kopf in die Hände. »Das Fleisch ist eben schwach.«

»Ach herrje.« Sie klang gequält. »Was hast du dir denn dabei gedacht?«

»Was weißt du denn schon?«, fragte er. »Du kamst ja schon verheiratet zur Welt! Als du das letzte Mal in Versuchung geraten bist, warst du sieben! Riley Kerrigan ist wunderschön, verstehst du? Und sie ist lustig, auf eine lächerlich arrogante Weise. Sie glaubt, sie wüsste alles – wie alle Frauen. Das kennst du ja von dir. Und außerdem war das bisher ja nicht mal ein echter Fall. Ich dachte, dass sie mir per Zufall vielleicht eine nützliche Information geben würde, dass die Durchsuchungsbeschlüsse dann ablaufen würden und die ganze Sache vorbei wäre. Und …«

»Und wir hatten uns darauf verständigt, dass es sich um einen großen Fall handelt, wenn wir sie dabei erwischen, wie sie Geld von einem geheimen Konto überweist. Das wäre auch gut für unsere Karriere. Abgesehen davon gab es ja einen hinreichenden Verdacht, deswegen der Durchsuchungsbeschluss.«

»Ein reichlich dünner hinreichender Verdacht, der nichts mit Riley Kerrigan zu tun hat«, erwiderte er.

Dann stand er auf und holte sich einen Kaffee.

Vor etwas mehr als sechs Monaten, kurz vor Richard Comptons Selbstmord, war Emma Shay Comptons Handy verschwunden. Hatte sie jedenfalls behauptet. Es war nicht wieder aufgetaucht, aber in der Zwischenzeit überwachte das FBI die Verbindung, und es hatte zwei Anrufe von einer Telefonnummer auf Aruba gegeben, wo die Comptons ein Strandhaus besessen hatten – ihre Zuflucht im Winter. Basierend auf der Vermutung, dass Emma dort Gelder auf einem Offshore-Konto zwischengelagert hatte, war ihnen von einem Richter die Befugnis erteilt worden, ihre Mobilfunk-, Telefon- und Bankdaten für die Dauer eines halben Jahres zu beobachten. Diese sechs Monate waren im Februar um, und falls sich kein weiterer hinreichender Verdacht ergab, würde die Befugnis nicht noch einmal erneuert.

Als Compton tot und der gesamte Besitz des Ehepaars liquidiert beziehungsweise versteigert worden war, hatte der Fall nicht mehr als heiß gegolten. Das Apartment in Manhattan und die Strandvilla auf Aruba waren verkauft worden. Emma Shay war gründlich überprüft worden, und sofern kein neuer, belastender Verdachtsmoment aufkam, würde man den Fall abschließen, wenn der Durchsuchungsbeschluss ungültig wurde. Das FBI wurde in den noch laufenden Ermittlungen von den örtlichen Detectives Danner und Severs unterstützt. Sobald die Befugnis ablief, hatten auch die örtlichen Beamten nichts mehr damit zu tun. Dann blieb es dem FBI überlassen, herauszufinden, ob Emma Shay sich bald darauf ein Flugticket in ein Land kaufte, wo sie ohne drohende Verfolgung durch die amerikanischen Ermittlungsbehörden ein neues Leben auf großem Fuß beginnen würde.

Sie könnten ihr für immer auf den Fersen bleiben, wenn sie wollten, doch sie durften ihren Besitz, ihre Telefondaten, Bankverbindungen oder persönlichen Gegenstände und Räumlichkeiten nicht ohne einen Durchsuchungsbefehl einsehen.

Logan und Georgianna hatten sie abgehört und beobachtet, und es hatte bisher keinen Hinweis darauf gegeben, dass die ehemalige Mrs. Compton Zugang zu illegal verschobenen Geldern hatte. Sie hatten genügend andere Fälle auf dem Tisch. Obwohl Danner und Severs inzwischen in der Abteilung für Eigentumsdelikte waren, verfügten sie beide über Erfahrung in Spionage- und Betrugsfällen. Das war auch der Grund dafür, wieso ausgerechnet ihre Abteilung mit dem Fall betraut worden war. Niemand ging davon aus, dass sie sich mit dem Fall Emma Shay befassen würden.

Logan kam zurück und setzte sich. Er und seine Kollegin hatten ihre Schreibtische zusammengeschoben, sodass sie sich praktisch an einem großen Tisch gegenübersaßen. Es gab zwei Computer, zwei Telefone, mehrere Anschlagbretter, ein paar Regale mit einem Vorrat an Spiralblöcken und losen Blättern. George hatte Bilderrahmen mit Fotos von ihren Kindern und ihren Eltern und mit ihren Auszeichnungen auf ihrer Hälfte des Tisches stehen. Logan hatte ein Bild von seinem Hund, einer Deutschen Schäferhündin, aufgestellt. Er hatte sie Suzanne getauft, nach einer Ex-Freundin, mit der er nicht gerade eine tolle Zeit gehabt hatte. Es war also eindeutig George, die mehr an privater Ausstattung mitbrachte.

»Der Fall führt zu nichts, das wissen wir beide«, meinte er.

»Du musst es Mike trotzdem sagen«, erklärte sie mit Nachdruck.

»Mischst du dich gerade in meine Angelegenheiten ein?«

»Entweder lässt du dich von dem Fall abziehen oder wirst von den Detectives verhört. Mike wird dich fragen: ›Willst du diesen Fall bearbeiten, der dir zu einem Karrieresprung verhelfen könnte, oder willst du dich verlieben?‹ Denn beides zusammen geht nicht. Wenn du dich für den Fall entscheidest, wirst du ab sofort undercover arbeiten. Alles, was du mit Riley Kerrigan unternimmst, wird Material für eine interne Untersuchung sein. Beides geht nicht.«

»Doch – wenn klar ist, dass sie in keine Art von Verschwörung verwickelt ist, die dazu dient, gestohlenes Fremdeigentum für irgendjemanden entgegenzunehmen.«

»Aber das wirst du erst herausfinden, wenn du undercover bist. Ich habe aber auch kein Problem damit, den Fall an ein anderes Team weiterzugeben und …«

»Und damit viele Monate Arbeit einfach in den Wind zu schießen? Haben wir etwa ein paar Kollegen zu viel hier, die vor Langeweile nicht wissen, was sie machen sollen? Ich denke, wir wissen Bescheid, wenn die richterliche Befugnis abläuft.«

»Dann steckst du vielleicht schon zu tief drin«, gab sie zu bedenken. »Und vermasselst es.«

»Das werde ich nicht.« Er holte tief Luft. »Ich weiß, wie man Beruf und Privatleben trennt. Das mache ich schließlich seit fünfzehn Jahren.«

»Na ja …«

»Okay, ein- oder zweimal sind die Grenzen möglicherweise etwas verschwommen, aber es ist nicht gerade mein Markenzeichen, oder?«

Sie stützte sich auf und betrachtete ihn ernst. George war eine schöne Frau. Knapp eins achtzig groß, schulterlanges bronzefarbenes Haar, große braune Augen, hammermäßige Figur. Außerdem war sie sehr klug – was sie allerdings nicht dadurch bewies, dass sie diesen bulligen Feuerwehrmann geheiratet und sich mit ihm fortgepflanzt hatte. Polizisten und Feuerwehrleute hegten eine Hassliebe füreinander. Immer bekamen die Rauchfresser die Mädels ab, und das war ungerecht. Wenn Logan George zuerst begegnet wäre, hätte *er* sie geheiratet. Wobei er leider selbst verheiratet gewesen war, als er sie kennengelernt hatte. Aber immerhin war sie seine Partnerin geworden. Und damit hatte er einen der intelligentesten Detectives an seiner Seite, den er kannte. Er sollte also besser auf ihren Rat hören.

»Ich hab's kapiert, George«, sagte er.

»Also, verrat mir mal, wie du dir das in deinem winzigen Hirn so vorgestellt hattest«, forderte sie ihn auf.

»Ich hab mich nur mit ihr angefreundet! Ich hätte die Finger von ihr gelassen, wenn feststehen würde, dass sie etwas mit unserer Verdächtigen zu tun hat! Aber dann … wurde mir klar, dass es nicht so ist, okay?«

»Du hast fünf Minuten, mir zu erklären, wie du darauf kommst. Die Zeit läuft!«

»Diese ganze Nummer führt zu nichts. Die beiden kennen

sich, na und? Jeder kennt hier jeden. Das ist ihre Heimatstadt, und nur deswegen ist sie zurückgekommen. Das deutet nicht automatisch auf eine Verschwörung oder einen Betrug oder etwas in der Art hin! Außerdem wäre es viel zu früh, so etwas jetzt schon anzuleiern. Wenn ich mit einem Multimillionär verheiratet gewesen wäre, der sein Geld mit dem Betrug an anderen Leuten verdient hat, und ich mir etwas von seinen Millionen abgezweigt hätte, würde ich nicht bereits innerhalb von sechs Monaten nach der Gerichtsverhandlung an diese Vorräte gehen! Ich würde ein paar Jahre verstreichen lassen, bis niemand mehr an die Kohle denkt. Und wenn sie es aufs Geld abgesehen hätte, wieso hat sie dann nicht die Vergleichszahlung angenommen, die man ihr angeboten hat?«

Georgianna verzog das Gesicht. »Weil es so nun mal besser aussieht. Und weil das, was sie beiseitegeschafft hat, viel mehr ist.«

»In dem Fall hätte sie trotzdem das Geld aus dem Vergleich nehmen und auf irgendeine Insel abhauen können. Damit hätte sie nämlich beides gehabt! Wir haben ja schon ein paarmal darüber gesprochen, dass es zwei Gründe für ihr Verhalten gibt: Entweder hat sie Angst davor zu verreisen, weil sie eine Auslieferung und Strafverfolgung fürchtet – oder sie hat sich einfach nichts zuschulden kommen lassen.«

»Und jetzt kommt das, was du nicht kapierst, Danner: Sie war mit ihm verheiratet. Sie haben zusammengelebt. Im selben Bett geschlafen. Wahrscheinlich hat der Typ im Schlaf geredet. Sie haben sich privat mit seinen Angestellten und Kunden getroffen. Glaubst du wirklich, er hat diese fette Betrugsmasche durchgezogen und ihr ist nie irgendetwas seltsam vorgekommen? Im Ernst?«

»Und jetzt kommt das, was *du* nicht kapierst, George. Nicht jeder Mensch führt so eine Ehe wie du. Die meisten unserer Kollegen erzählen ihren Ehefrauen zu Hause auch nichts von dem, was hier täglich abgeht, und ihre Frauen erkundigen sich auch nicht danach. Nicht alle verheirateten Paare reden miteinander! Die Frau von Al gibt zum Beispiel irre viel Geld aus, doch er will sie nicht fragen, wofür! Also weiß Al es nicht, denn sie reden nicht miteinander. Nicht bei allen Paaren läuft es so perfekt wie bei dir und Mr. Universum!«

Georgianna lächelte. »Er mag es, wenn du ihn so nennst.«

»Na super. Dann werde ich es sein lassen.«

»Und ich sag dir noch was, das du nicht kapierst. Wenn sie nicht mit ihrem Mann geredet hat, wird sie es irgendwann ihrer Freundin verraten, falls es da ein Geheimnis gibt. Garantiert.«

»Verdammt.« Er wusste, dass sie recht hatte.

»Also, was willst du, Danner? Eine neue Tussi oder den Fall?«

»Lass mich in Ruhe. Ich krieg das geregelt.«

»Ich lass dich nicht aus den Augen«, entgegnete George.

Folgendes wird passieren, dachte Logan. Er würde weiterhin den Fall mit George bearbeiten. Sie galten als Dream-Team, weil sie beide intelligent und erfahren waren und einen guten Instinkt hatten. Er würde sich die Telefonprotokolle anhören und die Bankkonten überprüfen. Und er würde George gerne alles weitergeben, was er von Riley erfuhr, das mit einer möglichen Verschwörung zu tun haben könnte und auf Emma Shay hindeutete. Sämtliche persönlichen und hoffentlich auch intimen Einzelheiten seiner Begegnungen mit Riley Kerrigan würde er jedoch selbstverständlich für sich behalten. Diese Bereiche konnte er trennen.

Falls er über Riley herausfand, dass ihre Freundin Emma irgendwie an Geld kam oder irgendwo Geld versteckt hatte, würde er das einzig Richtige tun: es George mitteilen. Sie würde die Informationen sofort ans FBI weitergeben, und

Logan machte sich nicht strafbar. Das würde er nie tun, nicht mal für seine eigene Mutter.

Doch er musste einfach etwas mit Riley anfangen. Er fühlte sich unwiderstehlich von ihr angezogen. Mehrmals am Tag und in der Nacht glaubte er, ihren Duft riechen zu können, obwohl sie gar nicht in der Nähe war. Er freute sich auf eine echte Beziehung mit ihr, die aus Geben und Nehmen bestand, die Spaß machte, intensiv war und tollen Sex beinhaltete. Er hatte sich in sie verknallt, das war alles. Er mochte zwar ein Idiot sein, was Frauen anging, aber er wollte Riley Kerrigan, und er würde alles daransetzen, sie zu kriegen. Entweder es klappte – oder es klappte nicht.

Natürlich war er überhaupt nur auf sie aufmerksam geworden, weil er Emma Shays alte Kontakte überprüft hatte. Doch dann war er ihr gefolgt, weil er sie so ansprechend fand. Und daran war ja nichts Illegales.

In der zweiten Dezemberwoche wurde es bitterkalt, mit Bodenfrost und vielen dunklen Wolken. In allen Häusern brannte inzwischen der Kamin. Und in Rileys Herz loderte ein Feuer, wie sie es seit ihrer Jugend nicht mehr gekannt hatte.

Sie plante alles genau. Sie verließ die Arbeit früh, ging in den Supermarkt, holte Maddie nach dem Cheerleader-Training ab und brachte sie nach Hause. Dann machte sie sich in der Küche zu schaffen. Da ihre Mutter und Adam immer gerne Familienessen organisierten, musste Riley selbst nicht allzu oft kochen. Immerhin war sie von ihnen diejenige, die den längsten Arbeitstag hatte. Adam war in der Schule meist spätestens um sechzehn Uhr fertig, und June hatte zwar einen vollen Terminkalender, hatte ihre Essenslieferungen jedoch bis zum frühen Nachmittag erledigt. Die alten Leute aßen gerne früh und freuten sich auf ihren Besuch. Deswegen war sie immer ab siebzehn Uhr zu Hause. Wenn sie nicht bei June aßen, holten Riley und

Maddie sich oft etwas zum Mitnehmen. Dafür war ihre Tochter meist sehr dankbar.

Doch heute Abend bereitete Riley Corn Chowder zu, eine dicke Maissuppe, dazu gab es Salat und Cracker. Sie deckte den Tisch, obwohl sie meistens vor dem Fernseher aßen. Im Wohnzimmer brannte ein Feuer im Kamin. Riley frischte ihren Lippenstift auf.

»Ich muss etwas mit dir besprechen«, sagte sie, als Maddie in die Küche kam.

»Wow«, meinte ihre Tochter. »Das muss ja was Ernstes sein, wenn ich mir den schick gedeckten Tisch so anschaue.«

»Ist es nicht. Das heißt, ist es doch, aber … Ich wollte dir eigentlich bloß mitteilen … Ich habe jemanden kennengelernt. Einen Mann.«

Maddie grinste. »Ach. Endlich sagst du es mir?« Maddie tunkte den Löffel in ihre Suppe und pustete.

»Wieso? Was meinst du damit? Hat Grandma was verraten?«

»Hat sie, aber erst vor ein paar Tagen. Echt, Mom? Du glaubst also, dass ich nicht mitbekomme, wie du nachts am Telefon flüsterst und kicherst? Oder dass mir nicht auffällt, wie nett du in letzter Zeit bist?«

Riley erstarrte. »Und sonst bin ich nicht nett, oder was?«

»Doch, natürlich. Aber eher so businessmäßig.«

»Wow.« Riley staunte. »Und ich dachte, wir stünden uns nahe.«

»Das tun wir. Ich weiß, dass du mich liebst. Und jetzt erzähl mir von dem Mann. Wir wollen doch diese hübsche Tischdekoration nicht verschwenden.« Sie lächelte herzig.

»Tja«, setzte Riley an. »Wir sind uns ein paarmal zufällig begegnet. Im Supermarkt und bei Starbucks. Er wohnt hier in der Nähe und ist bei der Polizei in Santa Rosa. Na, und da habe ich die Gelegenheit beim Schopf gepackt und hab ihn mal checken lassen, ob du nicht irgendwelchen Mist gebaut hast, von dem ich nichts weiß …«

»Das würdest du nie tun!«, erwiderte Maddie empört.

»Touché.« Riley lächelte. »Er ist aber wirklich Polizist. Und ich finde ihn gut. Er sieht nicht schlecht aus und ist irgendwie lustig. Und ich dachte mir, wenn ich mal ein Date habe, dann ist ein Cop vielleicht besser als irgendein Mann, der nichts mit dieser Stadt zu tun hat. Verstehst du?«

»Du hast ihn überprüft«, stellte Maddie fest.

»Ich würde jeden Mann überprüfen, bevor ich mit ihm ausgehe.«

Maddie lachte. »Also echt, Mom!«

»Was? Ich lerne niemanden mehr in der Schule kennen, weißt du?«

»Ist doch super! Stellst du ihn mir mal vor?«

»Ja, klar. Natürlich. Und da ist noch etwas, über das ich mit dir reden möchte. Es geht um eine alte Freundin von mir, Emma.« Sie holte tief Luft. »Emma Shay. Wir waren während unserer gesamten Schulzeit ein Herz und eine Seele. Und als sie zum Studieren nach Seattle ging, war sie mit Jock zusammen, deinem Vater. Aber …« Sie zuckte die Achseln und betrachtete ihre Suppe. »Irgendwie verlor Emma das Interesse an ihm, und er und ich fingen an, miteinander auszugehen.« Riley schaute auf.

Maddie sah sie geduldig an. Wartend.

»Ich wurde schwanger«, fuhr sie fort. »Ich schätze mal, das war der Grund dafür, warum es mit mir und deinem Vater nicht geklappt hat. Und er war ja eigentlich Emmas Freund. Doch irgendwie …«

»Das weiß ich längst. Du und Daddy, ihr seid nicht wirklich ein Paar gewesen, aber dann kamt ihr zusammen und – bingo.«

»Das weißt du?«

»Daddy hat es mir bereits vor Ewigkeiten erzählt. Also, es ist bestimmt schon ein paar Jahre her. Er hat mir damals gesagt, es wäre alles seine Schuld gewesen und das wäre der größte Fehler, den er je gemacht hätte.«

»Sehr zartfühlend von ihm.«

»Nein! Doch nicht meinetwegen! Sondern weil er die Beziehung zu dir vergeigt hat, Mom! Er meinte, dass es sein größter Fehler war, dich nicht gebeten zu haben, ihn zu heiraten!« Sie aß einen Löffel Suppe. »Ich glaube ja, er liebt dich immer noch irgendwie.«

Riley war einen Moment lang baff. Dann sagte sie: »Das wäre mir neu. Und zumindest hätte er eine sehr merkwürdige Art, das zu zeigen.«

»Er ist in solchen Dingen eben ein bisschen unbeholfen«, entgegnete Maddie. »Aber er ist ein guter Mensch.«

»Tja … Das ist also der Grund, weswegen ich mit dir über Emma sprechen wollte. Sie hat echt schwere Zeiten hinter sich. Nach dem College hat sie geheiratet, doch ihre Ehe war echt mies, und ihr Mann beging Selbstmord. Jetzt ist Emma wieder hier. Sie hat es gerade nicht leicht, also habe ich ihr einen Job in meiner Firma gegeben. Grandma hatte übrigens auch sehr viel mit Emma zu tun, als wir noch Kinder waren, und kann es kaum erwarten, sie wiederzusehen. Also wird sie irgendwann bei ihr auftauchen. Außerdem könnte es sein, dass Emma Adams neue Freundin ist. Ich habe ihn noch nicht gefragt, doch ich habe ein Näschen für so was. Ich wollte nur, dass du das alles weißt, damit du nicht irgendwie schockiert bist, wenn du ihr eines Tages begegnest. Denn die Sache mit uns ist ziemlich kompliziert und verfahren.«

Maddie stocherte in ihrem Salat herum und aß schließlich eine Gabel voll. »Das weiß ich auch alles.«

»Im Ernst? Und wer hat dir das bitte erzählt?«

»Onkel Adam wollte mich auf den neuesten Stand bringen. Dass er jetzt eine Freundin hat und sie bloß deshalb noch nicht mitgebracht hat, weil du Emmas Chefin bist und es in unserer Familie mal einen Vorfall mit ihr gab, der wohl nicht allzu schön war. Ich schätze, sie ist diejenige, die deine beste Freundin und Daddys Freundin gewesen ist. Und Adam glaubt, ihr seid immer noch verfeindet.«

»Huch«, stieß Riley hervor. »Was mache ich hier überhaupt? Du weißt ja offenbar schon über alles Bescheid.«

Maddie nahm noch einen Bissen von dem Salat, kaute und schluckte. »Das bezweifle ich.«

Riley legte ihren Löffel hin. »Wieso? Was hat Grandma dir gesagt?«

»Hmm.« Ihre Tochter schwieg eine Weile. »Na gut. Sie hat gesagt, dass Adam und du es nach all den Jahren anscheinend endlich geregelt kriegt. Sie hat es natürlich nicht so ausgedrückt. Du weißt ja, wie Grandma fluchen kann. Wie du übrigens auch. Und trotzdem werde *ich* gemaßregelt, wenn ich mal … Okay, auf jeden Fall hat sie gesagt, dass Adam in all den Jahren zum ersten Mal ernsthaft an einer Frau interessiert wäre, und dich hat sie wohl auch bei deinem Date erwischt. Mit einem gut aussehenden Mann, der sehr freundlich und höflich zu ihr war und ihr interessant erschien.«

»Sie weiß doch gar nichts über ihn!«

»Bist du dir da sicher?«, fragte Maddie. »Wer weiß schon, was sie weiß? Übrigens, die Suppe ist echt lecker.« Sie aß noch etwas davon. »Ich mag solche Gespräche mit dir, Mom. Und wann lerne ich jetzt deine Freundin Emma kennen?«

»Interessiert dich der Mann denn nicht viel mehr?«, erwiderte Riley ablenkend.

»Ich wüsste gern, wie es zwischen dir und Emma war, als ihr Kinder gewesen seid. Und Teenager«, erklärte Maddie.

»Okay. Was willst du wissen?«

»Alles. Onkel Adam hat mir geraten, dich zu fragen, wenn ich alles wissen will. Ich wollte von ihm wissen, ob es ein großes

Geheimnis wäre und ich deshalb dich fragen soll. Und er meinte, das hätte nichts mit einem Geheimnis zu tun. Es wäre eher etwas sehr Besonderes.«

Riley dachte einen Moment nach. »Das war es. Sie war meine erste Freundin überhaupt. Wir waren neun damals.«

Riley erzählte ihrer Tochter jede kleine Einzelheit, die sich zwischen den Lebensjahren von neun bis neunzehn ereignet hatte, und Maddie verstand sie, denn auch sie hatte beste Freundinnen. Sie verstand das gemeinsame Lachen, die Streitereien, den Frust, das Zusammenhalten in dunklen Zeiten. Obwohl es ihr Angst machte, berichtete Riley ihr auch von dem Bruch zwischen ihr und Emma. Sie zitierte zwar niemanden wörtlich, erwähnte aber, dass damals sehr unschöne, hasserfüllte Sätze gefallen waren.

»Mom«, bemerkte Maddie. »Du weinst ja!«

Riley wischte sich die Tränen ab. »Ist mir gar nicht aufgefallen. Ich wusste nicht, dass das alles noch so real ist. Diese Zeit war so schwer für mich … Und dann warst du plötzlich da, und allein deshalb war es das wert. Als ich dich im Arm hielt, war all mein Bedauern weg. Es tat mir sehr leid, dass ich Emma verletzt hatte. Und das habe ich ihr gesagt. Es hat mir wirklich leidgetan.«

»Ist sie denn immer noch sauer auf dich?«, wollte Maddie wissen.

Riley zuckte die Achseln. »Ich glaube nicht. Darüber haben wir nicht gesprochen. Wir haben das Thema nur angerissen. Sie hat behauptet, sie hätte das alles vor langer Zeit hinter sich gelassen. Ich erinnerte sie daran, dass ich sie damals angefleht hatte, mir zu verzeihen, und dass sie das nie getan hat. Dabei beließen wir es dann.«

»Und? Werdet ihr euch noch aussprechen?«

»Ich bin jetzt Emmas Chefin, deswegen weiß ich nicht so genau.«

»Das solltet ihr aber«, beharrte Maddie. »Und weißt du, wieso? Weil ich glaube, dass ich dich noch nie vorher habe weinen sehen.«

»O Maddie, ich habe so viel geweint!«

»Nicht in meiner Gegenwart«, sagte ihre Tochter. »Und weißt du noch was? Du wirkst irgendwie echter, wenn du weinst.«

12. Kapitel

Emma musste sich sehr bemühen, mit dem Rest des Teams mitzuhalten. In den ersten zwei Wochen bekam sie daher nicht viel mehr mit als den Staub und den Schmutz, den sie zu entfernen hatte. Es galt nicht nur, absolut gründlich zu arbeiten, sondern auch schnell. Die Kunden erwarteten sowohl Perfektion als auch Pünktlichkeit. In den meisten Privathäusern war niemand da, wenn das Reinigungsteam tätig war; das war auch so gedacht. Die meisten Leute wollten nicht im Weg sein, wenn sauber gemacht wurde.

Nick kam ein paarmal vorbei, um ihre Arbeit zu überprüfen. Er war ein grundsätzlich zufriedener, energiegeladener Mann von Anfang dreißig. Zwei Dinge waren sofort klar, was ihn betraf: Alle Frauen mochten ihn, doch er hatte nur Augen für Makenna. Er scherzte mit ihr, machte ihr Komplimente, stellte ihr Fragen über Fragen. Aber sie war immer kurz angebunden und unterbrach ihre Arbeit nicht. Emma amüsierte sich darüber, wie Makenna versuchte, ihn zu ignorieren. Zu den Frauen war sie viel freundlicher, obwohl sie ihre Vorgesetzte war. Würde Emma sie besser kennen, würde sie sie damit aufziehen. Zum jetzigen Zeitpunkt traute sie sich das allerdings noch nicht.

Ehrlich gesagt traute sie sich so einiges nicht. Sie wollte beweisen, dass sie nicht nur gut putzen konnte, sondern wollte sich auch als Teamleiterin empfehlen. In der ersten Woche fiel ihr noch nicht so viel auf. Bloß eine Sache stach ihr ins Auge: der Abfalleimer einer Fünfzehnjährigen. Das Mädchen hatte Kleidung weggeworfen. Emma hatte nicht vorgehabt, den Müll zu kontrollieren, doch sie bemerkte, dass die entsorgten Stücke noch mit Preisschildern versehen war. Also zog sie sie aus dem Eimer. Es handelte sich um zwei Hosen, drei Oberteile, einen Schal und einen Blazer. Auf einem brandneuen langärmeligen Stricktop der Marke Free People, das fünfundachtzig Dollar gekostet hatte, klebte ein ausgespuckter Kaugummi. Auch die anderen Kleidungsstücke waren von teuren Marken: Prada, BCBG, Christian Lacroix.

Sie breitete die Kleidung auf dem Bett aus.

»Was machst du da?«, fragte Makenna.

»Ich glaube, sie hat sich vertan«, erwiderte Emma. »Diese neuen, sehr teuren Sachen habe ich im Mülleimer gefunden. Da sind überall noch die Preisschilder dran.«

»Sie hat sich nicht vertan«, widersprach Makenna ihr. »Die sollen in den Abfall.«

»Aber …«

»Und bitte sag nichts zu Dellie wegen der Klamotten im Müll. Sie hat drei Töchter und keinen Mann, der Unterhalt zahlt. So was zu sehen tut ihr echt weh.«

Emma runzelte die Stirn. »Wieso?«

»Weil ihr Ex ein Arschloch ist, deswegen.«

»Nein! Wieso sind diese Sachen im Müll?«

»Das hat was mit den Dingen zu tun, die wir nicht sehen, Emma. Die Eltern des Mädchens sind so gut wie nie zu Hause, die Assistentin ihrer Mutter kauft dem Kind Klamotten, doch Bethany will sie nicht. Sie hasst das und wirft sie aus Trotz weg. Trotzdem dürfen wir sie nicht mitnehmen. Denn damit könnten wir uns mächtig Ärger einhandeln.«

»Sollte ihre Mutter das nicht erfahren?«

»Kennst du ihre Mutter?« Makenna hob die Brauen.

»Natürlich nicht. Aber wenn ich …«

»Projizier nicht deine Welt auf ihre und zieh keine Schlüsse aus deinem eigenen Verhalten. Wenn wir es ihrer Mutter mitteilen, kriegen wir am Ende noch Probleme.«

»Wieso das?«

»Weil sie uns rauswerfen und durch einen anderen Reinigungsservice ersetzen wird. Denn wir haben zu genau hingeschaut und tun so, als wüssten wir mehr über ihre Familie als sie selbst. Glaub mir. Oder die liebe kleine Bethany wird, um keinen Ärger mit ihrer Mutter zu bekommen, behaupten, wir hätten die Kleidung gestohlen.«

»Aber ist ihrer Mutter das denn egal?«, fragte Emma.

»Ich weiß es nicht. Und du auch nicht.« Damit warf Makenna die Klamotten wieder in den Mülleimer und drückte ihn Emma in die Hand.

Emma tat also, was von ihr erwartet wurde, und leerte den Müll in die große Plastiktüte aus, die sie von Zimmer zu Zimmer mitnahm. Sie hatte gehofft, die Sachen dem Obdachlosenheim spenden zu können. »Wenn das meine Tochter wäre …«

»Dann bin ich mir sicher, dass du mit deiner Tochter Klamotten kaufen gehen würdest. Du würdest sie fragen, was sie mag und was sie nicht mag. Du wärst die perfekte Mutter. Glückwunsch.«

»Ich vermute, die Obdachlosen wüssten gerne, wo die besten Mülltonnen stehen«, murmelte sie, als Makenna sie nicht mehr hören konnte.

Emma sagte nichts mehr. Jetzt war ihr klar, wie man hart und zynisch werden konnte. Wenn schon der Schmutz, den die Kunden hinterließen, nicht dafür sorgte, dann ganz sicher ihr Privatleben, das sich in den Häusern offenbarte.

»Wir müssen unsichtbar bleiben«, erinnerte Makenna sie. »Wir können es uns nicht erlauben, uns in irgendeiner Weise mit den Kunden einzulassen. Das ist nicht gut fürs Geschäft.«

Emma wunderte sich, dass kein Mitglied ihres Haushaltsteams in Manhattan etwas über sie verfasst hatte. Waren sie und Richard etwa klüger gewesen und hatten verbergen können, wie obszön ihr Privatleben gewesen war? Im Rückblick hatte sie sich immer für eine gute »Dame des Hauses« gehalten. Doch ehrlich gesagt wusste sie nicht mal mehr die Namen all ihrer Angestellten. Namentlich kannte sie nur ihre Haushälterin, den Fahrer, den Koch und ihre Assistentin. Aber das Reinigungspersonal änderte sich regelmäßig, der Blumenlieferant ohnehin, und in fünf Jahren hatte sie sieben Personen verschlissen, die für sie die Einkäufe erledigt hatten.

Auch sie waren offensichtlich unsichtbar geblieben.

Am Ende ihrer zweiten Arbeitswoche war Emma mit Makenna am Freitagnachmittag auf dem Weg zurück ins Büro, um ihr Auto zu holen.

»Dies ist dein Dienstplan für nächste Woche«, sagte Makenna. »Du triffst dich hier mit dem Team, und ihr fahrt wie immer mit dem Van. Noch was: Riley hat mich gebeten, dir mitzuteilen, dass sie dich heute gerne sprechen würde, wenn du Zeit hast.«

Sie war die Chefin. Natürlich hatte Emma Zeit.

Als sie in der zweiten Etage ankam, hatte Jeanette bereits Feierabend gemacht und war gegangen. Die Tür zu Rileys Büro stand offen. Emma hörte Lachen von drinnen und klopfte zögerlich.

»Komm rein!«, rief Riley. »Für einen Freitagabend siehst du ja noch ziemlich gut aus.«

»Wirklich?«

»Ja.« Riley lachte. »Emma, das ist Brazil Johnson, meine Buchhalterin und Finanzchefin. Wir kennen uns seit ewigen Zeiten. Brazil, das ist Emma Shay. Wir kennen uns sogar noch länger – seit der vierten Klasse.«

Brazil war eine große, schlaksige Afroamerikanerin. Sie trug Jeans, eine Bluse und einen Turban. Sie stand auf und gab Emma die Hand. »Emma«, begrüßte sie sie. »Gefällt mir. Emma. Ist das eine Abkürzung für irgendwas?«

Emma schüttelte den Kopf. »Nein, und ich wurde auch nach niemandem benannt.«

»Ich habe früher mit Brazil Häuser geputzt«, berichtete Riley. »Wir beide waren im Grunde das Original-Team.«

»Freut mich, dich kennenzulernen«, meinte Emma.

»Setz dich zu uns«, lud Riley sie ein. »Brazil ist leider nicht oft im Büro, deswegen genieße ich es, mir ihre Geschichten anzuhören, wenn sie mal hereinschaut.«

»Meine Mutter ist mittlerweile bettlägerig«, erklärte Brazil. »Deswegen arbeite ich so oft, wie ich kann, von zu Hause aus. An den meisten Tagen treibt sie mich in den Wahnsinn. Aber das ist keine schlechte Übung. Es erinnert mich daran, wie ich mal sein werde. Und das will ich meiner Tochter ersparen.« Sie schüttelte den Kopf. »Denise würde sich nicht mal ein Zehntel dessen bieten lassen, was ich mir von Mama anhöre!«

»Denise ist übrigens Rechtsanwältin«, schaltete Riley sich ein. »Und ebenfalls alleinerziehend. Wie so viele von uns.«

»Hast du auch Kinder?«, fragte Brazil.

»Nein«, antwortete Emma und schüttelte den Kopf. »Ich bin allein.«

»Unsere liebe alte Freundin Riley hat ein Unternehmen gegründet, das alleinerziehenden Elternteilen die Möglichkeit bietet, zu guten Bedingungen und für einen anständigen Lohn zu arbeiten. Dafür sollte sie echt einen Preis bekommen.«

»Ich hatte eher an ein Denkmal gedacht.« Riley lachte. »Und, Emma? Was macht die Arbeit? Gab es irgendwelche Probleme oder neue Erkenntnisse?«

Emma war etwas unsicher, kaute kurz auf ihrer Unterlippe herum. »Die Arbeit ist gut. Aber gibt es hier vielleicht so was wie einen Vorschlagbriefkasten?«

Riley schaute sie fragend an. »Du hast jetzt schon einen Verbesserungsvorschlag zu machen?«

»Es ist bloß so ein Gedanke.« Emma wurde mit einem Mal

unruhig. »Ich verstehe ja, wieso es keine gute Idee ist, abgelegte Kleidung von den Kunden anzunehmen …«

»Das kann nur in einer Katastrophe enden«, unterbrach Riley sie.

»Allerdings frage ich mich eins: Wenn der Spender sozusagen eine Quittung ausstellen würde, dass er die Kleidung abgegeben hat, dann gäbe es doch keine Missverständnisse.«

»Ich glaube nicht, dass wir unseren Kunden den Eindruck vermitteln sollten, dass wir bedürftig sind.«

»Das verstehe ich. Aber die Kunden müssen ja nicht erfahren, an wen die gespendete Kleidung geht. Wir könnten den Kunden eine Mitteilung schicken, in der sie sich für eine soziale Einrichtung entscheiden können, an die sie ihre Kleidung spenden wollen. Vom Obdachlosenheim bis hin zur Initiative ›Dress for Success‹, die Frauen mit der passenden Kleidung für Vorstellungsgespräche ausstattet.«

»Die Klamotten dieser gestörten Fünfzehnjährigen sind im Mülleimer gelandet, weil sie damit ein Statement setzen will, Emma. Sie wären nie auf einer Spendenliste gelandet.«

»Davon weißt du?«, fragte Emma.

»Es gibt wenig, wovon ich nichts weiß«, erwiderte Riley. »Es tut mir leid, Emma. Aber das ist leider keine gute Idee.«

»Was würdest du denken, wenn jemand zu dir käme und sagen würde: ›Möchten Sie diese Kleidungsstücke vielleicht spenden?‹«, meinte Brazil zu Emma. »Du würdest denken: ›Was wühlt diese Putzfrau in meinem Müll herum?‹ Das würdest du denken – und nichts anderes.«

»Unsere Kunden möchten gerne glauben, dass ihre Putzfrauen keine Almosen brauchen. Sie möchten glauben, dass wir ihre ausrangierten Kleider nicht sehen, so etwas gar nicht wahrnehmen.«

»Aber man gerät schon in Versuchung, nicht wahr?«, wollte Brazil wissen.

»In der Tat«, antwortete Emma.

»Versuch bitte, nicht hinzuschauen, Emma«, schlug Riley vor. »Sonst noch Vorschläge?«

Sie schüttelte den Kopf.

»Es freut mich, dass die Arbeit gut läuft. Makenna hat mir erzählt, dass du deine Sache sehr gut machst.«

»Danke«, sagte Emma. »Aber das Team auch. Die Mädels sind echt gut. Also, die Frauen.«

»Also, das war es dann schon von meiner Seite«, erklärte Riley. »Ich wollte nur kurz dein Feedback hören. Hier ist dein Scheck.« Sie reichte Emma einen Umschlag. »Ab jetzt wird Brazil deinen Lohn auf dein Konto überweisen, und von Nick bekommst du deine Abrechnung inklusive der steuerlichen Abzüge. Willkommen an Bord!«

»Danke«, erwiderte Emma. Und ging.

Emma stand in dieser Woche jeden Tag ohne Ausnahme mit Adam in Kontakt. An den wenigen Abenden, die sie nicht zusammen verbrachten, telefonierten sie. Heute Abend war Emma bei Adam zum Dinner eingeladen. Wenn sie dort war – was bisher nur zweimal der Fall gewesen war –, fuhr sie ihr Auto in die Garage, damit Riley es nicht sehen konnte, falls sie vorbeifuhr. Als sie reinkam, war Adam in der Küche und schnippelte. In einer Pfanne schwitzte er gerade Knoblauch an.

»Riecht jetzt schon lecker!«

»Ich muss dir was mitteilen«, meinte er. »Meine Mutter hat mich nach deiner Telefonnummer gefragt. Sie möchte dich mal anrufen. Ich hab sie ihr gegeben. Hoffentlich bist du damit einverstanden?«

»Wird sie es Riley verraten?«, wollte Emma wissen.

»Du kannst sie ja darum bitten, es nicht zu tun. Ich denke übrigens nicht, dass es ein so großes Problem für Riley sein wird, wie du es dir vorstellst, wenn sie das mit uns herausfindet.«

»Es wird ein Problem für sie sein, glaub mir.«

»Ich hoffe, du irrst dich. Wir machen jedenfalls, was wir wollen. Meine Mutter möchte dich auch sehen. Sie weiß ja, dass Riley deine Nummer hat, doch sie hat extra mich gefragt.«

»Keine Ahnung, was deine Schwester mehr auf die Palme bringen wird: dass wir zusammen sind oder dass wir es vor ihr geheim halten.«

Jedes Mal, wenn ihr Telefon klingelte, fuhr Emma zusammen. Und bevor sie abnahm, checkte sie immer erst die Nummer. Am Mittwoch während der Arbeit vibrierte ihr Handy in der Hosentasche. Aber sie wagte nicht, ranzugehen, obwohl die Kunden nicht im Haus waren. Erst als sie zum nächsten Objekt fuhren, hörte sie die hinterlassene Nachricht ab.

»Emma, hier ist June Kerrigan. Adam hat mir deine Nummer gegeben. Ich würde mich freuen, dich mal zum Essen einzuladen – nur wir zwei, ganz in Ruhe, ohne dass uns jemand zuhört. So könnten wir uns gegenseitig auf den neuesten Stand bringen. Maddie hat am Freitagabend ein paar Freundinnen zum Übernachten da, deshalb wird ihre Mutter zu Hause bleiben. Wieso ich nicht auf sie aufpassen soll, weiß ich nicht, aber ich werde auf jeden Fall mein Haus für mich haben. Möchtest du also am Freitag vorbeischauen? Gegen achtzehn Uhr? Als du noch jünger warst, mochtest du immer meine gebratenen Spaghetti. Das war dein Lieblingsessen, und du warst immer todtraurig, wenn wir es ohne dich gegessen haben. Wenn ich gebratene Spaghetti mache, kommst du dann? Ich musste so lange auf dich verzichten!«

Auf einmal hatte Emma Tränen in den Augen. Sie schniefte so laut, dass Shawna sich zu ihr umdrehte und fragte: »Geht es dir gut?«

»Ja, tut mir leid«, antwortete Emma. »Ich habe nur gerade eine wunderbare Nachricht von einer alten Freundin bekommen …«

»Hast du Geburtstag oder so?«, erkundigte Shawna sich.

»Nein.« Emma lachte. »Aber sie will mir mein Lieblingsessen kochen – das ich als kleines Mädchen immer so gern gegessen habe. Gebratene Spaghetti mit Pesto, schwarzen Oliven und Peperoniwurst.«

Die Frauen raunten sehnsüchtig.

Am Freitag fuhr Emma gleich nach der Arbeit zum Blumenladen. Sie hatte Lyle bereits telefonisch angekündigt, dass sie einen weihnachtlichen Tischschmuck für eine ganz besondere Person bräuchte. Als sie im Laden eintraf, waren beide Männer da. Weil die Feiertage bevorstanden, hatten sie die Öffnungszeiten verlängert. Lyle hatte es noch nicht geschafft, ihr etwas zurechtzumachen.

»Wer bekommt denn mein Meisterstück?«, erkundigte er sich.

»Du musst mir versprechen, es niemandem zu verraten«, beschwor sie ihn. »June hat mich angerufen und mich zum Essen eingeladen. Nur wir zwei. Adam hat ihr meine Nummer gegeben.«

»Adam?«, fragten Ethan und Lyle wie aus einem Mund.

»Ja, Adam. Auch das müsst ihr für euch behalten. Erst war es bloß Freundschaft. Er war sehr hilfsbereit und nett zu mir. Er hat mich auf einen Wein eingeladen und mir seine Nummer gegeben für den Fall, dass ich mal Hilfe brauche. Dann waren wir gemeinsam in einem kleinen Bistro, und ...«

Die beiden beugten sich zu ihr vor. »Und?«

»Es wurde ... äh ... romantisch.«

»O mein Gott! Sie schläft mit Adam, der Liebe meines Lebens!«, stieß Ethan schmachtend hervor.

»Reiß dich zusammen«, sagte Lyle. »Der Typ ist die totale Hete!«

»Stimmt«, pflichtete Emma ihm bei. »Könnten wir wieder zur Sache kommen? Ich treffe mich heute Abend mit June, und dafür brauche ich Blumenschmuck. Und zwar einen tollen! Einen, der ausdrückt: ›Ich bin dir sehr dankbar für alles – dass du mich akzeptierst, ohne nach Richards Verbrechen zu fragen, dass du mich vermisst hast, dass du mich wieder willkommen heißt, dass du mich immer noch lieb hast.‹«

»Ich habe mich gleich in Adam verliebt, als ich ihn das erste Mal gesehen habe«, meinte Ethan.

Sie warf Lyle einen fragenden Blick zu. »Hab ich was verpasst? Hat er so eine Art Freibrief für Adam bekommen?«

»Alles vollkommen bedeutungslos«, erklärte Lyle. »Adam hat keinerlei Interesse an Ethan. Komm mit ins Spielzimmer, Emmie. Dann kannst du zusehen, wie meine Kreation entsteht.«

»Sehr gerne.«

»Und wieso verraten wir das mit Adam und June nicht?«, wollte Lyle wissen.

»Weil Riley meine Chefin ist. Und bis sie mich selbst wieder in ihre Familie einlädt, halte ich mich lieber zurück. Auf der Arbeit hält sie mich auf Distanz. Vielleicht wird es eines Tages wieder so weit kommen, doch sicher nicht so bald. Aber June habe ich wirklich sehr vermisst.«

»Verständlich. Nimm dir Zeit für sie. Und jetzt erzähl mir alles über deinen neuen Job.«

»Hab ich doch schon«, erwiderte sie und setzte sich auf einen Hocker.

»Nicht so richtig«, beschwerte Lyle sich. Er suchte das Werkzeug zusammen, das er brauchte: Gartenschere, Klebeband, Schere, Styropor, Draht. »Du hast nur gestöhnt und gejammert, wie erschöpft du bist. Details habe ich bisher allerdings keine zu hören bekommen.«

»Wir sollen ja auch keine Details weitererzählen. Wie man mir beigebracht hat, erwartet der Kunde die Wahrung seiner Privatsphäre.«

»Du musst ja keine Namen nennen, Emmie! Aber du darfst gegenüber Menschen deines Vertrauens ruhig ein bisschen was erwähnen. Mir gegenüber zum Beispiel.« Er grinste. Dann ging er in den Kühlraum und holte Farn, Gipskraut und anderes Dekogrün. »Wie ist es denn grundsätzlich?«

»Die schwierigste Arbeit, die ich je gemacht habe. Und wie du weißt, habe ich bei der Weihnachtsausstattung eines sechstausendfünfhundert Quadratmeter großen Kaufhauses mitgeholfen. Da habe ich sechzehn Stunden am Tag Zeug geschleppt und bin Leitern rauf- und runtergeklettert. Okay, damals war ich noch jünger. Aber das jetzt ist echt ein Knochenjob. Wenn man allerdings als Reinigungskraft für Riley arbeitet, verdient man deutlich mehr als sonst in diesem Job. Weil das natürlich an die Kunden weitergegeben wird, kündigen immer wieder einige ihre Verträge und suchen sich günstigere Anbieter. Doch weil Riley und ihre beiden Bulldogen Makenna und Nick echt hohe Ansprüche haben, was die Qualität der Arbeit angeht, kommen diese Kunden oft reumütig zurück und zahlen gerne wieder mehr für die bessere Arbeit. Und wir machen unseren Job auch echt gut«, sagte sie kopfschüttelnd. »Verdammt gut. Und wir sind schnell.«

Sie fügte hinzu: »Weißt du, ich finde es echt schockierend, dass es so viele Jobs gibt, die besser bezahlt werden, aber nicht halb so viel positiven Einfluss auf die Lebensqualität einer Familie haben. Übrigens bekommt man ziemlich bald ein Gefühl dafür, was in den einzelnen Familien so abgeht. Wo die Kids wohnen, die alles haben, was man sich nur wünschen kann – und andere, bei denen es nicht mal Gesellschaftsspiele gibt. In manchen Häusern kommt die Besitzerin, guckt uns zu, inspiziert alles und sagt dann: ›Mein Mann hätte das lieber soundso.‹ In manchen Häusern war ich schon viermal und habe dagegen noch nie einen der Besitzer gesehen. Und man sieht immer, wo die Leute am meisten Zeit verbringen: im Lieblingssessel, am Schreibtisch im Arbeitszimmer, im Badezimmer … Wir haben zum Beispiel eine Kundin, die immer auf der Couch liegt und fernsieht, bis wir ins Wohnzimmer kommen. Dann verzieht sie sich ins Schlafzimmer. Sie isst den ganzen Tag und trägt nie etwas anderes als so eine seltsame Mischung aus Schlafanzug und Hausanzug. In manchen Kinderzimmern stehen Preise in den Regalen, und Wimpel und Gruppenfotos hängen an den Wänden. In anderen gibt es kein einziges Anzeichen für irgendwelche Freundschaften oder soziale Aktivitäten. Vor allem die Kinderzimmer finde ich oft sehr, sehr traurig.«

»Was macht ein Zimmer traurig?«, erkundigte Lyle sich, während er einen Bogen Papier vor sich ausbreitete und das Gipskraut darauflegte. Sie hörte die Kugel in der Spraydosenflasche hüpfen, als Lyle sie schüttelte und mit flinker, geschickter Hand das Gipskraut rot einsprühte.

»Super, was du da gerade machst«, sagte sie.

»Weihnachtsfarben. Also sag, was ist ein trauriges Zimmer?«

»Eins dieser Teenager-Zimmer ist so leer, dass es mir einfach wehtut. Wie ein Geisterzimmer, in dem aber jemand wohnt. Dafür gibt es Spuren: Müll im Abfalleimer, verknitterte Bettlaken, Wäsche im Wäschekorb, benutzte Handtücher im Bad. Als ich die Schreibunterlagen auf dem Schreibtisch verschoben habe, um dort sauber zu machen, war da etwas ins Holz eingeritzt. Wahrscheinlich hat die Mutter des Mädchens keine Ahnung, was da steht, denn sie arbeitet lange und kümmert sich nicht um ihre Tochter. Da steht: ›Ich vermisse sie jeden Tag.‹ Vermutlich hat das Mädchen das eingeritzt. Ich meine, die Leute sind echt reich. Sie hätten bestimmt keinen beschädigten Schreibtisch gekauft.«

»Wow.« Lyle hielt kurz in seiner Arbeit inne. »Was meinst du, wen sie damit meint?«

»Keine Ahnung«, antwortete Emma. »Vielleicht eine Schwester? Ich habe allerdings nirgendwo Fotos von anderen Kindern gesehen. Vielleicht eine Freundin? Die Oma? Ich habe keinen Schimmer. Und weißt du was, Lyle? Mir war das gar nicht so bewusst, als ich mein eigenes Putzpersonal hatte, aber jetzt ist es mir sehr bewusst: Wir guten Geister müssen unsichtbar sein. Ich habe mich selbst immer für sehr ordentlich gehalten. Aber jetzt frage ich mich: Habe ich die Räumlichkeiten für die Reinigungsleute vorbereitet? Habe ich den Badezimmerspiegel abgewischt? Das Waschbecken sauber gemacht? Die Toilettenspülung betätigt? Denn ich sehe, dass manche Leute das nicht tun.«

»Iiiih!«, rief er. »Ich kann mit Sicherheit von mir sagen, dass ich auf solche Dinge achte.«

»Ich glaube, ich habe auch immer darauf geachtet. Hoffentlich. Doch was wirklich übel ist: Ich kenne nicht mal die Namen der Frauen, die bei uns sauber gemacht haben. Okay, es waren auch immer verschiedene. Trotzdem …«

»Meine Güte, du scheinst in dem Job ja eine Menge über dich selbst zu lernen! Und über andere Menschen.«

»Es macht irgendwie demütig«, gestand sie.

»Kommst du dir jetzt klein vor wegen dem, was du bist? Oder wegen dem, was du warst?«

»Beides«, sagte sie.

Emma war nervös. Aufgeregt und nervös. Mit ihrem opulenten Blumenschmuck marschierte sie zu Junes Haustür und klopfte. Sofort wurde ihr geöffnet. Und da stand June und sah kaum einen Tag älter aus.

»Emma! Endlich! Wie schön!« June nahm sie herzlich in den Arm.

Emma versuchte, den Blumenschmuck mit einer Hand festzuhalten und mit der anderen die Umarmung zu erwidern.

»Ich hab dich so vermisst«, sagte June. »Ich habe wirklich viel an dich gedacht, für dich gebetet und immer gehofft, du würdest eines Tages zu uns zurückkommen. Es ist zu viel Zeit vergangen.«

Emma machte die Augen zu, um nicht loszuheulen. Junes

Haut auf ihrer Wange fühlte sich so weich an, wie sie sie in Erinnerung hatte. Sie duftete sanft nach Ivory-Seife – ein ehrlicher, reiner Geruch, einprägsam. Und sie roch nach sauberen Laken. June hatte irgendwie immer Kopfkissenbezüge gebügelt, und dann hatte stets der Geruch von warmer Wäsche das Zimmer erfüllt. Emma fand diesen Geruch sehr tröstlich. Dies war dieselbe Frau wie früher, die sie nun fest an sich drückte, ohne ihr die Luft zu nehmen. June wusste eben, wie man jemanden angemessen in die Arme schloss.

»June«, flüsterte Emma.

June lockerte ihre Umarmung etwas und sah sie an. »Du hast dich wacker gehalten«, meinte sie und wischte Emma eine Träne ab. »Sollen wir hier in der Tür stehen bleiben und weinen, oder willst du lieber reinkommen?«

»Ich war so aufgeregt und so nervös«, räumte Emma ein.

»Schluss damit.« June lachte. »Wir wussten doch gleich am ersten Tag unseres Kennenlernens, dass wir Freundinnen sein würden. Enge Freundinnen.«

»Hier, für dich«, sagte Emma.

»Der gute Lyle hat es nicht verlernt! Im Gegenteil, er wird immer besser. Vielen Dank, das ist sehr schön. Und jetzt komm rein.«

Emma hörte ein seltsames Winseln und entdeckte schließlich einen überaus merkwürdig aussehenden Hund.

»Das ist Beatrice«, erklärte June. »Sie ist für eine Weile bei mir untergekommen, bis sie sich von ihrem letzten Besitzer erholt hat, der sie vermutlich stark misshandelt hat. Ich nehme vorübergehend solche geretteten Tiere für das örtliche Tierheim auf. Beatrice war mal ein sehr schöner Hund und wird es auch bald wieder sein. Mit ein bisschen Liebe und Aufmerksamkeit kriegen wir sie hin.«

»Sie ist irgendwie auch süß.« Emma streckte die Hand nach ihr aus.

Aber Beatrice scheute zurück und lief rasch zu ihrem Hundebett in der Küche.

»Sie braucht eine Weile, um sich an neue Gesichter und Gerüche zu gewöhnen«, berichtete June. Dann brachte sie die Blumendekoration in die Küche, wo sie bereits den Tisch mit Tellern, Weingläsern und Kerzen gedeckt hatte. Sie stellte die Blumen in die Mitte.

»Apropos neue Gerüche«, meinte Emma. »Ich habe schon lange keine gebratenen Spaghetti mehr gegessen. Zum letzten Mal bei dir, würde ich sagen.«

»Sie sind bereits fertig und warm gestellt. Aber jetzt machen wir erst mal die Kerzen an und trinken ein Glas Wein zusammen und unterhalten uns. Hast du schon ein bisschen Hunger? Ich hab uns Krabbenbrötchen gemacht, als kleinen Snack vorher.« June holte die Brötchen und den Wein, zündete die Kerzen an und setzte sich neben Emma. Sie erhob das Glas. »Auf deine Rückkehr, mein Schatz!«

Daraufhin brach Emma in Tränen aus.

Es brauchte eine Weile und mehrere Papiertaschentücher, bis sie sich wieder gefangen hatte. June war immer wie eine Mutter für sie gewesen, und ob sie es sich eingestanden hatte oder nicht: Emma hatte Angst gehabt, sie vielleicht nie wiederzusehen.

Emma schniefte. »Es könnte sein, dass Riley mit unserer kleinen privaten Wiedersehensfeier nicht einverstanden ist.«

»Riley ist eben ein Sturkopf. Aber das ist schon in Ordnung. Ihr Stolz und ihr Eigensinn haben sie durch harte Zeiten gebracht. Sie ist ein guter Mensch. Und weil sie logisch denken kann, wird sie es auch irgendwann verstehen. Abgesehen davon habe ich ihr nichts von diesem Abend erzählt – allerdings nicht, weil ich Geheimnisse vor ihr habe. Sondern weil sie sonst am Ende hätte dabei sein wollen. Und wir zwei brauchen die Zeit für uns. Ich möchte nämlich, dass du mir alles erzählst.«

»O June, du willst nicht wirklich …«

»Doch, will ich. Wir hatten immer unsere wichtigen Gespräche, selbst über schwierige Dinge. Und jetzt sag mir, Emma: Hast du Richard geliebt?«

»Ja, das hab ich«, antwortete sie flüsternd. »Ich hielt mich für das glücklichste Mädchen der Welt. Ach was, im ganzen Universum! Richard war so gebildet und so klug. Er behandelte mich, als wäre ich ein kostbares Geschenk. Ich habe ihn geliebt. Ich hätte ihm nie zugetraut, was er getan hat: Menschen zu verletzen, etwas so Schreckliches zu tun.« Sie schüttelte den Kopf. »Manchmal, wenn ich egoistisch oder zu anspruchsvoll war oder mich beschwert habe, hat er die Stirn gerunzelt und gesagt: ›Emma, dieses kindische Verhalten passt so überhaupt nicht zu dir. Weißt du nicht, welche Macht du besitzt? Wie viele Leute dich beobachten?‹ Wenn ich ihn um etwas bat, sagte er immer nur: ›Natürlich, gerne.‹ Ich fand ihn nett. Ein paarmal habe ich ihn zwar auch Dinge sagen hören, die sehr hart und gemein klangen, und wenn ich ihn danach gefragt habe, entschuldigte er sich dafür, dass ich es mitbekommen hatte. Doch manchmal musste er in seinem Geschäft eben hart sein und standhaft bleiben.«

»Was waren das für Dinge, Emma?«

»Einmal am Telefon hat er gesagt: ›Der alte Mistkerl weiß doch sowieso nicht, wohin mit seinem Geld. Er wird nie merken, dass es fehlt. Setz ihn noch ein bisschen weiter unter Druck. Und wenn nötig, rufe ich ihn persönlich an.‹ Als ich wissen wollte, was es damit auf sich hatte, meinte er, einer seiner Kunden würde seine Investmentstrategie anzweifeln. Dabei hätte er in sechs Monaten mehr Geld reingebracht als dessen letzter Broker in sechs Jahren. Und natürlich bedauerte er es, dass ich ein schlechtes Bild von ihm bekommen haben könnte. June, er war so ausgesprochen lieb. Jeder hat Richard gemocht.«

»Du hast also nicht gewusst, was los war«, stellte June fest.

»Doch«, widersprach sie flüsternd. »Ich wollte es bloß nicht wahrhaben. Richard hatte diese PR-Frau, Andrea. Sie hat schon mit ihm zusammengearbeitet, bevor wir geheiratet haben. Aber wenn er damals schon eine Beziehung mit ihr hatte, wieso hat er dann mich geheiratet? Die beiden waren sehr oft zusammen unterwegs. Manchmal reiste sie mit uns, manchmal mit ihm allein. Geschäftsreisen. Mir ist allerdings nicht entgangen, wie die beiden sich immer angesehen haben. Das waren rücksichtslose, brennende Blicke. Einmal habe ich meinen Mann gefragt, ob er was mit Andrea hätte. Und natürlich tat er das, was er am besten konnte: Er beruhigte mich, versicherte mir seine Liebe, sagte, das wäre doch absurd. Später, viel später, erfuhr ich, dass Andrea die ganze Zeit seine Geliebte gewesen war. Sie war es auch, die ihm geraten hatte, aus Imagegründen zu heiraten. Ob er mich wohl nur geheiratet hat, weil ich zu dumm war, zu erkennen, was sich direkt vor meinen Augen abspielte?«

»O nein«, tröstete June sie. »Er war einfach gut darin, Leute zu betrügen.«

»Aber ich habe zugelassen, dass er auch mich betrogen hat!«

»Und wie ist schließlich alles rausgekommen?«

»Es war krass. Ein paar gute Kunden erzielten nicht den gewünschten Gewinn und zogen sich von den Geschäften zurück. Man fand Fehler in den Kontoauszügen. Weißt du, diese reichen Leute haben ständig Wirtschaftsprüfer um sich herum, die alles doppelt und dreifach checken – und Richard hatte offensichtlich ein paar Fehler gemacht. Oder besser gesagt: Man stellte Unregelmäßigkeiten fest. Dann kam die Bankenkrise, und die Leute zogen ihr Geld aus den Kapitalgesellschaften ab. Niemand wollte da der Letzte sein. Richards Fonds waren nicht abgesichert, es gab keine Garantien. Und überall verloren die Leute ihr Geld, nur nicht bei Richard. An der Börse crashten sämtliche Investments, nur die von Richard nicht.

Also fing ein Journalist von der *Washington Post* an, nachzuforschen, und ein paar wütende und paranoide Investoren beschwerten sich bei der US-Börsenaufsicht. Daraufhin wurde eine offizielle Untersuchung eingeleitet …« Sie zuckte hilflos mit den Achseln. »Und auf einmal lernte ich einen ganz neuen Richard kennen.«

»Das muss schrecklich gewesen sein.«

»Das war es«, erwiderte Emma. »Und jetzt wirst du sicher wissen wollen, wieso ich trotzdem bei ihm geblieben bin, wieso ich mir den Prozess angetan habe. Ich sage es dir: Es war die einzige Möglichkeit für mich, die Wahrheit herauszufinden. Richard hat nämlich nicht mit mir geredet. Ich hatte gewisse Vermutungen, las die Zeitungsartikel und Finanzzeitschriften, informierte mich aus den Nachrichten – und überall wurde meine Person völlig falsch dargestellt. Wie konnte es also stimmen, was sie über ihn berichteten? Im Prozess wurden dann jedoch die Beweise vorgelegt. Ich wollte endlich wissen, wer er war und was er getan hatte. Natürlich wäre es besser gewesen, wenn ich ihn gleich verlassen hätte. Aber ich wollte es einfach erfahren.«

June richtete sich auf. »So hätte ich es vermutlich auch gemacht.«

»Wirklich?«

»Absolut. Ignoranz hilft nicht, jedenfalls nicht langfristig. Ich hätte das alles auch wissen wollen.«

»Er hielt sich für Gott, June«, flüsterte sie. »Er dachte, er könne mit jedem alles machen, er sei der wichtigste Mensch der Welt. Er benutzte Menschen, belog sie, lachte sie aus.«

»Und wie war es, so reich zu sein?«, wollte June wissen.

»Es isoliert dich«, erwiderte Emma. »Die meiste Zeit habe ich mich wie eine Besucherin in meinem eigenen Leben gefühlt. Und dann fiel mir ein, wieso das so war. Ich spielte ja eine spezielle Rolle: die von Richard Comptons Ehefrau. Ich habe immer überlegt, wie viele andere wohl auch so tun, als wären sie jemand. So viel Geld sollte doch eigentlich Sicherheit oder Geborgenheit bedeuten. Aber das stimmt nicht. Alle unsere Freunde in New York waren reich, und sie machten sich die ganze Zeit damit verrückt, dass sie es waren, die von allen am meisten ausgaben oder am meisten sparten. Es ging bloß darum, der Beste zu sein. Diese Leute vertrauen niemandem. Du kennst doch den alten Spruch: Wer die meisten Spielsachen angehäuft hat, wenn er stirbt, hat gewonnen. Auf viele dieser Menschen trifft das zu.«

»Aber du warst zumindest eine Zeit lang glücklich, oder? Bist du dir nicht wie eine Prinzessin vorgekommen?«

»Wenn ich zurückblicke, hielt dieses Gefühl nicht lange an. Wir waren gerade mal zwei Tage in den Flitterwochen, als Richard einen Anruf erhielt. Er musste dringend nach Dubai – ohne mich, denn es ging ja ums Geschäft. Er arbeitete immer ewig lange, musste zu Geschäftsessen, auf Geschäftsreisen. Wenn er mal einen Abend mit mir zu Hause verbrachte, war ich wie ein kleines Mädchen, das glücklich war, wenn sein Vater nach der Arbeit nach Hause kam. Richard nahm seine Angestellten mit in unseren Urlaub. Er ruhte sich nie aus. Ich kannte diesen Mann überhaupt nicht. Als er schließlich verurteilt wurde, habe ich mich gefragt, wie ich mich so leicht hatte blenden lassen können. Und wie es mir gelungen war, so lange die Augen vor der Wahrheit zu verschließen. Das will mir einfach nicht in den Kopf. Wie soll ich mir selbst jemals wieder vertrauen können?«

13. Kapitel

Emma und June redeten stundenlang, beim Abendessen und beim Kaffee hinterher. Emma fühlte sich an die Zeiten erinnert, als sie noch ein Mädchen gewesen war und Liebeskummer oder andere Probleme gehabt hatte. Dann hatte sie mit Riley auf Junes Bett gesessen und darüber gesprochen. Als damals ihr Vater gestorben war und ihre Stiefmutter und ihre Stiefschwestern sie nicht mal getröstet hatten, war June für sie da gewesen. Noch schlimmer war es gekommen, als Rosemary wieder geheiratet hatte, kaum ein Jahr später, und auf einmal ein neuer Mann ins Haus eingezogen war, den sie nicht gekannt hatte. Ein fieser Typ, in dessen Anwesenheit Emma sich stets unwohl gefühlt hatte. Schon die Art, wie er sie angesehen hatte! Deswegen hatte sie die meiste Zeit bei Riley verbracht, und Rosemary war nicht sonderlich traurig darüber gewesen. June hatte immer Zeit für sie gehabt, egal, wie müde sie gewesen war. Selbst nach dem großen Streit zwischen Emma und Riley hatte June ihr einen wunderbaren Brief geschickt. Sie hatte geschrieben, dass sie hoffe, sie würden sich eines Tages wieder vertragen. Und selbst wenn nicht, würde June sie immer lieben wie eine Tochter. *Du bist die Tochter meines Herzens, Emma, und egal, was passiert: Ich werde immer für dich da sein. Wenn du mich brauchst, ruf mich an.*

Es war gegen zweiundzwanzig Uhr, als June sie schließlich rauswarf.

»Ich will noch nicht gehen«, sagte Emma. »Ich weiß nicht, wann wir noch mal die Gelegenheit dazu haben werden, so lange miteinander zu sprechen.«

»Es wird noch viele Gelegenheiten geben, Emma, das verspreche ich dir. Du kannst mich ja auch mal zu dir einladen.«

Als die kalte Nachtluft sie umfing, stellte Emma plötzlich fest, dass sie emotional erschöpft war. Ausgewrungen. Gut, dass Adams Haus nicht weit weg war. Und wie schön, dass er sie eingeladen hatte, die Nacht bei ihm zu verbringen. Sie hatte keine Tasche gepackt. Sie würde ihm einfach eins seiner T-Shirts klauen und sich neben ihn ins Bett kuscheln. Und dann für immer schlafen! Auf jeden Fall bis Sonntag.

»Emma?«

Sie fuhr zusammen, als sie eine Männerstimme vernahm. Instinktiv verschränkte sie die Arme vor der Brust.

»O Gott, entschuldige bitte! Ich wollte dich nicht erschrecken.«

»Was machst du denn hier?«, fragte sie und gab einen erstaunten Laut von sich, als auf einmal Jock vor ihr stand.

»Ich habe auf dich gewartet. Ich dachte, wir könnten kurz reden. Nur ein paar Minuten.«

»Worüber? Und wieso stehst du hier im Dunkeln rum? Woher wusstest du überhaupt, dass ich hier bin? Verfolgst du mich etwa?«

»Um Himmels willen, nein! Maddie hat mir erzählt, dass du heute Abend June besuchen würdest. Ich glaube, Maddie hat sogar dabei geholfen, den Abend zu planen.«

»Was? Wovon redest du?«

»Maddie und ihre Großmutter«, sagte Jock. »Vor denen musst du dich in Acht nehmen. Sie sind miteinander verschworen.« Er rieb sich die Hände und trat von einem Fuß auf den anderen. Offenbar war ihm kalt.

»Du hättest mich einfach anrufen können«, meinte sie.

»Maddie hat aber deine Nummer nicht. Und Adam oder Riley wollte ich nicht fragen.« Er lachte schnaubend. »Oh, das wäre interessant geworden. Dann hätten beide einen Grund mehr, auf mich sauer zu sein.«

Er blies sich in die Hände. »Könnten wir uns einen Moment ins Auto setzen? Ich verspreche dir, ich werde deine Zeit nicht lange in Anspruch nehmen.«

»Du hättest doch Lyle mitteilen können, dass du mit mir sprechen willst.«

»Der hätte dir die Nachricht garantiert nicht ausgerichtet. Und selbst wenn: Vielleicht hättest du es vorgezogen, nicht zu reagieren. Jetzt komm schon, Emma. Ich hab all meinen Mut aufgebracht, um dich anzusprechen. Und mir ist arschkalt!«

»Hast du etwa die ganze Zeit hier draußen gewartet?«

»Ich hatte nicht damit gerechnet, dass es so lange dauern würde. Und ich wollte dich auf keinen Fall verpassen. Hör zu, ich will mich einfach nur entschuldigen. Dir alles erklären und mich entschuldigen.«

Emma verlagerte ihr Gewicht. »Ich weiß nicht, ob das eine so tolle Idee ist, mitten in der Nacht mit dir ins Auto zu steigen, so ganz allein …«

Er lachte. »Im Ernst? Du glaubst, ich würde dir was tun? Wann habe ich jemals jemandem etwas zuleide getan, Emma? Meine Tochter hat mir gesagt, wo du heute Abend bist. Denkst du, ihr würde ich so was antun? Um Himmels willen!«

»Schon gut, schon gut. Aber beeil dich. Ich bin so müde, dass ich umfallen könnte.«

Am Ellbogen führte er sie zu seinem SUV. »Ich weiß, ich bin ein Versager, aber ich dachte damals, ich würde das Richtige tun«, begann er und schob sie in den Wagen. Dann ging er zur Fahrerseite und stieg ebenfalls ein. Er startete den Motor, drehte die Heizung auf und rieb sich wieder die Hände. »Es wird dich nicht überraschen, das zu hören, Emma: Ich habe dich betrogen.«

Emma konnte nicht anders, sie musste lachen. Und konnte nicht mehr damit aufhören. Schließlich legte sie die Hand auf ihren Mund.

»Eigentlich ist das nicht lustig«, entgegnete Jock.

»Kann sein, dass ich gerade ein bisschen emotional bin«, erklärte sie und wischte sich die Lachtränen von den Wangen. »Ich weiß, Jock. Du warst mir ein bisschen untreu. Deine Tochter ist inzwischen fünfzehn.«

»Ich hab damals alles versaut. Es tut mir leid, dass ich dich verletzt habe.«

»Und was ist mit Riley?«

»Das tut mir auch leid. Aber was ich mir am meisten vorwerfe, ist, dass ich kein echter Vater für Maddie gewesen bin. Ich meine, ich bin ein echter Vater, aber … Ich bin so verdammt stolz auf die Kleine. Sie hat sowohl von mir als auch von Riley das Beste abbekommen. Sie ist so schön und klug wie ihre Mutter, und sie ist lustig und sportlich. Sie wird die Welt aus den Angeln heben! Ich weiß zwar nicht, was sie später mal machen will, doch bestimmt wird sie Ärztin oder Wissenschaftlerin. Wenn ich richtig gehandelt hätte, wären wir heute eine Familie, aber ich war eben jung und dumm. Ich wusste selbst nicht, was ich da machte. Und ich wusste nicht, was ich empfand. Und selbst wenn es mir klar gewesen wäre: Ich hätte es nicht in Worten ausdrücken können. Geschweige denn in Taten.«

»Nein, Jock.« Emma schüttelte den Kopf. »Wir wären heute nicht zusammen. Es hat nicht lange gedauert, bis ich für mich zu diesem Schluss gekommen bin. Wir hatten uns auseinandergelebt. Wir waren zu jung, um eine Fernbeziehung durchzuhalten.«

»Nicht du und ich, Emma. Ich und Riley und Maddie! Und das ist meine Schuld, das verstehe ich. Ich habe damals nicht getan, was nötig war. Um ehrlich zu sein, hatte ich eine Scheißangst! Ich hatte einen Teilzeitjob im Fitnessstudio, mein Gott!

Ich habe benutzte Handtücher eingesammelt, Geräte abgewischt, den Leuten gezeigt, wie man die Gewichte einstellt, ihre Persos überprüft und konnte kostenlos trainieren. Und dann hab ich den Teilzeitjob im Elektroladen bekommen – im Versand. Ich war noch auf dem College und hab mich jeden Tag zum Affen gemacht. Als Riley meinte, dass wir es dir sagen müssten, war ich dem überhaupt nicht gewachsen. Ich konnte dir nicht gegenübertreten. Und ihrer Familie übrigens auch nicht. Du weißt ja, wie eng sie alle miteinander sind. Tja, Pech. Zu spät. Als ich schließlich zu Riley ging und ihr vorschlug, dass wir heiraten sollten, hat sie bloß geantwortet, ich solle mich zum Teufel scheren.« Er zuckte die Achseln. »Ich kann es ihr nicht verdenken. Und eine zweite Chance habe ich nie bekommen.«

Emma war verdattert. »Dir lag echt etwas an ihr?«

»Natürlich, was denkst du denn? Okay, erst habe ich Idiot gedacht, Riley und ich könnten Freunde mit gewissen Vorzügen sein, wenn du verstehst. Aber ich war ja auch erst achtzehn! Und wenn ich dir was über die Kerrigans sagen darf …« Er stieß einen Pfiff aus. »Die machen keine halben Sachen. Rileys Grandpa ging schnurstracks zu meinem Dad und drohte damit, mich einsperren zu lassen. Weswegen, weiß ich nicht, denn wir waren beide volljährig. Adam schlug mich k. o. und warnte mich, dass er mich umbringen würde, wenn ich seine Schwester nicht ein für alle Mal in Ruhe lasse. Und Riley … Riley hat mir vorgeworfen, dass ich ihr Leben ruiniert hätte, dass sie meinetwegen ihre beste Freundin verloren hätte und ich froh sein könnte, wenn ich mein Kind jemals *sehen* dürfte. Und du kamst nie zurück. Ich war vollkommen am Arsch. Ich konnte nicht gewinnen.«

Emma runzelte die Stirn. »Dir lag wirklich etwas an ihr.«

»Ich hab's nur einfach nicht kapiert, verstehst du? Ich geb's ja zu. Ich hab's nicht schnell genug gesagt.«

»Und Maddie hat dir verraten, wo ich heute Abend bin? Was weiß sie denn über die Sache?«

»Alles«, antwortete Jock. Er sah sehr aufgeräumt aus und voller Selbstvertrauen.

Emma musterte ihn. Eigentlich hatte er sich kaum verändert. Seine Haare waren immer noch etwas wirr, er hatte noch dasselbe markante Kinn, dieselben blauen Augen und dieselben dichten Augenbrauen. Und seine langen Wimpern. Für solche Wimpern würden manche Mädchen ihre Mutter verkaufen.

»Alles?«, hakte Emma nach.

»Ich bin sehr eng mit Maddie. Okay, natürlich ist sie mit allen eng. Sie hat diese spezielle Gabe. Sie sorgt dafür, dass die Menschen sich gut fühlen. Ich habe ihr schon vor langer Zeit reinen Wein eingeschenkt. Ich habe ihr erzählt, dass ihrer Mutter das alles peinlich ist und sie vermutlich auch immer noch sauer auf mich ist. Und ich habe ihr gesagt, dass alles meine Schuld war – denn so ist es ja auch. Allerdings finde ich, sie sollte wissen, dass ihre Mutter mir nie egal war. Im Gegenteil.«

»Jock, du warst doch angeblich nicht mal im Krankenhaus, als Maddie geboren wurde!«

»War ich wohl. Ich habe bloß gewartet, bis alle Kerrigans weg waren. Nicht nötig, dass in der Neugeborenenstation mein Blut durch die Gänge spritzt! Aber ich war da, und zwar sehr oft. Die Krankenschwestern wussten alle, dass Rileys Familie sauer auf mich war, deswegen durfte ich außerhalb der Besuchszeiten kommen. Ich habe mich zu Junes Haus geschlichen, wenn Adam und Riley nicht da waren. Ein Jahr hat es gedauert, bis ich Maddie endlich mit zu meinen Eltern nehmen durfte, um sie meiner Mom zu zeigen. Doch alles in allem war Riley sehr fair. Und June war super. Sie hat dem ganzen Gezanke irgendwann ein Ende gesetzt – und zwar für Maddie.«

»Na ja«, meinte Emma. »Allzu lange hast du ja nicht getrauert. Du hast doch dann eine andere geheiratet.«

»Ja, und damit habe ich einmal mehr bewiesen, wie unfassbar klug ich bin. Als Maddie etwa zehn Jahre alt war, dachte ich, Riley hätte bestimmt nichts mehr dagegen, wenn wir wieder zusammenkämen. Ich hatte alles genau durchdacht. Ich hatte ihr mit Maddie geholfen, passte manchmal auf sie auf, unterstützte Riley finanziell, so weit ich das konnte. Es war zwar nicht viel Geld, aber ich hatte ja auch keinen richtigen Job damals. Also überlegte ich mir alles sehr gut und trug es dann Riley vor: dass wir eine Familie sein könnten. Anscheinend habe ich es jedoch mal wieder falsch rübergebracht, Riley war jedenfalls stinksauer auf mich. Und zwar so richtig stinksauer. Alles, was sie sagte, war: ›Träum weiter, Jock.‹ Daher habe ich das Klügste getan, was ich mir vorstellen konnte, und habe eine Arbeitskollegin geheiratet. Sie hatte schon zwei Kinder und war verrückt nach mir. Und ich wollte endlich ein Zuhause haben. Nachdem Riley mich abgewiesen hatte und ich ein bisschen erwachsen geworden war, wurde mir klar, dass ich ein Familienmensch bin. Tja, wie sich herausstellte, war diese andere Frau nicht lange verrückt nach mir. Aber du kennst mich, Emma, ich bin ein echter Volltrottel. Ich dachte, daran würde Riley eins sehen: Da ist jemand, der mich will. Ich hatte gehofft, sie wäre eifersüchtig. Du kannst mir glauben, ich habe meine Lektion gründlich gelernt.«

»Meine Güte! Das musst du alles Riley sagen! Und zwar genau so! Du musst ihr klarmachen, dass du es zwar mit achtzehn versaut hast, aber dass du immer noch etwas für sie empfindest!«

»Nein, der Zug ist abgefahren«, erwiderte er. »Ich bin ohnehin nicht gut genug für sie. Weißt du, wie klug sie ist? Ich bin ja schon froh, dass wir uns nicht mehr streiten. Wir kommen inzwischen ganz gut klar. Und Maddie ist happy. Überhaupt, Maddie: Sie ist unglaublich. Wusstest du, dass sie sogar stolz auf mich ist? Auf mich?! Ich bin kein großer Angeber, doch ich spiele ganz gut Softball, und Maddie kommt immer zu meinen Spielen. Alle meine Freunde und ihre Familien kennen sie.« Er lachte. »Sogar Riley war mal mit bei einem Spiel. Sie ist danach zwar sofort abgehauen, aber immerhin, sie war da!«

»Du hast früher auch echt gut Football gespielt«, entgegnete Emma mit sanfter Stimme.

»Das war nur zum Spaß, nach der Schule«, meinte er. »Ich bin jetzt schon lange bei Mackie's Electronics, es läuft gut. Um ehrlich zu sein, läuft es besser als gut: Ich bin zum Manager des Ladens aufgestiegen. Ich habe ein Haus – samt Hypothek natürlich. Riley nimmt keine Unterhaltszahlungen mehr an. Sie hat gesagt, ich soll das Geld lieber für Maddies College beiseitelegen. Ganz bestimmt denkt sie, ich hätte nicht auf sie gehört, aber das hab ich. Obwohl Maddie ganz sicher ein Stipendium bekommen wird. Sie ist die Klügste an ihrer Schule. So wie ihre Mutter. Riley war auch Jahrgangsbeste.«

Emma lachte. »Ich weiß, ich war dabei.«

»Es tut mir so leid, Emma. Echt. Ich hätte dich nicht betrügen dürfen. Ich hätte mit dir Schluss machen sollen, als wir beide aufgehört haben zu telefonieren und ich immer mehr mit Riley abhing. Denn wenn ich diese eine Sache gemacht hätte …«

»Jock, das alles liegt lange hinter uns. Ich habe dir bereits vor ewigen Zeiten vergeben.«

»Und mit dir ist alles in Ordnung, Emma? Ich habe mitgekriegt, wie schwierig es für dich in letzter Zeit gewesen ist. Kann ich irgendwas für dich tun?«

»Nein. Ich habe einen Job und bin in meine Heimatstadt zurückgekehrt. Zum Glück hab ich noch ein paar Freunde hier.«

»Vielleicht möchtest du mich wieder dazuzählen«, schlug er vorsichtig vor. »Ohne Hintergedanken.« Er hob die Hände. »Und wie gesagt, falls du etwas brauchst …«

»Das ist sehr lieb von dir, danke. Doch jetzt muss ich wirklich gehen. Ich habe den ganzen Tag gearbeitet, danach noch die Gespräche mit June und dir … Übrigens weiß Riley nichts von meinem Abendessen mit June.«

»Weiß ich doch. Maddie hat gesagt, dass wir zwar keine Geheimnisse haben, aber dass wir eben auch nicht darüber sprechen.«

Emma lachte. Genau das war doch ein Geheimnis! In diesem Moment traf sie eine Entscheidung. Sie würde Riley von ihrem Essen mit June berichten. Auch wenn Riley sich darüber ärgern würde: Sie würde darüber hinwegkommen. Emma war sich ziemlich sicher, dass Riley sie nicht deswegen feuern würde. Vermutlich müsste sie ihr dann aber auch das mit Adam erzählen. Dafür würde sie höchstwahrscheinlich rausfliegen.

Jock hatte recht. Die Kerrigans machten keine Gefangenen. Aber was sollte man anderes erwarten von einer Familie, die immer hatte zusammenhalten müssen, um zu überleben?

Sie gab Jock zum Abschied die Hand, wünschte ihm alles Gute und dankte ihm dafür, dass er sich mit ihr ausgesprochen hatte. Als sie bei Adam ankam, war es schon fast elf Uhr. Die Haustür war nicht abgeschlossen. Er saß mit einem Drink vor dem flackernden Kamin.

»Ich hatte schon befürchtet, du wärest verloren gegangen«, begrüßte er sie.

»Hab ich auch kurz gedacht. Mein Abend fing mit deiner Mom und Beatrice an …«

»Ach ja, Beatrice«, sagte er lachend.

»… und endete damit, dass Jock mich vor Junes Haustür abfing. Er wollte sich dafür entschuldigen, dass er mich vor sechzehn Jahren betrogen hat!«

Adam wollte Emma am liebsten darum bitten, jede freie Minute mit ihm zu verbringen. Denn er wollte sie immer um sich haben, sie im Arm halten. Ihm war jedoch klar, dass sie zunächst ihr Leben in den Griff bekommen wollte. Und dass er ein Teil davon war. Sie hatte ihm gegenüber deutlich gemacht, dass sie sich selbst erst als Frau wiederfinden wollte, bevor sie eine neue Partnerschaft einging.

Im lodernden Schein des Feuers hatte sie ihn am Abend vorher gefragt: »Warst du damals nicht ein bisschen zu hart zu Jock? Wieso hast du ihm Angst gemacht, ihn immer wieder entmutigt? Denn ihm hat immer etwas an Riley gelegen – das hat er mir erzählt. Ich glaube, er hat sie geliebt. Und Maddie vergöttert er.«

»Er war ein verantwortungsloser Idiot«, hatte Adam erwidert. »Damals zumindest. Ich weiß, dass das inzwischen besser geworden ist. Aber mach dir bloß nichts vor, er hat keine Angst vor mir.«

»Stimmt schon«, hatte sie zugegeben. »Er hat ziemlich viel Mist gebaut.«

»Das ist noch untertrieben.«

»Doch bei mir war es nicht anders. Und bei Riley auch nicht. Du scheinst der Einzige von uns zu sein, der perfekt ist«, hatte sie gesagt.

Aber er hatte Jock gegenüber die Beherrschung verloren. Er hatte diesen Kerl gehasst. Jetzt hasste er ihn nicht mehr. Er mochte ihn allerdings auch nicht gerade.

Am nächsten Morgen fuhr Emma dann nach Hause, um Penny dabei zu helfen, im Garten das Laub zusammenzufegen. Außerdem ging sie für die ganze Woche einkaufen und musste ihre Uniform in die Reinigung bringen. Sie würden sich jedoch später auf eine Pizza treffen und danach ins Kino gehen. Das hieß vermutlich, dass sie auch die Nacht gemeinsam verbringen würden. Also beschloss Adam, am Samstag bei seiner Mutter vorbeizuschauen und anschließend eine weitere Packung Kondome zu besorgen.

Sein Sexleben war bisher beileibe nie zu kurz gekommen. Und es war toller Sex dabei gewesen. Aber es hatte nie eine Frau gegeben, die ihn so begehrt hatte wie Emma. Sie öffnete sich wie eine erblühende Blume, wenn er sie berührte. Wenn sie seinen Namen hauchte, machte ihn das dermaßen heiß. Eigentlich hatte er sich für einen Mann gehalten, der immer alles unter Kontrolle hat. Das traf allerdings nicht zu, wenn er mit Emma zusammen war. Er küsste und liebkoste sie, bis sie vor Lust ganz wild war, dann kamen sie zusammen. Und er wusste auch, wieso es mit ihr so schön war. Er war in sie verliebt.

Nach dem Wochenende ertappte Emma sich dabei, dass sie sich auf die Arbeit am Montag freute – und das, obwohl es jetzt, so kurz vor Weihnachten, nicht leichter wurde, in den Häusern zu putzen. Denn überall hing bereits die Weihnachtsdekoration. Emma stellte im Nachhinein fest, dass ihr Weihnachtsschmuck in New York auch nie verstaubt gewesen war. Ihre Putzfrauen hatten damals anscheinend gute Arbeit geleistet.

Makenna musste in dieser Woche keine Trainees betreuen und einweisen, deshalb machte sie auf Rileys oder Nicks Anweisung Stichprobenbesuche bei den verschiedenen Reinigungsteams. Wenn nichts anlag, arbeitete sie weiter in derselben Truppe mit Emma, Dellie und Shawna. Makenna war für die Qualitätskontrolle zuständig. »Die fabelhaften Vier sind wieder am Werk«, sagte Shawna über ihr Team. »Ich bin froh, dass sie dich bei uns gelassen haben, Emma. Ich arbeite gern mit dir.«

»Wieso?«, fragte sie überrascht.

»Weil du fleißig bist und immer deine gute Laune behältst«, erwiderte Shawna.

»Sie freut sich eben, dass sie einen Job gefunden hat«, meinte Dellie. »Passt auf, binnen kürzester Zeit wird sie so drauf sein wie wir.«

»Wenn ich jemanden die ganze Zeit zum Arbeiten antreiben muss, bekomme ich schlechte Laune.« Shawna verzog das Gesicht. Dann verfiel sie in eine Litanei über die Verfehlungen von Frauen, die ihre Erwartungen nicht erfüllt hatten. Es war alles vorgekommen: von Faulheit bis hin zu Lügen.

Zehn Minuten später kamen sie beim ersten Objekt des Tages an, dem Haus der Familie Christensen. Sie putzten hier zweimal in der Woche, immer montags und donnerstags, obwohl einmal locker ausreichen würde. Aber Mrs. Christensen bemerkte immer ganz genau, wenn sie irgendwo eine Staubfluse oder ein Haar im Badezimmer übersehen hatten. Davor hatte Makenna sie bereits gewarnt. Emma hoffte sehr, heute nicht zum Staubsaugen eingeteilt zu werden – denn die Spuren mussten in diesem Haus perfekt sein. Und das Haus war riesig.

Außerdem war es das Haus, in dem Bethany lebte. Die Fünfzehnjährige mit dem Schreibtisch, in den etwas eingeritzt war.

»Wie lange putzt ihr eigentlich schon bei der Familie?«, erkundigte Emma sich.

»Keine Ahnung«, antwortete Shawna. »Ich seit einem Jahr, glaube ich. Dellie, weißt du das?«

Bevor Dellie sich äußern konnte, mischte Makenna sich ein. »Die Familie ist seit vielen Jahren unser Kunde, aber wir haben die Teams ein paarmal umstellen müssen. Mrs. Christensen war mehrmals unzufrieden, doch so eine Änderung des Dienstplans kann auch aus anderen Gründen nötig werden. Grundsätzlich gilt: Wenn neue Leute dabei sind, tut das in der Regel der Sache gut.«

Natürlich wurde Emma zum Staubsaugen, Abstauben und Bettenabziehen oben eingeteilt. Das bedeutete, sie hatte Zugang zu den Schlafzimmern. Vielleicht gab es ja ein neues Geheimnis zu entdecken. Vielleicht würde sie die Spuren einer Großmutter finden, die kürzlich zu Besuch gewesen war, oder die von einem anderen Kind. Oder ein Bild von Bethany, dem Mädchen, das teure Kleidungsstücke wegwarf.

Die Reinigung der Badezimmer und der Küche in dem 465-Quadratmeter-Anwesen ging normalerweise schnell: Mr. und Mrs. Christensen arbeiteten viel und waren selten zu Hause. Anscheinend kochten sie auch nicht sehr oft. Das Bad der Eltern war direkt ans Schlafzimmer angeschlossen und für gewöhnlich im Handumdrehen gesäubert. In der Küche gab es sogar kaum Abfall. Da sie nicht für die Reinigung des Kühlschranks zuständig waren, durften sie keinen Blick hineinwerfen. Trotzdem hätte Emma nur zu gern gewusst, welche Lebensmittel sich darin befanden.

Zuerst wischte sie Staub und saugte in Bethanys Zimmer. Als sie sich gerade daranmachen wollte, die Laken abzuziehen, stellte sie überrascht fest, dass der Klumpen unter dem Bettzeug Bethany war. Das Mädchen erschrak, und Emma sprang schrill schreiend nach hinten weg.

»Mein Gott!«, rief Emma. »Entschuldigung! Ich wusste nicht, dass Sie im Bett liegen!«

Bethany schnappte sich die Decke. »Ich bin heute nicht in die Schule gegangen.«

»Geht es Ihnen nicht gut?«

»Kann man so sagen«, erwiderte das Mädchen und legte sich wieder hin. »Ich habe die Schule satt.«

»O. Kann ich etwas für Sie tun? Soll ich vielleicht jemanden anrufen?«

»Ich bin fünfzehn. Ich kann auf mich selbst aufpassen.«

»Richtig«, erwiderte Emma. »Soll ich Ihr Zimmer heute lieber auslassen?«

»Ja. Gehen Sie weg. Und bitte …« Das Mädchen sprach jetzt von unter der Bettdecke. »Erzählen Sie niemandem etwas.«

Sie ist so zerbrechlich, dachte Emma. *So dünn und bleich, und es geht ihr schlecht. Wen vermisst sie wohl so sehr?*

Sie machte im Elternschlafzimmer weiter. Wieso hatten diese Leute überhaupt einen Reinigungsservice gebucht? Alles war absolut makellos. Emma bezog das Bett mit frischen Laken, staubte das Mobiliar ab und hörte, wie Dellie nebenan das Bad säuberte. Sie lehnte sich in den Türrahmen. »Das Badezimmer des Mädchens kannst du auslassen«, sagte Emma leise. »Sie ist zu Hause und liegt krank im Bett. Sie hat mich gebeten, ihr Zimmer zu verlassen.«

»Alles klar«, meinte Dellie. »Wahrscheinlich schwänzt sie.«

»Nein, sie ist krank«, widersprach Emma. Und fragte sich gleichzeitig, wieso sie das Mädchen in Schutz nahm. Sie machte sich wieder ans Abstauben. Eine der Schubladen in der Kommode stand leicht offen, und aus einem Impuls heraus öffnete Emma sie weiter. Und weiter. Und da war sie, die Ursache für den Schmerz und die erzwungene Ordnung in diesem Haushalt: Vor allen Blicken verborgen lag dort ein gerahmtes Familienporträt auf einem Stapel gefalteter Kleidung. Mom, Dad und Bethany. Eine molligere, etwas jüngere Bethany mit einem strahlenden Lächeln. Anscheinend waren sie noch vor ein paar Jahren eine glückliche Familie gewesen. Bethany wirkte robust, rosig, gesund. Davon war nun nichts mehr übrig. Heute war da nur noch Schmerz.

Emma schloss rasch die Schublade und spürte, wie sie errötete. Ihre Hände zitterten, als sie sich wieder aufs Abstauben zu konzentrieren versuchte. Wenn das jemand erfuhr, würde sie rausfliegen. Dann musste man sie feuern.

Was war mit den Christensens geschehen? Und wieso war das einzige Bild der Familie in einer Schublade versteckt?

Als sie später mit dem Staubsauger durchs Zimmer ging, fiel ihr etwas Wichtiges auf: Es war die Kommodenschublade des Vaters gewesen. Seltsam. Emma konnte sich irgendwie vorstellen, wie der Vater verlangte, alle Familienfotos aus dem Haus zu entfernen, und nur die Mutter heimlich eines behielt. Doch anscheinend war es genau umgekehrt, und der Vater hatte ein Bild behalten. Und die persönliche Assistentin der Mutter kaufte für Bethany Klamotten.

Eins stand fest: Emma würde beim nächsten Mal, wenn sie hier sauber machte, auf jeden Fall in die Schublade der Mutter gucken. Um dort ebenfalls nach einem Foto Ausschau zu halten.

Sie dachte an ihre Stiefmutter. Rosemary hatte nach dem Tod ihres Vaters auch sofort alle seine persönlichen Gegenstände entfernt. Alle Bilder waren bald darauf gefolgt, als sie wieder geheiratet hatte. Doch Emma hatte ein paar Bilder behalten. Und ihre jüngere Schwester Lauren ebenfalls.

Im nächsten Haus herrschten Dreck und Chaos. Es dauerte lange, alles zu reinigen. Aber immerhin half die Arbeit Emma dabei, die Gedanken an Bethany und ihre Familie für eine Weile zu verdrängen.

Makenna verließ sie kurz, um mit Nick andere Teams zu überprüfen. Im nächsten Haus war alles in Ordnung, wenn es dort auch unordentlicher aussah als sonst. Die Besitzerin war zu Hause, sie hatte den Arm in einer Schlinge. »Ich bin gestürzt und habe mir die Schulter ausgekugelt. Es bestand der Verdacht auf einen Rotatorenmanschettenriss, aber laut Röntgenbild ist das nicht der Fall«, erklärte sie. »Ich muss den Arm nur für ein paar Tage ruhig stellen.« Sie lachte und fügte hinzu: »Ich hätte auch zur Arbeit gehen können, doch mit einer Hand kann ich mich nicht frisieren.«

Sie kam ihnen nicht in die Quere. Als sie fertig waren und wieder im Van saßen, machten sie erst mal Mittagspause. »Gestürzt – von wegen!«, sagte Shawna. »Das ist ihr fünfter Sturz dieses Jahr!«

Emma verschluckte sich beinahe an ihrem Getränk. Das war also einer dieser Haushalte, über die sie zu viel wussten.

»Vielleicht ist sie einfach ungeschickt. Kann doch sein, oder nicht?«, fragte sie.

»Na klar«, antwortete Shawna. »Sie wird misshandelt. Und das weiß ich deshalb so genau, weil ich es in ihren Augen sehe. Diesen Blick kenne ich. Und zwar von mir selbst.«

»Mein Gott, Shawna …« Emma seufzte.

»Spar dir dein Mitleid. Ich habe es geschafft, da rauszukommen, obwohl man das wohl nie endgültig schafft. Er ist zwar nicht mehr da draußen und bedroht mich, doch hier drin ist er immer noch«, meinte sie und tippte gegen ihren Kopf.

»Mach dir keine Sorgen um Shawna«, wandte Dellie sich an Emma. »Ihre Jungs sind mittlerweile so groß wie er und passen gut auf ihre Mama auf.«

»Das tun sie«, stimmte Shawna ihr zu. »Und jetzt geht's weiter zu Ms. Fletcher. Die ist wirklich ungeschickt.«

»Ich glaube, ich weiß, woran das liegt«, bemerkte Dellie. Und dann lachten Emmas Kolleginnen.

»Woran?«, wollte Emma wissen.

»Sie trinkt«, meinte Shawna, worauf noch mehr Kichern folgte.

Jetzt kapierte Emma. Diesen Tratsch bekam sie nur zu hören, weil Makenna nicht dabei war. Makenna gehörte zur Führungsriege, stand auf einer Stufe mit Riley und Nick, den Hütern des Heiligen Grals, des hochheiligen Firmenhandbuchs. Auf eine Verletzung der Regeln stand Entlassung.

»Und was ist bei den Christensens los?«, erkundigte Emma sich mutig.

»Karriereleute.« Shawna zuckte mit den Schultern. »Irgendjemand von denen hat eine Zwangsneurose. Ich tippe auf sie.«

»Er könnte es auch sein«, gab Dellie zu bedenken. »Aber wie soll man das wissen, sie sind ja nie da. Ansonsten kein allzu schwieriges Objekt.«

»Nirgendwo auch nur ein Körnchen Staub.«

»Man fragt sich wirklich, wieso sie einen Reinigungsservice engagiert haben.« Shawna klang nachdenklich.

»Wegen der Staubsaugerspuren«, erwiderte Dellie scherzhaft.

Emma nahm all ihren Mut zusammen und fügte hinzu: »Und man fragt sich, wieso solche Leute überhaupt ein Kind haben.«

»Ja, das arme Mädchen. Echt typisch.«

»Typisch?«

»Die Eltern denken bloß an die Arbeit und ans Geld. Alles muss perfekt sein«, erläuterte Dellie.

»Immer noch besser als bei den Brewsters«, hielt Shawna dagegen. »Die Jungs haben jedes Spielzeug, das jemals erfunden wurde. Aber sie sind schlampig, haben weder Manieren noch Respekt und …«

»Und ich wette, sie sind beide bereits von Harvard angenommen worden, obwohl der älteste erst zwei ist.«

»Das ist echt ein mühsames Objekt«, pflichtete Emma ihnen bei. Verdreckt und voller Unordnung. Wenn sie ein Kind hätte, würde sie ihm beibringen, dass man Sachen auch wieder wegräumen konnte – selbst wenn man eine Haushaltshilfe hatte. Als sie an diesem Tag den Müll im Bad der Eltern entsorgte, sah sie die abgetrennten Preisschilder von Damenkleidern. Horrende Preise. Emma musste lächeln. Nicht immer hatten Preise in dieser Größenordnung sie schockiert.

Ob ihr Reinigungspersonal wohl auch Preisetiketten bei ihr gefunden hatte? Okay, nicht viele ihrer Kleidungsstücke hatten überhaupt ein Preisschild gehabt. Die meisten Stücke waren für sie entworfen und angefertigt worden. Aber hin und wieder hatte sie bei Neiman Marcus überaus teure Handtaschen gekauft.

Sie verspürte den Drang, ihren Kolleginnen all das zu erzählen. Aber ihre neuen Freundinnen würden es nicht verstehen.

Sie hätte ihnen auch gern mitgeteilt, was sie aus Erfahrung wusste: dass diese Menschen mit all ihrem Besitz eines Morgens aufwachen und feststellen konnten, dass sie mit einer Lüge lebten. Dass die Personen, für die sie sich gehalten hatten, nicht mehr existierten und sie herausfinden mussten, wer sie eigentlich wirklich waren.

Das konnte sie natürlich nicht tun. Genau deswegen war sie zurückgekommen. Es gab nur wenige Menschen hier, die sie noch von früher kannten und die wussten, wie sie damals gewesen war – und wer sie jetzt wieder war.

Emma selbst rang jedoch immer noch damit, sich selbst wiederzufinden.

Aaron Justice hatte eine Nachricht auf ihrer Mailbox hinterlassen. Emma rief ihn vom Parkplatz aus zurück, bevor sie nach der Arbeit nach Hause fuhr.

»Ich wollte Ihnen bloß schöne Feiertage wünschen«, sagte er, »und Sie darüber informieren, dass wir die Abrechnung gemäß der testamentarischen Verfügung Ihres Vaters durchführen werden. Nach den Feiertagen sollten wir damit durch sein. Ich möchte Ihnen keine allzu großen Hoffnungen machen, doch vermutlich können Sie sich über ein verspätetes Weihnachtsgeschenk freuen.«

»Vielen Dank, Aaron. Und machen Sie sich keine Sorgen um meine Hoffnungen. Als wir uns vor Kurzem wiedergesehen haben, war das für mich Freude genug. Ich wünsche Ihnen schöne Weihnachten!«

»Ich werde das Fest mit meinen Söhnen und Enkeln verbringen. Einer von ihnen hat verraten, dass er mich zum Urgroßvater machen will.«

»Das nenne ich mal ein tolles Weihnachtsgeschenk! Vielen Dank, Aaron, dass Sie mir helfen wollen. Ihre Freundschaft bedeutet mir sehr viel.«

»Ihr Vater wäre stolz auf Sie, Emma.«

Stolz? Da war sie sich nicht so sicher. In den letzten zehn Jahren hatte sie einige ziemlich falsche Entscheidungen getroffen. Aber damit war jetzt hoffentlich Schluss.

»Das hoffe ich«, sagte sie zu Aaron.

14. Kapitel

Riley war, was Dates betraf, ziemlich außer Übung. Doch eins wollte sie auf jeden Fall tun: Logan ihrer Tochter vorstellen. Ihre Beziehung zueinander war immer offen und ehrlich gewesen – bis auf diese eine Ausnahme, die Riley für sich behalten hatte. Dieses Riley/Jock/Emma-Ding. Aber selbst darüber wusste Maddie ja inzwischen Bescheid. Also fragte sie ihre Tochter nervös, ob sie Logan gern kennenlernen würde und mit ihnen zu Abend essen wollte.

»Dinner? Dann gehen wir wohl aus?! Kommen Grandma und Adam auch mit?«

»Nein, nur wir drei. In ein paar Wochen ist ja schon Weihnachten. Logan hat Familie, ich habe Familie, wir alle haben zu tun. Es könnte gut sein, dass wir uns an den Feiertagen mal treffen, aber ich habe nicht vor, an einem so wichtigen Fest unsere Familien das erste Mal zusammenzubringen. Deswegen hatte ich vor, selbst etwas zu kochen und ihn zu uns einzuladen.«

»Und was ist mit Dad?«, wollte Maddie wissen.

»Der wird mit Sicherheit an diesem Abend nicht eingeladen«, erwiderte Riley. »Maddie, ich bin sozusagen mit Logan zusammen.«

»Sozusagen? Du *bist* mit ihm zusammen! Du kicherst am Telefon. Nicht mal ich hatte bis jetzt so einen Freund!«

»Und was ist mit Brian Breske?«, fragte Riley. »War er nicht dein Freund? Du hast jedenfalls ziemlich viel Zeit mit ihm verbracht.«

»Das war in der siebten Klasse! Kinderkram!«

»Ach so«, meinte Riley. »Ich habe Logan aber noch nicht in den Freund-Status erhoben.«

»Also schläfst du nicht mit ihm?«, erkundigte Maddie sich.

»Meine Güte! Das hast du mich jetzt nicht wirklich gefragt!«

»Na klar.« Ihre Tochter grinste. »Muss ich irgendwas wissen, bevor du völlig überschnappst?«

»Ich hatte vor, etwas zu kochen«, sagte Riley.

»Du willst den Mann doch nicht verjagen!«

»Es ist kalt geworden. Ich könnte Chili und Maismuffins machen.«

»Machst du die seit Neuestem selbst?«, fragte Maddie.

»Vermutlich.«

Maddie lachte sich kaputt.

»Hör zu, ich möchte, dass du nett zu Logan bist«, mahnte Riley ihre Tochter. »Ich habe mich in den letzten Jahren ja mit ein paar Männern getroffen, doch immer nur zum Kaffee. Seit es dich gibt, war ich vielleicht zweimal mit jemandem zum Abendessen aus. Die Männer hier sind einfach jämmerlich, aber Logan ist wenigstens lustig. Und seine Cop-Geschichten sind spannend. Im Job ist sein Partner eine Frau. Er sagt, sie sei die klügste Polizistin, die er kennt. Also, vor Weihnachten wird keine Zeit mehr sein für mehr solcher Abende, also tu bitte so, als würdest du dich freuen, ihn kennenzulernen. Verstanden?«

»Läuft«, erwiderte Maddie. »Bringt er seine Knarre mit?«

»Ich hoffe nicht!«

»Und was soll dann spannend an ihm sein?«

Riley war an Maddies Humor gewöhnt und an ihre Art, sie aufzuziehen. Dennoch hoffte sie inständig, dass ihre Tochter sich benehmen und bei Logan einen guten Eindruck hinterlassen würde.

An dem betreffenden Tag, knapp eine Woche vor Weihnachten, schmückten sie das Haus ein wenig. Es hatte keinen Zweck, sich mit Dekoration zu überschlagen, da sie ohnehin die Feiertage überwiegend bei June verbringen würden. Dort war alles maximal geschmückt, inklusive Außenbeleuchtung. Einen Weihnachtsbaum hatte Riley aber auch gekauft. Als Mutter kam man ohne Baum nun mal nicht aus.

Als sie ihrer eigenen Mutter erzählte, was sie kochen wollte, nahm June sofort eine Ladung ihres besten Chilis aus dem Gefrierschrank und gab es Riley, zusammen mit der Anweisung, es im Schongarer aufzuwärmen. Und natürlich backte sie schnell noch ein paar Maismuffins – wofür sie nicht einmal eine halbe Stunde benötigte. »Einen grünen Salat kriegst du aber hin, oder?«, erkundigte sie sich bei Riley.

»Na klar!«, antwortete diese empört.

Auf dem Weg nach Hause hielt Riley beim Supermarkt und steuerte auf die Salatbar zu. Dabei sah sie sich immer wieder um, denn sie wollte auf keinen Fall ertappt werden.

Und dann entdeckte sie ihn. Er stand an der Kasse, mit einem Blumenstrauß und einer Flasche Wein in der Hand. Kopfschüttelnd lachte sie in sich hinein und stellte sich hinter ihm an.

Er erschrak und versuchte schnell, die Blumen hinter seinem Rücken zu verstecken. Als ihm jedoch auffiel, dass sie Salat kaufen wollte, entspannte er sich und erwiderte ihr Lächeln.

»So läuft das also, wenn zwei berufstätige Menschen sich verabreden«, sagte sie.

»Gefallen sie dir?«, fragte er und hielt ihr den in Zellophan verpackten Strauß hin. »Wenn du lieber andere Blumen hättest …«

»Die gefallen mir sehr gut«, meinte sie. »Möchtest du gleich mit zu mir kommen?«

»Das will ich schon seit Wochen.«

Das Chili und die Muffins schmeckten sensationell. June mochte es, wenn das Chili eine schöne Schärfe hatte. Für die älteren Leutchen, die sie versorgte, war das natürlich nichts.

Aber Logan mochte es so. Da sie schon von ihm ertappt worden war, wie sie einen fertigen Supermarktsalat gekauft hatte, gestand Riley auch, dass das Chili von ihrer Mutter zubereitet worden war. Und das war auch gut so, denn Maddie würde die Gelegenheit sowieso nicht ungenutzt lassen, diese Tatsache zu verraten.

Riley und Logan begannen den Abend mit einem Glas Wein. Sie stellte rasch die Blumen in eine Vase, deckte den Tisch und wärmte die Muffins in der Mikrowelle auf. Das Chili köchelte inzwischen im Schmortopf. Wie immer war ihr Haus perfekt aufgeräumt und ordentlich.

»Und? Wie war dein Tag?«, fragte Logan.

»Stinknormal. Und deiner?«

»Berichte schreiben, Meetings, Papierkram und sonstiges Zeug, das keinen Spaß macht.«

»Und was wäre das Zeug, das Spaß macht? Man traut sich kaum zu fragen …«

»Natürlich die bösen Jungs jagen. Habe ich in letzter Zeit aber kaum gemacht. George und ich sind gerade für ein Sonderkommando mit der Bundespolizei eingeteilt, und da geht es überwiegend darum, Papiere zu sondieren. Das FBI liebt Papiere.«

»Und worum geht es in dieser Spezialeinheit?«

»Darüber darf ich wegen der laufenden Ermittlungen nicht sprechen. Wenn wir den Fall in ein paar Wochen abgeschlossen haben, kann ich dir jedoch davon erzählen. Die Geschichte ist ziemlich öde, eine prima Einschlafhilfe.«

In diesem Moment kam Maddie in die Küche, und Riley stellte sie Logan vor. Das Mädchen nahm sich eine Cola light.

»Wow«, sagte Maddie, als sie den gedeckten Tisch bemerkte. »Schick. Du musst aufpassen, Logan. Wenn Mom den Tisch so schön deckt, heißt das meistens, dass es was Ernstes zu besprechen gibt.«

»Ist das so?«

»Allerdings«, bestätigte sie. »Und das Chili hat Grandma gemacht, weil Mom nicht wirklich oft kocht.«

»Dabei bin ich eine ziemlich gute Köchin. Ich hab einfach nur selten Zeit – und deine Grandma kocht gerne. Deswegen sind wir auch oft drüben bei ihr zum Essen«, erklärte Riley. Sie stellte die Blumen auf den Tisch, und alle setzten sich.

»Ist Grandma denn auch für das Weihnachtsessen zuständig?«, fragte Logan.

»Definitiv«, antwortete Maddie, bevor Riley den Mund öffnen konnte. »Sie wäre todtraurig, wenn sich diese Tradition ändern würde. Und mein Dad übrigens auch!«

»Dein Dad?«, wollte Riley wissen.

»Wir verbringen über die Feiertage meistens viel Zeit zusammen, und er kommt spätestens zum Nachtisch zu Grandma. An Thanksgiving war es auch so. Wir sind sozusagen richtig eng als Familie.«

»Sind wir das?«, meinte Riley.

»Meine Eltern sind zwar nicht verheiratet, aber sie verstehen sich trotzdem sehr gut«, erklärte Maddie. »Und was treiben Sie so an Weinachten?«

»Ich fahre zu meiner Mutter«, erwiderte Logan. »Ich habe eine Schwester samt Schwager, die kommen auch, mit meiner Nichte und meinem Neffen.«

»Und Sie sind geschieden?«

»Maddie!«

»Was denn? Ich dachte, das wäre ein Kennenlernabend?!«

»Schon gut, Riley. Ja, ich bin geschieden. Seit acht Jahren. Und meine Ex-Frau und ich, wir verstehen uns auch noch gut. Keine Kinder.«

»Hätten Sie gerne Kinder?«

Logan beugte sich zu ihr rüber. »Mein Wagen steht draußen, ein ziviler Polizeiwagen. Willst du mal rausgehen und die Sirene und das Blaulicht einschalten?«

»Klingt zwar verlockend, aber gern ein andermal. Mom, soll ich dir beim Servieren helfen?«

»Ich dachte, wir unterhalten uns ein bisschen und essen später, Maddie«, sagte Riley und wählte jedes Wort mit Bedacht. Was war denn los mit ihrer Tochter? Wieso fragte sie Logan danach, ob er geschieden war?

»Dann erzählen Sie uns mal von Ihrer Familie, Logan«, forderte Maddie ihn auf. »Mom, Dad, Schwester und so weiter.« Sie stützte den Kopf in die Hand und wartete.

Und so ging es weiter. Maddie interviewte Logan regelrecht während des Essens. Logan tat sein Bestes, um auf ihre Fragen relativ ausweichend zu antworten, und stellte ab und zu Gegenfragen, denn immerhin war er ja ein Detective. Doch für Riley war es der blanke Horror. Maddie gelang es, jede Menge Infos über Jock einfließen zu lassen. Sie stellte Rileys Ex als extrem begehrenswert und ziemlich perfekt dar.

Mein Vater ist im Elektronik-Business. Er hat einen Abschluss in Wirtschaft. Er arbeitet bei Mackie's. Das ist eine landesweite Kette, und er ist der Manager einer der größten Filialen. O, und meine Mom und mein Dad verbringen noch viel Zeit zusammen. Sie gehen eigentlich immer beide zu meinen Fußballspielen und zu Elternabenden, und beim Homecoming-Ball letztens haben sie zusammen die Aufpasser gespielt. Mein Dad war auf der Highschool in allen Ligen aktiv und ist immer noch genauso sportlich wie damals. Machen Sie auch Sport, Logan?

»Ja«, antwortete Logan auf die letzte Frage und wirkte allmählich verärgert. »Ich bin sehr sportlich. Ich schleudere regelmäßig schwere Jungs auf meine Motorhaube und lege ihnen Handschellen an. Und ich jage Verbrechern hinterher. Ich kriege sie immer.«

»Ich setze mal Kaffee auf«, unterbrach Riley die Fragestunde. »Und es gibt Käsekuchen. Selbst gekauft.«

»Darf ich aufstehen?«, fragte Maddie.

»Natürlich«, sagte Riley.

»Danke«, antwortete sie. »Hat mich echt gefreut, Sie kennenzulernen, Logan.«

»Ganz meinerseits«, entgegnete er. »Bitte sag deiner Grandma, das Chili war ausgezeichnet.«

In der Küche war danach für einige Zeit nichts außer dem Blubbern und Tröpfeln der Kaffeemaschine zu hören. Dann schlug Maddies Zimmertür zu. Riley und Logan stießen beide einen Seufzer aus.

»Es tut mir wirklich leid, Logan. Das habe ich wirklich nicht von ihr erwartet.«

»Mach dir keine Gedanken. Ich glaube, ich kann ihr einen Job bei der Polizei verschaffen, falls sie Interesse daran haben sollte, Verbrechern auf den Zahn zu fühlen.«

»Du hast dich echt wacker geschlagen. Ich weiß nicht, was in sie gefahren ist. Ich verbringe nicht viel Zeit mit ihrem Dad. Zumindest kommt es mir nicht so vor. Wir versuchen nur, uns abzustimmen, damit ich weiß, wo Maddie an …«

»Ich glaube nicht, dass es ihr dabei unbedingt um ihren Vater ging«, fiel Logan ihr ins Wort. »Aber wir wissen jetzt zumindest, wo ihre Präferenzen liegen.«

»Das ergibt keinen Sinn«, meinte Riley. »Sie hat sich gefreut, als ich ihr erzählt habe, dass ich jemanden kennengelernt habe.«

»Dann komm mal her.« Er zog ihren Stuhl zu sich rüber und legte die Hände auf ihre Taille. »Und zeig mir, was du von mir hältst.« Er beugte sich zu ihr vor, um ihr einen Kuss zu geben, und sie erwiderte ihn. »Sie braucht einfach ein bisschen Zeit. Und offensichtlich muss ich demnächst beweisen, dass ich ein guter Sportler bin und in Sachen Elektronik ebenfalls auf dem neuesten Stand bin. Und noch ein paar Dinge mehr.«

»Ich hatte noch nie so sehr wie gerade den Wunsch, ihr kräftig den Hintern zu versohlen.«

»Vielleicht wäre es besser, mit ihr zu reden und herauszufinden, was sie hat. Doch jetzt küss mich erst mal.«

»Hat sie dich mit ihren Fragen genervt?«, wollte Riley wissen.

»Nein, geht schon. Ich komm damit klar. Familien sind nun mal kompliziert. Ich werde Geduld mit ihr haben. Und weißt du, wieso? Weil ich möchte, dass aus uns beiden etwas wird. Aber Weihnachten ist womöglich nicht die beste Zeit, das alles anzuschieben. Diese Feiertage sind immer irgendwie problematisch, denn da kommen bei vielen Leuten viele Dinge hoch. Deswegen richte ich mich ganz nach dir. Ich möchte gern mit dir Zeit verbringen, wenn du nichts dagegen hast. Du gibst den Zeitplan vor. Wäre das denkbar, Riley? Du übernimmst das Kommando?«

»Machst du Witze? Das ist einer meiner schlimmsten Fehler: Ich liebe es, das Kommando zu übernehmen!« Sie machte sich von ihm los und goss ihnen zwei Tassen Kaffee ein, dazu gab es für jeden ein Stück Käsekuchen. Als sie wieder Platz nahm, setzte sie sich dichter an ihn als nötig. Sie nahm etwas Käsekuchen auf ihre Gabel und schickte sich an, ihn zu füttern. »Das Einzige, was ich zu diesem Abendessen beigetragen habe, ist der Kaffee.«

»Ich stehe auf moderne Frauen«, erwiderte er. »Aber noch mal: Ich habe das Gefühl, dass unser erstes Weihnachten besser kein Weihnachten mit der Familie sein sollte. Was vollkommen in Ordnung ist. Wir haben uns ja gerade erst kennengelernt und haben noch viel Zeit.« Jetzt fütterte er sie. »Und ich bin über die Feiertage ohnehin beschäftigt«, fügte er hinzu. »Nicht etwa, weil ich Party mache. Es gibt rund um Weihnachten mehr Einbrüche, mehr Fälle von häuslicher Gewalt und von Fahren unter Alkoholeinfluss – und das sorgt in der Regel auf dem

Revier für Überstunden. Also denk drüber nach, wie du das siehst, und sag mir, wann du Zeit hast, welcher Tag oder Abend für dich günstig wäre.«

»Ich muss mich wegen Maddie entschuldigen. Sie ist normalerweise nicht so. Sie ist eigentlich überaus warmherzig, großzügig und tolerant. Auch wenn sie das vermutlich nicht von mir hat.«

»Sondern?«, fragte er.

»Eher von meiner Mutter, glaube ich. June ist wirklich so.«

»Soll ich dir gleich beim Abräumen zur Hand gehen?« Er streckte ihr noch eine Gabel mit Kuchen hin.

»Nein. Abräumen ist nun wirklich meine Spezialität. Mein Beruf.«

Nach dem Dessert und dem Kaffee verabschiedete Logan sich. An der Haustür gab Riley ihm einen innigen, bedeutungsvollen Kuss. Sie überlegte, wieso sie so lange auf solche Dinge verzichtet hatte. Es stimmte schon, sie hatte an niemandem Interesse gehabt. Aber wieso hatte sich im Gegenzug auch niemand für sie interessiert? Weil sie sich nach Jock von den Männern losgesagt hatte?

Sie räumte leise und sorgfältig die Küche auf. Zwar besaß sie einen Geschirrspüler, doch manchmal spülte sie lieber per Hand. Als sie damit fertig war und die Küche wieder glänzte, ging sie zu Maddies Zimmer. Sie klopfte kurz an, bevor sie die Tür öffnete.

Maddie hatte sich schon umgezogen. Der Schlafanzug mit einem Muster aus Ballerinas und Herzchen war eher für eine Fünfjährige angemessen als für ein Mädchen, das mittlerweile eins siebzig groß war.

»Kannst du mir verraten, was das eben sollte?«, wollte Riley wissen.

»Was?«

»Tu nicht so, als ob du nicht wüsstest, was ich meine. Ich

habe noch nie erlebt, dass du dich so benimmst. Mochtest du Logan nicht?« Sie durchquerte das Zimmer und setzte sich zu ihrer Tochter aufs Bett.

»Doch. Er scheint nett zu sein. Und ziemlich sexy. Was für ein Cop ist er eigentlich?«

»Da bin ich mir auch nicht ganz sicher. Auf seiner Karte steht zwar, er sei für Eigentumsdelikte zuständig, aber im Moment sitzt er wohl auf einem besonderen Projekt. Und wieso hast du die ganze Zeit von deinem Vater gesprochen? Was du da gesagt hast, stimmt doch alles nicht!«

»Natürlich stimmt es! Ich spreche jeden Tag mit ihm, und er hat noch nie eins von meinen Spielen oder einen von meinen Wettkämpfen verpasst. Er kommt zu besonderen Anlässen vorbei, auch bei Grandma. Er fährt mit mir zu meiner anderen Oma, wenn auch nicht ganz so häufig, und er ist meinetwegen oft bei dir. Er ist nett und sieht gut aus.«

»Maddie, dein Dad und ich … Das funktioniert nicht. Das habe ich dir schon mal erklärt.«

»Nicht wirklich. Er hat es mir tausendmal besser erklärt als du. Und als ich ihm erzählt habe, dass du jemanden kennengelernt hast, war er total traurig.« Sie zuckte die Achseln. »Ich glaube, Dad ist einsam. Und er liebt dich immer noch.«

»Maddie, ich würde mal behaupten, er hat mich nie geliebt. Und Gott weiß, dass er nicht dazu bereit war, sich seinen Vaterpflichten zu stellen.«

»Ja, logisch! Stell dir bitte mal vor, ich würde jetzt Mutter werden! Außerdem ist er inzwischen ja wohl etwas älter.«

»Maddie, bleib realistisch. Dein Vater war sogar verheiratet. Er liebt dich sehr, doch für mich empfindet er keine Liebe.«

»Ich weiß, dass er verheiratet war, und das ist ihm ziemlich peinlich. Er weiß selbst nicht, was das sollte. Er meint, er hätte es besser wissen müssen. Und er sagt, dass er dich immer geliebt hat und dich immer lieben wird.«

»Nur, weil ich deine Mutter bin«, wandte Riley ein. »Das ist alles.«

»Nein, Mama, das stimmt nicht. Aber schon gut. Logan ist nett. Und er ist auch nett zu dir. Und darum geht es ja schließlich, nicht wahr?«

»Genau. Wirst du beim nächsten Mal also etwas freundlicher zu ihm sein?«

Sie nickte, biss sich jedoch dabei auf die Unterlippe. »Du warst noch nie verabredet, Mom. Deswegen dachte ich eigentlich, du und Daddy, ihr hättet vielleicht noch Gefühle füreinander.«

»Hallo?! Ich hatte sehr wohl ein paar Verabredungen mit Männern! Ich habe es dir bloß nicht unbedingt auf die Nase gebunden.«

»Genau. Wahrscheinlich hast du so getan, als müsstest du zu einem Meeting …«

»Vermutlich. Ich war mit einigen Männern aus, meistens zum Kaffeetrinken oder zur Happy-Hour-Zeit. Ich wurde auch ein paarmal zum Dinner eingeladen, aber das war alles nichts. Die Typen haben mich gelangweilt. Ich finde, beim Richtigen muss es schon ein bisschen prickeln.«

»Und? Prickelt es bei Logan?«, wollte Maddie wissen.

»Weiß ich noch nicht. Doch er bringt mich zum Lachen. Ich fühle mich wohl mit ihm. Und ich fühle mich wohl mit mir selbst, wenn wir zusammen sind. Ich habe den Eindruck, dass wir über alles reden können. Es könnte also tatsächlich was Ernstes daraus werden. Ich kenne Logan allerdings ja erst seit ein paar Wochen, und Beziehungen brauchen Zeit. Abgesehen davon habe ich es nicht eilig. Willst du sonst noch was wissen?«

»Nur eins noch. Ich hoffe, du sagst mir die Wahrheit …«

»Maddie, ich habe dich noch nie belogen!«

»Okay. Hast du Daddy jemals geliebt? Ich meine, so richtig?«

Auf einmal hatte Riley Tränen in den Augen. Sie blinzelte hektisch, dann räusperte sie sich und rieb sich die Hände an der Hose. »Ja«, sagte sie schließlich mit leiser Stimme. »Ja, das habe ich.«

»Wirklich? So richtig?«

»O ja. Sehr sogar«, antwortete Riley.

Emma lehnte es kategorisch ab, Adams Familie darüber zu informieren, dass sie ein Paar waren. Dabei wussten es bereits alle, außer Riley. »Wir müssen unser Glück doch nicht herausfordern«, sagte sie zur Begründung. Sie wollte keinen Ärger und keine Reibereien mit Riley, und vor allem wollte sie nicht, dass zwischen Bruder und Schwester an Weihnachten schlechte Stimmung herrschte. »Es ist nun an Riley, mich wieder in ihr Leben einzuladen, wenn auch nur als gute Bekannte. Wir werden nie wieder Freundinnen sein, das ist mir durchaus bewusst. Aber ich werde mich auf keinen Fall in eure Familie katapultieren, bevor sie so weit ist.«

»Du weißt ja, dass es mir vollkommen egal ist, was Riley von uns beiden hält«, sagte Adam zum wiederholten Mal.

»Und genau das macht mir Sorgen.«

»Warum muss es denn unbedingt auf die harte Tour sein?«

»So siehst du das also? Da irrst du dich. Für mich ist das die sanfte, friedliche Tour. Weißt du, es ist mein erstes Weihnachten zu Hause, in einer schönen eigenen Wohnung, mit einem guten Job und einem tollen Partner. Ich freue mich darauf, demnächst deine Mutter zu mir einzuladen und sie zu bewirten. An den Feiertagen werde ich Ethan und Lyle treffen, ihnen eine schöne Flasche Wein mitbringen und etwas Brie und Kaviar, um mich bei Ethan einzuschleimen. Und ich werde einen Abend mit Penny und ihren Freundinnen verbringen. Sie feiern jedes Jahr zusammen Weihnachten, und ich bin jetzt offiziell Teil ihrer Gruppe.«

»Und wo bleib ich?«, fragte Adam.

»Ich bin mir sicher, dass wir jede Menge Zeit zusammen haben werden.«

»Wie wär's denn an Heiligabend?«, schlug er vor.

»Abwarten«, meinte sie.

Sie wollte die Tage vor Weihnachten einfach genießen. Sie hatte zwar nicht viel Geld, um es für Geschenke auszugeben, doch das gefiel ihr. Für Penny entdeckte sie einen schönen Paschminaschal, die anderen älteren Damen bekamen geschmackvolle Weihnachtsbaumanhänger, und für Lyle und Ethan hatte sie einen Servierteller erstanden. June bekam einen hübschen weihnachtlichen Tischläufer, der runtergesetzt gewesen war. Für Adam hatte sie einen weichen navyblauen Pullover besorgt, dazu ein weißes Hemd, ein schickes Paar Hausschuhe – ihr war aufgefallen, dass er keine besaß – und einen Roman von Nelson DeMille. Als sie sein Bücherregal unter die Lupe genommen hatte, war ihr aufgefallen, dass er diesen Autor offensichtlich mochte. Und obwohl er einen E-Reader besaß, las er immer noch gerne gedruckte Bücher.

Für ihr kleines Häuschen besorgte sie außerdem ein bisschen Weihnachtsschmuck. Obwohl Adam sein eigenes Haus sehr mochte und es genoss, wenn sie bei ihm war, verbrachten sie die Zeit meistens bei ihr. »Es wird noch eine Weile dauern, Adam, bis ich zu mehr bereit bin als zu dem, was wir gerade haben. Ich versuche, alles aufzuarbeiten, und das dauert eben eine Weile. Alles, was vor uns passiert ist, lastet immer noch schwer auf mir.«

»Kann Lucinda dir denn helfen?«, erkundigte er sich.

»Ich glaube schon, doch unser nächster Termin ist erst im neuen Jahr. Ich fühle mich fast wieder geborgen«, erklärte sie. »Hoffentlich ist das alles kein Traum.«

»Ich werde hier sein«, versicherte er ihr.

Die Weihnachtsdekoration in den Häusern, in denen sie sauber machten, war hübsch, aber auch lästig. Es war kompliziert, darum herum zu putzen. Trotzdem erfreute Emma sich daran wie nie zuvor. Es machte ihr Spaß zu entdecken, wie es bei den verschiedenen Familien aussah. Bei Familie Douglas – das waren die mit den drei verwöhnten Jungs – lagen zum Beispiel so viele Geschenke unterm Baum, dass man ein ganzes Waisenhaus damit hätte versorgen können. Die Kinder der Nesbitts waren schon erwachsen und hatten eigene Kinder, und dort schien die Menge der Geschenke auf ein vernünftiges Maß hinauszulaufen. Zur Freude für die Kleinen hatten die Nesbitts ihr Haus ziemlich ausstaffiert – mit Adventskalendern, einem sprechenden Rudolph und einem Nussknacker. Bei den Parkers gab es dagegen kein Weihnachten unterm Christbaum: Sie verbrachten die Feiertage auf Hawaii.

Emma war gespannt darauf, wie es bei den Christensens aussehe würde. Bei ihrem letzten Besuch hatte es keine Spur von weihnachtlichem Schmuck gegeben, und sie hatte bereits befürchtet, dass es so bleiben würde. Aber siehe da, kurz vorm Fest war die Deko aufgetaucht. Und sie war überwältigend! Der Traum einer jeden Innenausstatterin. Von vielen Dingen, die Emma hier vorfand, wusste sie, was sie kosteten. Da war zum Beispiel eine Krippe, goldfarben bemalt und mit Swarovski-Kristallen versehen, von Bergdorf Goodman. Ein Kristallrentier von Tiffany's. Ein überwältigender Adventskranz, der sicher nicht aus echten Diamanten bestand, aber eindeutig dem berühmten Modell von Pasi Jokinen-Carter nachempfunden war. Baum und Girlanden waren von einem Profi geschmückt worden, auch das merkte man. Die wenigen Geschenke unter dem Baum waren in teures Papier verpackt, das farblich zu den gläsernen Christbaumkugeln passte. Und das Geschenkband war farblich abgestimmt auf die Einrichtung des Wohnzimmers. Weitere Highlights waren die Silberkronleuchter mit den roten Kerzen, die frischen Blumen im Esszimmer und im Foyer und ein kostbarer Wandteppich auf der Höhe des Treppenabsatzes. Und die tollste Girlande überhaupt, aus frischem Tannengrün und mit Kugeln und Bändern geschmückt, die farblich zur Dekoration des Weihnachtsbaums passten.

Dellie und Shawna keuchten, als sie das geschmückte Haus sahen.

»Haltet euch unbedingt vom Baum und von der Girlande fern«, riet Emma ihnen. »Die eingearbeiteten Einzelteile stammen von einem Juwelier und nicht aus dem Kaufhaus.«

Beide hielten respektvoll Abstand. »Woher weißt du das?«, flüsterte Shawna beinahe ehrfürchtig.

»Ich kenne mich damit aus«, antwortete Emma. »Tja …« Sie nahm ihr Handy raus und rief Makenna an. »Wir sind hier bei den Christensens. Vielleicht willst du dir das mal ansehen kommen. Der Weihnachtsschmuck im Haus ist mehr wert als unser Firmenvan. Niemand traut sich, die Teile abzustauben. Wir warten lieber auf dich.«

Sie begannen also mit der Arbeit im Obergeschoss. Wie immer war nichts wirklich schmutzig, außer einem feuchten Handtuch im Wäschekorb, das Emma sogleich in den Wäschebeutel steckte. Die Sachen für die Wäsche und die Reinigung wurden zweimal in der Woche von einem anderen Unternehmen abgeholt, natürlich abgestimmt auf die Arbeitszeiten der Firma Kerrigan.

Bethany hatte ihr Bett perfekt gemacht, obwohl ihr klar sein musste, dass es heute abgezogen wurde. Auf dem Nachttisch neben dem Bett lag ihr Tagebuch – aufgeschlagen. Auf der Seite stand nur ein Satz, und Emma konnte nicht anders, als ihn zu lesen. Nach so vielen Jahren, in denen sie die Augen verschlossen hatte, gab es viel nachzuholen!

Ich wünschte, ich hätte jemanden, mit dem ich reden kann.

Es zerriss Emma das Herz. Ohne lange nachzudenken, nahm sie einen Stift und schrieb: *Rede mit mir.* Dazu notierte sie ihre Telefonnummer. Dann errötete sie so heftig, dass sie fast meinte, ohnmächtig zu werden. Wenn das jemand mitbekam, würden die Kunden ausrasten, und man würde sie feuern. Schnell begann sie mit dem Staubsaugen und achtete darauf, perfekte Spuren zu hinterlassen. Ich bin so gut wie gefeuert, dachte sie dabei.

Sie war noch nicht mit dem Saugen fertig, als Makenna und Nick eintrafen. Die beiden betrachteten die teure Weihnachtsdeko und riefen Emma nach unten.

»Danke für den Anruf, das war gut«, sagte Makenna. »Weshalb bist du dir so sicher, dass das alles so teuer ist?«

Makenna wusste also nichts über ihre Vergangenheit. Anscheinend hatte Riley nicht einmal ihren engsten Mitarbeitern von Emmas grässlicher Geschichte erzählt. Erstaunlich. »Ich … äh … Das ist nicht mein erstes Haus dieser Art. Glaub mir, vor allem in der Weihnachtszeit sollte uns hier nichts zu Bruch gehen.«

»Kommen bei diesem Anblick nicht wahre Weihnachtsgefühle auf?«, fragte Makenna. »Leute, fasst diese Deko vorerst nicht an. Ich kümmere mich um die Angelegenheit.«

Emma überlegte, ob sie sich in Bethanys Zimmer schleichen und ihre Nachricht aus dem Tagebuch entfernen sollte. Aber sie hatte einen Kugelschreiber benutzt. Natürlich konnte sie die ganze Seite herausreißen, doch das brachte sie vermutlich nicht zustande.

Makenna und Nick gingen nach draußen und besprachen sich, dann telefonierten sie lange. Schließlich setzten sie sich in den Wagen und diskutierten weiter. Auf einmal waren sie weg, ohne wieder hereinzukommen.

Deswegen rief Emma Makenna noch einmal an, bevor sie das Objekt verließen. »Zu welchem Schluss seid ihr wegen des Weihnachtsschmucks gekommen?«

»Riley wird die Angelegenheit mit Mrs. Christensen besprechen. Putzt fürs Erste darum herum, so gut es geht. Riley ist auch der Meinung, dass wir bezüglich wertvoller Deko-Artikel von unserer Reinigungspflicht entbunden werden. Bitte lasst einfach alles so, wie es ist.«

»Was sind das eigentlich für Leute?«, wollte Emma wissen.

Makenna seufzte. »Olaf Christensen führt ein erfolgreiches Import-Export-Unternehmen, und seine Frau ist die Finanzchefin. Sie sind sehr erfolgreich, sehr ehrgeizig und alle beide Perfektionisten.«

»Import-Export also«, meinte Emma. »Das erklärt, wieso sie diese teuren Deko-Artikel haben. Sie kaufen und verkaufen solches Zeug. Keine Sorge, wir haben nur drum herum abgestaubt.« Dann wandte sie sich an ihre Kolleginnen: »Es kann weitergehen, Mädels.«

Das nächste Haus war sehr schmutzig und unordentlich, was sie ein bisschen in Verzug geraten ließ. Aber das war normal vor den Feiertagen – bei den vielen Partys und Feiern, die jetzt stattfanden. Beim letzten Objekt, dem Haus der Familie Andrews, trafen sie etwas später als ausgemacht ein. Letzte Woche hatte Mrs. Andrews ja den Arm bandagiert gehabt, diese Woche öffnete ihnen niemand.

»Ich muss mich heute um die verdammten Katzenhaare kümmern«, sagte Shawna. »Und ich hasse Katzenhaare.«

Auf einmal hörten sie drinnen ein Geräusch. Ein Mann schrie etwas, dann ertönte eine Frauenstimme. Emma klingelte ein zweites und ein drittes Mal.

»Das ist gar nicht gut.« Offenbar hatte Shawna eine dunkle Vorahnung. »Wir sollten Makenna anrufen.«

»Warte.« Emma legte das Ohr an die Tür. Sie verstand nicht, was der Mann brüllte, aber er schrie anscheinend seine Frau an, und sie wimmerte irgendwas. »Ich mache mir Sorgen um sie. Wir können sie nicht da drin mit ihm allein lassen.«

»Lasst uns Nick anrufen«, schlug Dellie vor.

»Nein, schließ auf«, sagte Emma.

»O nein, das sollten wir lieber nicht tun«, hielt Dellie dagegen.

Emma lauschte wieder, als plötzlich jemand die Tür aufriss. Sie kippte nach vorn und stürzte dabei auf einen dürren, übel riechenden, genervten Mann. Er murmelte etwas, schubste sie heftig zur Seite und stand auf. Weiterhin brummelnd ging er schließlich forschen Schritts zu dem Wagen, der in der Einfahrt parkte.

Dellie und Shawna halfen Emma auf die Beine.

»Verstehst du, was ich meine?«, fragte Dellie. »Damit wollen wir nichts zu tun haben.«

Emma schaute dem Mann hinterher. Er hatte dünnes Haar, war klein und hässlich. Seine Ohren waren riesig, und seine Nase erinnerte an einen Schnabel. Emma war sicher, darauf eine große Warze entdeckt zu haben. Er warf ihr einen bösen Blick zu. Ihre beiden Kolleginnen standen mit den Reinigungsutensilien immer noch vorm Haus: Staubwedel mitsamt Verlängerungsstangen, ein großer Plastikcontainer mit allen Putzmitteln, Staubsauger, Lappen, Knieschoner und Handschuhe.

Der Mann spuckte aus, stieg in seinen Mercedes und fuhr weg.

»Hier machen wir heute nicht sauber«, stellte Shawna klar. »Sie wird uns trotzdem bezahlen, macht euch deswegen keine Sorgen.«

Doch Emma ging ins Haus. Sie fand Mrs. Andrews, die zusammengekrümmt und weinend auf dem Fußboden lag. Ihre Bandage war abgerissen, und sie hielt sich den Arm, als hätte sie Schmerzen. Auf ihrer Wange prangte ein sichtbarer Handabdruck, und ihr Hals war sehr rot, so als hätte jemand versucht, sie zu erwürgen.

Vorsichtig kamen nun auch Dellie und Shawna herein. Gemeinsam legten sie Mrs. Andrews auf die Couch.

»Kann jemand Eis holen?«, fragte Emma. »Ich bin mal kurz weg.«

»Was hast du vor?«, wollte Shawna wissen.

»Anscheinend arbeite ich heute daran, gefeuert zu werden«, sagte sie. Dann ging sie in den Flur und rief von dort aus die Polizei.

15. Kapitel

Riley war es schwer ums Herz. Ihre Unterhaltung mit Maddie verwirrte und bekümmerte sie. Sie war verwirrt, weil sie sich nicht mehr genau daran erinnern konnte, welche Erklärung sie ihrer Tochter einst wegen ihr und Jock gegeben hatte. Hatte sie Maddie gegenüber Ausflüchte benutzt? Und bekümmert war sie, weil sie damals vermutlich die Dinge beschönigt hatte, damit sich alles nicht so schlimm anhörte. Aber jetzt, nach sechzehn Jahren, waren ihr die Details einfach entfallen; sie hatte ja auch jahrelang versucht, die Wahrheit auszublenden. Zum Beispiel die Tatsache, dass sie sich in den Freund ihrer besten Freundin verliebt hatte. Dass sie ihn sehr geliebt hatte, mit ihm geschlafen und darauf gebaut hatte, dass er ab diesem Moment bei ihr bleiben würde. Stattdessen hatte sie nicht nur ihre Freundin, sondern auch ihn verloren.

Sex ist für Mädchen ein prägender Moment. Und für Jungs ist Sex einfach nur Sex.

Riley schüttelte den Kopf, als könnte sie damit ihre Erinnerung erhellen. Nachdem Jock ihr gesagt hatte, er wäre nicht in sie verliebt, nachdem sie darum gerungen hatte, dass Emma ihr verzieh, nachdem sie – bis auf ihre Mutter – plötzlich ganz allein gewesen war, hatte es für sie kein Zurück mehr gegeben. Diese Zeit hatte sie verändert. Sie war sich wie eine Idiotin vorgekommen und hatte beschlossen, es nie wieder zuzulassen, von jemandem so tief verletzt zu werden.

Es hatte sie innerlich fast zerrissen, sich so geirrt zu haben, als sie auf ihr Herz gehört hatte. Für Riley war es das Schlimmste, so dumm gewesen zu sein.

In all den Jahren seither hatte sie Jock überwiegend ignoriert und sich nur schwer damit abfinden können, wie sehr er sich darum bemühte, ein Familienvater zu sein. Dabei hatte sie komplett ausgeblendet, dass er sich natürlich mit Maddie unterhielt. Und zwar anscheinend ganz offen und ehrlich. Er besprach mit ihr Dinge aus dem tiefsten Innern seines Herzens. Er drückte seiner Tochter gegenüber sein Bedauern aus. Wer hätte gedacht, dass er zu so etwas in der Lage war! Und Maddie glaubte offenbar, er würde sich immer noch wünschen, sie könnten eine Familie sein.

Wie immer war Jocks Timing das Letzte. Gerade hatte Riley jemanden kennengelernt, den sie wirklich mochte. Einen klugen Mann mit einem guten Beruf.

Jeanette hatte heute das Büro etwas früher verlassen, um noch einige Last-minute-Weihnachtseinkäufe zu erledigen. Riley wandte sich ihrem Computer zu. Sie würde Jock einen Brief schreiben. Natürlich würde sie ihn niemals abschicken, doch beim Formulieren konnte sie die Gedanken und Fragen in ihrem Kopf am besten ordnen. Das machte sie oft so. Sie schrieb auch Briefe an anspruchsvolle und lästige Kunden und löschte sie danach wieder.

Lieber Jock,
ich habe mit Maddie geredet. Mir scheint, dass wir beide unsere Vergangenheit völlig unterschiedlich wahrnehmen. Und ich würde gern eins wissen: Habe ich was verpasst? Habe ich die ganze Zeit etwa wie in Trance gelebt und alle Anspielungen einfach nicht verstanden? Mir ist noch immer sehr bewusst, wie panisch du reagiert hast, als ich dir meine Liebe gestand. Ich kann mich sehr gut daran erinnern, wie du gesagt hast: »Nein. Augenblick mal! Das kann man nicht Liebe nennen. Das war einvernehmlicher Sex, keine Liebe.« Und die Schwangerschaft war schon

ziemlich weit fortgeschritten, als du meintest: »Gut, lass uns heiraten.« Ich entschuldige mich dafür, dass mich das damals nicht umgehauen hat. Aber ich war eben nicht davon überzeugt, dass sich eine Ehe mit dir lohnen würde. Dann hast du eine andere geheiratet und warst so schnell wieder geschieden … Da musst du verstehen, dass ich nicht gerade sehr viel Vertrauen in dein Urteilsvermögen hatte. Doch dass du Maddie diesen Unsinn erzählst, dass du mich immer geliebt hättest und mich heiraten wolltest, ich aber zu wütend auf dich gewesen sei … Dass du keiner anderen Frau irgendwas bedeuten würdest und dich damit abgefunden hättest, niemals eine andere abzukriegen … Wie lässt mich das dastehen? Du Vollidiot, du Depp, du Spatzenhirn, du …

Das war typisch für sie, für ihre nicht abgeschickten, selbsttherapeutischen Briefe: Sie fing an, die betreffenden Personen zu beschimpfen. Manchmal half das auch.

Jock, du blöder Idiot, ich habe dich geliebt! Du hast mich zurückgewiesen. Ich habe deinetwegen meine beste Freundin betrogen, und du hast mich einfach sitzen lassen. Und die Jahre, die darauf folgten, waren so unwahrscheinlich schwer …

»Riley?«

Vor Schreck zuckte sie zusammen und griff sich an die Brust. Hoffentlich hatte sie das eben nicht laut ausgesprochen! »Logan! Meine Güte!«

Er lachte. »Was immer du da schreibst, du warst völlig abgetaucht. Aber die Tür stand offen.«

Sie löschte den Brief und errötete. »Ich hab nur … Ich meine … Ein Angebot. Eine Aufstellung der einzelnen …«

»Ich wollte dich nicht erschrecken«, sagte er.

»Komm rein. Was machst du denn hier?«

Er durchquerte das Zimmer und setzte sich auf einen der

Stühle vor ihrem Schreibtisch. »Ich war gerade in der Gegend und hab dich schon seit ein paar Tagen nicht gesehen …«

»Wir haben doch telefoniert«, erwiderte sie aus dem Impuls heraus, sich rechtfertigen zu müssen.

»Das ist nicht halb so lustig. Hör zu, ich habe eine verrückte Woche vor mir und du vermutlich auch. Darf ich dich deswegen heute Abend zum Essen ausführen? Ist vielleicht das letzte Mal für längere Zeit …«

»O, das wäre …« Sie faltete die Hände auf dem Schreibtisch. »Wir haben noch gar nicht über Weihnachten geredet. Ich fände es schön, wenn du entweder an Heiligabend oder am ersten Feiertag mit zu meiner Mom kommen könntest, aber vermutlich bist du da selbst schon familiär verplant. Und ich weiß auch nicht, ob du unbedingt an Weihnachten deinen Antrittsbesuch in meiner Familie machen willst.«

Er lachte sie nur an und schwieg.

»Aber wenn du …«

»Alles gut, Riley«, unterbrach er sie. »Mein Debüt mit Maddie verlief ja nicht so toll.«

»Es tut mir wirklich leid, damit war nicht zu rechnen. Das hat man wohl davon, wenn man nie ausgeht. Bei meiner Mom wird es jedoch vermutlich nicht so grässlich.«

»Ich glaube, es wäre eine gute Idee, wenn ich mich an Weihnachten um meine eigene Familie kümmere. Außerdem muss ich meine Partnerin im Dienst ablösen, sie hat Mann und Kinder. Tja, und vielleicht kommt meine Ex vorbei, damit ist fast zu rechnen. Und mein Vater.« Er verdrehte die Augen. »Deswegen wäre heute Abend super. Oder morgen. Was meinst du?«

»Klingt gut. Wo würdest du gern hingehen?«

»Wie wär's mit dem Ristorante Riviera?«

»Wunderbar! Ich liebe dieses Restaurant!« Sie musterte kurz ihr Outfit. Heute trug sie eine Kombination aus Hose und

Blazer. »Bin ich richtig angezogen? Oder muss ich vorher noch mal nach Hause?«

»Du siehst perfekt aus.« Er schaute sich im Zimmer um. »Ich hab mich schon gefragt, wie dein Büro wohl aussieht. Es ist echt schön, Riley. Sehr …«

In diesem Moment hörte man, wie die Eingangstür geöffnet wurde, und eine Sekunde später klopfte es.

Emma streckte den Kopf zur Tür herein. »O, entschuldige. Du hast Besuch. Ich warte draußen.« Sie wollte sich zurückziehen.

»Nein, komm nur rein, Emma. Das ist ein Freund von mir, Logan Danner. Wir haben gerade überlegt, ob wir gleich essen gehen wollen. Logan, kannst du mir fünf Minuten allein mit Emma geben?«

»Selbstverständlich«, erwiderte er und stand auf.

»O!«, sagte Emma. »Sie sind das. Der Mann vom Krankenhaus.«

Er runzelte die Stirn. »Krankenhaus?«

»Ich habe auf meinen Abholer gewartet und war ein bisschen aufgebracht. Sie haben mir Ihre Blumen geschenkt.«

»Das waren Sie?«, fragte er und sah sie an. »Genau, das waren Sie! Sie hatten einen schlechten Tag.«

»Es war mein letzter Arbeitstag dort. Ich war ebenfalls im Reinigungsservice tätig. Danach konnte ich zum Glück direkt hier anfangen. Das war nett von Ihnen, das mit den Blumen.«

»Ich wollte eine Kollegin besuchen, aber sie war schon entlassen worden. Und nach Hause wollte ich ihr die Blumen nicht bringen. Wäre vielleicht problematisch geworden.« Er lachte breit.

»Ihr beide kennt euch also?«, erkundigte Riley sich.

»Kennen wäre zu viel gesagt«, antwortete Emma. »Wir standen nur beide zur selben Zeit vor der Notaufnahme, und ich sah aus, wie ich mich fühlte – vollkommen am Ende.«

»Ich bat sie, doch meine Blumen zu nehmen, denn ich hätte sie sonst in den Müll geworfen«, erklärte Logan. »Eine spontane Geste. Ich hätte sie auch den Krankenschwestern dalassen können, aber …« Er zuckte die Achseln.

Emma sah Riley an. »Von mir aus kann dein Gast gerne dableiben. Es dauert wirklich nur eine Minute.« Sie holte tief Luft. »Ich habe gegen die Unternehmensregeln verstoßen. In unserem letzten Objekt für heute haben wir mitbekommen, wie der Kunde seine Frau schlug. Mir ist klar, dass wir eigentlich immer erst dich oder Makenna oder Nick anrufen sollten. Trotzdem habe ich sofort die Polizei verständigt.«

»O mein Gott«, stieß Riley hervor. »Setz dich bitte, Emma.«

»Es tut mir leid. Ich weiß, dass uns die persönlichen Angelegenheiten der Kunden nicht zu interessieren haben, aber in diesem Fall konnte ich nicht einfach wegsehen.«

»Emma, das war auch keine persönliche Angelegenheit, das war Körperverletzung. Gesetzeswidrig. Das gehört nicht zu der Kategorie von Dingen, die du übersehen sollst. Wenn Reverend Douglas gern die Unterwäsche seiner Frau trägt, geht uns das nichts an. Doch bei Verbrechen sind wir natürlich in der Pflicht!«

»Reverend Douglas trägt gern Frauenunterwäsche?«, fragten Emma und Logan gleichzeitig.

»Das war bloß ein Beispiel«, sagte Riley. »Ich wünschte dennoch, du hättest mich angerufen – aber nicht, weil ich dir den Rat gegeben hätte, diesen Umstand zu ignorieren. Denn ich hätte die Behörden alarmiert, wäre zu euch rausgekommen und hätte mit euch auf die Polizei gewartet. Dann könnten Mr. und Mrs. Andrews nämlich mir die Schuld geben und nicht euch. Hoffentlich wissen Sie nicht, dass du etwas damit zu tun hast.«

»Das dürfte schwer werden«, entgegnete Emma. »Ich habe nämlich an der Tür gelauscht, weil ich glaubte, ich hätte Hilfeschreie gehört. Plötzlich ging die Tür auf, und ich landete voll auf dem Fiesling. Wumms! Der miese kleine Schläger.« Sie schnaubte verächtlich. »Ich wünschte, er wäre auf mich losgegangen!«

»Wurde sie schwer verletzt?«, wollte Riley wissen.

»Ich weiß es nicht. Sie haben sie jedenfalls ins Krankenhaus gebracht. Wogegen sie sich übrigens mit Händen und Füßen gewehrt hat. Ich hatte den Eindruck, das war nicht das erste Mal. Vielleicht hat er ihr den Arm gebrochen. Und er hat auf jeden Fall versucht, sie zu erwürgen.«

»Um Himmels willen!«, rief Riley. »Okay, pass auf, Emma. Das ist nicht das erste Mal, dass wir eine Situation mit häuslicher Gewalt erleben. Wenn wir ein Haus betreten und den Privatbereich fremder Menschen reinigen, betreten wir damit auch ihr Leben – und zwar auf eine Weise, die den Leuten nicht immer bewusst ist. Falls dir jemals der Verdacht kommt, dass in einem Haushalt Missbrauch oder anderes ungesetzliches Verhalten vor sich geht, zögere bitte nicht damit, dich sofort an mich zu wenden. Oder, falls ich nicht erreichbar sein sollte, an Makenna oder Nick. Wir machen diesen Job schon länger.«

»In diesem Fall konnte ich nicht länger warten«, bemerkte sie. »Entschuldige bitte.«

»Du musst dich nicht entschuldigen«, erklärte Riley. »Ich hätte dasselbe getan. Das war richtig. Ich versuche nur, mein Personal aus solchen Situationen herauszuhalten, wenn es möglich ist. Denn meistens kündigen die Kunden nach so einem Vorfall den Vertrag mit uns, weil wir zu viel gesehen haben. Auf diese Weise sind sie das Problem los.« Riley lächelte. »Ich habe übrigens gehört, dass du wegen der Christensens nachgefragt hast. Das war sehr klug von dir.«

»Ich hatte fast Angst, überhaupt noch Luft zu holen«, meinte Emma.

»Jetzt bin ich aber neugierig geworden«, mischte Logan sich ein.

»Du kannst es ihm ruhig erzählen«, forderte Riley sie auf.

Einen Moment starrte sie Riley verwirrt an. Ihm was erzählen? »Nun, in meinem früheren Leben hatte ich mit einigen Dekorateuren zu tun. Mir ist aufgefallen, dass der Weihnachtsschmuck in einem unserer Objekte überaus wertvoll und teuer ist. Und äußerst zerbrechlich. Und selbst der vorsichtigsten Reinigungskraft kann es passieren, dass sie mal etwas umstößt oder fallen lässt. Unter dem Christbaumschmuck sind zum Beispiel Kugeln von Wedgwood, Stücke von Juwelieren und Kristallglas von exklusiven Läden wie Tiffany & Co. und Waterford Crystal.«

»Und exklusiv heißt in diesem Zusammenhang was?«, erkundigte Logan sich.

»Eine Weihnachtskugel von Waterford kostet ein paar Hundert Dollar. Und diese Rentierfigürchen von Tiffany & Co. liegen bei fünfzehnhundert. Dann noch ein Adventskranz mit Swarovski-Steinen. Alles nur vom Feinsten.«

»Wow«, staunte er. »Sie haben ja anscheinend eine Menge Erfahrung mit solchen Dingen.«

»Ein bisschen kenne ich mich damit aus«, antwortete sie ausweichend. »Ich wollte bloß verhindern, dass ich oder jemand aus meinem Team eine Riesenrechnung fürs Abstauben bekommt.«

»Mrs. Christensen hat übrigens beschlossen, dass ihr Dekorateur höchstpersönlich das Abstauben übernehmen wird. Wir lassen die Finger von dem Zeug«, berichtete Riley. »Danke, dass du vorbeigekommen bist und Bescheid gesagt hast, Emma. Ich halte dich auf dem Laufenden.«

»Danke«, sagte Emma. Offensichtlich war das Gespräch beendet. Sie stand auf, Logan ebenfalls.

Er griff in die Tasche und reichte ihr eine Karte. »Falls Sie sich noch mal an die Polizei wenden müssen oder einen Ratschlag brauchen, bitte melden Sie sich. Am besten die Handynummer anrufen, denn ich bin viel unterwegs und nur stundenweise im Büro.«

»Sie sind bei der Polizei?«, fragte Emma.

»Ja. Ich habe früher als Einsatzkraft in der Abteilung für häusliche Gewalt gearbeitet und habe dort noch befreundete Kollegen, an die ich Sie gegebenenfalls weiterleiten kann. Das Revier ist nicht sehr groß.«

»Vielen Dank, Mr. Danner.«

»Bitte nennen Sie mich Logan.«

»Sehr nett von Ihnen.« Sie wandte sich an Riley: »Hoffentlich wird der Rest der Woche nicht so aufregend.«

»Kurz vor den Feiertagen drehen immer alle durch. Ich wünsche dir eine schöne Woche.«

»Danke«, meinte Emma.

Sie ist sehr hübsch, dachte Riley. *Sogar nach so einem Tag.* Wäre es nicht verständlich, wenn Logan auf sie abfahren würde? Irgendwie war er gleich aufgeblüht, als er sie gesehen hatte.

Und wieso denkst du so was? fragte Riley sich im nächsten Moment im Stillen.

Auf der Fahrt nach Hause gingen Emma tausend Dinge durch den Kopf. Dieser Vorfall von häuslicher Gewalt hatte sie wirklich schockiert. Schrecklich. Der erste Gedanke, der ihr kam, war jedoch: So schlimm ist es bei mir nie gewesen! Sie war nie auf diese Weise misshandelt worden. Nie.

Aber wie viele Leute von ihrem Personal in New York hatten mitbekommen, dass ihr Mann sie nie in den Arm genommen hatte, dass die Person, die mit ihm geschäftlich unterwegs gewesen war, ihn nicht nur aus rein geschäftlichen Zwecken begleitet hatte oder dass er sich allen so dermaßen überlegen gefühlt hatte, dass er mit seiner Geliebten vor ihren Augen herumspaziert war und seine Kunden um hundert

Millionen Dollar betrogen hatte. Nein, Emma war nie missbraucht worden. *Haha.* Der Mann, der ihr geschworen hatte, sie zu lieben und zu beschützen, hatte einfach nur ihr Leben ruiniert.

Mrs. Andrews stellt sich bestimmt jeden Tag genau diese Fragen. Wieso habe ich diesen Mann geheiratet? Wie konnte ich ihm nur mein Leben, meine Zukunft anvertrauen? Und wahrscheinlich fragte sie sich nun unweigerlich, wie sie von ihm wegkommen konnte.

Emma hätte nicht zu Riley gehen müssen. Sie hätte einfach Makenna oder Nick informieren können, und wahrscheinlich hatten das ihre Kolleginnen ohnehin schon erledigt. Aber Emma wollte es Riley persönlich sagen, ihr dabei in die Augen sehen. *Das ist deine Chance. Ich hab die Regeln nicht befolgt. Du kannst mich feuern.*

Doch dann hatte Riley ihr Handeln verteidigt. Hatte ihr Rückendeckung gegeben. Sich schützend vor sie gestellt. Emma wusste, dass das nichts direkt mit ihr zu tun hatte. Das tat Riley für alle ihre Angestellten. Adam hatte also vollkommen recht gehabt, was seine Schwester anging. Sie führte das Unternehmen gut, sorgte für ein sicheres Arbeitsumfeld, kümmerte sich um ihre Angestellten und war ihnen gegenüber loyal. Und sie konnte die Tatsache, dass sie Emma nicht um sich haben wollte, ignorieren und so mit der Situation professionell und fair umgehen.

Sie seufzte. Was machte es schon? Sie wollte keine neue beste Freundin. Sie wollte einfach arbeiten, leben und ihren Frieden haben, um innerlich zu heilen. Das war alles.

Ihr Handy klingelte, und sie nahm das Gespräch über die Freisprechanlage entgegen. Die angezeigte Nummer kannte sie nicht. »Hallo«, meldete sie sich.

»Ich weiß, wer Sie sind«, sagte eine zaghaft klingende weibliche Stimme.

Emma war gerade an der Kreuzung zu einer Seitenstraße und bog abrupt ab, ohne zu blinken, sodass der Fahrer hinter ihr erbost hupte. Sie hielt am Straßenrand.

»Hallo?«, wiederholte sie. Jetzt nahm sie ihr Telefon aus der Tasche und schaltete den Motor aus. »Ich wechsele mal kurz ans Handy, einen Moment. Okay. Bin wieder da.«

»Ich weiß, wer Sie sind«, sagte die Stimme noch einmal. »Die Putzfrau.«

»O. Ja. Es tut mir leid, dass ich diesen Satz gelesen habe. Das sollte ich eigentlich nicht.«

»Ich weiß. Ich habe das extra gemacht, damit Sie es lesen.«

»O«, stieß Emma hervor. »Und Sie möchten reden?«

»Ich gehe zweimal in der Woche zur Therapie, um zu reden, doch das hat bisher nichts geholfen.«

»Trotzdem gut, dass Sie das machen. Aber wieso haben Sie den Eindruck, dass es nichts bringt?«, erkundigte Emma sich.

Die Antwort war Schweigen.

Ich bin echt eine Idiotin, dachte Emma. *Ich sollte mich noch mal entschuldigen und sie darum bitten, es niemandem zu verraten. Und dann sollte ich Riley informieren und …*

»Weil diese Typen nicht wirklich mit mir reden wollen, sondern es müssen. Weil sie dafür bezahlt werden.«

»Ich verstehe«, erwiderte Emma.

»Ich glaube echt, das tun Sie. Sind Sie eine Art Spion?«

»Nein.« Emma musste lachen. »Ich bin bloß eine Putzfrau, die Riesenärger dafür bekommen wird, an Ihre Privatsachen gegangen zu sein. Ich entschuldige mich in aller Form.«

»Wieso haben Sie es dann gemacht?«

»Na ja … Weil es auch in meinem Leben Zeiten gab, in denen ich niemanden hatte, mit dem ich reden konnte. Niemanden. Und ich hätte so viel zu sagen gehabt. Ich hatte große Sorgen, aber niemanden, der mir hätte zuhören können. Deswegen weiß ich, wie sich das anfühlt.«

»Wann war das?«

»Als ich sechzehn war, kam mein Vater bei einem Verkehrsunfall ums Leben. Ich hatte schon keine Mutter mehr. Und ich fühlte mich wahnsinnig allein.« Das war gelogen. Sie hatte die Kerrigans gehabt, trotz allem Schmerz und aller Trauer. Emma überlegte, was das Mädchen wohl gerade durchmachte.

»Hatten Sie eine Schwester?«, fragte das Mädchen.

»Eine Stiefschwester und eine Halbschwester. Und eine Stiefmutter. Das war eine dunkle Zeit damals.« Emma räusperte sich. »Hast du eine Schwester?«

»Nein. Meine Eltern finden, dass ein Kind reicht«, erklärte sie. »Meine Mutter ist auch tot. Und ich habe auch eine Stiefmutter. Angeblich ist sie ganz wunderbar.«

»Klingt nicht so, als wärst du davon überzeugt.«

»Scheint so«, sagte Bethany. »Meine Stiefmutter meint, die Familie kommt wieder in die Spur.« Sie lachte. »Tja, nur was mache ich bisher damit?«

Emma biss sich auf die Unterlippe. Mit solchen Dingen kannte sie sich nicht aus. Lucinda war ihre erste Therapeutin. Davor waren June und Riley die einzige Art Therapeuten gewesen, die sie gehabt hatte.

Doch sie hatte zumindest eine Stiefmutter gehabt. »Magst du deine Stiefmutter?«, fragte sie.

»Würde ich gern. Sie ist nett. Und ich versuche es, aber es geht nicht.«

»Wieso nicht?«

»Was soll das heißen, wieso nicht?«

»Du musst es mir ja nicht verraten«, meinte Emma. »Du kannst gern auch über etwas anderes reden, wenn du …«

»Sie trägt die Sachen meiner Mutter.«

Emma zog sich der Magen zusammen. Ihre Kehle war auf einmal wie zugeschnürt. Sie glaubte, keinen Ton mehr herauszubekommen. Wer war bitte derart unsensibel? Niemand.

Nicht mal der dümmste Mensch auf der Welt. Sogar Rosemary war einfühlsamer gewesen als diese Frau.

»Sie hat uns vorher gefragt, ob es uns was ausmachen würde«, erläuterte Bethany. »Dad und ich haben gesagt, es würde uns nichts ausmachen. Doch meine Mutter ist tot, und sie trägt jetzt ihre Kleider.«

»Wie hat sich denn dein Therapeut dazu geäußert?«, wollte Emma wissen.

»Er hat gefragt, ob ich den Eindruck hätte, dass sie versuchen würde, meine Mutter zu ersetzen, und ob ich deswegen so verärgert wäre.«

»Du hast ihm jedoch erzählt, woran es wirklich liegt, oder?«

»Ich bin verärgert, weil sie die Kleider meiner Mutter trägt!«, stellte Bethany mit starker Stimme klar. »Bald werden sie vielleicht abgetragen sein, und sie muss sich neue kaufen. Hoffe ich zumindest. Ich glaube es allerdings nicht.«

»Hast du deinem Vater mitgeteilt, dass es dich stört?«

»Mein Dad ist … wie soll ich es ausdrücken … nicht mehr derselbe. Ich weiß genau, dass sein Honigkuchenpferd-Lächeln absolut aufgesetzt ist. Er ist einfach nur traurig. Er kann auch nichts dagegen machen.«

Emma bemerkte, dass ihr die Tränen herunterliefen. »Du musst mit ihm darüber sprechen. Du darfst das nicht alles in dich hineinfressen, du musst dich damit jemandem anvertrauen. Dein Vater fände das sicher auch gut.«

»Ich habe jetzt ja Sie«, sagte Bethany.

»Aber …«

»Nur weiß ich Ihren Namen nicht. Und auch sonst nichts über Sie.«

Am besten sollte ich heute Abend Adam anrufen, damit wir schön essen gehen und zwei Flaschen Wein trinken und dann in den Armen des anderen einschlafen können. Denn ich werde mir bald einen neuen Job suchen müssen.

»Ich heiße Emma«, erwiderte sie. »Und auch ich war mal allein und traurig. Doch das bin ich heute nicht mehr. Deswegen habe ich dir meine Hilfe angeboten. Allerdings kann ich während der Arbeit nicht telefonieren, also nicht tagsüber. Ich habe in der Regel um fünf Uhr Schluss. Und an den Wochenenden ginge es auch.«

»Dieses Wochenende ist Weihnachten.« Das Mädchen klang traurig. »Dann ist es noch schlimmer.«

»Ich weiß, Schätzchen.«

»Ich muss jetzt auflegen. Ich melde mich wieder.«

»Okay. Und wenn ich nicht rangehe, hinterlass bitte eine Nachricht.«

»Geht auch eine SMS?«, fragte Bethany.

»Ja klar«, meinte Emma. »Aber reden ist vermutlich besser. Das wolltest du doch.«

»Ja, glaub schon. Bitte sagen Sie ihnen nichts.«

»Nein, das mache ich nicht.« *Hoffentlich wird das nicht nötig sein. Mal abwarten.*

»Diese Emma scheint eine interessante Person zu sein«, meinte Logan.

Riley lächelte. Sie saßen im Restaurant und plauderten über alles und nichts. »Du hast es immerhin bis nach der Vorspeise ausgehalten«, erwiderte sie.

»Wie? Hab ich was Falsches gesagt?«

»Überhaupt nicht. Ich hatte bloß bereits damit gerechnet, dass du dich dazu äußern würdest. Irgendwie wurdest du so lebendig, als Emma im Büro auftauchte.«

»Wirklich? Ich glaube, ich wurde nur lebendig, weil sie mich wiedererkannt hat. Aber ich konnte mich an sie überhaupt nicht erinnern. Tja. Wie klein ist die Welt?«

»Das hier ist eine Kleinstadt. Und Emma ist außergewöhnlich hübsch«, erklärte Riley. »Eigentlich unvergesslich.«

»Sie hat heute auf jeden Fall das Richtige getan«, entgegnete er.

»Wenn so etwas vorkommt, habe ich es trotzdem lieber, dass zunächst ich informiert werde. Oder Nick. Nick kann mit solchen Situationen hervorragend umgehen. Er ist zwar kein großer Mann, sondern eher ein kleiner, untersetzter Italiener. Aber er nimmt es auch mit Zwei-Meter-Typen auf, wenn es sein muss. Zu unseren Angestellten ist er zuckersüß. Es sei denn, sie gehen ihm zu sehr auf die Nerven und versuchen, ihn zu übervorteilen. Dann kann er sehr schnell umschalten und seinen Standpunkt klarmachen. Nicht auf eine fiese, sondern vielmehr auf eine sehr klare Weise. Und bei den Männern ist es so: Er ist einer von ihnen – bis sie probieren, ihn und seine Position auszunutzen. In dem Fall lässt er auch mal den Chef raushängen. Niemand will sich ernsthaft mit ihm anlegen. Er wirkt wie einer, der sich gerne prügelt. Oft kommt es vor, dass ein potenzieller Kunde ein Angebot von Nick bekommt und sich danach an mich wendet, um die Lady zu einem für ihn vorteilhafteren Deal zu überreden.« Sie lachte und schüttelte den Kopf. »Hat noch kein einziges Mal funktioniert.«

Sie fuhr fort: »Ich hätte es gut gefunden, wenn Nick beim Eintreffen der Polizei dabei gewesen wäre. Und ich wäre auch gern dabei gewesen, als sie Mr. Andrews mit seiner Tat konfrontiert haben. Aber das wäre ein zu großer Zufall gewesen.«

»Sie haben ihn bestimmt aufgespürt.« Logan spießte ein Artischockenherz auf die Gabel.

»Seine Frau wird vielleicht um des lieben Friedens willen behaupten, dass gar nichts war …«

»Es gibt aber Zeugen und Beweise für die Misshandlung. Glaubst du, die Polizei kennt diese Nummer nicht? Wir wissen genau, was das Opfer erzählen und was es tun wird. Alles schon hundertmal gehört. Und jetzt ist die Frau ein Wrack. Es gibt übrigens zwei Straftatbestände, für die man keine Kaution stellen kann: häusliche Gewalt und Fahren unter Alkoholefluss. Die betroffenen Täter sind also dazu gezwungen, die Nacht im Gefängnis zu verbringen. Im ersten Fall, damit das Opfer wenn gewünscht Zeit hat, sich in Sicherheit zu bringen, und im zweiten Fall, um auszunüchtern.«

Riley dachte darüber nach. »Wie klug. Und ich dachte, diese Typen kämen immer davon.«

»Das tun sie dennoch, trotz aller gesetzlichen Maßnahmen. Aber natürlich sind wir von der Polizei unfassbar schlau. Uns ist absolut klar, wie diese Leute ticken.«

»Du bist auf jeden Fall schlau«, entgegnete sie lachend.

»Erzähl doch mal was über diese Emma«, forderte er sie auf.

»Wieso?«, fragte sie.

»Weil ihr Freundinnen seid«, antwortete er.

Riley nahm sich noch etwas Grünzeug von der Salatplatte und konzentrierte sich auf ihre Vorspeise. »Wir sind keine Freundinnen. Ich kenne sie zwar schon sehr lange, doch sie ist erst vor Kurzem zurück nach Santa Rosa gekommen, nachdem sie jahrelang woanders gelebt hat. Sie hat einen Job gebraucht, ich hab ihr einen gegeben. Das ist im Prinzip alles.«

»Aber nein«, meinte er und lachte. »Ihr zwei habt eine Beziehung, die über das Berufliche hinausgeht.«

»Ach ja? Und woher willst du das wissen?«

Er zuckte die Achseln. »Erfahrung. Eure Körpersprache. Der Klang eurer Stimmen, wenn ihr miteinander sprecht. Der Augenkontakt. Die Art, wie ihr aufeinander reagiert. Man spürt einfach die Chemie zwischen euch.«

»Frechheit«, sagte Riley und sah ihn bewundernd an. »Du bist wohl ein ganz Schlauer, was? Es stimmt, früher waren Emma und ich sehr gut befreundet.«

»Hab ich mir's doch gedacht.«

»Wir waren zusammen auf der Schule. Emma ging dann weg, aufs College, und kam nicht mehr zurück. Sie heiratete und ist erst kürzlich zurückgekehrt. Nach dem Tod ihres Mannes.«

»Oje«, erwiderte er kauend. »Dabei ist sie noch so jung. Wie traurig.«

»Es war wohl nicht die beste Ehe.«

»War da etwa auch Misshandlung im Spiel?«

»Wieso interessiert dich das?«, wollte Riley wissen.

»Es würde erklären, wieso sie auf die misshandelte Frau so stark reagiert hat.«

»Aha«, entgegnete sie. »Ich würde vermuten, dass das rein intuitiv war. Aber ich weiß nicht, ob in ihrer Ehe so etwas vorgefallen ist. Wie man hört, war ihr Mann nicht der tollste Partner. Und dann hat er sich auch noch umgebracht. Nachdem sie ihn beerdigt und alle ihre Angelegenheiten geregelt hatte, kam sie wieder her. Ich schätze mal, dass sie sich hier wohler fühlt, wo sie noch ein paar Leute von früher kennt.«

Logan pfiff durch die Zähne. »Selbstmord. Unschön.«

»So was ist wahrscheinlich sogar schwer zu verdauen, wenn man seinen Ehemann gehasst hat.«

»Ja. Hoffentlich hat er ihr wenigstens was hinterlassen.«

»Das bezweifle ich. Wenn er das getan hätte, würde sie dann putzen gehen?«

»Wart ihr sehr eng befreundet damals? Ich meine, selbst wenn du inzwischen ihre Chefin bist und sie deine Angestellte – mir ist da etwas aufgefallen. Eine Art Vertrautheit, Intimität.«

»Intimität?«, fragte sie schockiert.

»Nicht sexueller Natur. Vielleicht eher so etwas wie ein Urvertrauen.«

»Von ihr?« Riley konnte es nicht fassen.

»Von euch beiden. Wenn ihr euch nur ein bisschen ähnlich sehen würdet, könnte man euch glatt für Schwestern halten. Das war ein sehr vertrautes Geben und Nehmen zwischen euch, so eine Art Hassliebe, wie man sie bei Geschwistern oft beobachtet. Du weißt sicher, was ich meine, wir kennen das alle. Ich darf meine Schwester ein Miststück nennen, aber niemand sonst. Ich hatte einfach den Eindruck ... Ihr scheint euch echt gut zu kennen.«

Sie lächelte ihn an. »Als Kinder waren wir beste Freundinnen. Das ist allerdings lange her. Wir hatten fünfzehn Jahre lang gar keinen Kontakt.« Sie versuchte, das Thema zu wechseln. »Ist dieser Vorspeisenteller nicht fantastisch? Besser geht's nicht, oder? Wir hätten auch noch Bruschetta bestellen sollen, ist hier auch unschlagbar gut.«

Er stützte die Ellbogen auf den Tisch, beugte sich nach vorn und lächelte sie an. »Wenn du nicht möchtest, dass ich über gewisse Dinge rede, kannst du es mir gern direkt sagen.«

»Weißt du ... wenn ich schon mal eine Verabredung habe – was selten genug vorkommt –, möchte ich ungern über andere Frauen sprechen«, sagte Riley. »Außerdem, wenn dein geheimes Motiv darin besteht, dass du auf ein Date mit ihr aus bist, muss ich dich enttäuschen: Ich denke, sie hat einen Freund. Und darüber bin ich auch nicht gerade erbaut.«

Er starrte sie überrascht an. Seine Augen waren groß wie Unterteller. Ganz klar, das würde sie jetzt wohl näher ausführen müssen.

»Du machst mich neugierig«, meinte er schließlich.

Riley seufzte resigniert. »Ich glaube, dass sie sich mit meinem Bruder trifft. Adam hat mir erzählt, dass er ihr zufällig begegnet ist und dass er es schön fand, sie nach so langer Zeit wiederzusehen. Sie waren wohl ein Glas Wein trinken, und er hat ihr meine Visitenkarte gegeben. Ich hätte ja drauf wetten können, dass sie sich niemals wegen eines Jobs bei mir meldet, weil wir als Kinder eher so was wie Konkurrentinnen waren. Nicht im negativen Sinn, nicht wie Rivalinnen, aber trotzdem ... Und Adam ist in letzter Zeit verdächtig häufig unterwegs und wirkt so merkwürdig glücklich ...«

Logan musste lachen. »Riley, du bist ja eine Hexe!«

»Hallo? Diese Frau arbeitet für mich! Meinst du, ich will ihr demnächst auch noch bei Familienfeiern begegnen? Das wäre schon ein bisschen seltsam, findest du nicht?«

Der Kellner erschien und wollte die Vorspeisenplatte mitnehmen, doch Logan hielt ihn zurück. »Wir essen noch, danke. Aber ich hätte gern noch ein Bier, und die Dame möchte sicher gleich auch noch ein Glas Wein. Vielen Dank.« Dann wandte er sich an Riley: »Ich glaube ja, da steckt mehr dahinter, aber ich möchte uns den Abend nicht verderben. Ich mag es nämlich, wie unsere Verabredungen enden: ganz langsam und mit viel Körperkontakt. Also … Was hältst du von den Lakers?«

»Ich wollte ihr nicht einen Job *und* meinen Bruder geben«, sagte sie.

Er nahm ihre Hand. »Ich fand einfach, dass sie eine gut aussehende Frau ist, und habe trotzdem absolut kein Interesse daran, mich mit einer anderen als mit dir zu treffen. Du bist der Hammer, Riley. Und ich will unbedingt mit dir rummachen.«

»Vielleicht habe ich dazu keine Lust mehr«, hielt sie dagegen.

»Trink doch noch was«, schlug er vor. »Über Weihnachten halten wir Winterschlaf, und wenn wir dann … Hey, wollen wir uns für Silvester verabreden?«

»Vielleicht«, antwortete sie ausweichend. »Darf ich das vorher mit meiner Tochter besprechen? Ich will nur sichergehen, dass sie nicht über die Stränge schlägt, während ich mit dir feiere.«

»Schon klar«, entgegnete er. »Ah, unser Essen kommt. Und pass auf, dass du noch ein Plätzchen für das Tiramisu frei lässt. O Mann, das sieht vielleicht gut aus!« Er drückte ihre Finger. »Komm schon, Baby. Entspann dich. Heute Abend geht es nur um uns. Ich möchte dich mit meinen Manieren, meinem guten Geschmack, meinem brillanten Auftreten und meiner sexuellen Anziehungskraft beeindrucken.«

Sie lachte. »Ich will nichts mehr von deiner sexuellen Anziehungskraft hören. Vor allem nicht, wenn der Kellner mithört.«

»Spielverderberin! Manche Frauen finden Männer sexy, die bereit sind, sich in aller Öffentlichkeit zum Idioten zu machen.«

»Ist das so?«

»Das weißt du doch, Riley.« Er zwinkerte ihr zu.

Logan hatte an diesem Abend etwas gelernt – und zwar, was für ein Trottel er sein konnte. Erstens hätte jeder Detective, bei dem das Hirn richtig funktionierte, die Sprache nicht von sich aus auf Emma gebracht und sein Gegenüber zu ihr ausgequetscht, sondern gewartet, bis Riley sie selbst erwähnt hätte. Und zweitens: Was auch immer damals gewesen war, hatte Riley anscheinend noch nicht verarbeitet. Und das hätte ihnen beinahe den Abend ruiniert. Vielleicht war er doch nicht in der Lage, Job und Privatleben auseinanderzuhalten, weil er so scharf auf Riley war. Er begehrte sie, wie er seit Langem keine Frau mehr begehrt hatte.

Als das Gespräch darauf kam, dass Emma vermutlich mit Rileys Bruder zusammen war, hatte sie komplett dichtgemacht. Es schien Riley nichts auszumachen, darüber zu reden, dass Emma hübsch war oder eine schlimme Ehe gehabt hatte. Aber sie wollte auf keinen Fall über Emma und ihre Beziehung zu Männern reden.

Nach dem Essen war es ihm gelungen, sie am Auto zu einer kleiner Knutscherei zu überreden. Auf sein Drängen hin hatten sie sich sogar reingesetzt – für ein bisschen mehr. Aber als er sie eingeladen hatte, noch für ein Stündchen mit zu ihm zu kommen, hatte sie ihn ausgebremst. »Das werde ich nicht tun, Logan«, hatte sie gesagt. »Ich bin noch nicht bereit für diesen Schritt.« Als er erwidert hatte, dass er so weit wäre, wenn sie es wäre, hatte sie nur geantwortet: »Ich weiß. Das merkt man. So was entgeht mir nicht.«

Und jetzt fuhren sie also jeder in seinem Auto zu sich nach Hause, und er hatte das komische Gefühl, dass sich etwas geändert hatte. Statt einem Schritt nach vorn hatten sie eher einen zurück gemacht. Und das hatte etwas mit dieser Emma zu tun. Obwohl Riley ja keine Ahnung hatte, welches Interesse er persönlich an Emma Shay hatte.

Sein Handy klingelte, und die Nummer erschien auf dem Display auf dem Armaturenbrett. Es war Georgianna. Er nahm den Anruf über Bluetooth an. »Was gibt's?«, fragte er.

»Hallo, Schatz«, begrüßte sie ihn. »Du kommst schon wieder zu spät zum Essen.«

»Spinnst du? Was, wenn sie bei mir im Wagen gesessen hätte?«

»Hattest du nicht gesagt, ihr wollt euch zum Essen treffen? Warum sollte sie da in deinem Wagen sitzen?«

»Weil sie zum Beispiel zu viel getrunken hat und ich sie dringend zu mir bringen müsste. Hab ich auch versucht, ohne Erfolg. Sie hat ihr zweites Glas Wein kaum angerührt und meine Einladung abgelehnt. Und jetzt bin ich leicht frustriert, also lass mich einfach in Ruhe.«

»Hast du was rausgefunden?«

»Nein. Jedenfalls nichts, das uns etwas nützt.«

»Erzähl's mir lieber gleich. Ich bin viel objektiver in dem Fall als du.«

Er holte tief Luft. Da hatte sie recht. »Offenbar haben die beiden eine gemeinsame Geschichte, die jedoch irgendwie kompliziert ist. Als ich sie danach fragte – natürlich kraft meiner genialen Detective-Fähigkeiten –, machte sie komplett dicht. Es war in Ordnung für sie, darüber zu sprechen, dass diese Emma wieder hier ist, dass sie einen Job brauchte und dass sie über eine schlechte Ehe hinwegkommen muss. Wieso die Ehe schlecht war, darüber hat sie sich nicht ausgelassen. Aber als ich sie fragte, wie ihr Verhältnis denn in ihrer Jugend gewesen sei, machte sie zu. Ach ja, noch was: Sie glaubt, Emma trifft sich mit ihrem Bruder.«

»Das weiß sie nicht?«, hakte George nach.

»Anscheinend nicht. Wie sicher ist das?«

»Jeden Abend.«

»Und woher weißt du das?«, erkundigte er sich.

»Ihre Unterhaltungen drehen sich immer nur darum, was es heute zu essen gibt und wann der andere da sein kann.«

Kurz dachte Logan, dass Adam Kerrigan mehr Glück hatte als er. »Ich begreife das nicht. Ich habe Riley und Emma heute zusammen erlebt. Es ging um ein berufliches Problem, aber sie waren sehr freundlich zueinander, kein Konfrontationskurs. Sie sind alle eine große, nette Familie. Die Mutter und der Bruder mögen sie offensichtlich auch. Doch Riley ist klug. Beängstigend klug. Meinst du, sie weiß etwas und möchte ihre Familie da raushalten?«

»Möglich«, antwortete George. »Wenn du wirklich nichts Spannenderes zu berichten hast, gebe ich den Kindern jetzt einen Gutenachtkuss und hau mich in die Falle. Bruno hat Nachtschicht.«

Bruno war nicht sein echter Name. Der echte Name von Mr. Universe war John.

»Gut«, meinte Logan. »Ruf mich nicht mehr an.«

»Wahrscheinlich ist es besser, dass du nicht zum Zug gekommen bist …«

»Du hast echt keine Ahnung. So was ist nie gut.«

»Och«, erwiderte George, »ich kann mir jede Menge Umstände vorstellen, unter denen es nicht so vorteilhaft ist, wenn man …«

Er legte einfach auf.

16. Kapitel

Zwei Tage nach ihrem ersten Anruf meldete Bethany sich ein zweites Mal bei Emma. Wieder war sie gerade auf dem Rückweg von der Arbeit nach Hause. Sie erfuhr, dass Bethanys Mutter vor zwei Jahren ganz tragisch an einer Grippeinfektion gestorben war. Sie war erkrankt, es war schlimmer geworden, sie war ins Krankenhaus und schließlich auf die Intensivstation gekommen. Derart schwere Infektionen erlitten normalerweise nur Menschen mit geschwächtem Immunsystem oder ältere Menschen. Danielle Christensen war innerhalb einer Woche gestorben. Die Familie war logischerweise vollkommen am Boden zerstört gewesen.

Dann brachte Olaf Christensen eines Tages eine Frau mit nach Hause, mit der er schon seit vielen Jahren zusammenarbeitete: die Buchhalterin aus seinem Import-Export-Unternehmen. In der Bay Area gab es viele solcher Firmen, und seine war sehr erfolgreich. Danielle war noch nicht lange tot, aber offensichtlich half es Olaf, mit dieser Frau zusammen zu sein. Liz war vierzig, unverheiratet und kinderlos. Keine sechs Monate vergingen, und sie und Olaf Christensen heirateten. Alle waren begeistert von ihr. Sie war gut in ihrem Job, in ihrer Kirchengemeinde aktiv und bei den Kollegen beliebt, sie lachte viel und überschüttete Bethanys Vater mit Aufmerksamkeit. Doch zusammen mit Bethany lachte sie nie, immer nur mit ihrem Vater und anderen Erwachsenen.

Noch vor der Hochzeit übernahm Bethanys Stiefmutter die Kontrolle über das Haus. Sie kündigte der Putzfrau, die seit Jahren für die Familie gearbeitet hatte, und holte Rileys Firma ins Haus. Sie kochte nicht selbst, bestellte etwas, das sie auf dem Heimweg abholte, oder reservierte einen Tisch im Restaurant. Das einst so gemütliche Haus war auf einmal makellos sauber und aufgeräumt. Steril. Danielles Kleidung wurde zunächst in einem Schrank und einer Kommode in einem Gästezimmer untergebracht, fand jedoch allmählich den Weg zurück in den Schlafzimmerschrank. Alte Familienbilder verschwanden. Liz sagte: »Diese permanenten Erinnerungen helfen uns nicht in dieser Situation.« Bethany musste ihr Zimmer nach Liz' Anweisungen sauber machen. Wenn sie das nicht tat, kam Liz herein, räumte selbst auf und putzte. Um ihre Stiefmutter fernzuhalten, befolgte das Kind also ihre Anweisungen. Als Bethany Anzeichen einer Depression zeigte, suchte Liz ihr einen Therapeuten.

»Ich habe gehört, wie sie zu Dad gesagt hat, ich müsste ins Krankenhaus oder vielleicht auf ein Internat, aber das hat er abgelehnt. Vielleicht wäre das allerdings wirklich besser. Dann müsste ich nicht mehr bei ihnen sein.«

Bethany erzählte Emma, dass sie letzte Weihnachten Medikamente aus Liz' Medizinschränkchen eingenommen hatte und ihr der Magen ausgepumpt werden musste.

Emma erschrak. »O Schätzchen, das ist ja furchtbar! Bitte versprich, dass du so was nicht wieder machst!«

»Nein, mach ich nicht. Es war schrecklich. Wie sich herausstellte, hat Liz nicht die richtigen Medikamente da.«

»Na, das ist doch mal ein Pluspunkt«, meinte Emma. »Ich weiß, wie schwer es gerade an Weihnachten ist, Bethany. Wenn es dir weiterhin so schlecht geht, wende dich doch mal an den Vertrauenslehrer in deiner Schule. Oder einen anderen Lehrer? Gibt es da niemanden?«

»Das könnte ich mal versuchen. Vielleicht frage ich Dad und Liz auch einfach, ob ich nicht ein Auslandsjahr an einer anderen Schule machen kann. Mein Dad will ja, dass alles wieder gut wird. Aber Liz hätte mich gerne aus dem Weg.«

»Hast du denn noch Bilder von deiner Mutter?«, erkundigte Emma sich. »Die du dir ansehen kannst, um dich zu trösten?«

»In meiner Schreibtischschublade, ja.«

»Was ist denn mit deinen Großeltern?«

»Meine Oma ist im betreuten Wohnen. Sie war immer total fit, aber als Mom starb … da wurde sie quasi über Nacht total alt.«

»Und deine Freundinnen und Freunde aus der Schule?«

»Ich hab zwar Freunde, doch die wollen nichts mehr mit mir zu tun haben. Ich glaube, ich ziehe sie irgendwie runter. Und Liz macht sie nervös. Die Frau ist einfach *too much*.«

Emma war überrascht, als sie sich lachen hörte. »Okay, ich wollte es dir eigentlich nicht unbedingt sagen. Aber ich habe auch eine Stiefmutter, und die ist ebenfalls *too much*.«

»Kann nicht sein«, erwiderte Bethany.

»Sie heißt Rosemary. Ich weiß noch, wie meine Schulberaterin mir damals gesagt hat, ich könnte froh sein, eine Mutter wie Rosemary zu haben. Sie war sehr streng und achtete genau darauf, dass ich meine Hausaufgaben machte. Sie hatte ganz klare Wertvorstellungen. Die Beraterin meinte, eines Tages würde ich froh darüber sein. Aber Rosemary hat mir immer Angst gemacht. Ihr Lächeln war falsch, wenn du verstehst, was ich meine.«

»Ich weiß genau, was Sie meinen«, erwiderte Bethany. »Meine Stiefmutter mag mich nicht. Sie tut immer so, wenn Dad dabei ist, doch das ist alles nur gespielt. Manchmal höre ich, wie sie sich bei ihm über mich beschwert und rumheult, dass ich sie nicht mag und nicht akzeptiere. Vielleicht liegt es daran, dass sie so gar nichts von meiner Mutter hat. Ich weiß auch nicht. Irgendwie kommt es mir so vor, als würden wir gar nicht mehr in einem Haus wohnen.«

»Erzähl mir von deiner Mutter«, bat Emma.

»Mom war total lieb. Klar konnte sie auch mal wütend werden. Einmal hat sie mich mit einem Mopp gejagt und mich dabei wie eine Wilde angeschrien. Aber sie hat mich nicht gekriegt und sich dann kaputtgelacht. Und sie war unordentlich. Ihre Klamotten lagen immer überall rum, und unsere Putzfrau Mary hat sich ständig darüber beschwert. Mom lachte bloß und sagte: ›Kommen Sie schon, Mary! Ich sorge schließlich dafür, dass Sie eine sichere Stelle haben!‹ Und Mom konnte super kochen und backen. Im Haus roch es immer total lecker. Und sie ging gern zu meinen Schulveranstaltungen. Sie hat auch in Dads Firma gearbeitet. Doch wenn in der Schule was anstand, nahm sie sich frei, um dabei zu sein, um auf Ausflüge mitzufahren, meine Konzerte zu besuchen und solche Sachen. Und sie hat immer …« Bethanys Stimme erstarb. Emma wusste, dass sie weinte. »Wir haben immer zusammen im Bett gelegen und geredet und uns gegenseitig den Rücken und den Kopf massiert und gelacht und sind eng umschlungen eingeschlafen.«

Emma rang selbst mit den Worten. »Ich finde deine Mutter toll«, erklärte sie nach einer Weile.

»Danke, dass Sie das sagen. Ich glaube Ihnen. Dabei kennen Sie sie nicht mal. Ich wünschte, ich könnte bei ihr sein.«

»Sie ist in deinem Herzen bei dir, und ganz bestimmt passt sie auf dich auf. Eines Tages wirst du sein wie sie, weißt du? Womöglich noch nicht morgen oder nächste Woche, aber du wirst ein tolles Leben haben, und in deinem Haus wird es auch immer lecker riechen. Du wirst mit deinen Kindern lachen und eng umschlungen mit ihnen einschlafen. Ganz bestimmt, Bethany. Man wird älter. Als ich älter wurde, bin ich ausgezogen, weg von meiner Stiefmutter, und das wirst du auch tun.«

»Und Sie sind weggezogen und hatten dann ein tolles Leben?«

Emma biss sich auf die Unterlippe. Es war nicht mal eine Lüge, wenn sie bedachte, wie es jetzt gerade war. »Ja. Ich habe ein wunderbares Leben. Ich bin glücklich.«

»Obwohl Sie putzen gehen?«

»Ja. Und dabei lerne ich tolle Menschen kennen.«

Als sie aufgelegt hatten, weinte Emma den ganzen Weg nach Hause. War das wirklich eine Hilfe, wenn sie mit diesem traurigen, einsamen Mädchen telefonierte?

Sie erinnerte sich daran, wie sie sich nach dem Tod ihres Vaters gefühlt hatte. Sie war damals auch erst sechzehn gewesen. Aber sie hatte wenigstens Riley gehabt. Und Riley hatte nie Angst davor gehabt, sich mit ihr zu treffen.

Der dreiundzwanzigste Dezember war ein Freitag. Das war der Tag, an dem Penny und ihre Freundinnen ihre kleine Weihnachtsfeier veranstalteten. Sie hatten beschlossen, dass jede von ihnen substanzielle Vorspeisen mitbringen würde, und Marilyn sagte zu, die Desserts zu machen. Es würde also eine Art Cocktailparty mit Geschenkübergabe werden.

Anfang der Woche hatte Emma Penny dabei geholfen, den Baum aufzustellen und zu schmücken. Sie brachte ihr ein Blumengebinde und Wein mit. Ihre Geschenke lagen bereits unter dem Baum. Seit Wochen freute sie sich auf Weihnachten, ihr erstes Weihnachtsfest als freie Frau. Und vor allem freute sie sich auf den Abend mit Penny, Susan, Dorothy und Marilyn. Trotzdem fiel es ihr schwer, nicht an das Gespräch mit Bethany zu denken.

Der Wein wurde eingegossen, die Vorspeisenteller wurden gefüllt, sie saßen gemütlich in Pennys Wohnzimmer zusammen. Jemand rief: »Wieder ein Jahr um!« Und alle stimmten mit einem »Hört! Hört!« ein.

»Du wirkst gar nicht so vergnügt wie sonst, Emma«, stellte Marilyn fest. »Dir hat doch wohl nicht schon wieder jemand eine Bettpfanne an den Kopf geworfen?«

Emma riss die Augen auf und starrte Penny an. »Das hast du erzählt?«

»Ist ja toll, wie du mit Geheimnissen umgehst, Marilyn«, schimpfte Penny.

»Vor Emma muss ich es ja wohl nicht geheim halten, nicht wahr? Oder hast du dich etwa mit dem reizenden Adam überworfen?«

»Nein, mit ihm ist alles wunderbar. So wunderbar wie er. Ich treffe mich morgen Abend mit ihm, nachdem er mit seiner Familie gefeiert hat. Wirklich, Penelope, ich kann es nicht fassen, dass du das rumerzählt hast. Ich hab nur ein kleines Problem auf der Arbeit, das ist alles.«

»Lass hören!«, riefen alle auf einmal.

»Nein, das geht nicht. Ich halte euch nicht für vertrauenswürdig genug«, sagte Emma.

Dorothy lachte. »Mach dir deswegen keine Gedanken, Engelchen. Auf uns hört sowieso keiner. Also, was ist passiert?«

Emma seufzte. Sie wünschte sich sehr, die Geschichte jemandem erzählen zu können, und die Ladys waren gute Zuhörerinnen. Und sie brauchte ja keine Namen zu nennen. »Ich hab echt was Blödes gemacht.«

»Was denn? Das wollen wir sofort hören!«

»Es ist aber keine lustige Geschichte«, warnte sie sie. »Ich will euch nicht die Stimmung verderben, denn ich habe mich auf unsere kleine Party sehr gefreut.«

»Unsinn, wir lieben tragische Geschichten! Damit können wir umgehen!«

»Wohl wahr«, meinte Emma stirnrunzelnd. »Es ist jedoch wirklich traurig.«

Natürlich gelang es ihnen, sie zu überreden, ihnen alles zu berichten – und Emma war froh, es loszuwerden. Sie sprach zuerst von den neuen Klamotten im Müll und den eingeritzten Buchstaben in der Schreibtischplatte, dann von dem Tagebucheintrag und ihrer Antwort.

»Du bist echt ein Schatz!«, rief Susan. »Du hast so ein weiches Herz.«

Dann erklärte Emma die Unternehmensregeln und erzählte von Bethanys Anrufen.

»Schätzchen, du hast absolut das Richtige getan!«, bemerkte Penny. »Jemand muss doch mit dem Kind reden.«

»Aber wie kann ich ihr helfen?«

»Manchmal hilft es einfach, zuzuhören«, antwortete Dorothy. »Was ist denn mit der Großmutter des Mädchens?«

»Das habe ich auch gefragt. Anscheinend hat sich ihr gesundheitlicher Zustand nach dem Tod ihrer Tochter stark verschlechtert. Jetzt lebt sie im betreuten Wohnen. Ich kenne keine Details, aber sie ist ihrer Enkelin in dieser Situation keine große Hilfe.«

»Tja, ein paar von uns sind leider gebrechlich«, meinte Marilyn. »Glaub allerdings nicht, dass wir dazugehören! Wir sind zäh wie Leder! Toughe alte Weiber, die viele ihrer Freunde überlebt haben. Du kannst ihr auch unsere Telefonnummern geben, Emma. Es gibt keine anderen Omis, die sich besser mit dem Schmerz nach einem Verlust auskennen und wie man damit umgeht, als uns.«

»Ja, das würde ihr bestimmt guttun«, sagte Emma.

»Was ist eigentlich mit dieser neuen Frau los? Dass sie die Kleider der verstorbenen Frau trägt? So was sollte man verbieten. Ich rufe gleich nach Weihnachten meinen Anwalt an und gebe ihm eine Liste, wer nach meinem Tod meine Kleidung tragen darf!«, stellte Marilyn klar.

»Spar dir das Geld«, riet Penny ihr. »Niemand will deine Omaklamotten anziehen!«

»So was ist doch schrecklich, oder?«, fragte Emma. »Angeblich hat sie gefragt, ob es in Ordnung ist, aber was soll da so ein Mädchen sagen, das vollkommen in seiner Trauer gefangen ist?«

»Irgendwie scheint diese Frau es gut zu meinen, stellt sich dabei jedoch äußerst dumm an«, erläuterte Susan. »Sie versucht, ihren neuen Mann glücklich zu machen, und hält das Haus unnatürlich sauber, um jeden zu beeindrucken. Damit sie als liebende Mutter dasteht, schenkt sie dem Mädchen teure Klamotten. Dabei braucht das Kind vor allem Verständnis und jemanden, der Zeit mit ihm verbringt.«

»Sie haben sie in eine Therapie geschickt«, berichtete Emma.

»Und was soll das bringen? Ich habe eine ehemalige Schwägerin, die Psychotherapeutin war!«, rief Susan. »Sie war gestörter als alle Menschen, die ich kenne!«

»Schön gesagt«, entgegnete Dorothy. »Weißt du, was du tun solltest, Emma? Frag Adam um Rat. Du hast doch gesagt, er kennt sich mit Teenagern aus.«

»Mit seiner Nichte geht er jedenfalls toll um. Aber ich arbeite für seine Schwester und habe in diesem Fall gegen den Unternehmenskodex verstoßen. Am Ende fühlt er sich verpflichtet, es ihr mitzuteilen. Und es ist nicht das erste Mal, dass ich eigenmächtig gehandelt und damit die Regeln gebrochen habe. Erst letzte Woche habe ich wegen einer unserer Kundinnen die Polizei gerufen …«

Natürlich wollten alle auch diese Geschichte hören. Sie starrten sie neugierig und mit aufgerissenen Augen an. »Ich kann mich nicht erinnern, dass du das auch nur erwähnt hast«, sagte Penny.

»Ich brauche erst mal noch ein Glas Wein«, stellte Marilyn fest. »Und fang ja nicht an mit dem Erzählen, bevor ich wieder hier bin.«

»Ein Mann hat seine Frau misshandelt. Er hat sie geschlagen«, berichtete Emma. Sie schilderte alles, was vorgefallen war, und fügte hinzu, sie hätte eigentlich nur Riley informieren dürfen, nicht jedoch die Polizei.

»Wie gut, dass du es getan hast!«, lobten alle Emma.

»Ich dachte, es gäbe keine starken Frauen mehr. Aber sieh dich an!«, meinte Dorothy.

»Ich hätte dem Mistkerl eins mit dem Montiereisen übergebraten!«, ereiferte sich Penny.

»Deswegen hab ich immer eins dabei«, pflichtete Susan ihrer Freundin bei.

»Ich hätte zu gern gesehen, wie sie ihn festgenommen haben. Sag mal, Penny ...« Emma sah sich im Raum um. »Wie viel hast du ihnen eigentlich über mich erzählt?«

»Na ja ... Da gab es ja die Geschichte mit der Bettpfanne. Hat uns eine Weile von unserer Bridgerunde abgehalten. Und dann natürlich die Sache mit dem Betrug ...«

»Also hast du ihnen alles erzählt?«, fragte Emma ungläubig.

»Du willst sie doch nicht unvorbereitet erwischen«, entgegnete Penny.

»Ich sag nur: Auf Nimmerwiedersehen!«, meinte Marilyn. »Zum Glück war da diese Taschenpistole in seinem Arbeitszimmer!«

»Das war eine Glock, du Tölpel!«, korrigierte Susan sie. »Bring wenigstens nicht die Waffen durcheinander!«

Emma schüttelte den Kopf.

»Was ist denn, Schätzchen?«, erkundigte Penny sich.

»Ihr seid echt unverbesserlich«, antwortete sie. »Es gibt überhaupt keinen logischen Grund dafür, wieso ich gerne so wäre wie ihr. Und trotzdem ...«

Sie fingen an zu lachen und erhoben die Gläser. »Auf alle Frauen mit Mumm!«, rief jemand.

Wenn jemand das Reinigungsunternehmen für die Feiertage engagierte, verlangte Riley den doppelten Preis und bot die Arbeit zunächst den älteren Angestellten an. Es gab immer ein paar, die das zusätzliche Geld gut gebrauchen und die Gestaltung ihrer Weihnachtstage entsprechend planen konnten. Aber

Riley nahm nicht jeden Job an und schickte auch nicht jedes beliebige Team los. Sie wollte vermeiden, dass Nick und Makenna als Teamleiter unterwegs sein mussten. Und auch sie selbst bat sich aus, nur in den dringendsten Notfällen angerufen zu werden. Was bei erfahrenen Mitarbeitern in der Regel auszuschließen war.

Seit sie Maddie hatte, war sie ein absoluter Weihnachtsfan. Die ganze Familie verbrachte die Feiertage überwiegend bei June, und Maddie wollte es auch gar nicht anders. Ein paarmal war Jock schon zum Weihnachtsessen gekommen, doch meistens kam er früh am ersten Weihnachtstag und sah Maddie beim Auspacken der Geschenke zu. Dann nahm er sie mit, damit sie auch einige Stunden bei seiner Familie sein konnte. Er war immer sehr höflich und respektierte Rileys Wünsche, verlangte nie zu viel. Auch er war an den Weihnachtstagen immer noch zum größten Teil mit seinen Eltern und Geschwistern zusammen. Einmal hatte er gefragt, ob Maddie bei seinen Eltern übernachten dürfe, um dort zu feiern. Riley wusste zwar, dass das keine große Sache war, aber trotzdem hatte sie Nein gesagt. Also war er stattdessen zu June gekommen.

Riley liebte es, ihrer Mutter beim Kochen zu helfen. Adam war auch immer an beiden Tagen da, und sie hatten immer mal wieder Gäste eingeladen – eine Freundin von Adam oder Freunde oder Kollegen, die sonst alleine zu Hause gesessen hätten. Inzwischen war Maddie ein Teenager und der Weihnachtsmorgen nicht mehr ein ganz so großes Ereignis. Sie packten jetzt erst am späten Vormittag die Geschenke aus, wenn schon der Truthahn im Ofen schmorte. June war von früh bis spät mit den Vorbereitungen fürs Essen beschäftigt, dabei plapperte sie und lachte und sang Weihnachtslieder, wenn ihr danach war. Riley verbrachte den ganzen Tag mit ihrer Mutter und ihrer Tochter. Adam kam und ging, denn er brachte gern Freunden kleine Geschenke und Weihnachtswünsche vorbei.

Und auch viele Freunde und Nachbarn schauten spontan bei June rein. Hier gab es immer Eierpunsch, Kaffee und Gebäck. Es herrschte eine gemütliche, herzliche Atmosphäre bei ihnen, und Riley fühlte sich ganz entspannt. Immerhin war sie es gewesen, die die Blaupause für diese Tradition beigesteuert hatte.

Doch langsam hatte sie das Gefühl, all das würde sich bald ändern. Sie konnte es förmlich riechen.

Maddie wurde älter und erwachsener. Sie stellte mittlerweile genau die Fragen, von denen Adam prophezeit hatte, dass sie sie eines Tages stellen würde – und noch ein paar andere. So wollte sie zum Beispiel wissen, wie sie zustande gekommen war. Und ob ihre Eltern einander liebten? Und wenn ja, wieso waren sie kein Paar mehr? Außerdem musste Riley sich eingestehen, dass Jock ein ziemlich guter Vater war. Maddie liebte ihn heiß und innig.

Und Adam … Er würde sie zwar nie allein lassen, aber bald würde er nicht mehr zu ihrem engsten Kreis gehören. Es war das Riesenthema, um das alle herumredeten: Seit Emma wieder da war, hatte Adam sich verändert. Sie war zurückgekehrt, und Riley war dadurch fünfzehn Jahre in die Vergangenheit zurückkatapultiert worden. Sie hätte zu gern gewusst, was Emma an den Weihnachtstagen geplant hatte, doch sie wollte nicht danach fragen. Ganz sicher würde Lyle sich um sie kümmern. Oder ihre Vermieterin.

Riley versuchte, die zwei freien Tage zu genießen, um noch lange danach davon zu zehren. Die Geschenke hatten sich als ein voller Erfolg erwiesen. Jetzt musste das Essen vorbereitet werden. Sie stand mit ihrer Mutter am Herd und an der Spüle, holte das Weihnachtsgeschirr raus und deckte den Tisch.

Maddie kam mit dem Handy am Ohr ins Esszimmer. »Stell bitte noch einen Teller dazu. Daddy kommt auch zum Essen.«

»Weiß er, dass wir um sechzehn Uhr anfangen?«, fragte Riley.

»Ja. Er freut sich schon. Morgen früh muss er wieder arbeiten.«

Mackie's wird morgen ein Tollhaus sein, dachte Riley. Der große Umtausch-Run würde beginnen. Seit Jock seinen Collegeabschluss gemacht hatte, arbeitete er in dem Laden. Und er hatte über fünf Jahre gebraucht, um diesen Abschluss zu bekommen.

Inzwischen arbeitete er also seit fünfzehn Jahren dort; als er noch studiert hatte zuerst in Teilzeit, später hatte er sich langsam hochgearbeitet. Es war kein super Job, aber er war zumindest sicher.

Jock war zwar kein Senior-Partner in einer Anwaltskanzlei oder ein erfolgreicher Neurochirurg, doch er arbeitete in einem Business, in dem es viel Konkurrenz gab, und er arbeitete hart. Seine Angestellten mochten ihn. Wann bist du endlich mal nett zu ihm? fragte Riley sich selbst.

Als er nachmittags eintraf, trug er den scheußlichen Weihnachtspullover, den Maddie ihm geschenkt hatte – was sie begeisterte und alle anderen zum Lachen brachte, sogar Adam. Zu schnell ging der Abend vorüber, und Riley hatte wieder den Eindruck, dass ihr typisches Weihnachten, wie sie es seit Maddies Geburt begingen, schon bald Geschichte sein würde. Ihre Tochter wurde erwachsen. Sie war wirklich klug, und sie hatten bereits mit der Suche nach dem passenden College begonnen. Damit würde für Riley ebenfalls ein neuer Lebensabschnitt beginnen. June wurde nicht jünger, Adam würde seinen eigenen Weg gehen. Und Maddie eben auch.

Rileys Handy klingelte. Sie nahm es aus der Handtasche.

»Ich wollte dir nur kurz fröhliche Weihnachten wünschen«, sagte Logan.

»Danke, das wünsche ich dir auch«, erwiderte sie gut gelaunt. »Wir setzen uns gerade zum Essen hin. Kann ich mich später melden?«

»Perfekt«, erwiderte er. »Ich habe meine Familienfeier zum Glück hinter mir und bin jetzt zu Hause.«

»Ich ruf dich nachher an.«

Jock und Adam gingen, als June und Riley die Essensreste zusammenpackten und sich um den Abwasch kümmerten. Maddie telefonierte, denn sie plante eine große Shoppingtour mit ihrer Grandma und zwei Freundinnen am nächsten Tag. Riley würde ins Büro gehen. Am Montag nach Weihnachten war immer viel zu tun für ihre Teams.

Es blieb also nur noch heute Abend. Maddie übernachtete bei ihrer Grandma, daher war Riley allein. Sie hatte ein schlechtes Gewissen, weil sie nicht von sich aus an Logan gedacht hatte. Tja. Sieben Uhr abends, und Weihnachten war vorbei.

Es war eine dunkle Nacht, der Himmel bewölkt. Riley machte sich auf den Weg zu Jock. Seit drei Jahren wohnte er nun bereits in diesem Haus. Es war zwar klein, aber eines der neuen Gebäude in Santa Rosa, und er war stolz darauf. Riley war bisher nie drin gewesen, doch sie wusste, wo es war, denn sie hatte Maddie oft hier abgesetzt. Maddie hatte bisher nicht allzu oft die Nacht bei ihrem Vater verbracht. Ihr Leben drehte sich immer noch überwiegend um ihre Mom, ihre Grandma und ihre Freundinnen. Jock drängte Riley nicht wegen einer offiziellen Sorgerechtsvereinbarung. Er traute sich nicht, weil er Angst vor ihr hatte. Das war Riley vollkommen klar.

Einen Moment lang blieb sie noch im Auto sitzen und dachte nach. Sie hatte keine Ahnung, was sie überhaupt vorhatte, aber nun war sie eben hier. Irgendwie hatte ein sentimentaler Schub sie hierhergebracht, so richtig verstand sie es selbst nicht. Erst nach zehn Minuten konnte sie sich dazu aufraffen, zur Haustür zu gehen und zu klingeln.

Jock öffnete und starrte sie erschrocken an. »Riley? Soll Maddie hier übernachten?«, fragte er und spähte über ihre Schulter.

Er hatte seinen Weihnachtspullover ausgezogen und trug nun ein altes Sweatshirt mit einem Aufdruck der Seattle Seahawks. Seine Jeans waren ausgewaschen und an ein paar Stellen zerrissen. *Anscheinend eine echte Lieblingshose, schrecklich.* Er hatte nur Strümpfe an den Füßen und hielt die Fernbedienung des Fernsehers in der Hand. Er hatte auf stumm geschaltet, doch sie sah, dass er ein Footballspiel guckte.

»Du solltest nicht einfach so die Tür öffnen«, riet sie ihm. »Ich hätte ein Verbrecher sein können.«

»In Santa Rosa?«

»Auch hier finden Verbrechen statt.«

»Möchtest du reinkommen?«, fragte er.

»Ich will dich eigentlich nicht stören. Mir liegt nur was auf der Seele und … Maddie wird so schnell groß!«

Er trat einen Schritt zurück und hielt ihr die Tür auf. »Ich hab mir gerade Kaffee gemacht. Möchtest du auch eine Tasse?«

Sie rieb sich abwesend den Magen. »Ich hatte heute eigentlich schon zu viel von allem. Aber ich würde gern mit dir reden.«

»Stimmt was nicht?«, erkundigte er sich und ging voran ins Wohnzimmer.

»Nein, ich …« Sie brach ab und schaute sich um. Da standen eine Couchgarnitur aus Veloursleder und ein kleiner Esstisch mit ein paar Stühlen, der ein bisschen wie ein Pokertisch aussah. Eine Schrankwand und ein großer Fernseher. Alles wirkte so, als hätte jemand Jock mit der Einrichtung geholfen. Irgendwie hatte die Wohnung einen weiblichen Touch. Da lagen Kissen, auf dem Tisch stand eine Marmorschüssel, Bilder hingen an der Wand. Bücherregale und ein Schaukasten mit Fotos von Maddie, als sie klein war. »Sehr schön, Jock.«

»Möchtest du mal Maddies Zimmer sehen?«, schlug er vor.

»Gerne.«

Sie folgte ihm und staunte über das Mädchenzimmer ihrer

Tochter. Passendes Mobiliar, eine Pinnwand voller Bilder, hübsche Bettwäsche, einige ihrer Sportpokale auf der Kommode, Schreibtisch und Stuhl. Ihre Pompons aus der siebten Klasse hingen an der Wand. Auf dem Nachttisch stand ein professionell fotografiertes Bild von Jock und Maddie. Es war wunderschön. Sie ging hin und nahm es in die Hand.

»Wann habt ihr das machen lassen?«, wollte sie wissen.

»Letztes Jahr. Wir wollten dir eins geben, doch ich hatte dann Bedenken. Meine Mom hat aber eins.«

»Wieso hat mir Maddie denn nichts davon erzählt?«, fragte sie.

»Ich schätze mal, weil sie davon ausgeht, dass es dir nicht passt, dass ich ihr Vater bin.«

»So ein Unsinn!«, erwiderte Riley und errötete leicht. »Ich bin völlig überrascht. Maddie übernachtet ja gar nicht so oft hier.«

»Hin und wieder schon. Meinst du, ich lasse sie auf der Couch schlafen? Sie weiß, dass sie hier ein Zimmer hat, wann immer sie eins braucht. Bei Adam hat sie doch bestimmt auch eins.«

»Nein«, meinte Riley. »Natürlich nicht. Wenn Mom und ich beide unterwegs waren und einen Babysitter brauchten, ist er zu mir gekommen. Oder zu Mom. Aber das hier ist wirklich schön. Danke.«

»Sie benutzt das Zimmer nicht oft«, erklärte er. »Und jetzt sag, Riley. Worüber wolltest du reden? Du willst nie mit mir reden.«

Sie drehte sich um und ging zurück ins Wohnzimmer. »Das stimmt nicht«, sagte sie. Dann setzte sie sich auf das Ende der Couch, das von seiner Kaffeetasse am weitesten entfernt war. Sie stellte ihre Handtasche neben sich auf den Fußboden, ließ jedoch den Mantel an. »Wir sprechen doch miteinander«, fügte sie hinzu.

»Nicht wirklich«, sagte er und nahm ebenfalls Platz. »Du bist immer sehr geschäftsmäßig.«

»Das hat wohl mit meinem Job zu tun. Ich bin nun mal Geschäftsfrau, also rede ich auch so.«

»Und heute Abend?«

Sie seufzte. »Ich weiß auch nicht, wieso. Heute hatte ich auf einmal den Gedanken, dass sich alles ändern wird. Maddie wird erwachsen. Sie ist eigentlich schon eine Frau.«

»Das würde ich nicht sagen«, widersprach er. »Für mich ist sie immer noch ein junges Mädchen.«

»Jock … Ich habe meine Sache doch gut gemacht, oder?«

»Bitte?«, fragte er und sah sie irritiert an.

»Als alleinerziehende Mutter mit wenig Geld, die mit ihrer Mutter und ihrem Bruder zusammengelebt hat … Dafür ist Maddie doch ziemlich gut gelungen, oder?«

»Sie ist super, Riley. Wirklich toll.«

»In letzter Zeit hat sie mir ein paar schwierige Fragen gestellt.«

»Ach ja? Zum Beispiel? Von mir hat sie nämlich in letzter Zeit gar nichts mehr wissen wollen.«

»Sie hat mir erzählt, dass ihr viel über die Zeit damals geredet habt, als … als wir beide kurz zusammen gewesen sind.«

»Viel hab ich nicht berichtet«, meinte er. »Ich schätze, sie war etwa zwölf, als sie wissen wollte, wieso wir nicht verheiratet wären. Ich hatte damit gerechnet, dass sie das irgendwann fragen würde. Also hab ich es ihr gesagt.«

»Und was genau?«

»Dass deine Schwangerschaft ein Unfall war, dass wir nicht aufgepasst und keine Verhütungsmittel benutzt haben. Ich sagte, es wäre meine Schuld gewesen. Und habe sie gleichzeitig gewarnt, dass Jungs und junge Männer eben Idioten sind, denen sie nicht trauen sollte. Ich erklärte ihr, dass wir also plötzlich ein Kind erwarteten und auch darüber sprachen, zu heiraten.

Aber dann kamen wir zu dem Schluss, dass das nicht das Richtige für uns wäre. Schon deshalb, weil wir zu jung waren. Doch wir wollten sie beide, das habe ich ihr ganz deutlich versichert. Meine Mutter hat immer betont, dass Kinder nur zwei Sachen wissen wollen: ob man sie liebt und ob sie gewollt waren.«

»Damals hast du mir Geld für eine Abtreibung angeboten.«

Er schüttelte traurig den Kopf. »Das habe ich gemacht, weil ich dachte, dass so etwas eben vom Mann erwartet wird. Ich hab das nicht zu Ende gedacht. Gott sei Dank warst du dagegen. Ich danke dir so sehr dafür, Riley. Du warst immer die Klügere von uns beiden.«

»Davon hast du ihr aber hoffentlich nichts verraten, oder?«

»Natürlich nicht«, beruhigte er sie. »Das zu wissen wäre wohl kaum förderlich für sie. Und ich bin so dankbar für dieses Kind, das glaubst du gar nicht. Ich habe ihr auch gesagt, dass ich ungefähr der dümmste Achtzehnjährige war, den man sich vorstellen kann. Dass es vieles gibt, was ich bedauere, aber dass nichts davon mit ihr zu tun hat. Und dass sie mich zum glücklichsten Vollidioten der Welt macht.«

»Von mir wollte sie wissen, ob wir uns geliebt haben«, meinte Riley. »Ich habe ihr gesagt, dass ich dich geliebt habe.«

»Gut, dass du ihr das gesagt hast. Damit sie weiß, dass ihre Eltern sich geliebt haben, als sie entstanden ist.«

»Jock, ich habe dich wirklich geliebt. Das habe ich dir damals auch gestanden. Aber deine Reaktion war: ›Mach mal langsam!‹«

Er stützte die Ellbogen auf die Knie und ließ den Kopf hängen. Dann schaute er sie an. »Riley. Es gibt keine Möglichkeit, in der Zeit zurückzureisen und solche Fehler wiedergutzumachen. Ich hätte das niemals sagen, mich nie so verhalten dürfen. Ich sage es dir noch mal: Ich war ein dummer Junge und hatte eine Scheißangst. Ich wusste nicht, was ich empfinden sollte. Und ich wusste nicht, was ich tun sollte.«

»Und du wolltest Emma nichts sagen.«

»Ja, die Liste wird immer länger. Riley, ich bin der Erste, der zugibt, dass ich sehr lange gebraucht habe, um erwachsen zu werden, okay? Um zu kapieren, dass das Leben mir ein Geschenk gemacht hat, das ich überhaupt nicht verdient habe. Und deswegen bin ich heute ein glücklicher Mann und sehr, sehr dankbar. Und mit Emma habe ich meinen Frieden gemacht. Ich habe mit ihr gesprochen und ihr mitgeteilt, dass es mir leidtut, was ich ihr angetan habe. Dass ich sie damals betrogen habe.«

»Ach nee.« Riley schnaubte.

»Natürlich hätte ich sie damals anrufen und ihr erklären sollen, dass wir beide zusammen sind. Heute wäre jedoch alles ganz anders, wenn ich das damals getan hätte.«

»Du hast mit ihr gesprochen?«, fragte Riley unvermittelt.

»Ja.« Er lachte unsicher und schüttelte den Kopf. »Deine Tochter, Riley. Sie ist fünfzehn, aber klug wie eine Fünfzigjährige, weißt du das? Nachdem ich ihr erzählt hatte, dass ich eigentlich mit einer anderen Frau zusammen war, als ich mich in dich verliebt habe, fragte sie mich sofort, ob ich mich denn jemals bei Emma dafür entschuldigt hätte. Natürlich nicht! Dafür bin ich zu ungeschickt. Dazu hätte ich ihre Telefonnummer in New York herausfinden müssen. Und wie wir beide wissen, hat sie es dort nicht gerade leicht gehabt. Da wollte ich sie nicht auch noch an mich erinnern. Doch dann berichtete Maddie mir neulich, dass Emma wieder hier ist und dass sie sie getroffen hat. Ich vermute mal, sie ist ihr zusammen mit Adam irgendwo über den Weg gelaufen. Maddie ist sich nicht sicher, aber sie glaubt, dass Adam Emma mag. Und dann hat Maddie mir verraten, dass Emma bei deiner Mutter zum Abendessen eingeladen ist. Also habe ich vorm Haus gewartet, bis sie herauskam, damit ich …«

»Moment mal. Wie war das?«

»Was jetzt?« Verunsichert sah er sie an.

»Emma war zum Abendessen bei meiner Mutter?«

»Ja. Vor einer oder zwei Wochen. Wusstest du nichts davon?«

»Nein.« Riley spürte, wie ihr Blutdruck stieg. »Und sie ist mit Adam zusammen.«

»Das weiß ich nicht. Davon hat Maddie nichts gesagt.«

»Doch, so ist es aber«, meinte Riley, mittlerweile auf hundertachtzig. »Ganz klar. Und meine Mutter trifft sich hinter meinem Rücken mit ihr und behält es für sich. Und du hast auch mit ihr gesprochen. Und hast dich mit ihr vertragen.«

»Sozusagen. Ich wollte mich einfach entschuldigen für damals, dafür, dass ich sie so verletzt habe. Ich habe mich nicht dafür entschuldigt, was dabei herausgekommen ist, denn sonst hätten wir Maddie nicht und …«

»Jeder kocht hier also sein privates Süppchen mit Emma, doch niemand hält es für nötig, mir etwas davon zu sagen!«

»Vielleicht, weil du ihretwegen gleich ausflippst!«, erwiderte er. Jetzt war auch er wütend. »Geht es dir nicht irgendwann mal auf den Geist, dass die Leute dich immer nur mit Samthandschuhen anfassen?«

»Warum ist nie jemand ehrlich zu mir?«, hielt sie dagegen.

»Das weiß ich nicht, Riley! Könnte es eventuell daran liegen, dass du jedes Mal vollkommen ausrastest?«

Sie stand auf. »Du hast ihr also gesagt, dass es dir leidtut, sie betrogen zu haben. Hast du sie auch gefragt, ob ihr zwei es noch mal miteinander versuchen sollt?«

Jock erhob sich ebenfalls. »Um Himmels willen, natürlich nicht! Das interessiert mich überhaupt nicht! Wie kommst du bloß auf so was? Und wieso bist du schon wieder so sauer?«

»Ach, ich weiß es nicht, Jock. Weil alle etwas vor mir verbergen? Meine Tochter, mein Bruder, meine Mutter, sogar du!

Aber wer hat Emma den Job gegeben? Ich! Warum bin immer ich diejenige, die die Suppe auslöffeln muss?«

Entsetzt starrte Jock sie an. »So denkst du? Dass du die Suppe auslöffeln musst? Nicht etwa June oder ich oder Adam? Sind wir nicht das A-Team? Ich weiß, dass niemand groß mit mir rechnet, aber ihr könnt euch trotzdem immer auf mich verlassen! Ich tue alles, worum mich einer von euch bittet! Niemand hat dich allein gelassen, verdammt noch mal! Du hattest uns alle! Und wir alle haben es so gemacht, wie du es wolltest! Und jetzt ist deine Tochter fast erwachsen, und du hast jemanden kennengelernt, wie sie mir erzählt hat. Endlich gibt es jemanden, der dich verdient hat! Schön für dich. Ich habe mich wirklich auf jede erdenkliche Weise bei dir entschuldigt, damit du die Vergangenheit endlich hinter dir lassen und nach vorne blicken kannst. Ich hatte doch sowieso nie eine Chance bei dir!«

»Weil du keine wolltest!«

»Ich habe dich gebeten, mich zu heiraten! Mehr als einmal!«

»Damit du mit Maddie zusammen sein kannst! Um mit deiner Tochter zusammen zu sein!«

»Nein! Damit wir eine Familie sind, wie es sich gehört! Um mit *dir* zusammen zu sein! Aber du hast nie aufgehört, mir die Schuld für alle deine Probleme zu geben. Mir und Emma. Und jetzt lass es mich ein für alle Mal klarstellen: Wir sind alle für unseren eigenen Mist verantwortlich, und was den Mist von uns beiden betrifft, haben wir verdammt großes Glück gehabt! Wir haben nämlich eine wunderbare fünfzehnjährige Tochter, die in ihrem Leben Großes erreichen wird – trotz ihrer Eltern!«

»Du wolltest mich nicht«, sagte Riley noch einmal. »Sechs Monate später hast du eine andere geheiratet.«

»Ja, das war noch so eine von meinen tollen Ideen! Ich wollte unbedingt von jemandem geliebt und begehrt werden. Da habe ich die erste Frau genommen, die mich davon überzeugt hat, dass sie mir vertraut und dass sie mich begehrenswert findet. Es hat nicht mal ein Jahr gedauert und war schon einen Tag später vorbei!«

»Schwachsinn! Die Frauen waren immer hinter dir her!«

»Nur nie die Richtige! Kapierst du es nicht, Riley? Ich habe mein Bestes gegeben. Doch mein Bestes war eben nie gut genug für dich!«

»Und jetzt kommt das große Selbstmitleid. Hey, Maddie ist stolz auf dich.«

»Kinder sind so.«

»Sie hat mir fast den Abend mit Logan kaputtgemacht, als er zum ersten Mal bei uns war. Denn sie hat die ganze Zeit mit dir angegeben. Es war echt unangenehm.«

Jock grinste. »Da muss ich mich wohl bei ihr bedanken. Hat sie ihn verjagt?«

Riley reckte das Kinn. »Nein. So schnell kriegt er keine Angst. Und jetzt gehe ich«, erklärte sie erschöpft.

»Wenn du das nächste Mal mit mir reden willst«, meinte Jock, »dann sag mir achtundvierzig Stunden vorher Bescheid. Okay?«

17. Kapitel

Nachdem sie von Jock weggefahren war, gestattete Riley sich, mal richtig zu heulen. Das hatte sie lange nicht mehr getan. Anscheinend überschütteten alle Emma mit Liebe, ohne sich klarzumachen, was das für *sie* bedeutete. Denn jetzt kam Riley sich wieder wie die Böse vor, die aufs Neue bestraft wurde. Sie fühlte sich allein und ungeliebt. Diese verdammte Emma! Kaum war sie zurück, schnappte sie sich Rileys Unterstützerteam!

Sie kam sich wieder vor wie dreizehn. Wie ein Baby. Oder wie ein Monster, das Adam und ihre Mutter daran hindern wollte, ihre alte Freundin in die Arme zu schließen. Sie hatte es versucht und war damit gescheitert, und nun wussten alle, wie egoistisch und gemein Riley sein konnte.

Um Mitternacht piepte ihr Handy. Eine SMS. Von Logan.

Wollte nur wissen, ob alles gut ist.

Mist! Sie hatte ihn nicht zurückgerufen. Obwohl sie schon im Bett lag und ihre Stimme vom Heulen sicher verschnupft klang, wählte sie seine Nummer.

»Es tut mir so leid«, entschuldigte sie sich. »Mir geht's gut. Es gab nur eine schwierige Familiensituation. So was kennt man ja von den Feiertagen.«

»O ja«, sagte er lachend. »Meinem Vater und mir gelingt es auch regelmäßig, die komplette Familie damit zu unterhalten, dass wir uns wie Vollidioten benehmen. Dieses Jahr haben wir uns allerdings zurückgehalten. Wir haben uns voneinander ferngehalten, sodass es nicht zu Reibereien kam.« Er fügte hinzu: »Irgendwie komisch. Mittlerweile sind fünfundzwanzig Jahre vergangen, aber ich bin immer noch sauer auf ihn, wie damals als kleiner Junge. Alle anderen haben ihm längst verziehen und ihn wieder in die Familie aufgenommen. Meine Mutter und mein Vater sind sogar fast ein Paar, ohne echt ein Paar zu sein – so nah sind sie sich. Sie haben beide nicht wieder geheiratet, und er ist auf jeder Familienfeier dabei. Ich finde, er sollte davon ausgeschlossen werden.«

»O. Fünfundzwanzig Jahre? Mehr nicht?«

»Vermutlich glaubst du mir das jetzt nicht, doch normalerweise bin ich sehr entspannt. Glaube ich jedenfalls. Ich hätte überhaupt kein Problem auf der Welt, wenn meine Mutter ihn nur hassen würde.«

»Leider verstehe ich dich allzu gut. Aber lass uns morgen weiterreden«, bat sie. »Ich hatte einen langen Tag und bin kaputt.«

»Na klar«, erwiderte er. »Und Riley: Ein neues Jahr liegt vor uns. Lass uns das Beste daraus machen, okay?«

»Absolut, Logan.«

Was für ein netter Kerl, dachte sie. Sie kuschelte sich unter die Decke. Aber so gerne sie es gewollt hätte, sie konnte nicht an Logan denken. Eine kluge Frau würde aus dieser Beziehung etwas Positives machen.

Wieso tun die Menschen immer ausgerechnet an den Feiertagen seltsame Dinge? fragte sie sich im Stillen. *Wieso konnte Jock nicht an einem anderen Tag explodieren?*

Jock ist explodiert? Jetzt meldete sich ihr Gewissen. *Du hast doch angefangen! Wie immer!*

Vielleicht sollte sie sich wenigstens das endlich eingestehen. Doch sie hatte damals nach Maddies Geburt solche Angst gehabt und war so verletzt gewesen, obwohl Adam, ihre Mutter und am Anfang auch ihre Großeltern für sie da gewesen waren.

Wenn sie nicht in Tränen aufgelöst gewesen war, hatte sie alle angekeift. Während der Schwangerschaft hatte Jock sich nicht oft blicken lassen. Und als Maddie dann auf die Welt gekommen war, hatte er nur vorbeigeschaut, wenn er sich sicher gefühlt hatte, sprich: wenn Adam nicht da gewesen war. Er hatte Maddie meistens besucht, wenn June auf sie aufgepasst hatte. Denn June war vielleicht nicht glücklich über sein Verhalten, aber nie bösartig zu ihm gewesen. Obwohl er nicht regelmäßig vorbeigekommen war, um seine Tochter zu sehen, hatte er es getan. Und er hatte angerufen. Solange Maddie noch zu klein gewesen war, hatte er mit Riley telefoniert.

Es dauerte lange, bis sie seinen Anblick ertragen konnte, ohne dass ihr das Herz schmerzte und sie mühsam die Tränen herunterschlucken musste. Aber schließlich kam sie über ihn hinweg. Als sie älter wurde und immer mehr Frauen kennenlernte, die ihr Kind allein großziehen mussten, lernte sie, auch damit zurechtzukommen.

Doch etwas in ihr verhärtete sich und machte sie zu einer verbitterten Frau. Sie wollte nicht so sein. Sie hatte eine kluge und wunderschöne Tochter, und es gab nichts, wofür sie nicht dankbar sein konnte. Dennoch benahm sie sich oft äußerst undankbar.

Auf Jock hatte alles offensichtlich den gegenteiligen Effekt gehabt. Er war durch Maddies Existenz weicher geworden. Er war lockerer und reifer geworden.

Ich habe einen einzigen Fehler gemacht, dachte sie erschöpft. *Und dieser Fehler war das Beste, was mir je passiert ist. Trotzdem habe ich es geschafft, dass ich seit Jahren darunter leide. Wie kann ich damit aufhören? Wieso hat Jock das so gut hingekriegt?*

Und Emma?

Kurz bevor sie einschlief, erinnerte sie sich an Jocks Worte. Dass er sich in sie verliebt hatte, aber dass er nie gut genug für sie gewesen war. Hatte er das wirklich gesagt? Das musste sie missverstanden haben.

Emma war ganz und gar nicht unglücklich darüber, dass die Feiertage so ruhig waren. An Heiligabend ging sie mit Lyle und Ethan zu Ethans Schwester zum Abendessen. Weil die beiden ja ihren eigenen Blumenladen hatten, war es mit einem Blumenstrauß als Mitbringsel nicht getan. Also durfte Emma Pennys Küche benutzen und machte dort Krabbenkroketten und Käsebällchen. Es wurde dann ein ziemlich hektischer und lauter Abend. Ethans Schwester war schwanger und hatte eine zweijährige Tochter. Emma spielte etwa eine Stunde mit dem Mädchen und überlegte, wie junge Mütter das schafften, denn danach war die Kleine müde, quengelig und hungrig, aber trotzdem ruhelos und insgesamt schlecht drauf. Ihr erster Streich war es, die Käsebällchen nach dem Familienhund zu werfen, einem Labrador-Retriever.

»Zurzeit geht hier so was fast jeden Tag ab«, sagte Ethan.

»Ich wusste gar nicht, dass Zweijährige so schnell sein können«, stellte Emma fest.

»Pass lieber auf deine Wertsachen auf«, riet Lyle ihr. »Vor einem halben Jahr hat sie den Diamant-Verlobungsring ihrer Mommy verschluckt.«

»Aber ich habe ihn bald wiederbekommen!«, rief Ethans Schwester aus der Küche.

»Igitt«, sagten Emma und die Männer gleichzeitig.

Als sie gegen neun Uhr abends nach Hause kam, wartete Adam bereits auf sie. Sie erzählte ihm von ihren Erlebnissen und dem Schicksal ihrer Käsebällchen. Dann bestand sie darauf, dass er seine Geschenke öffnete, denn sie wollte gern, dass er seine neuen Hausschuhe anprobierte. Er freute sich über das Buch und den Pullover. Und er hatte ebenfalls ein Geschenk für sie. Es verbarg sich in einem sehr großen Karton. Ein wasserfester schwarzer Trenchcoat, in schicker Maxilänge und mit Gürtel. Sie bat ihn, einen Moment zu warten. Sie verschwand mit dem Mantel im Schlafzimmer, und als sie wieder herauskam, bewunderte er den eleganten Schnitt, der toll zu ihren Pumps passte. Dann öffnete sie den Gürtel und den Mantel – und war darunter nackt. Erst lachten sie, doch es dauerte nicht lange, bis sie übereinander herfielen. Der neue Mantel und Adams Klamotten landeten neben dem Bett.

Am Weihnachtsmorgen wachte sie davon auf, dass Adam sie, auf die Ellbogen gestützt, ansah. »Ich habe etwas beschlossen«, sagte er zu ihr. »Ich will ab jetzt an jedem Weihnachtsmorgen so aufwachen.«

»Aha. Ist der Weihnachtsmann denn einverstanden?«

»Ich bin immer brav«, erklärte er. »Aber du bist etwas ungezogen. Klingt für mich perfekt.«

Während Adam sein Familienprogramm durchzog, entspannte Emma sich zu Hause und tankte neue Kräfte. Man hatte ihr erzählt, dass die Woche nach Weihnachten auf der Arbeit immer die Hölle war. Einige der Kunden waren zwar über die Feiertage verreist, doch andere bekamen Besuch von außerhalb. Es gab zusätzliche Müllberge wegen des Geschenkpapiers, und die Küchen waren schmutziger als sonst, weil dauernd gekocht und gebacken wurde. Und die Schule fing erst im neuen Jahr wieder an, was bedeutete, dass es insgesamt überall unordentlicher sein würde und sie beim Saubermachen vermutlich nicht allein im Haus waren.

Es gab ein paar Dinge, die ihr im Kopf herumspukten. Erstens: Ging es Bethany gut? Sie hatte vor Weihnachten zum letzten Mal angerufen. Das Haus der Christensens war eines der ersten auf ihrem Dienstplan am Montag. Als sie dort ankamen, lief Emma gleich die Treppe hinauf und klopfte sachte an Bethanys Tür. Als das Mädchen »Herein!« rief, streckte sie den Kopf zur Tür rein. »Alles in Ordnung?«, fragte Emma leise.

Bethany schenkte ihr ein schiefes Grinsen. »Alles gut«, antwortete sie.

»Hattest du schöne Weihnachten?«

Sie nickte. »Ich war bei meinen Großeltern. Aber ich bin froh, dass es vorbei ist. Jetzt hab ich wieder eher alles unter Kontrolle.«

»Das Leben wird leichter«, meinte Emma. »An den Feiertagen ist es immer besonders schlimm, wenn man mit einem Verlust auskommen muss. Ansonsten hast du ja meine Nummer.«

»Ja. Ich melde mich.«

Als Emma die Tür wieder schloss, schaute sie in Shawnas fragende Miene. »Du handelst dir echt Ärger ein«, meinte ihre Kollegin.

»Alles gut«, antwortete Emma, denn dasselbe redete sie sich selbst auch immer wieder ein.

Das Haus der Familie erinnerte sie ein wenig an ihr eigenes Apartment in New York. Groß, makellos, teures Mobiliar, alles sorgfältig aufeinander abgestimmt. Und obwohl man sich für warme Farben und dunkles Holz entschieden hatte, wirkte alles ein wenig leer und seelenlos. Es war einfach zu still. In einem Haus sollten Unterhaltungen stattfinden, sollte Lachen zu hören sein und hin und wieder auch Streitereien. Doch hier war alles zu geordnet, zu steril. Hier konnte man sich nur verloren fühlen.

Emma, Shawna und Dellie begaben sich an die Arbeit. Und wie sie es erwartet hatten, war insgesamt mehr zu tun als sonst. Mr. und Mrs. Andrews hatten den Reinigungsservice nicht gekündigt. Am Dienstag kam Nick vorbei, um ihnen mitzuteilen, dass er ein anderes Team dorthin schicken und sehr genau darauf achten würde, dass es keinen Ärger gab. Emmas Team durfte nicht mehr in diesem Haushalt putzen. »Ich bin drauf und dran, unseren Vertrag mit den Leuten zu kündigen«, berichtete Nick. »Aber zunächst werde ich sie genau im Blick behalten.«

Es war gegen Ende der Woche, und sie waren fast durch mit dem letzten Objekt, als Shawna eine SMS von Riley bekam. Sie bat das Team, nach der Arbeit bei ihr im Büro vorbeizukommen. Und dort erwartete sie die gesamte Führungsriege: Nick, Makenna, Riley und ihre Assistentin Jeanette.

»Bitte kommt rein«, forderte Riley sie auf. »Es ist etwas Schlimmes passiert, und das möchte ich euch persönlich sagen, bevor ihr es heute Abend in den Nachrichten hört. Mr. Andrews ist tot. Offenbar hat seine Frau ihn erschossen. Die Polizei hat sie verhaftet.« Sie räusperte sich. »Unser Reinigungsteam hat die beiden gefunden.«

Emma schwankte und prallte gegen Shawna. »Mein Gott«, flüsterte sie.

»Setz dich«, sagte Nick.

»Das war eigentlich abzusehen«, meinte Shawna. »Er hat seine Frau geschlagen.«

»Ist so was schon mal passiert?«, wollte Emma wissen.

»Es gab vielleicht ein oder zwei extreme Situationen in all den Jahren. Einmal wurde einer unserer Kunden bewusstlos aufgefunden. Er hatte einen Schlaganfall, kam ins Krankenhaus und danach ins Pflegeheim. Einen Mord hatten wir allerdings noch nie. Tja, da sieht man es mal wieder. Es geht eben nicht nur um Dreck und Staub«, fuhr Riley fort. »Das Leben der Menschen, auch das unserer Kunden, ist komplex. Einige haben ernste Probleme. Und wir dringen in ihre Privatsphäre ein. Dabei müssen wir wachsam und zugleich blind sein – und das ist nicht immer leicht. Es tut mir leid, dass das passiert ist.«

»Und das andere Team?«, erkundigte Emma sich. »Alles okay?«

»Nein«, antwortete Nick. »Es handelt sich um Cora, Maria und Connie. Sie haben alle einen Schock erlitten. Sie werden

Montag und Dienstag freinehmen, und wenn sie professionelle Hilfe benötigen, kümmern wir uns darum.«

»War es schlimm?«, fragte Dellie.

»Er hatte eine Kugel im Rücken«, antwortete Nick. »Die TV-Fernbedienung hielt er noch in der Hand. Vermutlich ist es schon am Abend vorher passiert.«

»Das sieht nicht gut aus für sie«, murmelte Shawna.

»Ob er sie wohl wieder geschlagen hat?«, bemerkte Emma.

Alle zuckten mit den Schultern.

»Wir werden sicher bald mehr erfahren. Ich wollte es euch nur persönlich mitteilen, weil ihr das Ehepaar kennt und dort auch bereits selbst tätig werden und die Polizei rufen musstet. Alles okay bei euch?«

»Klar«, erwiderte Dellie. »Wisst ihr, die Leute haben Kinder Mitte zwanzig.«

»Ich weiß. Emma, alles in Ordnung?«

»Ja, alles gut.« Sie erschauderte und dachte an Richard. Daran, wie grausam sein Selbstmord gewesen war. Dieser schreckliche Anblick. Der Geruch nach Blut und Schießpulver. Seine geöffneten Augen und diese Unmengen an Blut. Der Geruch des Todes mit all seinen Abscheulichkeiten. »Alles gut«, wiederholte sie und stand auf.

»Dann war es das. Nick, schick mir bitte das Memo, bevor es an die anderen Teams rausgeht.«

»Selbstverständlich.«

»Vielen Dank, euch allen.«

Emma blieb ein wenig zurück, während ihre Kolleginnen plappernd das Büro verließen. Als nur noch Riley da war, die gerade ihre Handtasche und ihre Aktentasche nahm, ging sie zu ihr. »Entschuldige. Wann können wir mal reden? Ich muss dir was sagen.«

»Werde ich mich aufregen?«, fragte Riley.

»Wahrscheinlich.«

Riley zögerte. »Setz dich. Bringen wir's hinter uns.«

Emma erzählte Riley von Bethany. Dass sie dem psychisch angeschlagenen Mädchen ihre Telefonnummer gegeben und Bethany sie auch angerufen hatte.

»Du machst Witze«, meinte Riley.

Emma schüttelte den Kopf. »Und ich bereue es nicht. Sie klingt nach den Feiertagen viel besser. Trotzdem weiß ich nicht, wie ich ihr helfen soll. Ihre familiäre Situation scheint sehr traurig zu sein. Ihre Stiefmutter trägt die Kleider der verstorbenen Mutter auf! Ich weiß gar nicht, was ich dazu sagen soll. Wenn ich einfach auflege oder nicht mehr ans Telefon gehe, wird ihr das auch nicht helfen. Also höre ich ihr eben zu. Die Frage ist: Wirfst du mich jetzt raus?«

»Du bringst mich in eine missliche Lage«, entgegnete Riley. »Du weißt ganz genau, dass ich dich nicht rauswerfen kann. Meine Familie wird sich auf mich stürzen, sobald ich das tue. Meine Mutter, mit der du dich heimlich getroffen hast, wie ich erfahren habe, mein Bruder, der anscheinend dein fester Freund ist ...«

»Adam ist ein guter Freund. Er hat mir deine Firma empfohlen, und die Arbeit hier gefällt mir.« Sie lachte und schüttelte den Kopf. »Ich freue mich sogar jeden Tag darauf. Die Mädels aus meinem Team sind fantastisch. Die Kunden decken die volle Bandbreite von schwierig über seltsam zu zuckersüß ab. Einige von ihnen würde ich echt vermissen.«

»Angestellte mit Highschool-Bildung und amerikanischer Staatsbürgerschaft bleiben im Durchschnitt neun Monate in der Firma. Aber dich werde ich nicht los.«

»Ist das nicht auch befriedigend für dich?«, fragte Emma. »Nun sag mal ehrlich, Riley. Vergiss bitte kurz unsere Differenzen und verrate mir eins: Wenn du dich in meine Lage versetzt und eine solche Notiz gelesen hättest – hättest du da nicht auch irgendwie reagiert? Ich meine, du hast doch selbst eine fünfzehnjährige Tochter. Was, wenn sie sich so einsam vorkäme und niemanden zum Reden hätte? Würdest du dir nicht wünschen, dass jemand auf ihren Hilfeschrei eingeht, selbst wenn es nur die unbedeutende Putzfrau wäre?«

»Erstens, Reinigungskräfte sind nicht unbedeutend. Hast du das noch nicht gelernt? Wir wissen mehr über unsere Kunden als sie über sich selbst! Zweitens: Nein. Ich weiß nicht, ob ich das getan hätte.«

»O doch, das hättest du«, hielt Emma dagegen. »Und du hättest auch wegen Mrs. Andrews die Polizei verständigt.«

»Ich hätte ihr allerdings garantiert nicht meine Telefonnummer gegeben«, erklärte Riley bestimmt. Ihr Handy klingelte. Sie warf einen Blick darauf und drückte eine Taste, um den Anruf auf die Mailbox umzuleiten. »Ich schätze, ich hätte die Situation beobachtet und erst mal abgewartet, um nach einer Lösung zu suchen. Eine Therapie vielleicht oder …«

»Sie ist bereits in Therapie«, unterbrach Emma sie. »Und der Therapeut hat sie gefragt, ob sie eventuell eifersüchtig auf ihre Stiefmutter ist.«

»Was für ein Holzkopf! Ich weiß über Mr. Christensens Ehe Bescheid. In unseren Verträgen bitten wir um eine Auflistung aller Familienmitglieder inklusive der Haustiere. Er hat damals angegeben, dass er eine Tochter im Teenageralter hat und dass er zu diesem Zeitpunkt verlobt war. Aber ich wusste nicht, dass er verwitwet ist.«

Rileys Handy klingelte erneut, und erneut warf sie einen Blick darauf. »Es scheint dringend zu sein. Entschuldige«, sagte sie und nahm das Gespräch entgegen. »Ja, Maddie?«

»Mom! Wir hatten einen Unfall. Jemand ist uns reingefahren! Daddy muss ins Krankenhaus. Mom, er ist verletzt! Er ist verletzt!«

»Ganz langsam, Maddie«, beschwor Riley ihre Tochter. Sie vergaß Emma völlig und stellte das Gespräch auf Lautsprecher, damit sie währenddessen Handtasche, Schlüssel und Mantel zusammensammeln konnte. »Bist du verletzt?«

»Nein. Nicht so richtig jedenfalls. Aber sie haben Daddy nicht sofort aus dem Wagen gekriegt, und ich durfte nicht im Krankenwagen mitfahren, weil sie den Platz brauchten. Mom, was, wenn er stirbt?«

»Er wird nicht sterben«, versuchte Riley sie zu beruhigen. »In welches Krankenhaus bringen sie ihn denn?«

Maddie fragte jemanden. »Petaluma.«

»Bist du sicher, dass dir nichts fehlt?«

»Ich hab bloß ein paar blaue Flecken, das ist alles.«

»Okay, bin schon auf dem Weg.« Damit rannte Riley los, an Emma vorbei zur Tür hinaus. Zwei Sekunden später kam sie zurück und rief: »Jock und Maddie hatten einen Unfall!«

Emma schnappte sich ihre Tasche und eilte ihr hinterher. »Ich komme mit. Schließ ab, ich fahr dir hinterher. Vielleicht brauchst du mich.«

Wieso sollte ich dich brauchen? schoss es Riley durch den Kopf. Doch sie sagte nichts, sondern schloss einfach die Tür ab, ohne nachzusehen, ob im Büro vielleicht noch das Licht brannte oder so etwas. Sie lief zu ihrem Wagen, stieg ein und raste los, ohne sich noch einmal nach Emma umzudrehen.

Maddie war immer noch in der Leitung. »Okay, ich sitze jetzt im Auto. Sag mir, wie es dir geht!«, schrie Riley beinahe ins Telefon.

»Wir sind jetzt da! Ich gehe mit Daddy rein. Kann nicht mehr telefonieren!«

Riley stöhnte, als die Verbindung unterbrochen wurde.

Es dauerte eine halbe Stunde, bis sie beim Krankenhaus war. Sie rannte vom Parkplatz zur Notaufnahme und fragte nach Jock Curry und Maddie Kerrigan. Sie wurde in den Wartebereich geschickt. »Aber geht es ihnen gut?«, fragte sie mit bebender Stimme.

»Mom?«, ertönte Maddies Stimme in dem Moment. »Mom?«

Sämtliche Verhaltensregeln ignorierend, stieß Riley einige Leute zur Seite und stürmte in den Behandlungsbereich, wo mehrere Betten durch Vorhänge voneinander getrennt waren. »Maddie?«, rief sie.

»Hier!«, sagte Maddie.

Sie saß auf einem Bett und drückte sich einen Eisbeutel auf die Stirn. Tränen liefen ihr über die Wangen. Riley umarmte ihre Tochter und drückte sie fest.

»Mom.« Maddie schluchzte. »Dad wurde schwer verletzt. Sie haben ihn nach oben gebracht. Vielleicht muss er operiert werden. Ich habe Grandma und Grandpa angerufen, weil ich wegen meines Alters keine Entscheidungen treffen darf.«

»Ist er bei Bewusstsein?«

»Eben hat er ein bisschen gesprochen. Er hat Schmerzen in der Schulter und im Magenbereich und eine Schnittwunde auf der Stirn, aus der jede Menge Blut kam. Und er hat überall blaue Flecken. Mir hat er gesagt, dass es ihm gut geht. Aber der Arzt meint, das stimmt nicht. Er müsse erst geröntgt werden, und sie müssten checken, ob er innere Verletzungen oder eine Kopfverletzung hat. Deswegen haben sie ihn nach oben gebracht.«

»Haben sie dich auch schon durchgecheckt?«

Sie nickte. Dann nahm sie den Eisbeutel weg. Sie hatte eine deutlich sichtbare Beule auf der Stirn. »Kann sein, dass ich mit meinem Kopf gegen seinen gestoßen bin. Jemand ist uns reingefahren – wumm! Der Wagen hat die Fahrerseite gerammt, deswegen haben sie Dad fast nicht aus dem Auto rausholen können!« Sie brach in Tränen aus. »Mom, was, wenn er nicht wieder gesund wird?«

»Ganz ruhig, Maddie. Er war ansprechbar und bei Bewusstsein, das sind gute Zeichen. Man wird sich gut um ihn kümmern.«

Adam rannte zum Haupteingang des Krankenhauses, wo Emma ihn bereits erwartete.

»Wie geht es ihnen?«, fragte er.

»Maddie geht es den Umständen entsprechend gut. Jock ist nach oben gebracht worden. Es steht noch nicht fest, ob er operiert werden muss. Seine Milz wurde in Mitleidenschaft gezogen, aber es kann sein, dass man das mit Medikamenten wieder hinkriegt. Er muss erst mal im Krankenhaus bleiben, weil sie ihn beobachten wollen. Seine Eltern sind auch schon hier. Maddie und Riley wollen so lange bleiben, bis geklärt ist, was los ist. Mir war klar, dass du sie sehen willst.«

»Wo sind sie?«

»Im dritten Stock, Wartebereich der Chirurgie. Alle da.«

»Okay«, sagte er und nahm ihre Hand.

»Äh … ich gehe jetzt. Ruf an, wenn du mich brauchst oder wenn sich was ändert.«

»Du musst nicht gehen, Emma.«

»Doch. Ich denke, das wäre besser. Ich gehöre nicht zur Familie und bin nicht mal eine entfernte Verwandte. Ich wollte bloß hier sein, bis alle da sind. Für den Notfall. Falls Riley mich gebraucht hätte.«

»Gut, dann gehe ich jetzt nach oben«, meinte er und gab ihr einen Kuss auf die Stirn. »Danke. Ich melde mich, sobald ich was Neues weiß.«

»Ich bin erreichbar. Und nun kümmere dich um deine Mädels.«

Emma war es recht, von hier verschwinden zu können, obwohl sie sich Sorgen um Jock machte. Nachdem er sich mit ihr versöhnt hatte, war er ihr nicht mehr gleichgültig. Falls er das Wochenende im Krankenhaus zubringen musste, würde sie ihn auf jeden Fall besuchen.

In dem Moment bekam sie eine SMS von Lyle.

Kannst du kurz vorbeikommen, bevor wir schließen?

Sie stieg in ihr Auto und schaltete die Heizung ein. Bevor sie losfuhr, rief sie Lyle an. »Was gibt's?«

»Das möchte ich dir lieber persönlich mitteilen. Bist du in der Nähe?«

»Eine halbe Stunde werde ich brauchen. Bitte verrat's mir doch. Mein Tag ist eh schon verrückt.«

»Dann wird er noch verrückter. Lauren Shay war heute im Laden.«

»Meine Schwester?«

»Ich soll dir eine Nachricht übermitteln: Rosemary möchte dich sehen.«

»Das dürfte schwierig werden«, erwiderte Emma. »Ich kann nicht mal eben nach Palm Springs fahren.«

»Sie ist wieder hier. Lauren hat erzählt, dass sie krank ist. Sie wohnt bei Lauren und Anna und …« Er holte tief Luft. »Ein Hospizteam kümmert sich um sie.«

»Wow. Was ist mit ihrem Mann?!«

»Hab ich nicht gefragt. Ich hab keine Ahnung, was los ist. Lauren meinte nur, dass Rosemary zurück ist und anscheinend sterben wird und dich deswegen noch mal sehen möchte. Ich habe Laurens Nummer, falls du sie brauchst.«

»Tja. Keine Ahnung«, entgegnete Emma. »Du weißt ja, dass ich Angst vor Rosemary habe. Sie ist fies. Vielleicht will sie mir eine letzte Gemeinheit reindrücken, bevor sie sich verabschiedet.«

»Ich werde dich begleiten«, schlug Lyle vor. »Vielleicht rufst du aber vorher besser Lauren an und fragst sie nach den Einzelheiten, bevor du dich in die Höhle des Löwen begibst.«

»Habt ihr denn schon geschlossen?«, wollte Emma wissen. »Kommst du auf ein Gläschen Wein zu mir? Ich hab eine Flasche im Kühlschrank.«

»Ist Adam denn nicht da?«, erkundigte er sich.

»Fürs Erste nicht. Jock und Maddie hatten eben einen

Autounfall, und er ist bei ihnen im Krankenhaus. Maddie geht es so weit gut, aber Jock ist verletzt. Eventuell muss ihm die Milz entfernt werden. Ich war gerade bei Riley im Büro, als sie der Anruf erreichte. Wir hatten dort eine Besprechung, weil eine Kundin von Kerrigan ihren Ehemann ermordet hat. Eins von den Reinigungsteams hat ihn heute Morgen gefunden.«

»Und da willst du nur *ein* Glas Wein?«, fragte Lyle. »Wenn ich so einen Tag hinter mir hätte, würde ich gleich eine ganze Flasche runterkippen!«

»Also, kommst du und hilfst mir, runterzukommen? Ich würde gerne über die Sache mit Rosemary sprechen.«

»Bin in einer halben Stunde bei dir. Fang nicht ohne mich an!«

Adam entdeckte Riley allein im Wartebereich sitzend. Als er sich näherte, schrak sie zusammen.

»Woher weißt du, dass ich hier bin?«, fragte sie. »Ich wollte Mom und dich noch informieren. Ich wollte euch keine Angst machen. Maddie geht es gut.«

»Emma hat mich angerufen. Wo ist Maddie denn?«

»Bei Jock. Sie wollte nicht von seiner Seite weichen. Es geht ihr gut, doch es hat sie ziemlich mitgenommen, ihren Dad so zu sehen. Und all die Ärzte, die um ihn herumschwirren.«

»Was ist überhaupt passiert?«

»Eine junge Frau hat eine rote Ampel überfahren und ist ihnen in die Fahrerseite gekracht. Ihr Airbag ging auf, sie wurde nicht verletzt. Aber beide Autos haben Totalschaden.«

»Ist Maddie gefahren?«

Riley schüttelte den Kopf. »Zum Glück nicht.«

»Emma hat gesagt, Jocks Eltern sind hier.«

»Sie sind in die Cafeteria gegangen, um Kaffee zu holen. Mrs. Curry ist erschüttert. Ich denke, dass sie auch Jocks Geschwister informieren wird. Hier wird es also eventuell voll. Im

Moment ist er in einem Überwachungsraum, damit er im Notfall sofort operiert werden kann. Bisher sieht es jedoch zum Glück nicht nach inneren Verletzungen aus. Er meint, es fühlt sich an, als hätte ihn jemand eine Treppe runtergeschubst. Wegen seiner starken Schmerzen hat er Medikamente bekommen. Und schon jetzt sieht man die Prellungen in seinem Gesicht.« Sie zuckte zusammen. »Sieht echt schlimm aus.«

»Wirst du Maddie überreden können, nach Hause zu fahren?«

»Nein, wir bleiben hier. Ich fahre vielleicht kurz heim und hole ihr ein paar Klamotten zum Wechseln, denn ihre sind voller Blut. Jock hat eine Platzwunde am Kopf erlitten, die stark geblutet hat.«

»Und Maddie hat gar nichts abbekommen?«

»Nur eine Beule.« Sie deutete auf ihre Stirn, um die Stelle anzuzeigen, an der Maddie die Verletzung hatte. Ihre Augen füllten sich mit Tränen. »Ich habe mich an Weihnachten abends noch mit Jock gestritten.«

Adam runzelte die Stirn. »Ihr habt euch doch den ganzen Tag vertragen«, erwiderte er.

»Es war nicht bei Mom. Ich war bei ihm. Ich wollte mit ihm reden wegen … Ach verdammt, eigentlich wegen nichts. Aber Maddie wird auf einmal so schnell erwachsen, und bald geht sie aufs College, und dann heiratet sie und bekommt Kinder und … Wie sollen wir damit zurechtkommen?«

»So wie andere geschiedene Paare.« Adam zuckte die Schultern.

»Ich war noch nie vorher bei ihm«, gestand sie leise. »Sein Haus ist echt schön. Und Maddie hat dort ein eigenes Zimmer.«

»Was hast du, Riley?«

»Ich war gemein zu ihm. Ich habe einen Streit provoziert. Und er hat mir an den Kopf geworfen, dass er sein Bestes tun würde, aber das wäre mir ja nie gut genug. Wusstest du, dass ich noch nie bei ihm in diesem Haus war?«

»Das hast du gerade schon mal gesagt«, sagte Adam sanft. »Ist okay. Deine einzige Beziehung zu Jock ist doch, dass Maddie eure Tochter ist. Und eure Aufgabe als Eltern macht ihr beide ziemlich gut.«

»Er hat angedeutet, dass ich ihm nie eine Chance gegeben habe.«

»Riley, was ist bitte los mit dir?«

»Keine Ahnung, ich weiß auch nicht«, antwortete sie. Sie ging zu ihrer Handtasche, die sie auf einen Stuhl gestellt hatte, und suchte darin nach einem Taschentuch. Dann tupfte sie ihre Augen ab und schnäuzte sich. »Ich glaube einfach, ich habe sehr viele Fehler gemacht.«

Da kam Maddie mit einem Arzt in den Wartebereich. Der Arzt hatte seine Hand tröstend auf Maddies Schulter gelegt und erklärte: »Mr. Curry muss operiert werden und wird in Zukunft auf seine Milz verzichten müssen. Während wir uns darum kümmern, werde ich nachsehen, ob ihm sonst noch etwas fehlt.«

»Kann ich mit ihm sprechen?«, erkundigte Riley sich. Plötzlich stand ihr die Panik ins Gesicht geschrieben.

»Er wird soeben für die OP vorbereitet«, erklärte der Arzt. »Der Eingriff wird etwa eine Stunde dauern, danach kommt er in den Aufwachraum.« Er drehte sich zu Maddie um. »Wenn er wieder aufgewacht ist, kannst du noch mal zu ihm. Anschließend fahrt ihr jedoch am besten nach Hause. Er wird sehr müde sein und braucht den Schlaf.«

»Aber nach der OP darf ich zu ihm?«

»Natürlich. Geht klar.«

»Okay«, sagte sie matt.

Adam wartete zweieinhalb Stunden im Krankenhaus. So lange dauerte es, bis Jock die Operation überstanden hatte, wieder aus der Narkose erwacht war und mit Maddie gesprochen hatte. Adam hatte inzwischen June informiert, die sofort ins Krankenhaus gekommen war. Ein paarmal verließ er das Gebäude, um Emma Nachrichten zu schicken. Er war erleichtert, dass sie zu Hause war und Lyle ihr Gesellschaft leistete. Als der Arzt sie schließlich alle nach Hause schickte, ging June mit Jocks Eltern, hielt die Hand seiner Mutter und redete beruhigend auf die beiden ein.

Adam begleitete Riley und Maddie, die völlig erschöpft wirkte, zu Rileys Wagen. »Soll ich mit euch nach Hause kommen? Wollt ihr ein bisschen reden?«

»Was gibt es noch groß zu sagen?«, fragte Riley.

»Vielleicht liegt dir etwas auf der Seele. Und was meinst du eigentlich mit Fehlern? Ich habe den Eindruck, dass du immer alles richtig gemacht hast.«

Sie schaute ihn mit einem schwachen und reuevollen Lächeln an. »Da sieht man mal wieder, dass du eben nicht alles weißt.«

»Ich komme mit zu dir«, beharrte er. »Bring du Maddie ins Bett, dann reden wir.«

»Sei mir nicht böse, Adam. Aber ich habe jetzt keine Lust zu reden.« Sie blieb stehen, warf einen Blick in ihre Handtasche, dann klopfte sie ihre Taschen ab. »Verrückt. Mein Handy ist nicht da. Ich muss es im Wartebereich liegen gelassen haben. Könntest du Maddie schon mal nach Hause bringen? Ich komme gleich nach.«

»Natürlich. Ich stehe da drüben, Maddie. Wir fahren nach Hause, damit du endlich aus diesen Klamotten rauskommst und unter die Dusche gehen kannst.«

»Ja«, sagte sie nur und lehnte sich an ihn.

Er legte den Arm um sie und öffnete die Beifahrertür für sie.

»Danke, Onkel Adam, dass du ins Krankenhaus gekommen bist.«

»Alle waren da. War fast schon 'ne Party.« Er streichelte sie tröstend. »Geht es dir jetzt ein bisschen besser, nachdem er operiert wurde?«

»Ja, etwas. Ich kenne halt nur so viele Leute, die ihren Vater verloren haben, als sie noch jung waren, und allein der Gedanke … Zwei Freundinnen aus der Schule und du ja auch, Onkel Adam.« Sie schniefte. »Ich möchte einfach, dass Daddy glücklich sein kann. Mehr nicht.«

»Mir kommt dein Dad ziemlich glücklich vor.«

»Er behauptet zwar immer, dass er glücklich ist und stolz auf mich. Aber einmal, als wir uns unterhalten haben, meinte er, er würde es total bedauern, dass er und Mom nie geheiratet haben. Er hat es nicht geschafft, sie zu überzeugen, dass wir eine Familie sein sollten. Doch er gibt nicht ihr die Schuld dafür. Er sagt, er hätte Fehler gemacht.«

»Fehler«, murmelte Adam. »Fehler sind anscheinend gerade der neueste Schrei. Weißt du was? Ich will nichts mehr von irgendwelchen Fehlern hören. Es wäre eindeutig produktiver, seine Fehler hinter sich zu lassen und nach vorne zu schauen.«

»Bereust du in deinem Leben denn gar nichts, Onkel Adam?«

»Das tut jeder, Maddie. Aber ich denke, dass sich mein Leben genauso entwickelt hat, wie es sein sollte. Und ich habe ein gutes Leben. Unsere Familie mag anders sein als die typische Familie, ein bisschen kantiger. Meines Wissens sind jedoch alle ziemlich zufrieden mit dem, was sie haben.«

»Bis heute Abend vielleicht«, widersprach Maddie. »Mir wird es erst wieder gut gehen, wenn ich weiß, dass Daddy sich wieder erholt hat.«

»Das meinte ich«, sagte Adam. »Deswegen ist er ein glücklicher Mann.«

Im dritten Stock stieg Riley aus dem Fahrstuhl. Sie holte ihr Handy aus der Jackentasche und warf einen Blick darauf. Vier verpasste Anrufe von Logan. Sie hatte ihn per SMS über den Unfall informiert und ihm mitgeteilt, dass alle so weit okay waren, sie allerdings nicht wegkönnte und ihn später anrufen würde. Dann hatte sie ihr Handy ausgeschaltet.

Natürlich hatte sie ihr Handy nicht liegen gelassen.

Zu ihrer Erleichterung saß niemand von Jocks Familie im Wartebereich. Also ging sie in den Aufwachraum, wo sie vor gerade mal zehn Minuten zuletzt gewesen war. Da lag Jock, noch betäubt von der Narkose und den Schmerzmitteln, den Mund leicht geöffnet. Wieder spürte sie die Tränen in sich aufsteigen. Sie trat an sein Bett und berührte sacht seine Stirn. »O Jock«, flüsterte sie. »Ich bin die Bescheuerte. Nicht du.«

Die ganzen Jahre der Wut, des Stolzes und der festen Entschlossenheit, sich nie wieder von ihm verletzen zu lassen, hatten dafür gesorgt, dass sie Jock auf Distanz gehalten hatte – und sich selbst auch. Stattdessen hatte sie wie eine Irre gearbeitet, immer darauf konzentriert, ein erfolgreiches Unternehmen aufzuziehen und es allen zu zeigen. *Ich bin kein schlechter Mensch, und ich bin nicht illoyal, und ich betrüge meine Freunde nicht.* »Ich wollte doch nur in Sicherheit leben«, sagte sie leise. »Damit Maddie in Sicherheit leben kann. Um der Welt zu beweisen, dass ich es auch schaffe, ohne einem anderen Menschen zu vertrauen.«

Er öffnete ein Auge, und sie schniefte.

»Du hast recht, Jock. Ich war immer wütend. Und ich hatte immer Angst. Und ich habe dir wirklich nie eine Chance gegeben.«

Er hob seine Hand und legte sie auf ihre, die auf dem Bettgestell lag. »Schon okay, Riley«, sagte er mit kratziger Stimme. »Alles wird gut.«

»Und wenn du gestorben wärest? Dann hätte ich mich nie entschuldigen können!«

»Shhh. Alles okay.«

»Nein, das ist es nicht«, erwiderte sie bewegt. »Aber wenn es dir bald besser geht … Wenn du mir noch eine Chance gibst, können wir ja versuchen, Freunde zu sein.«

Er lächelte schläfrig. »Okay«, meinte er, und dabei fielen ihm die Augen zu. »O Mann, du machst es einem echt nicht leicht, weißt du das?«

Sie musste lachen. »Das war nie der Plan.«

»Und was ist mit dem anderen? Deinem Neuen?«, fragte er, ohne die Augen zu öffnen.

»Nicht viel, Jock. Nur lass uns Maddie bitte erst mal nichts sagen. Ich möchte nicht, dass sie auf falsche Ideen kommt.«

»Okay«, sagte er noch mal und drückte ihre Hand.

Sie beugte sich zu Jock runter und küsste seine Stirn.

Auf einmal standen zwei Pflegekräfte neben ihnen. »Wir bringen Mr. Curry jetzt auf sein Zimmer. Sie können gerne mitkommen, Mrs. Curry. Aber dann lassen Sie ihn schlafen und kommen morgen wieder.«

»Ich bin nicht … Okay«, antwortete Riley. »Ich komme nur kurz mit, damit ich weiß, welche Zimmernummer er hat.«

18. Kapitel

Adam und Emma feierten Silvester bei Adam zu Hause. Emma parkte wie immer ihr Auto in seiner Garage, für den Fall, dass Riley oder June vorbeikam. »Ich glaube, dieser Umstand ist bald unnötig«, meinte Adam zu ihr, als er ihr aus der Jacke half. »Meine Mutter hat es ohnehin schon vermutet, Riley ebenso, und Maddie ist es egal.«

»Aber ich möchte es lieber so beibehalten, bis Riley mir ein Signal sendet, dass sie nicht mehr wütend auf mich ist. Weißt du, was sie zu mir gesagt hat, bevor sie den Anruf aus dem Krankenhaus bekam? Dass sie mich wegen ihrer Familie leider nicht loswerden könnte. Für mich heißt das, dass sie noch nicht bereit ist. Wo verbringt sie eigentlich den Abend?«

»Sie und Maddie haben ein paar Kleinigkeiten zu essen gekauft und sind mit einigen Gesellschaftsspielen zu Jock ins Krankenhaus gefahren. Ich bin zwar fast sicher, dass sie noch vor Mitternacht rausgeschmissen werden, aber immerhin verbringen sie den Abend mit ihm zusammen.«

»Darüber freut er sich bestimmt. Und wenn er jedes Mal so viel Aufmerksamkeit von Riley zu erwarten hat, baut er demnächst eventuell gleich den nächsten Unfall.«

»Wie kommst du darauf?«, erkundigte Adam sich.

»Weil ich glaube, dass er sie sehr mag. Vielleicht liebt er sie sogar. So wie er über deine Schwester und Maddie spricht und wie er darüber denkt, dass er die Sache mit Riley komplett vermasselt hat … Seine Gefühle für sie sind tiefer, als er dir gegenüber durchblicken lässt.« Sie umarmte ihn und sah ihn an. »Glaubst du manchmal, es könnte eigentlich alles ganz anders sein?«

»Wie zum Beispiel?«, fragte er. Er wusste nicht, worauf sie hinauswollte.

»Na ja. Zum Beispiel hätten Riley und Jock von Anfang an ein Paar sein können. Dann wären wir vermutlich alle immer noch Freunde. Allerdings hätte Riley wahrscheinlich nicht ihr Geschäft – denn das war ja ihre Überlebensstrategie. Oder ich wäre nach dem College hierher zurückgekommen und hätte mich schon vor zehn Jahren in dich verliebt.«

Er streichelte zärtlich ihre Wange. »Also bist du jetzt in mich verliebt?«

Sie nickte. »Ziemlich sogar. Kommt jedoch auch drauf an, was du mir heute Abend zu essen machst.«

»Hätte ich das gewusst, hätte ich mir noch mehr Mühe gegeben. Ich habe eine Auswahl an Fingerfood da: deine geliebten Krabbenbällchen, gefüllte Champignons, Käsebällchen – heute nicht für Hunde – und dazu einen Spinat-Artischocken-Dip und ein bisschen Gemüse.«

Sie schlang die Arme um seinen Nacken. »Alles, was ich gerne esse! Volltreffer! Aber wann wirst du dich bloß in mich verlieben?«

»Emma, ich bin in dich verliebt, seit ich achtzehn Jahre alt war! Ich warte nur darauf, dass du wieder in deiner Mitte ankommst, damit du dein Leben mit mir teilen kannst.«

»Damit habe ich echt nicht gerechnet, weißt du das? Ich bin fest davon ausgegangen, dass ich meine Samstagabende mit meinem schwulen Freund und dessen eifersüchtigem Partner verbringen würde, verzweifelt auf der Suche nach Arbeit und dabei immer bemüht, das Debakel zu vergessen, das mal meine Ehe war.«

»Ich weiß nicht, ob du dieses Debakel jemals vergessen wirst«, erwiderte er. »Aber man kann trotzdem nach vorne schauen. Bist du endlich von der absurden Idee abgekommen, dass es mir wehtun könnte, wenn wir zusammen wären?«

»Ich mache mir deswegen immer noch Gedanken. Doch inzwischen bin ich zu der Überzeugung gelangt, dass ich deine Meinung vermutlich nicht ändern kann. Es gibt bloß noch eine kleine Komplikation, ein unerledigtes Thema, um das ich mich kümmern muss. Morgen besuche ich Rosemary. Sie hat Lauren darum gebeten, mich zu kontaktieren. Anscheinend kann Rosemary nicht in Frieden sterben, ohne mich noch einmal zu sehen. Sie ist zurückgekommen, weil sie bald sterben wird. Sie ist wieder in dem Haus, das mal meinem Vater gehört hat.«

»Du gehst wirklich da hin?«

»Ja. Womöglich bin ich ja bescheuert, aber ich habe die Hoffnung, dass der bevorstehende Tod sie irgendwie milde gestimmt hat. Dennoch habe ich eine Höllenangst davor. Schließlich sind wir nicht gerade im Guten auseinandergegangen.«

»Ich kann dich begleiten«, schlug er ihr vor.

»Du bist echt ein Held«, entgegnete sie. »Genau deswegen hat Riley dich immer ›mein Champion‹ genannt. Lyle hat ebenfalls angeboten, mitzukommen. Das wollte ich nicht, doch dich würde ich mitnehmen. Mit dir zusammen habe ich mich schon früher viel mutiger gefühlt.«

Das Haus, in dem Emma aufgewachsen war, hatte jetzt ein Alter von vierzig Jahren erreicht. Da ihre Eltern es selbst gebaut hatten und es auf einem großen Grundstück stand, machte es heute noch was her. Damals war es eines der besten Anwesen in der Gegend gewesen, zumindest in dem Bezirk, in dem auch ihre katholische Schule gewesen war. Im Vergleich zu einigen der Häuser, in denen Emma seit Neuestem putzte, war es allerdings nichts Besonderes. Trotzdem war es kein gewöhnliches Gebäude. Es hatte fünf Schlafzimmer, drei Bäder und war im Country-French-Stil erbaut. Die riesige Küche, das große Hauptschlafzimmer mit angeschlossenem Bad und die fast vier Meter hohen Decken hatten vor vierzig Jahren als ziemlich vornehm gegolten, und noch heute war das Haus sehr beeindruckend. Der Rasen war gepflegt, Büsche und Bäume waren ordentlich beschnitten. Es stand neben anderen großen Anwesen in einer breiten Straße.

Trotzdem hatte Emma keine schönen Erinnerungen daran. Denn sie war nun mal nicht Rosemarys Kind. Anna und Lauren waren Rosemarys Töchter, Emma war immer als ihre Stieftochter vorgestellt worden.

»Ich war nie hier, weißt du das?«, sagte Adam.

»Echt nicht? Wie kann das sein?«

»Wenn ich Riley abgeholt habe, um sie nach Hause zu begleiten, habe ich immer draußen gewartet.«

»Ist mir gar nicht aufgefallen damals, aber das wundert mich nicht. Komm, bringen wir's hinter uns.«

Zuerst war Emma sich nicht sicher, welcher ihrer Schwestern die Tür öffnete. Die zwei ähnelten sich sehr, und sie war ihnen seit einigen Jahren nicht mehr begegnet. Erst nach einer Weile dämmerte ihr, dass es Lauren sein musste. Sie wirkte müde, war blass im Gesicht und hatte mindestens fünfzig Kilo zugenommen. Hinter ihr stand Anna, die jetzt siebenunddreißig war und offensichtlich unter krankhafter Fettleibigkeit litt. Beide sahen furchtbar aus. Aber wie sollte man auch aussehen, wenn die eigene Mutter im Sterben lag?

Drinnen war es unordentlich, und es roch unangenehm. Nach Staub, chemischen Reinigungsmitteln und vielleicht auch Tod.

»Fröhliche Weihnachten nachträglich«, sagte Emma und überreichte Lauren einen Präsentkorb mit Salami, Käse, Oliven, Wein, Schokolade und anderen Leckereien.

Lauren bedankte sich nicht, sondern nahm ihr wortlos den Korb ab und stellte ihn auf einen Tisch im Flur. »Komm mit«, forderte sie Emma auf und drehte sich um.

Adam und sie folgten Lauren ins Hauptschlafzimmer. Dort

lag Rosemary auf einem Krankenhausbett, das offensichtlich das alte Bett ersetzt hatte. Sie war früher stets eine wuchtige Frau gewesen, doch inzwischen war sie erschreckend abgemagert. Ihre Haut war gelblich fahl und ihr Haar sehr dünn. Durch den Gewichtsverlust hatte sie tiefe Falten im Gesicht. Auf einer Kommode standen Fläschchen und Medikamentenschachteln, in ihrem Arm steckte eine Infusion, und überhaupt standen überall im Zimmer medizinische Gerätschaften herum. Neben ihr auf dem Bett entdeckte Emma eine Bibel. Rosemarys Augen waren geschlossen.

»Rosemary?« Emma sprach sehr leise.

Schlagartig öffnete sie die Augen. »Du bist hier.«

»Lauren meinte, du wolltest mich sehen.«

»Ja. Und wer ist das? Hast du schon wieder einen neuen Mann?«, fragte ihre Stiefmutter schwach.

»Das ist Adam Kerrigan. Du erinnerst dich, Rileys Bruder.« Sie schaute sich um. »Wo ist denn Vince?«

»Er ist nicht hier. Das war beim Eheversprechen offensichtlich nicht inkludiert.«

Emma verzog das Gesicht. Sie hatte Vince nie gemocht. Aber die beiden waren so lange verheiratet gewesen, und jetzt stahl er sich aus der Verantwortung?

»Du hast mir deinen Anwalt auf den Hals gehetzt«, erklärte Rosemary.

»Nein«, widersprach Emma kopfschüttelnd. »Mr. Justice war der Rechtsanwalt meines Vaters und hat sich um sein Testament gekümmert. Er hat mir nur angeboten …«

»Ich bin die Treuhänderin vom Besitz meines verstorbenen Mannes, und du sollst wissen, was dich erwartet. Dein Vater hat etwas Geld in einem Treuhandfonds hinterlassen. Die Verteilung der Einlagen sollte ich nach eigenem Ermessen vornehmen. Ich habe übrigens auch einen Anwalt. Und der wird deinen Anwalt darüber informieren, ob es etwas zu verteilen gibt, was ich übrigens bezweifle. Danach haben wir nichts mehr miteinander zu tun. Und ich verzeihe dir.«

Emma blieb der Mund offen stehen. »*Was* vergibst du mir?«

»Dass du so eine undankbare Göre warst. Dass du mit diesem Skandal Schande über die Familie gebracht hast. Dass du nie dein Glück geschätzt hast. Doch nun kann ich in Frieden sterben. Ich weiß, dass ich alles in meiner Macht Stehende getan habe und noch dazu mehr als nötig.«

Emma biss sich fest auf die Unterlippe, damit diese nicht zitterte. Tatsächlich hatte ihre Stiefmutter also ein letztes Mal die Chance wahrgenommen, grausam zu ihr zu sein. »Und das Haus?«

»Gehört jetzt meinen Töchtern.«

»Es ist das Haus meines Vaters«, wandte Emma kraftlos ein. Es war keine Villa. Dennoch war eine solche Immobilie in Kalifornien sehr wertvoll. Ohne sich richtig damit auszukennen, ging sie davon aus, dass ein Gebäude von dieser Größe und mit einem so großen Grundstück bei einem Verkauf einen hohen Preis erzielen würde.

»Zuletzt war es ja mein Haus«, korrigierte Rosemary sie.

»Komisch. Dieses Geld hast du vorher nie erwähnt«, meinte Emma. »Du hast immer behauptet, es gäbe keins.«

»Es war bloß ein geringer Betrag. Kein Grund, um überhaupt darüber zu sprechen«, erwiderte Rosemary. Dann wimmerte sie, als hätte sie Schmerzen. »Ich sollte das Geld auf verantwortungsbewusste Weise für die Kinder verwenden, und das habe ich getan.«

»Nicht, was mich angeht«, hielt Emma dagegen.

»Du warst ja auch mit einem Millionär verheiratet!«, kreischte Rosemary und wurde dafür mit einem Hustenanfall bestraft. Sofort kam Lauren angerannt und hielt ihre Mutter fest, bis der Anfall vorbei war. Dann legte sie sie vorsichtig wieder hin.

»Ich war sechzehn, als mein Vater gestorben ist«, erinnerte Emma sie. »Ich habe mir das College durch Teilzeitstipendien, Teilzeitjobs und Kredite finanzieren müssen. Und du hast neu geheiratet …«

»Heute brauchst du es auch nicht mehr«, fiel Lauren ihr bitter ins Wort.

»Mein Vater hat dieses Haus gebaut!«

»Aber er hat es mir hinterlassen, und ich habe es meinen Töchtern überschrieben. Du kannst deinem Anwalt ausrichten, dass das Thema erledigt ist. Es gibt nichts zu besprechen. Ich will damit abschließen. Bitte sag ihm, dass du zufrieden bist, und treib die Sache nicht weiter voran. Gönn meinen beiden Mädchen das bisschen, das ich ihnen hinterlassen kann, und lass uns in Ruhe. Hör auf, dir so egoistisch das Beste herauszupicken!«

»Schluss damit«, schaltete Adam sich ein. »Halten Sie den Mund. Es tut mir leid, dass es Ihnen schlecht geht, Rosemary, doch Sie haben diese Frau lange genug beleidigt. Hier gibt es nichts mehr zu sagen.«

»Ich möchte nur friedlich sterben, in dem Wissen, dass du mit deiner Rache nicht meine Töchter strafen wirst«, sagte Rosemary.

Entgeistert fragte Emma: »Wieso sollte ich das tun?«

»Weil ich dich kenne. Weil du denkst, dass du alles verdienst. Du warst immer schon überheblich, Ms. Homecoming Queen. Also stiehl meinen Töchtern nicht, was ihnen zusteht.«

Adam schüttelte fassungslos den Kopf. »Lass uns gehen, Emma. Dieses Haus willst du gar nicht. Hier hat sich die Boshaftigkeit dieser Frau eingenistet.« Er warf Rosemary einen finsteren Blick zu. Dann nahm er Emma an der Hand und zog sie aus dem Zimmer. »Hör ihr nicht mehr zu, Emma. Diese Leute sind von Neid zerfressen. Komm, wir gehen.«

Sie ließ zu, dass er sie zum Auto führte und sanft in den Wagen schob.

Dort saß sie reglos, stumm, konnte es nicht fassen. Als er den Motor anließ und losfuhr, schwieg sie noch immer. Erst nach fünf Minuten fand sie wieder Worte. »Ich dachte, sie könnten mich nicht mehr überraschen. Ich dachte, sie könnten mich nicht mehr verletzen. Wie sehr diese Frau mich hassen muss. Wieso hasst sie mich so sehr?«

»Rosemary hasst ganz sicher eine Menge Leute. Beziehungsweise gibt es wohl nur sehr wenige Menschen, für die sie etwas übrighat. Emma, du kannst dich mit gutem Gewissen von ihnen lösen. Du warst sehr freundlich zu ihnen. Viel freundlicher, als ich es gewesen wäre. Diese Frau hat ein trauerndes Kind bestohlen. Ich will nicht da hinkommen, wo sie enden wird.«

»Vielleicht trifft sie dort ja Richard. Er hatte eine ähnliche Einstellung wie sie«, meinte Emma.

In der darauffolgenden Woche hatte Emma wieder einen Termin bei Lucinda Lopez.

»Zwei Wochen ist es jetzt her«, bemerkte Lucinda. »Ihr erstes Weihnachtsfest in der Stadt seit mindestens zehn Jahren.«

»Länger«, antwortete Emma. »Es waren mindestens zwölf Jahre. Nach dem Tod meines Vaters brauchte ich nicht lange, um zu kapieren, dass meine Stiefmutter und ihre Töchter mich an den Feiertagen nicht dabeihaben wollen. Doch jetzt habe ich ein neues Leben. Alles ist einfacher, ruhiger. Wenn es auch in letzter Zeit ein paar Aufreger gab.« Emma erzählte Lucinda von Bethany und davon, dass das Mädchen inzwischen deutlich stabiler und aufgeräumter wirkte als vor den Festtagen.

»Es ist sehr nett von Ihnen, dass Sie sich für dieses bedauernswerte Mädchen Zeit nehmen«, sagte Lucinda. »Aber könnten Sie mir einen Gefallen tun? Wenn Bethany Ihnen vertraut, schlagen Sie ihr vor, sich an einen Therapeuten zu wenden.

Und wenn der Therapeut, bei dem sie momentan ist, ihr nicht helfen kann, sagen Sie ihr, dass sie zu einem anderen gehen soll oder zum Schulpsychologen. Kinder, die in diesem Alter einen Verlust erfahren mussten, fühlen sich oft sehr zerbrechlich und isoliert. Vor allem sind sie jedoch unberechenbar. Ich möchte nicht, dass Sie sich mit einer Situation konfrontiert sehen, mit der Sie nicht umgehen können. Der Verlierer wäre das Mädchen.«

»Ja, das werde ich machen«, willigte Emma ein. »Darf ich Sie vorschlagen?«

»Natürlich, das können Sie tun. Sie können ihr sogar mitteilen, dass Sie ebenfalls zu einer Therapeutin gehen. Das hat manchmal eine positive Wirkung. Es macht mir bloß Sorgen, wenn jemand, der vorher deprimiert war, auf einmal fröhlich ist.«

Danach berichtete Emma von ihrem Besuch bei Rosemary und deren Bitte, Emma möge ihr Erbe und ihre Töchter in Ruhe lassen. »Mein Vater ist seit achtzehn Jahren tot. Er war nicht reich, aber wir hatten immer ein gutes Leben. Ich kann mir nicht vorstellen, dass er uns viel Geld hinterlassen hat. Und ich werde ganz sicher keinen Aufstand veranstalten, um an das Geld heranzukommen, und damit die Presse aufscheuchen. Ehrlich gesagt würde ich das Wort Geld im Zusammenhang mit meinem Namen am liebsten nie wieder hören.«

»Sie tun das, womit Sie sich wohlfühlen, Emma. Bitte bedenken Sie jedoch eines: Ihr Vater hat in seinem letzten Willen einen Wunsch geäußert, der ihm am Herzen lag. Und wenn er Ihnen etwas vermacht hat, dann wollte er auch, dass Sie es bekommen.«

»Das verstehe ich ja. Aber dieses Geld war für meine Ausbildung bestimmt. Als ich klein war, hat er mir erzählt, er würde sparen, um mir das College zu ermöglichen. Und mein Studium habe ich schon lange abbezahlt.«

»Dann erzählen Sie mal. Sie hatten ein paar ruhige, einfache Weihnachtstage. Vermutlich ganz anders als die Feiertage in den letzten zehn Jahren Ihres Lebens.«

»Ich habe den Heiligabend und den Weihnachtsmorgen mit Adam verbracht, der wirklich einfach wunderbar ist. Er fuhr schließlich zu seiner Mutter zum traditionellen Weihnachtsessen mit der Familie, kam danach aber wieder zu mir und brachte köstliche Reste mit. Am nächsten Tag musste ich wieder arbeiten, doch er hatte noch Ferien. Er hat mir einen sehr schönen Trenchcoat geschenkt, ich ihm einen Pullover und Hausschuhe. Lucinda, es war absolut perfekt. So friedlich. Vollkommen stressfrei. Keine funkelnden Christbaumkugeln und vor allem keine schicken Partys.«

»Nichts von diesem elenden Prunk«, scherzte Lucinda. »Und wie hat es sich im Vergleich zu den anderen Weihnachtsfesten angefühlt?«

»Ich habe mich noch nie so reich beschenkt gefühlt«, erklärte Emma.

Jock wurde nach ein paar Tagen aus dem Krankenhaus entlassen, war allerdings für weitere zehn Tage krankgeschrieben und musste danach zu einem Kontrollbesuch zum Arzt. Seine Mutter bat ihn, so lange zu ihnen zu ziehen, doch das lehnte er strikt ab. Als sie vorschlug, dann könne sie ja in der Zeit bei ihm einziehen, sagte er: »Dann erschieß mich lieber gleich.«

Riley bekam das alles mit, denn sie und Maddie waren auch gerade da. »Keine Sorge«, wandte sie sich an Mrs. Curry. »Jock und ich verstehen uns gut. Ich werde nach ihm sehen. Und falls er etwas braucht, muss er nur kurz anrufen.«

Nachdem seine Mutter gegangen war, um den Wagen vorzufahren, meinte Jock: »Danke, Riley. Aber du musst dir wirklich keine Gedanken um mich machen. Jetzt habe ich nämlich endlich Zeit, mir all die Golfturniere anzusehen, die ich aufgenommen habe. Ich werde deine Hilfe nicht brauchen, ich will ja keine Möbel schleppen.«

»Du wirst dir dein Lager auf der Couch einrichten, stimmt's?«

»Das ist der Plan.«

»Maddie hat wieder Schule. Wir kommen morgen nach dem Unterricht vorbei, aber wir bleiben nicht lange.«

»Ihr könnt bleiben, so lange ihr wollt. Oder du kannst Maddie einfach bei mir absetzen.«

Das wollte Riley jedoch nicht. Sie wollte Jocks Kühlschrank auffüllen und nachschauen, ob sein Haus sauber war, denn er selbst konnte ja nicht putzen. Sie bezog sogar das Bett frisch, denn sie wusste nicht, wie lange er die Laken nicht gewechselt hatte.

Dann ließ sie Maddie bei ihrem Vater und fuhr weiter zu ihrer Mutter. Sie bat sie um ein paar Portionen der Gerichte, die June für die Bedürftigen gekocht und eingefroren hatte. Sie seien für Jock, erklärte sie ihrer Mutter.

»Interessant, wie du dich auf einmal für Jock ins Zeug legst«, bemerkte ihre Mutter.

»Hast du nicht mitbekommen, wie sehr Maddie unter seinem Unfall gelitten hat? Und seiner OP? Ich wusste ja, dass die beiden dicke sind. Doch irgendwie habe ich immer geglaubt, sie wäre mit Jock genauso eng wie mit Adam. Da hab ich mich allerdings wohl geirrt. Sie steht ihrem Vater viel näher. Ich muss mich demnächst etwas mehr bemühen, besser mit ihm auszukommen.«

June warf ihr einen zweifelnden Blick zu und sagte: »Natürlich.«

Riley brachte das Essen nicht direkt zu Jock. Sie legte es zunächst bei sich zu Hause ins Eisfach und holte Maddie ab. Erst am nächsten Tag um die Mittagszeit fuhr sie mit den Vorräten bei ihm vorbei.

Als er die Tür öffnete, sah er etwas zerknittert aus. Er ging gebückt, weil seine Wunde offenbar noch wehtat.

»Riley?« Er spähte über ihre Schulter und suchte Maddie.

»Nein, nur ich. Ich hab dir was von Mom mitgebracht, fürs Eisfach. Außerdem habe ich Milch gekauft, Orangensaft, Eier, Brot und etwas Fleisch und Gemüsesalat.«

»Das wäre nicht nötig gewesen«, erklärte er und ließ sie herein. »Musst du nicht arbeiten?«

»Doch«, antwortete sie und packte dabei die Einkäufe in den Kühlschrank und ins Gefrierfach. »Ich mache gerade Mittagspause. Du musst die Sachen nur ein paar Stunden vorher aus dem Eisfach nehmen und auftauen. Was drin ist, steht drauf. Hackbraten und Kartoffelbrei, Makkaroni mit Käse, Lasagne und Moms leckere Frikadellen.« Sie hob den Kopf und lauschte. Der Fernseher lief anscheinend nicht. »Hast du geschlafen?«

Er deutete auf den Küchentisch, wo sein Laptop und eine Kaffeetasse standen. »Ich mach gerade meine Rechnungen.«

»Hast du finanzielle Probleme wegen des Unfalls?«

»Keine ernsten«, erwiderte er und schüttelte den Kopf. »Ich kriege zwar nicht das, was ich für ein neues Auto bräuchte, aber da die Gegnerin – ein junges Mädchen – ja eine rote Ampel überfahren hat, könnte es sein, dass ich von ihrer Versicherung noch was bekomme.« Er lachte. »Immerhin hat sie eine Versicherung. Der Typ, der mir mal hinten draufgefahren ist, hatte keine.«

Riley runzelte die Stirn. »Wann ist dir jemand draufgefahren?«

»Das ist zehn Jahre her oder so. Maddie war nicht im Auto. Und damals hätte sie ja noch im Kindersitz gesessen, oder? Ich hab sie nicht oft im Auto mitgenommen.«

Weil Riley bewusst versucht hatte, dies zu vermeiden. Nicht etwa, weil Jock kein guter Fahrer war, sondern weil sie gern die Kontrolle über alles hatte. Vor allem über ihn. Sie schüttelte etwas traurig den Kopf. Maddie vergötterte ihren Vater, doch Riley hatte dafür gesorgt, dass Jock so wenig Zeit wie möglich mit seiner Tochter verbringen konnte, als sie klein war.

»Hast du schon gegessen?«, fragte sie.

»Noch nicht. Ich mach mir was, wenn du hier fertig bist. Und vielen Dank. Das ist nett von dir.«

»Komm, ich mach dir schnell ein Sandwich und einen Salat, dann kannst du in Ruhe deine Rechnungen fertig machen. Gibt's noch Kaffee?«

»Da steht er.« Mit dem Kopf deutete er in Richtung Küchentresen.

Riley fühlte sich etwas unwohl, und sie spürte, dass Jock irritiert und auch etwas misstrauisch war. Aber mit irgendwas musste sie ja anfangen. Er setzte sich wieder an seinen Computer, während sie Messer, Gabel, Teller, Brot und Mayonnaise holte. Sie war beeindruckt, wie ordentlich Jock war. Sein Kühlschrank war picobello sauber – ein gutes Zeichen. »Sehr schön«, meinte sie. Den Kühlschrank putzten nämlich die wenigsten Leute sehr häufig. Jock hatte Kopfsalat und Tomaten da, die sie zusätzlich auf sein Sandwich legen konnte.

Sich selbst bereitete sie ganz mutig auch einen Salat zu, dann stellte sie seinen Teller vor ihn. Sie goss sich eine Tasse Kaffee ein und setzte sich zu ihm.

Er schaute sie lange an. »Du isst mit mir zusammen?«

»Nur ein bisschen Salat«, antwortete sie. »Wenn du damit einverstanden bist?«

»Natürlich. Du hast es also ernst gemeint. Du willst, dass wir Freunde sind.«

»Hör zu, wenn du es lieber hättest, dass ich gehe …«

»Sag mir einfach nur, worum es eigentlich geht.«

Sie legte die Hände in den Schoß und rührte weder Kaffee noch Salat an. »Okay«, begann sie. »Zunächst mal habe ich mich wegen unserer Auseinandersetzung an Weihnachten mies gefühlt. Ich musste die ganze Zeit daran denken. Du hast den Nagel auf den Kopf getroffen, Jock. Ich war immer wütend. Das stimmt, denn ich hatte auch das Gefühl, jedes Recht dazu zu haben, wütend zu sein. Doch als du bei diesem Unfall verletzt wurdest und ich mitgekriegt habe, wie sehr Maddie darunter gelitten hat, ist mir schlagartig bewusst geworden, dass du wirklich alles versucht hast. Auch wenn es meistens nicht allzu gut gelungen ist, du hast es wenigstens versucht – im Gegensatz zu mir. Aber unsere Tochter liebt trotzdem uns beide.«

»Ja, das tut sie.«

»Und du hast eine sehr enge Beziehung zu ihr, was mir irgendwie überhaupt nicht klar war. Ich hatte immer den Eindruck, ihr seht euch gar nicht so oft.«

Er zuckte die Achseln. »Du hast es mir diesbezüglich auch nicht gerade leicht gemacht. Ich wollte Maddie das Leben jedoch nicht unnötig schwer machen, deswegen habe ich meistens lieber nachgegeben. Und irgendwann habe ich ihr ein Handy gekauft.«

»Damals war sie noch viel zu klein für ein Handy!«

Jock wartete geduldig ab, bis Riley sich wieder beruhigt hatte.

Wieder mal hatte sie voreilige Schlüsse gezogen, weil sie stets alles unter Kontrolle haben wollte. Sie verzog ein wenig den Mund. »Na ja, was soll's«, sagte sie, immer noch verstimmt.

»Ich habe ihr ein Handy und einen Laptop gekauft, damit wir kommunizieren und in Kontakt bleiben können. Und ich war bei all ihren Schulveranstaltungen, wenn es mir möglich war. Manchmal kamen mir zwar meine Arbeitszeiten dazwischen, weil ich sehr oft in der Spätschicht eingeteilt war. Aber immerhin konnten wir telefonieren. Sie ist so klug, Riley. Wie du.«

Riley spürte, wie sie rot wurde. »Du bist auch klug«, bemerkte sie. »Und sie hat definitiv deine Beine.«

Er lachte. »Ja, du musstest schon zu ihr aufschauen, als sie dreizehn war. Eine Schönheit ist sie noch dazu.«

»Ich wusste übrigens nicht, dass du ihr das von Emma erzählt hast. Ich wusste von vielen Dingen nichts, über die ihr gesprochen habt.«

»Ich habe Maddie einfach gesagt, dass es keine gute Idee wäre, dir zu berichten, worüber wir reden – und umgekehrt. Ich erklärte ihr, dass das nur zu mehr Spannungen zwischen uns führen würde. Und das wollte sie nicht.«

»Ich weiß gar nicht, wann das angefangen hat«, entgegnete Riley. »Wir sind uns eine Zeit lang wirklich nur an die Gurgel gegangen.«

»Nicht wirklich. Nicht immer«, widersprach er ihr. »Ich hab dich ein paarmal echt zur Weißglut gebracht, das stimmt. Doch wenn Maddie dabei war, haben wir uns zusammengerissen. Oder waren zumindest tolerant, auch dank June. Aber eine Sache gibt es, die mich wirklich beschäftigt. Ich weiß bloß nicht, ob ich mich traue, sie anzusprechen.«

»Probier's mal aus«, ermunterte sie ihn. »Lass uns endlich die Karten auf den Tisch legen.«

»Erst musst du mir versprechen, dass du keinen Schreianfall bekommst oder Sachen nach mir wirfst. Immerhin bin ich ja noch in der Rekonvaleszenz.«

»Ich habe noch nie …« Sie unterbrach sich, als ihr auffiel, wie schrill ihre Stimme klang. »Ich hab noch nie etwas nach dir geworfen!«

Er lächelte. »Am wütendsten warst du immer dann, wenn ich dir gestehen wollte, wie sehr du mir am Herzen liegst, oder ich dich um eine weitere Chance bitten wollte. Ich dachte, ich könnte ein ganz guter Ehemann sein, denn das Vatersein gefiel mir. Natürlich ist mir klar, dass ich es am Anfang total verbockt habe und dass ich nie gut genug für dich war, aber ich …«

»Wir haben einfach keinen guten Start erwischt«, sagte sie.

»Alles meine Schuld«, erwiderte er. »Da beißt die Maus keinen Faden ab. Nein, warte. Alles nichts als Ausflüchte. Ich war jung und dumm damals, verängstigt, verwirrt, und abgesehen davon fühlte ich mich völlig überfordert. Ich wollte unbedingt das Richtige tun und war mir dennoch ziemlich sicher, dass ich es nicht hinkriegen würde. Ich hatte keine Ausbildung, kein Geld und nur diesen miesen kleinen Teilzeitjob ...«

»Es war nicht alles deine Schuld«, stellte sie fest. »Vermutlich wirst du mich nicht verstehen, doch ich musste damals auch mit einer Menge klarkommen. Ich war arm. Ein armes, vaterloses Kind. Das seine beste Freundin mit ihrem Freund betrogen hatte. Natürlich hat sie mich dafür gehasst, ganz klar. Und ich habe mich geschämt und war wütend und sehr verzweifelt. Und da war es irgendwie befriedigend, für alles dir die Schuld zu geben. Irgendwann gründete ich dann meine Firma und traute mich zwölf Jahre lang nicht, nach rechts und links zu gucken. Als du mich um eine zweite Chance gebeten hast, hab ich das gar nicht wirklich gehört.«

»Ich habe aber ein paarmal darum gebettelt ...«

»Bis du Laurie geheiratet hast ...«

»Ich dachte, das bringt alles wieder ins Lot. Das hätte ich der Frau nicht antun dürfen.«

»Sie hat doch dich verlassen!«

»Wir haben eigentlich von Anfang an gewusst, dass es nicht funktionieren würde. Ich will ehrlich sein: Ich wollte trotzdem bei ihr bleiben. Ich wollte nicht zweimal hintereinander scheitern. Wenn du allerdings glaubst, unsere Beziehung wäre kompliziert, kann ich dir eins verraten: Lauries Leben war eine absolute Katastrophe. Jetzt ist sie wieder mit ihrem Ex zusammen. Die beiden hätten sich am besten nie scheiden lassen. Und sie streiten sich rund um die Uhr.«

»Denkst du denn, wir könnten die Scherben ein für alle

Mal zusammenkehren und wieder Freunde sein?«, fragte Riley. »Oder sind die Gräben zwischen uns zu tief?«

»Von meiner Seite aus gibt es keine Gräben, Riley. Ich habe mich mit meinen Versäumnissen abgefunden. Ich habe eine tolle Familie, eine wunderbare Tochter, einen guten Job, nette Freunde und ein schönes Leben. Wenn wir Freunde sein könnten, würde mich das sehr glücklich machen.«

»Meinst du, wir haben uns zu oft vor Maddie angezickt?«, wollte sie wissen.

Er lachte. »Nicht mehr, als verheiratete Paare das auch tun«, antwortete er. »Du brauchst dir Maddie bloß anzusehen. Dafür, dass sie von mir ist, ist sie ziemlich normal! Und du bist einfach eine tolle Mutter. Und arm bist du auch nicht mehr, so viel steht fest.«

Sie seufzte. »Du kannst dir nicht vorstellen, wie viel verzweifelten Ehrgeiz ich dafür aufbringen musste. Seit fünfzehn Jahren wünsche ich mir, mal eine Pause zu machen!« Sie sah ihn lange an. »Sag mal … fühlst du dich auch manchmal einsam?«

Er schüttelte den Kopf. »Eigentlich nicht. Manchmal vermisse ich Maddie, wenn wir uns länger nicht sehen, doch dafür gibt es ja das Telefon. Aber einsam? Nein. Du etwa?«

Sie nickte. »Auch wenn ich von wunderbaren Menschen umgeben bin, habe ich oft das Gefühl, dass in meinem Leben etwas fehlt.«

»Okay, das wiederum verstehe ich. Und wie sieht's aus? Kann dein neuer Freund es verkraften, dass du dich gut mit dem Daddy deiner Tochter verstehst?«

»Mein neuer Freund?«, fragte sie. Dann fiel es ihr wieder ein. »O. Logan, der Polizist. Ich glaube ehrlich gesagt nicht, dass daraus etwas wird. Er ist toll, aber …« Sie biss sich auf die Unterlippe.

»Riley, er ist der erste Mann, mit dem du seit unserer Trennung zusammen bist«, erklärte Jock.

»Nein, wir sind bloß ein paarmal zusammen unterwegs gewesen«, meinte sie. »Doch es hat nicht gefunkt.«

Er grinste nur. »Und jetzt sitzen wir hier. Zwei Menschen, die zusammen ein Kind großgezogen haben und sich dabei gestritten haben wie ein uraltes Ehepaar. Und sie beide haben nie jemanden gefunden, der diese Lücke geschlossen hat. Würde dich nicht auch interessieren, wieso das so ist?«

»Vorsicht, Jock. Wenn wir es wieder versauen, hassen wir uns danach vielleicht wirklich.«

»Wenn ich es wieder versaue, wirst du mich garantiert hassen. Aber ich werde dich nie hassen. Ich habe dich auch nie gehasst. Hier und da war ich mal echt sauer auf dich, doch ich habe dich immer geliebt. Ich wusste einfach nur nicht, wie man sich benimmt. Ich war eben noch ein Junge.«

Ein Junge ist er jetzt nicht mehr, dachte sie. »Lass es uns langsam angehen«, sagte sie.

Sie aßen auf und sprachen noch etwas über Maddie. Riley räumte die Küche auf, bevor sie zurück an die Arbeit musste.

Jock brachte sie zur Tür und gab ihr zum Abschied einen Kuss auf die Stirn. »Pass auf dich auf, Riley. Ich liebe dich und habe dich immer geliebt. Aber ich bin nicht bereit für ein Hin und Her. Wenn du nicht mit mir zusammen sein willst, war's das. Ich habe keine Lust mehr auf Experimente«, stellte er klar. »Du bist nicht die Einzige, die Gefühle hat.«

»Ich weiß. Das weiß ich.«

19. Kapitel

Auf dem Weg zu Aaron Justice war Emma sehr nervös. Sie freute sich zwar darauf, ihn zu sehen, doch sie machte sich auch wieder Gedanken darüber, wie sie ihn für seine Arbeit bezahlen sollte. Das würde sie bloß können, wenn tatsächlich Geld in diesem Fonds war. Womöglich hätte sie ihn besser anrufen und bitten sollen, die Sache nicht voranzutreiben, denn er hatte ja bereits kostbare Zeit in den Fall investiert. Aber sie würde schon einen Weg finden, wie sie seine Rechnung bezahlen könnte. Und sie hatte einen Plan gefasst: Sie wollte ihren Schwestern das Haus nicht wegnehmen. Denn mit dem Haus würde sie nicht glücklich werden.

Aaron betrieb seine Kanzlei nur noch aus dem Arbeitszimmer, von zu Hause aus. Es war ein schönes Gebäude, in dem Aaron bis zu ihrem Tod zusammen mit seiner Frau gelebt hatte. Emma war noch nie dort gewesen.

»Wie schön, Sie zu sehen, Emma«, begrüßte er sie. »Kommen Sie rein, ich habe uns einen Tee gemacht.«

Als sie ihm nach drinnen gefolgt war, bat er sie, Platz zu nehmen, und begann: »Ich weiß nicht, woran Sie sich noch erinnern, als wir damals nach dem Tod Ihres Vaters sein Testament durchgegangen sind. Sie waren damals sehr jung und auch sehr traurig. Ich hatte Ihnen angeboten, dass Sie mich jederzeit anrufen können, doch das haben Sie nie getan.«

Emma zuckte die Achseln. »Ich habe keinen Bedarf gesehen. Ich erinnere mich daran, dass Sie gesagt haben, es wäre etwas Geld da, das für mein Studium zurückgelegt wurde. Und Rosemary hat mir ja auch hin und wieder ein Taschengeld geschickt.«

Er runzelte die Stirn. »Lassen Sie uns die einzelnen Punkte besser noch einmal durchgehen. Das wird Ihr Gedächtnis auffrischen.«

John Shays Vermögen war laut Testament in zwei Hälften aufgeteilt: die eine war an seine Frau Rosemary gegangen, die andere sollte zwischen den Kindern verteilt werden. Rosemary fungierte dabei als Treuhänderin. Das bedeutete, sie konnte das Geld, das für die Kinder vorgesehen war, nicht etwa einem jungen Liebhaber schenken oder Ähnliches.

Emma lachte laut auf. Als ob sich da einer gefunden hätte! In dem Testament ihres Vaters war explizit von drei Kindern die Rede, obwohl Anna nicht Johns leibliche Tochter war. Sein Plan hatte vorgesehen, dass der Betrag nicht auf einmal ausgezahlt werden sollte, sondern zu zwei unterschiedlichen Zeitpunkten. Eine Hälfte des Geldes sollten seine Töchter jeweils im Alter von dreißig Jahren erhalten, die andere mit fünfunddreißig. Die Auszahlungen waren allerdings an gewisse Zwecke gebunden – wie Mietkosten oder Ausbildung, Anzahlungen für ein Eigenheim, hohe finanzielle Belastungen im medizinischen Bereich, die von der Krankenkasse nicht übernommen wurden, und so weiter.

»Aber ich habe mir mein Studium selbst finanziert«, meinte Emma.

»Ich weiß«, erwiderte Aaron. »Wie gesagt: Rosemary hat sich gleich nach dem Tod Ihres Vaters einen neuen Anwalt genommen. Und später wechselte sie auch den noch mal. Mit diesem neuen Anwalt hat sie ebenfalls ein Testament verfasst, wozu sie natürlich berechtigt war. Doch das Geld, das Ihr Vater für Sie und Ihre Schwestern hinterlassen hat, ist Teil eines unabänderlichen Fonds, der einem bestimmten Zweck zugedacht ist. Das heißt, wenn sie eine Summe daraus entnommen hat, um zum Beispiel Studiengebühren zu zahlen, muss sie dafür Belege vorlegen. Das Haus hat sie allein geerbt, es wurde im

Fonds nicht berücksichtigt. Haben Sie bisher jemals Geld aus dem Vermögen Ihres Vaters erhalten, Emma?«

Sie schüttelte den Kopf. »Rosemary meinte immer, dass das Geld gerade mal die Kosten für die Instandhaltung des Hauses und für das Großziehen dreier Kinder gedeckt hat. Ich könnte froh sein, dass sie mir während des Studiums immer mal wieder etwas Taschengeld geben konnte. Das war zwar nicht viel, aber es hat geholfen.«

»Sie konnte mir Quittungen für die Studiengebühren und Ihre Miete von damals vorlegen.«

»Ja, um die Belege hat sie mich mal gebeten. Fürs Archiv hat sie damals erklärt.«

»Im Alter von dreißig Jahren stand Ihnen Ihr Geld zu.«

»Wow«, entgegnete Emma. »Das wusste ich nicht. Oder vielleicht habe ich es auch vergessen. Mein Vater war ein ziemlich einfacher Mann. Für mich stand fest, dass das Geld nur dafür gereicht hat, Rosemary durch die schwere Zeit zu bringen, in der sie allein drei Kinder großziehen musste.«

»Rosemarys Rechtsanwalt hat den Fonds mittlerweile geprüft. Der Betrag ist unter Umständen nicht adäquat. Denn der Fonds wurde nicht verwaltet wie gedacht. Es gab kleinere Unregelmäßigkeiten. Ich empfehle Ihnen gerne einen guten Finanzsachverständigen. Sie sollten die Treuhänderin verklagen.«

Emma stieß ein bitteres Lachen aus. »Aaron, die Treuhänderin liegt im Sterben. Ich war erst kürzlich bei ihr. Ihr bleibt nicht mehr viel Zeit, und sie war nicht nett zu mir. Sie hat mir gesagt, ich solle ihre Töchter in Ruhe lassen. Sie würde das Haus und alles, was an Geld noch da ist, ihnen hinterlassen. Nein, ich werde sie nicht verklagen. Ich werde keinen weiteren Gerichtsprozess über mich ergehen lassen.«

»Rosemary durfte die Regeln für den Fonds jedoch nicht eigenmächtig verändern. Die Summe, die übrig ist und die Ihnen zusteht, ist viel zu gering. Diese Frau hat unverantwortlich gehandelt. Es geht um deutlich mehr Geld für Sie.«

Emma schüttelte den Kopf. »Ich nehme einfach, was noch da ist, und davon bezahle ich Sie. Ansonsten werde ich die Sache auf sich beruhen lassen. Soll sie doch diese Schuld ins Jenseits mitnehmen! Ihre fiesen Töchter, die das Haus erben und sich das Vermögen meines Vaters unter den Nagel gerissen haben, sollen dran ersticken! Wissen Sie, ich habe ein paar Dinge über Geld gelernt, Mr. Justice. Es kann einen bitteren Beigeschmack bekommen.«

»Dennoch sollten Sie an Ihre Zukunft denken.«

»Und das Testament anfechten? O, das würde den Pressegeiern gefallen! Wenn noch tausend Dollar für mich drin sind, werde ich Sie davon bezahlen. Die Vorstellung, dem Vermögen meines Vaters anwaltlich nachzujagen, hat allerdings keinerlei Reiz für mich. Wahrscheinlich hätten Sie mich für pragmatischer gehalten. Aber ich habe aus nächster Nähe miterlebt, was Habgier aus einem Menschen machen kann. Da putze ich lieber Toiletten, Mr. Justice, um meinen Lebensunterhalt zu verdienen. Mein Freund ist Lehrer, ein toller Mann. Ich fühle mich heute viel reicher als damals, als ich mit Richard verheiratet gewesen war. Mehr brauche ich wirklich nicht. Alles gut.«

Einen Moment lang war der Anwalt sprachlos. Er hatte die Hände auf der Schreibtischplatte verschränkt und betrachtete sie ernst. »Emma … Es handelt sich aber um mehr als tausend Dollar.«

»Na, da hab ich ja Glück«, stieß sie lachend hervor. »Dabei ist Weihnachten gerade erst vorbei. Wie viel ist es denn?«

»Wir sprechen zunächst von der Hälfte, also dem Teil, der Ihnen bei der Vollendung Ihres dreißigsten Lebensjahres zustand. Die andere Hälfte ist beim Erreichen des fünfunddreißigsten Lebensjahres vorgesehen. Bevor Sie genau überprüfen lassen, ob da noch mehr ist, zunächst mal das: Es handelt sich momentan um einen Betrag von 463.072 Dollar.«

Mit offenem Mund starrte Emma Mr. Justice an. Dann verdrehte sie auf seltsame Weise die Augen, und einen Moment später sank sie ohnmächtig vom Stuhl.

Logan saß am Schreibtisch und war frustriert. Es war ihm nicht gelungen, Riley über die Feiertage mal allein zu erwischen. Die Familie hatte Priorität, schon klar. Und sie hatte ihm ja erklärt, dass sie nicht einfach freinehmen konnte, da manche Leute selbst an den Feiertagen Reinigungspersonal anforderten. Deshalb hatte sie eigentlich nicht weniger zu tun als sonst.

Und dann war da noch dieser Autounfall von ihrem Ex. Ob jemals verheiratet oder nicht, er war ihr Ex. Und obwohl Riley Wert darauf legte zu erwähnen, dass sie das bloß zu Maddies und nicht zu ihrer eigenen Beruhigung tun würde, verbrachte sie auf einmal jede Menge Zeit mit dem Kerl.

Aber inzwischen waren die Ferien vorbei, und Maddie ging wieder in die Schule. Ihr Ex war nicht mehr krankgeschrieben und konnte wieder arbeiten. Alles hatte sich also normalisiert, und Ende des kommenden Monats würden er und George den Fall Emma Shay zu den Akten legen. Sechs Monate hatten sie sie observiert und abgehört, doch nie war über irgendwelches Geld gesprochen worden. Emma arbeitete weiterhin als Putzfrau, hatte kaum etwas auf dem Konto, schien jedoch eins mit der Welt zu sein. Es konnte zwar immer noch sein, dass der Bundesrichter die Anordnung verlängerte, aber sicher nicht aufgrund irgendwelcher konkreten Erkenntnisse von George und Logan. Es hatte keine Anrufe nach Aruba gegeben, keine verdächtigen Unterhaltungen, keine Beträge, die urplötzlich aufgetaucht waren.

»Gute Neuigkeiten«, sagte Georgianna nun zu ihm. »Wir haben was. Einen Geldtransfer.«

»Was?«, fragte er, völlig baff.

»Und zwar große Summen. In der Größenordnung von fast einer halben Million.«

»Kein Scheiß?« Er war überrascht. »Wissen wir schon, wo das Geld herkommt?«

»Bald. Wir müssen jetzt erst mal die richterliche Anordnung verlängern lassen und die Bundespolizei informieren. Wir werden anbieten, eine Untersuchung durchzuführen.«

»Wir können die Bundespolizei informieren und vorschlagen, dass sie eine Untersuchung durchführen sollen«, erwiderte er.

»Es ist *unser* Fall«, erinnerte sie ihn.

»Muss es aber nicht sein.«

»Du willst also echt den einfachen Weg gehen?«, wollte sie wissen. »Du machst einen Rückzieher, nur damit du an die Lady rankommst? Sollen wir dich nicht einfach aufgrund des Interessenkonflikts von dem Fall abziehen?«

»Es gibt keinerlei Hinweise darauf, dass Riley Kerrigan etwas mit Emma Shays finanzieller Situation zu tun hat.«

George seufzte und holte tief Luft. »Emma ist sehr tief in diese Familie Kerrigan verstrickt. Und zwar mehr, als du es wahrhaben willst. Sie arbeitet für Riley Kerrigan, schläft mit Adam Kerrigan, pflegt Kontakt mit June Kerrigan. Und der andere Mann? Dieser Ex von deiner Angebeteten? War Emmas Freund auf der Highschool. Und es scheint, als hätten die beiden ihre Freundschaft erneuert. Sie hat ihn in Gesprächen mit Adam mehrfach erwähnt. Und es gibt noch eine weitere Angelegenheit, die dem Fall eine gewisse Brisanz verleiht und bei mir für Misstrauen sorgt: Emma Shay telefoniert immer wieder mit einem Mädchen, das sie Bethany nennt. Ich frage mich, ob das ein Deckname für Maddie Kerrigan sein könnte oder der Name einer ihrer Freundinnen. Emma und das Mädchen verstehen sich gut. Sie scheinen sich angefreundet zu haben, doch ich weiß nicht, wieso. Das Mädchen beschwert sich manchmal über seine Stiefmutter, und Emma bedauert es deswegen. Könnte es sich bei Bethany eventuell um Emmas Kind handeln, das sie zur Adoption freigegeben hat? Könnte das ein Grund für sie sein, Geld zu verstecken? Ein Kind?«

»Wie bitte?«

»Nur so ein Gedanke. Oder eher eine Vermutung. Es ist doch kein Zufall, dass Maddie Kerrigan jetzt fünfzehn ist und diese Bethany, wer auch immer sie sein mag, ebenfalls – und ernsthafte Probleme im familiären Umfeld hat. Abgesehen davon haben wir wegen der Überweisung auf ihr Konto ohnehin einen hinreichenden Verdacht. Sobald uns mehr Informationen vorliegen, werden wir sie zu einer Befragung einbestellen.«

Er zuckte zusammen.

»Es gibt einen Grund dafür, wieso wir uns nicht mit Verdächtigen einlassen sollen«, meinte George.

»Riley ist nicht verdächtig!«

»Sie ist eine wichtige Person mit engem Kontakt zu unserer Verdächtigen.«

Logan wusste, dass das nicht gut aussah für eine mögliche Beziehung mit Riley. Sie war nicht dumm. Sie würde nicht lange brauchen, um zu durchschauen, was Sache war. Denn er war ihr ja nicht einfach so im Supermarkt über den Weg gelaufen. Es war kein ungeplantes oder zufälliges Zusammentreffen gewesen. Er hatte gewusst, dass Emma Shay eine Verbindung zu den Kerrigans hatte. Deswegen war er Riley gefolgt und hatte – verdammt! – festgestellt, dass sie genau die Frau war, die er wollte. Irgendwie hoffte er, sie könnten Emma drankriegen, ohne dass es seiner Beziehung zu Riley schadete.

»Kapiert? Deswegen essen wir nicht da, wo wir scheißen«, erklärte George es noch bildhafter.

Ja, Logan wusste das. Er wollte nur nicht, dass es tatsächlich so war.

Erst in der zweiten Januarwoche schafften Riley und Logan es, sich zum Mittagessen zu treffen – auf ihre Einladung hin. Sie trafen sich an einem Sonntag in einem kleinen Lokal. Riley hatte bereits ein Glas Wein vor sich stehen, als er eintraf.

Er lächelte traurig, als er sich zu ihr setzte. »Das ist ziemlich offensichtlich.«

»Was meinst du damit?«

»Ich befinde mich in einem ruhigen Restaurant an einem ruhigen Tisch an einem ruhigen Sonntagmittag. Das bedeutet, es gibt schlechte Nachrichten.«

Sie seufzte schwer. »Komm doch erst mal an. Bestell dir ein Glas Wein. Lass uns reden und etwas essen.«

»Mit dem Wein bin ich einverstanden, doch was das Essen angeht, möchte ich mir die Entscheidung vorbehalten«, erwiderte er. Der Kellner kam und nahm seine Getränkebestellung auf. »Du musst nicht länger warten. Na los. Sag es mir.«

»Was glaubst du denn, was ich vorhabe?«, fragte sie.

»Ich glaube, du wirst mit mir Schluss machen.«

»Erstens: Schluss machen kann man nur, wenn man zusammen ist«, erklärte Riley. »Und zweitens: Ich weiß, dass ich in den vergangenen Wochen nur schwer zu erreichen war. Maddies Unfall und so weiter. Das ist allerdings genau das, was ich an dieser ganzen Sache um Verabredungen nicht leiden kann. Nur weil wir ein paarmal nett zusammen aus waren und uns lustig unterhalten haben, erwartest du von mir, dass ich gewisse Prioritäten setze. Aber ich habe eine Tochter, und ich habe ein Geschäft.«

»Und eine alte Mutter«, ergänzte er. »Verdirb es uns doch nicht, Riley. Männer sind unbeholfene Idioten, die eine Dame einfach nicht mehr anrufen, wenn es nicht so läuft, wie sie es gern hätten. Frauen sind da anders. Sie haben das Bedürfnis, sich mitzuteilen, ehrlich zu sein, jede Einzelheit zu definieren und dafür zu sorgen, dass alles gut ist.« Der Wein kam, und er trank einen Schluck. Dann tippte er gegen ihr Glas. »Also mach schon. Spuck aus, weswegen du dich mit mir treffen wolltest.«

»Meine Güte. So wie du das ausdrückst, klingt es furchtbar. Ich schätze mal, ab heute werde ich es auch mit dem Nichtanrufen versuchen.«

»Nein, so hat es mehr Klasse. Ich bin bereit. Ich vermute zwar, ich weiß schon, was du sagen wirst, doch ich höre es mir trotzdem gerne an.«

»Was vermutest du?«

Er schüttelte den Kopf. »Keine Chance. Das ist deine Show.«

»Okay. Es tut mir leid. Ich werde unser Dating-Abenteuer fürs Erste beenden. Unter Umständen für immer, das wird die Zeit zeigen. Wie sich herausgestellt hat, muss ich erst ein paar alte Probleme lösen. Ballast aus der Vergangenheit. Und das überrascht mich nicht weniger als dich.«

»Dein Ex«, bemerkte er knapp.

»So solltest du ihn nicht bezeichnen. Er ist Maddies Vater.«

»Und der Unfall hat dir klargemacht, wie sehr du noch an ihm hängst«, fügte Logan hinzu. Es war keine Frage, sondern eine Feststellung.

»Nicht ganz, aber so ähnlich. Wir haben an Weihnachten zusammen bei meiner Mutter gegessen, was nichts Besonderes ist. Aber danach hat Jock mich überredet, dass Maddie mit ihm seine Mutter besucht. Nachdem er wieder zu Hause war, bin ich zu ihm gefahren, um mit ihm über unsere Tochter zu reden. Es gab nicht wirklich einen akuten Anlass dafür. Es ging mir einfach darum, dass für uns als Eltern bald eine neue Phase beginnt. Maddie wird langsam erwachsen. Nächstes Jahr werden wir uns schon Unis für sie ansehen! Und da wurde mir auf einmal bewusst, dass ich nie zuvor bei Jock zu Hause gewesen bin. Ich wusste nicht mal, dass Maddie dort ein wunderschönes Zimmer hat, das sie natürlich nur sehr selten benutzt. Doch es hat mich schockiert, als mir klar wurde, wie anstrengend und distanziert ich mich verhalten habe, immer wenn es um Maddie und Jock ging, und ... Tja, und dann kam dieser Unfall, bei dem er schwer verletzt wurde.«

»Und dabei ist dir bewusst geworden, dass das deine letzte Chance mit ihm sein könnte?«

Sie schüttelte den Kopf. »Nein. Es war wegen Maddie. Sie war kurz davor, durchzudrehen. Sie war vollkommen fertig mit den Nerven, total verängstigt. Ihr Vater bedeutet ihr so viel mehr, als mir bewusst war. Wie habe ich bloß so dumm sein können? Also habe ich von da an versucht, es ein bisschen wiedergutzumachen. Ich habe ihn im Krankenhaus besucht, natürlich immer zusammen mit Maddie, habe ihm während seiner Genesungsphase Essen vorbeigebracht, und vor allem haben wir endlich mal geredet.«

Logan schaute zu Boden.

Riley fuhr fort: »Meine Tochter ist fast sechzehn, Logan. Und ich habe die letzten sechzehn Jahre damit zugebracht, wütend auf Jock zu sein, nur weil er damals alles vermasselt hat. Und zwar mehr als nur einmal! Aber er ist der Erste, der zugibt, viele dumme Fehler begangen zu haben. Ich war so ein Starrkopf! Da habe ich mir gedacht, ich sollte den Mann vielleicht langsam mal kennenlernen, nachdem er jetzt anscheinend erwachsen ist. Ich habe allerdings keine großen Erwartungen. Falls wir dazu bestimmt wären, ein Paar zu sein, wären wir seit Langem eins. Doch ich möchte erleben, dass wir Freunde sein können – falls du mir folgen kannst. Eines Tages werden wir nämlich auch gemeinsam die Großeltern der Kinder unserer Tochter sein.«

»Und wir beide können uns nicht treffen, solange du versuchst, dich zum Heil eurer zukünftigen Enkel mit deinem Ex auszusöhnen?«, fragte Logan. »Du kannst mir nichts vormachen, Riley. Du willst dir etwas offenhalten, und das geht über reine Freundschaft hinaus. Das kannst du natürlich abstreiten. Denn ich weiß ja, dass du nicht lügst.«

»Dann weißt du sicher auch, dass ich nicht vorschnell handele«, meinte sie. »Und du handelst sehr schnell.«

»Ich habe eben keine fünfzehn Jahre mehr Zeit.«

»Ich würde vorschlagen, dass du nicht so lange auf jemanden wie mich wartest«, meinte sie. »Möchtest du etwas essen?«

»Wieso? Hast du noch mehr zu sagen?«, wollte er wissen.

»Ich bitte dich, Logan. Ich mag dich. Sogar sehr. Nur passt das Timing einfach gerade nicht. Und ich bin von Grund auf ehrlich, wenn ich dir eröffne, dass ich keine Ahnung habe, wo das mit Jock und mir hinführt. Können du und ich vielleicht trotzdem Freunde sein?«

»Lass uns was zu essen bestellen.« Er klappte die Speisekarte auf.

»Ja«, stimmte sie ihm zu und tat es ihm gleich. Nachdem sie bestellt hatten, sagte sie: »Vielen Dank.«

»Dank mir noch nicht«, erwiderte er. »Jetzt essen wir erst mal. Danach werde ich dir gestehen, dass ich nicht bloß Freundschaft will. Ich war dabei, mich in dich zu verlieben, und das weißt du auch, glaube ich. Und ich glaube, dass du genau davor Angst hast. Ich war bereit, darauf zu warten, die Nummer drei oder vier auf deiner Prioritätenliste zu sein. Ich war bereit, das Risiko einzugehen. Und jetzt werden wir ein bisschen zusammensitzen und plaudern und uns dann verabschieden. Falls du irgendwann mal da ansetzen willst, wo wir heute aufhören, nämlich kurz vor einer Beziehung, hast du ja meine Nummer. Aber ich werde nicht herumsitzen und warten, bis du das mit deinem Ex abgecheckt hast.«

»Ich sehe schon: Du hast überhaupt nichts verstanden.«

»Natürlich«, entgegnete Logan. »Ich verstehe alles. Du willst ihn besser kennenlernen, damit ihr zusammen gute Großeltern sein könnt. Doch ich garantiere dir, so wird er das bestimmt nicht sehen.«

»Woher willst du das wissen?«, erkundigte Riley sich.

»Weil ich ein Mann bin, Riley. Deswegen.«

Wie sich herausstellte, war John Shay der unauffällige Millionär von nebenan gewesen, ein unprätentiöser, fleißiger Mann mit einem bodenständigen, aber ausgezeichneten Geschmack. Er und seine erste Frau hatten sich ein schönes Haus in einer guten Gegend gebaut, und er hatte gespart und sein Leben lang Geld angelegt. Emma war auf die Welt gekommen, als er bereits fünfunddreißig war, und ein Jahr darauf starb seine Frau an einem Nierenschaden, der mit ihrem Diabetes zusammenhing. Als er selbst starb, hatte er ein wunderschönes Zuhause geschaffen, das schuldenfrei war und auf eineinviertel Millionen Dollar Wert geschätzt wurde.

John hatte immer gute Autos gekauft und sie gefahren, bis es nicht mehr gegangen war. Er hatte sich selbst um seinen großen Garten gekümmert und hätte sich teure Reisen nach Europa leisten oder sich ein Ferienhäuschen kaufen können, doch er hatte sein Geld lieber zusammengehalten und es gewinnbringend investiert. Seine zweite Frau war ebenfalls arbeiten gegangen, seine Kinder waren stets ordentlich gekleidet gewesen, und er hatte auf hochwertige Matratzen bestanden. Auch in Sachen Essen hatte er nicht geknausert. Sie hatten gesunde und nahrhafte Mahlzeiten genossen. Emma hatte zwar erwartet, dass ihr Vater eine gewisse Summe angespart hatte, die ihn durch seine Zeit als Rentner bringen würde. Aber sie hatte nicht damit gerechnet, dass sein Vermögen mehrere Millionen Dollar umfasste.

Und es war offensichtlich, dass Rosemary genau das getan hatte, was sie immer tat, wenn es um Emma ging: Sie hatte das genommen, was eigentlich Emma zugestanden hätte, und es Anna und Lauren gegeben, die beide die Wut und Verbitterung ihrer Mutter geerbt hatten. Eine Weile war Emma traurig darüber, dass diesen beiden nun das Haus ihres Vaters gehörte, doch dann dachte sie daran, wie die beiden dort im Alter leben würden, und aus ihrer Traurigkeit wurde Mitleid. Sie wusste nicht, ob eine von beiden oder beide sich in einer Partnerschaft befanden oder es überhaupt Liebe in ihrem Leben gab; dafür erschienen sie ihr allerdings zu unglücklich. Andererseits war Rosemary ja auch eine steife, negative Person gewesen, die trotzdem dreimal verheiratet gewesen war.

Emma gab Aaron ihre Kontonummer, und er sorgte dafür, dass man ihr das Geld überwies, das ihr zustand. Sie hatte bislang noch keine Ahnung, was sie damit anfangen würde. Nach ihrer Erfahrung mit Richard wollte sie es jedenfalls keinem Broker oder Finanzberater anvertrauen. Stattdessen wollte sie sich lieber selbst in die Materie einarbeiten und sich dann für eine Anlage entscheiden, die ihr als eine sichere Investition erschien. Sie war nun mal die Tochter ihres Vaters.

Als Rosemary starb, erwies Emma ihr die letzte Ehre. Adam begleitete sie. Sie ging jedoch nur zur Trauerfeier, für die sie einen großen Blumenkranz spendete. Es waren nicht viele Leute da, überwiegend Freundinnen und Freunde von Anna und Lauren, und Emma blieb auch nicht lange.

Sie erzählte niemandem von dem Geld, nicht einmal Adam. Als er bemerkte, dass sie etwas melancholisch war, erklärte sie es damit, dass dieser letzte Abschied von Rosemary und ihren Schwestern sie ein wenig heruntergezogen hätte. Aber in Wirklichkeit war es das Geld. Es beschäftigte sie. Und machte ihr Sorgen. Also beschloss sie, Adam doch davon zu erzählen. Dass sie über die große Summe, die sie geerbt hatte, schier erschüttert war.

Sie fragte, ob sie an einem Freitagabend bei ihm zu Hause etwas für sie beide kochen dürfte. Es war Ende Januar, und er freute sich sehr über ihr Angebot. Sie war keine große Köchin – zu wenig Praxis in den vergangenen Jahren –, also machte sie einfach Spaghetti mit Fleischbällchen, kaufte ein Knoblauchbrot, das man nur aufbacken musste, und servierte dazu grünen Salat.

»Perfekt«, kommentierte Adam das Essen.

»Ich mache eine Riesenportion, dann können wir morgen Abend gebratene Spaghetti essen. Falls ich noch mal eingeladen werde.«

»Ich werde jeden Abend mit dir verbringen, an dem du mich sehen möchtest«, sagte er.

»Adam, ich muss mit dir reden. Ich habe dir etwas verheimlicht. Erst seit ein paar Wochen, doch ich muss es endlich jemandem erzählen. Und du bist der Einzige, der mir wirklich wichtig ist.«

»Ich dachte mir, dass du irgendwas hast«, erwiderte er. »Ich habe mir schon Sorgen gemacht.«

Sie erklärte ihm die Sache mit dem Testament. Sie verriet ihm nicht, wie viel sie bekommen hatte, sondern deutete nur an, dass es eine erhebliche Summe war.

»Emma, das ist ja fantastisch! Aber wie um alles in der Welt wollte Rosemary das vor dir geheim halten?«

»Ich weiß es nicht. Doch sie war ja die Treuhänderin des Fonds. Der Rechtsanwalt, der ein Freund meines Vaters war, hatte mir schon prophezeit, dass es viel Geld sein würde und dass mir eigentlich auch ein Drittel vom Wert des Hauses zustünde. Ich hätte es mir erstreiten können. Ich habe es jedoch dabei belassen und hoffe, dass ich es nicht bereuen werde. Das Geld ist mittlerweile auf meinem Konto eingegangen. Ein weiterer Scheck wird fällig, wenn ich fünfunddreißig werde, und der kommt ebenfalls auf die Bank. Meine Schwestern … diese einsamen, wütenden, frustrierten Schwestern, sind jetzt sehr reich. Trotzdem will ich sie nicht verklagen. Für mich ist das Thema durch. Mehr als zehntausend Dollar auf dem Konto zu haben macht mich nervös.«

Er lachte. »Darüber solltest du mal mit Lucinda reden. Aber du hast ja auch einige Ersparnisse, Emma. Der Himmel wird dir so schnell nicht mehr auf den Kopf fallen.«

»Wieso fühle ich mich nicht gut, wenn ich Geld habe? Sind das Schuldgefühle?«

»Wieso überrascht dich das, nach allem, was Richard getan hat? Wenn du dieses Schuldgefühl allerdings selbst nicht durch die Therapie loswirst, kannst du das Geld immer noch für wohltätige Zwecke spenden.«

»Würdest *du* das machen?«

»Auf keinen Fall«, antwortete er breit lachend. »Ich habe mein Leben lang darauf hingearbeitet, etwas sparen zu können. Ich bin jetzt siebenunddreißig, habe ein individuelles Rentenkonto und ein bisschen Erspartes, dazu kommt meine Lehrerpension. In zehn Jahren habe ich mein Haus abbezahlt. Mom ist versorgt, Riley sehr erfolgreich, und Maddies Geld fürs College liegt auf der Bank. Es sieht also alles bestens aus. Und wenn mir jemand einen Haufen Geld in den Schoß werfen würde, hätte ich garantiert kein schlechtes Gewissen deswegen. Es sei denn, es wäre gestohlen.«

»Aber du würdest es bestimmt dazu benutzen, um anderen Menschen zu helfen«, meinte Emma.

»Emma, ich helfe jeden Tag Menschen. Meine Mom hilft anderen Menschen und Tieren. Riley denkt, sie arbeitet sich noch eines Tages zu Tode, aber guck doch mal, was sie sich aufgebaut hat. Sie stellt bevorzugt alleinerziehende Mütter ein. Für die meisten Menschen ist Helfen eine Lebenseinstellung – oder eben nicht.«

Er hat so recht, dachte sie. *Ich werde mich einfach ruhig verhalten und ohne Druck entscheiden, wie ich das Erbe meines Vaters fortführen kann, indem ich Menschen helfe.*

»Eine der besten Methoden, der Welt zu helfen, ist, ihr nicht zur Last zu fallen«, fügte Adam hinzu. »Gib dein Geld, deine Zeit, deine Liebe, und sorge dafür, dass du selbst dabei nicht zu kurz kommst, denn sonst bist du diejenige, die bald Hilfe braucht.«

»Du bist so weise.«

»Arme Jungs arbeiten härter, um weise zu werden«, stellte er fest. »Ich bin sehr dankbar dafür, dass ich nicht mehr arm bin. Und ich bin auch sehr dankbar für diese Spaghetti. Und dafür zu wissen, dass du keinen echten Grund hast, traurig zu sein.«

Sie redeten bis spät in die Nacht und überlegten sich viele Möglichkeiten, was es bedeutete, ein gutes Leben zu führen, den Augenblick zu genießen, wach und achtsam und dankbar zu sein. Und was war überhaupt viel Geld? Emma hatte so viele finanzielle Hochs und Tiefs erlebt; sie musste eigentlich wissen, was das bedeutete. Zu Schulzeiten hatte sie zu den bessergestellten Mädchen in ihrer Klasse gehört, auf dem College hatte sie richtig hart für ihr Geld arbeiten müssen und fast nicht genug zusammenbekommen, um in eine Studentinnenverbindung einzutreten. Und in ihrem ersten Jahr in New York war das Geld ebenfalls immer knapp gewesen, aber sie hatte in dieser Zeit auch viel Spaß mit Menschen gehabt, denen es nicht anders gegangen war. Darauf waren die Jahre mit Richard gefolgt, in denen sie sich oft genug wie eine Fremde in ihrem eigenen Leben vorgekommen war. Und jetzt lag sie in den Armen eines guten, ehrlichen Mannes, und endlich war alles real. Und sie fühlte sich wirklich reich.

Am nächsten Morgen wachte sie auf, als Adam sich zu regen begann. Er stand auf, setzte Kaffee auf, ging ins Bad. Als sie hörte, dass er fertig mit dem Duschen war, wollte sie sich einen Kaffee aus der Küche holen. In dem Moment spürte sie es: Sie hatte Magenprobleme. Ihr wurde schlecht, und ihre Knie wurden weich.

Mitten in der Küche wurde sie plötzlich von einem Gefühl schlimmer Übelkeit übermannt. Sie rannte zur Spüle und übergab sich, bis nichts mehr kam. Dann spürte sie, wie Adam hinter ihr auftauchte, ihre Haare hielt und ihr liebevoll den Rücken streichelte. Sie machte das Wasser an, spülte sich den Mund aus, griff nach einem Papierhandtuch und drehte sich langsam und zitternd zu ihm um.

Er sah sie fragend an. »Mir konnten deine Spaghetti nichts anhaben«, sagte er.

»Ich weiß auch nicht, was das ist«, erwiderte sie und schniefte. »Jetzt geht es mir schon wieder gut. Auch den Kaffeegeruch finde ich lecker.«

»Emma«, fragte er nun, »wann hattest du zum letzten Mal deine Tage?«

»Ach du Scheiße«, entgegnete sie.

Es war ein Ding der Unmöglichkeit, kurzfristig einen Termin beim Gynäkologen zu bekommen – vor allem, wenn man im vierten Monat schwanger war. Normalerweise bekam man routinemäßig Vitamine verordnet und sollte in drei Monaten wiederkommen. Aber Adam hatte einen Kollegen, dessen Frau Gynäkologin war. Deswegen bat er dort um einen Termin für Emma, weil sie sich solche Sorgen machte. Sie hatte Angst vor einem positiven Schwangerschaftstest, weil sie befürchtete, irgendwas wäre nicht in Ordnung. Immerhin hatte sie sich ein Jahr lang wegen Unfruchtbarkeit behandeln lassen.

»Alles bestens«, meinte Dr. Winnet. »Sie sind definitiv schwanger. Das Kind kommt im Herbst.«

»Aber man hat mir gesagt, ich könnte nur durch künstliche Befruchtung schwanger werden!«

»Ich werde mir gerne die Unterlagen Ihres Arztes zukommen lassen und Ihnen Blut abnehmen. Doch falls Sie wirklich mal unfruchtbar gewesen sein sollten, sind Sie es jetzt nicht mehr. Und Sie sind bei bester Gesundheit.«

Emmas elektronische Patientenakte wurde von Dr. Grimaldis Praxis in New York per E-Mail an Dr. Winnet geschickt und lag binnen weniger Tage vor. Die Ärztin rief sie an und erklärte: »Jetzt bin ich auch etwas verwirrt. Sie hatten mir doch erzählt, dass Sie wegen Unfruchtbarkeit behandelt wurden. Ich finde in den Unterlagen jedoch nur reguläre Untersuchungsergebnisse, Verhütungsmittelverordnungen und die Dokumentation zur Entfernung einer Zyste.«

»Nein, ich habe nicht die Pille genommen. Ich habe Hormone bekommen, die den Eisprung stimulieren sollten. Es wurde auch untersucht, ob meine Eileiter blockiert sind. Wir wollten schon eine künstliche Befruchtung einleiten, aber …« Sie unterbrach sich. *Aber Richard sagte: »Ich habe keine Zeit dafür, wenn mir jetzt diese Prüfung ins Haus steht. Dauernd muss ich denen irgendwelche Nachweise abliefern. Lass mich das hier bitte erst aus dem Kopf haben, danach versuchen wir es.«*

»Vielleicht gibt es ja noch andere Akten, die darüber Aufschluss geben. In dem Krankenhaus oder in der Ambulanz, in der die Maßnahmen durchgeführt wurden.«

Emma holte tief Luft und versuchte, einen klaren Gedanken zu fassen. Konnte das wirklich sein? War am Ende alles eine große Lüge gewesen? »Dr. Grimaldi hat seine eigene Poliklinik.« Sie war mit ihrem Mann immer außerhalb der regulären Sprechzeiten bei ihm gewesen, wegen Richards unregelmäßiger Arbeitszeiten.

»Ich werde dort anrufen und nach Ihren Unterlagen fragen.«

Es gab allerdings keine.

»Könnten sie denn verloren gegangen sein?«, fragte Emma.

»Das ist eher unwahrscheinlich«, antwortete Dr. Winnet. »So was kommt zwar schon mal vor, aber das sind Ausnahmefälle. Abgesehen davon ist Ihr Blutbild in Ordnung, und die Untersuchung hat ausgezeichnete Werte ergeben. Sie müssen sich keine Sorgen machen.«

Emma würde es nie erfahren, doch vermutlich war sie einmal mehr in Richards Netz aus Lügen geraten. Als sie ihn gefragt hatte, was er davon hielt, ein Kind zu bekommen, hatte er erwidert, dass er zu alt sei. Sie hatte jedoch keine Ruhe gelassen, und da hatte er kurzerhand einen Termin bei Dr. Grimaldi vereinbart. An diesem Abend waren nur eine Arzthelferin und keine anderen Patientinnen mehr da gewesen. Damals war Emma – wie so oft – davon ausgegangen, dass Richard diese Sonderbehandlung möglich gemacht hatte. Entsprechend geschmeichelt hatte sie sich gefühlt, dass ein so bekannter Arzt sich nach Feierabend Zeit für sie genommen hatte. Dr. Grimaldi hatte Richard allem Anschein nach sehr gerne helfen wollen. Jetzt dachte Emma, dass der saubere Dr. Grimaldi gemeinsame Sache mit ihrem Mann gemacht und dafür schön abkassiert hatte.

»Darauf könnte ich wetten«, meinte sie zu Adam. »Richard hat sich Dinger erlaubt, die mir nicht mal im Traum einfallen würden!«

»Ich freue mich jedenfalls auf unser Kind. Ich hätte nie gedacht, dass ich mal Vater werden würde!«

»Tja, eine andere Wahl hast du wohl auch nicht.«

»Du musst dich unbedingt mit Riley versöhnen«, beschwor er sie. »Wir können zusammen zu ihr gehen, oder du machst es allein – wie du es für richtig hältst. Du kannst auch June um Hilfe bitten. Aber es steht fest, dass es getan werden muss. Ob es dir gefällt oder nicht: Jetzt sind wir alle eine große Familie.«

»Es tut mir leid wegen dieser krassen Überraschung«, entgegnete sie. »Was für ein Schock.«

»Mir nicht«, erklärte er. »Ich wusste nicht, wie ich dich davon überzeugen sollte, mir eine Chance als dein Partner zu geben. Deswegen bin ich über diese krasse Überraschung sehr glücklich. Allerdings möchte ich auch, dass du glücklich bist. Kannst du damit leben?«

Sie lächelte und berührte zärtlich sein Gesicht. »Ganz sicher kann ich das.«

20. Kapitel

Maddie hatte eine Verabredung für den Ball am Valentinstag. Es war ihr erstes richtiges Date, eine Verabredung von der Art, bei der der Junge das Mädchen formell bat, ihn zu begleiten. Nun musste das perfekte Kleid gefunden werden. Es waren drei Zehntklässlerpaare, die zusammen auf den Ball gingen, und zum Glück war noch keiner von ihnen sechzehn. Das hieß, die Eltern übernahmen den Fahrdienst. Jock kam rüber zu Riley, um Maddie in ihrem schicken Kleid zu bewundern und sich den jungen Mann anzusehen, der sie abholte.

Er benahm sich überhaupt nicht wie einer dieser Klischeeväter, die den Jungen mit ihrer Körperlichkeit und ruppigen Art einschüchterten, und Riley war deswegen sehr stolz auf ihn. Er war komplett entspannt, machte Maddie Komplimente für ihr Aussehen, lachte die Kids an und machte Fotos, die er gleich an seine Familie weiterschickte. Als die beiden weg waren, öffnete Riley eine Flasche Wein und goss ihnen ein Glas ein.

Sie stieß mit ihm an. »Das wird nicht leicht in Zukunft: sie mit einem Mann weggehen zu sehen.«

»Das war kein Mann«, antwortete Jock nur. Er zog Riley zu sich auf die Couch. »Sie wird bald merken, was wir im Schilde führen.«

»Ich glaube, sie weiß gar nicht, dass ich abends mit dir telefoniere.«

»Es geht mich eigentlich nichts an, aber was ist denn aus diesem anderen Kerl geworden?«

»Wir haben uns einvernehmlich getrennt«, erklärte Riley. »Ich habe ihn zum Mittagessen eingeladen und ihm eröffnet, dass ich aufgrund gewisser Umstände beschlossen habe, den Vater meiner Tochter besser kennenzulernen. Er hat relativ zivilisiert reagiert.«

»Relativ?«, fragte Jock.

»Er ist echt sehr nett. Doch als ich vorschlug, wir könnten ja in Kontakt bleiben und Freunde sein, hat er dankend abgelehnt.«

»Ein kluger Mann«, entgegnete Jock.

»Und was machen wir, wenn das mit uns nichts wird?«, wollte Riley wissen.

»Du meinst wohl, wenn es für *dich* nicht funktioniert? Denn für mich funktioniert es ziemlich gut.«

»Ich will bloß vermeiden, dass Maddie ein Trauma davonträgt«, erwiderte Riley. »Du weißt, wie sehr sie sich freuen würde, wenn wir als ihre Eltern auf einmal ein richtiges Paar wären. Aber was, wenn wir wieder Schiffbruch erleiden und uns trennen? Was dann?«

Er lächelte und schüttelte den Kopf. »Paare streiten nun mal ab und zu. Man ist eben nicht immer einer Meinung.« Er legte den Arm um sie und drückte sie an sich. »Und das ist vollkommen in Ordnung so. Doch die Gründe dafür, dass wir als Teenager nicht zusammengekommen sind, die existieren in dieser Weise gar nicht mehr. Mit den Problemen von damals haben wir nicht mehr zu kämpfen, zumindest ich nicht. Ich bin nicht mehr verängstigt und unreif. Du und Maddie, ihr seid meine Familie. Kannst du dir nicht denken, dass ich alles dafür tun würde, diese Familie zu beschützen?«

»Seit wann ist das so?«, erkundigte sie sich.

»Ich weiß es nicht. Ich bin nicht der Schlaukopf von uns beiden. Aber meine Mutter sagt immer, dass ich wenigstens vernünftig bin.«

»Für mich hat es nie einen anderen gegeben«, gestand Riley. »Keinen.«

Jock lachte. »Ich wünschte, ich könnte dasselbe von mir behaupten. Ich habe auf meiner Suche nach der Liebe wohl leider so einige Frauen unglücklich gemacht.«

»Es ist doch wirklich lachhaft, dass wir beide uns all die Jahre geliebt haben und trotzdem nicht zusammenkamen.«

»Ich glaube, das hat etwas mit Emma zu tun.«

»Mit Emma?«

»Riley, du hegst seit sechzehn Jahren einen Groll gegen sie. Du hast dich schuldig gefühlt, warst wütend und einsam. Du hast dir für so vieles die Schuld gegeben. Und als du nicht mehr dir die Schuld geben konntest, hast du sie ihr gegeben. Nun ist sie zurückgekehrt, traumatisiert von dem, was sie durchmachen musste, und du hast erkannt, dass sie auch nur eine verwundete Frau ist, die alles dafür tun würde, endlich ein normales Leben zu führen. So wie du damals. Die beiden Menschen, die dich am meisten enttäuscht haben, sind erneut in deiner Nähe: Emma und ich. Und wir beide hoffen auf die Chance, wieder für dich da sein zu dürfen.«

»Bei dir verstehe ich das ja noch. Aber wieso Emma?«

»Sie arbeitet für dich, sie befolgt die von dir aufgestellten Regeln, sie geht dir aus dem Weg, um dich nicht mit ihrer Anwesenheit zu behelligen, sie besucht deine Mutter heimlich, nur um dich nicht wütend zu machen. Durch ihre Rückkehr hat sie dich daran erinnert, dass unsere Fehler sehr, sehr lange her sind. Und einige von ihnen sind zu einem echten Geschenk geworden. Ich weiß, dass sie wieder deine Freundin sein möchte, Riley. Und ich möchte dein Mann sein.«

»Nach dieser langen Zeit«, sagte Riley ungläubig.

»Du hast mich ja so lange nicht an dich herangelassen«, erwiderte er. »Das war nicht nur deine Schuld. Ich war ein Idiot.

Doch heute haben wir alles, was man für eine gute Beziehung braucht.«

»Seit du keine Milz mehr hast, bin ich irgendwie zufrieden.«

»Ist es nicht schön, ein bisschen erwachsener zu sein? Der Rücksitz eines Wagens oder ein schöner Strand sind inzwischen natürlich eine Herausforderung. Aber Maddie kann nicht nach Hause kommen, ohne einen von uns anzurufen, um sie abzuholen. Lass uns einfach ins Bett gehen und uns ganz viel Zeit lassen.«

Riley staunte, dass ihre leidenschaftlichen Gefühle für Jock von damals sich so problemlos reaktivieren ließen. Und es war jetzt viel besser. Ihr entging nicht, dass jede seiner Berührungen nur darauf abzielte, sie zu befriedigen. Diesen Bereich ihrer Beziehung hatten sie erst eine Woche zuvor neu entdeckt. Trotzdem war es, als wären sie ein eingespieltes Team. Jock schien ihren Körper in- und auswendig zu kennen. Der Jock, auf den sie früher so wütend gewesen war, hatte sich in einen zärtlichen und überhaupt nicht egoistischen Mann verwandelt. Der Jock, den sie so lange für einen Trottel gehalten hatte, war in Wirklichkeit sehr lustig und intuitiv und ein hingebungsvoller Vater. Sie spürte, dass sie ihm vertrauen konnte.

Sie kuschelte sich an ihn und flüsterte: »Du bist toll im Bett.«

»Oder du, und es sieht nur so aus, als ob ich es wäre«, meinte er und küsste sie.

So an ihn gekuschelt erinnerte sie sich an die alten Zeiten. Vor all den Jahren hatte ihnen das richtige Werkzeug für eine Beziehung gefehlt, außerdem die Lebenserfahrung und die Geduld. Doch die besaßen sie mittlerweile.

Es kam ihnen vor, als wären bloß ein paar Sekunden vergangen, als sie plötzlich vom Geräusch der sich öffnenden Haustür geweckt wurden. Riley sah auf die Uhr. Es war Mitternacht. »Oje, was machen wir denn jetzt?«

»Mom?«, rief Maddie.

»Wir sollten es ihr sagen«, schlug Jock vor. »Falls dir nicht was Besseres einfällt.«

»Mom? Bist du schon im Bett? Ich dachte, du würdest wach bleiben, um dir alles …« Auf einmal stand ihre Tochter im Türrahmen. Sie riss den Mund auf und starrte sie mit großen Augen an. »Dad?«, fragte sie irritiert. »Was machst du da?«

»Hmm. Wir konnten das Scrabble nicht finden …«

Am späten Sonntagvormittag fuhr Riley zu Emmas kleinem Bungalow. Die Adresse hatte sie den Unterlagen in ihrem Büro entnommen. Was sie hier zu erledigen hatte, konnte sie nicht auf der Arbeit tun. Als sie den niedlichen Bungalow sah, war sie begeistert. Er stand in einer Straße, in der es viele kleine Häuser, große Bäume und alte Leute gab. Kein einziges Kind in Sichtweite. Riley parkte und entdeckte den SUV ihres Bruders vor dem Haus. *Hmm. Das sollte die Dinge vereinfachen. Also, in gewisser Weise.*

Sie klopfte. Emma öffnete. Sie trug Jeans und ein Sweatshirt und hatte die Haare zu einem Pferdeschwanz zusammengebunden. Als sie Riley erkannte, erschrak sie.

»Entschuldige, ich wollte dich nicht erschrecken«, begann Riley das Gespräch. »Ich habe extra vorher nicht angerufen, um Bescheid zu sagen, dass ich vorbeikomme. Ich wollte nicht, dass du dir unnötig Gedanken machst. Oder dich meinetwegen aufbrezelst. Hast du gerade Zeit zu reden?«

»Adam ist hier«, erwiderte Emma regelrecht verschüchtert.

»Ich weiß, ich habe sein Auto gesehen.«

Und da stand er auch schon hinter Emma, legte die Hand auf ihre Schulter. Er runzelte die Stirn. »Riley?«

»Ich wollte bloß kurz mit Emma sprechen. Und auch mit dir. Einverstanden?«

»Natürlich«, antwortete Emma. »Ich hab gerade Tee gemacht. Möchtest du einen?«

»Das wäre nett. Wirklich sicher, dass es jetzt passt?«

»Komm rein, Riley«, forderte Emma sie auf und hielt ihr die Tür auf.

»Ich hole den Tee«, meinte Adam.

Riley schaute sich im Zimmer um und lächelte. Es war sehr dezent eingerichtet, gemütlich und behaglich. »Es ist schön hier. Du fühlst dich bestimmt wohl«, sagte sie zu Emma. »Aber es ist sicher eine wahnsinnige Umstellung.«

»Eine positive Umstellung. Riley, hör zu … Ich habe meine Beziehung zu Adam nicht absichtlich geheim gehalten. Ich hatte einfach das Gefühl … na ja, als ob du es lieber nicht wissen wolltest.«

»Das ist einer der Punkte, an denen ich arbeiten sollte: mein Kontrollzwang. Emma, wir waren immer ein gutes Team …«

»Trotz der Tatsache, dass ich mich offensichtlich nicht an die Firmenregeln halten kann …«

»Deswegen bin ich nicht hier. Vor sehr, sehr langer Zeit habe ich dir unrecht getan, und dafür wollte ich mich entschuldigen. Es tut mir leid. Ich war nicht nur eine schreckliche Freundin und alles andere als vertrauenswürdig. Es steckte mehr dahinter: Ich habe mich nämlich damals wirklich in Jock verliebt. Ich kann dir keinen Vorwurf machen, dass du wütend auf mich warst und unsere Freundschaft beendet hast. Ich hätte dasselbe getan.«

»Das ist alles so lange her«, meinte Emma. »Natürlich habt ihr meine Gefühle verletzt, und natürlich war ich wütend. Aber wenn ich ganz ehrlich bin, hatte ich mich sowieso schon emotional von Jock gelöst. Ich war allein deshalb so lange sauer auf ihn, weil ich wegen dieser blöden Geschichte meine Freundin verloren habe.«

Riley nahm von Adam die Tasse Tee entgegen und stellte sie sofort auf dem Couchtisch ab. »Wir alle waren wohl das, was man einen Kollateralschaden nennt. Auch Jock, Adam und Mom. Echte Freundinnen, Freundinnen fürs Leben, trennen sich wegen eines Mannes, und um sie herum entsteht ein Scherbenhaufen. Ich bin gekommen, um dir noch einmal zu sagen, dass es mir leidtut, was ich dir angetan habe. Und ich bitte dich um eine zweite Chance.«

»Sicher. Aber wieso gerade jetzt?«, wollte Emma wissen.

»Weil Jock und ich wieder zusammen sind. Nach sechzehn schwierigen Jahren.«

Emma stand auf. »Was?« Sie setzte sich wieder. »Wirklich?«

»Jock war immer ein toller Vater – wenn ich es ihm erlaubt habe. Und dann hatte er diesen Unfall, und ich habe gesehen, wie sehr Maddie das mitgenommen hat. Da wurde mir klar, dass ich es vielleicht noch einmal mit Jock probieren sollte. Er liebt Maddie so sehr, und er ist nicht mehr derselbe Junge, der damals unsere Freundschaft aufgemischt hat, Emma. Er ist ein guter Mann. Und ich habe festgestellt, dass er mir immer noch etwas bedeutet.«

»Ist das schön!« Emma freute sich. »Kann es was Besseres geben? Natürlich sollten wir einander eine zweite Chance geben! Und keine Sorge, ich werde trotzdem nicht vergessen, dass du meine Chefin bist!«

»Darüber mache ich mir keine Gedanken. Irgendwie habe ich sowieso das Gefühl, dass du nicht mehr lange bei mir arbeiten wirst. Du bist viel zu begabt …« Riley holte Luft und erkundigte sich: »Also? Ihr beide seid jetzt offiziell ein Paar?«

»Mehr als das«, verkündete Adam. »Wir sind schwanger.«

»Machst du Witze?« Riley war völlig überrascht. »Weiß Mom es schon?«

»Das müssen wir noch erledigen«, antwortete Adam. »Die Tatsache, dass du endlich von uns weißt, macht es leichter.«

»Und? Wollt ihr heiraten?«, fragte Riley.

»Wir müssen uns erst mal von dem Schock erholen. Aber dann wahrscheinlich ja.«

Plötzlich hatte Riley Tränen in den Augen. Sie wurde ganz

emotional. »Wir hätten das alles bereits vor langer Zeit hinter uns lassen sollen, all diesen Ballast und Groll …«

Auf einmal klopfte es laut an der Tür. Sie erstarrten. Etwas an dem Klopfen verriet, dass es sich um keinen gewöhnlichen Besuch handelte. Penny war es sicherlich nicht. Adam ging, um die Tür zu öffnen. Man hielt ihm zwei Polizeimarken hin.

»Wir suchen Emma Shay«, sagte einer der Beamten.

Riley stand auf. »Logan?«

»Riley«, sagte er und nickte ihr kurz zu. »Ms. Shay, wir kennen uns bereits. Mein Name ist Logan Danner, das ist meine Partnerin Georgianna Severs. Wir müssen Ihnen einige Fragen stellen und bitten Sie um Ihre Kooperation.«

»Was für Fragen?«, wollte Adam wissen.

»Ja, was für Fragen?«, wiederholte Riley. »Was soll das?«

»Wie gesagt, wir müssen Ms. Shay ein paar Fragen stellen. Bitte begleiten Sie uns aufs Revier.«

»Worum geht es?«, erkundigte Emma sich.

»Es geht um die Verwendung des Vermögens Ihres verstorbenen Mannes.«

»Mein verstorbener Mann hat kein Vermögen mehr«, erklärte sie. »Stehe ich etwa unter Arrest?«

»Es handelt sich um eine reine Befragung.«

»Sie geht nirgendwo hin«, schaltete Adam sich ein.

»Eine Sekunde mal«, meinte Riley. »Das kann ja wohl kein Zufall sein, dass ausgerechnet du Emma befragen willst.«

»Ms. Kerrigan, wir haben keinerlei Grund, Sie festzuhalten oder zu befragen«, bemerkte Georgianna. »Ms. Shay?«

»Nein, Moment«, beharrte Riley. »Ist Emma etwa dein Fall?«

»Fragen Sie mich, was Sie wollen«, sagte Emma. »Wenn's schnell geht.«

»Bitte kommen Sie mit uns aufs Revier. Dort können wir die Befragung aufzeichnen.«

»Ich überlege, ob mein Anwalt das gerne hört …«

»Wir erheben zu diesem Zeitpunkt keine Anklage gegen Sie. Wir werden Ihnen auch nicht Ihre Rechte vorlesen. Wir würden es einfach begrüßen, wenn Sie uns einige Fragen beantworten könnten. Niemand möchte Sie festnehmen.«

»Und es geht genau um was?«, hakte Emma erneut nach.

»Um große Geldsummen, die auf Ihrem Konto aufgetaucht sind, Ma'am«, antwortete Georgianna.

»Aha«, entgegnete Emma. »Ich gehe davon aus, dass Sie über eine richterliche Anordnung verfügen, denn sonst hätten Sie nicht das Recht, Einblick auf mein Konto zu erhalten. Ich werde mit dem eigenen Wagen zum Revier fahren und gerne Ihre Fragen beantworten – und zwar in Anwesenheit meines Rechtsanwalts.«

»Nein, Emma«, widersprach Adam ihr und fasste sie am Ellbogen. »Ich möchte nicht, dass du das tust. Es gibt keinen Grund dafür.«

»Doch. Ich möchte es hinter mich bringen.« Dann wandte sie sich an Logan: »Gilt die richterliche Anordnung nur für mein Konto? Oder wofür noch? Waren Sie in meinem Haus?«

Logan schüttelte den Kopf.

»Wofür gilt die Anordnung?«

»Ihre Bankgeschäfte und Ihre Telefondaten. Gehen wir, Ms. Shay. Sie werden unsere Fragen ohnehin beantworten müssen. Wir wollen keinen Haftbefehl ausstellen lassen.«

»Das möchte ich auch gern vermeiden«, sagte Emma. »Ich werde jetzt meinen Anwalt informieren, dann komme ich. Ich werde nicht fliehen.« Sie schnappte sich Jacke und Handtasche. »Wie aufregend muss das für Sie sein«, fügte sie noch hinzu. »An einem Sonntagmorgen.«

»Und sie wussten genau, wo du bist«, meinte Riley.

»Das wussten sie die ganze Zeit, Riley«, erwiderte Emma. »Sie haben mich mit Sicherheit observiert. Garantiert wollen sie wissen, ob ich irgendwo noch Geld von meinem Mann versteckt habe. Wahrscheinlich werden sie mich für immer beobachten. Aber sie werden nie etwas finden, denn es gibt nichts.« Sie schaute Logan und Georgianna an. »Wollen wir?«

»Ich komme mit.« Adam griff nach seiner Jacke.

»Ich auch«, sagte Riley.

Drei Stunden später kamen Emma und Aaron wieder aus dem Vernehmungsraum. Riley und Adam warteten auf sie. Man entschied sich spontan, in ein mexikanisches Restaurant in der Nähe zu gehen, um dort etwas zu essen und zu trinken und zu reden. Aaron entschuldigte sich und ließ die drei allein. Riley ging vor und organisierte einen Tisch. Die Kellnerin war sofort da.

»Ich vermute mal, wir nehmen alle ein Glas Wein«, sagte Riley. »Hat jemand besondere Wünsche?«

»Ich hätte lieber einen Tee«, meinte Emma. »Die Sorte ist mir egal. Mit Milch und Zucker.«

»Dann nehme ich den Wein. Chardonnay, bitte«, erklärte Riley.

»Für mich ein frisch gezapftes Bier. Und wie wär's mit ein paar Nachos?«

Als sie wieder unter sich waren, sprach Riley als Erste. »Ich glaube, dieser Mistkerl hat sich nur mit mir getroffen, weil er dich observiert hat.«

»Sie waren bei der Befragung sehr freundlich«, erwiderte Emma. »Nervig, aber höflich. Man hatte mich schon gewarnt, dass so etwas passieren könnte. Als der Prozess in New York beendet war, sagten meine Anwälte, dass die Opfer und die Staatsanwaltschaft es ungewöhnlich fanden, dass ich alles, sogar meinen Verlobungsring, abgegeben habe. Doch ich wollte einfach nichts mehr von dem haben, was ich von Richard bekommen hatte. Vor Kurzem bin ich allerdings unverhofft zu Geld gekommen. Das Vermögen meines Vaters, von dem Rosemary immer behauptet hat, es sei nicht der Rede wert, war nicht ganz so unbedeutend, wie sich herausgestellt hat. Aber Rosemary, Friede ihrer Seele, hat mir das nie mitgeteilt. Offensichtlich hatte sie vor, das Geld unter ihren Töchtern aufzuteilen. Der Anwalt meines Vaters hatte die Sache jedoch auf dem Schirm und sorgte dafür, dass ich den mir rechtmäßig zustehenden Anteil bekomme. Er präsentierte ihnen das Testament meines Vaters, in dem alle finanziellen Dinge exakt geregelt waren. Alles lief nach Recht und Gesetz.«

»Und wird das mit den Verdächtigungen jetzt immer so weitergehen?«, fragte Riley.

Emma zuckte mit den Schultern. »Bis ihnen nichts Ungewöhnliches mehr auffällt, schätze ich.«

»Aber man hat dich doch schon durchleuchtet und als unschuldig befunden«, wandte Riley ein.

»Damit können sich anscheinend viele Leute nicht abfinden. Ich bin ein Kuriosum für sie. Das Einfachste ist deshalb, kooperativ zu sein und sämtlichen Ermittlern auf schnellstem Weg die Informationen zu geben, nach denen sie suchen.«

»Wie konntest du es nur ertragen, so behandelt zu werden?«

»Ich habe gelernt, alles aus ihrer Perspektive zu sehen. Nur dann versteht man es. Man sollte ehrlich und verbindlich sein. Ich habe sehr bald gelernt, dass das Verweigern von Antworten den ganzen Prozess bloß hinauszögert. Logan hat mir gesagt, sie würden ihren Bericht an die Betrugsabteilung des FBI weiterleiten, und damit sollte die Angelegenheit erledigt sein. Was nicht bedeutet, dass so was in Zukunft nicht jederzeit wieder passieren kann.« Ihr Tee kam, ebenso die Getränke für Riley und Adam. »Ich habe meinen Frieden damit gemacht. Ich verstehe, wieso sie sichergehen wollen, dass ich nicht doch Teil von Richards Verbrechenssystem bin.«

»Das finde ich echt mutig.« Riley erhob das Glas auf Emma. »Logan möchte ich allerdings immer noch eine reinhauen. Dieser Mistkerl.«

»Lass gut sein, Riley. Er macht eben seine Arbeit. Und es ist eh bloß eine Vermutung. Sicher musste er dich nicht ausführen, weil sein Job es verlangte.« Sie lächelte. »Abgesehen davon ist die schönste Neuigkeit, die ich in letzter Zeit gehört habe, dass du und Jock es noch einmal miteinander versuchen wollt.«

»Jock«, sagte Adam abschätzig. »Was ist das überhaupt für ein Name?«

»Du weißt doch, dass er nach seinem Großvater benannt wurde. Könntest du jetzt bitte endlich anfangen, nett zu ihm zu sein?«

Er trank einen Schluck Bier. »Muss ich ja wohl.«

»Emma, brauchst du eigentlich einen freien Tag nach dieser Polizeisache?«, erkundigte Riley sich.

»Nein, alles gut. Lass mich nur kurz Luft holen, dann fahren wir zu June und eröffnen ihr, dass sie Oma wird.«

Trotz der stressigen Befragung durch die Polizei war Emma überaus euphorisch. Endlich kam alles zusammen. Es gab so viel, auf das sie sich freuen konnte. Da war Adams Liebe, womit sie nicht eine Sekunde gerechnet hatte, als sie sich auf den Weg zurück nach Sonoma gemacht hatte. So perfekt. Und auch Riley hatte sich beruhigt. Alles sah danach aus, dass sie nicht nur wieder Freundinnen, sondern sogar eine Familie sein würden. June hatte sich so sehr über die Nachricht von dem Baby gefreut, dass sie in Tränen ausgebrochen war. Sogar Maddie und Jock hatten ganz aufgeregt gewirkt.

Emma konnte es kaum erwarten, es ihren Kolleginnen Shawna und Dellie zu erzählen. Aber erst wollten sie noch ein paar Dinge organisieren, bevor sie es öffentlich machten. Ein Hochzeitsdatum und ein Umzugstermin wären gut.

Adam war immer noch genauso besorgt um sie wie damals, als sie Kinder gewesen waren. Er bat sie, beim Reinigungsservice aufzuhören oder zumindest keine schwere körperliche

Arbeit mehr zu verrichten. Sein Einkommen war zwar nicht gerade üppig, doch er war seit vielen Jahren im Schuldienst und konnte mit seinem Gehalt eine Familie ernähren. Emma lehnte jedoch ab. Sie wollte gern arbeiten.

Inzwischen verbrachte sie auch wieder viel Zeit mit Riley, meistens nach der Arbeit. Es gab so vieles, was sie sich zu erzählen hatten.

»Willst du eigentlich meine Trauzeugin sein?«, fragte Emma sie eines Tages.

»Auf jeden Fall! Und würdest du mir den Gefallen tun und bei der Arbeit ab sofort eine Schutzmaske tragen, wenn ihr Bleiche einsetzt? Ich möchte nicht, dass mein Neffe oder meine Nichte mit zwei Köpfen zur Welt kommt.«

Also steckte Emma von nun an stets eine Maske ein und setzte sie auf, wenn sie mit den scharfen Reinigern im Bad hantierte. Sie freute sich sehr darüber, dass Riley sich diese Gedanken machte.

Und dann erreichte sie eine SMS von Bethany.

Es tut mir leid, Emma, aber es ist alles zu viel. Es gibt kein Lachen und keine Liebe hier. Ich habe genug.

Emma war gerade mit ihrem Team in einem anderen Objekt beschäftigt. Weil es sich jedoch um Bethany handelte, schrieb sie gleich zurück. *Was ist zu viel?*

Seit Weihnachten hatte das Mädchen ein Stimmungshoch gehabt. Emma hatte gehofft, dass es mit ihrer Trauer und Hilflosigkeit bald vorbei sein würde.

Keine Antwort. Bei einer SMS von Adam oder Riley hätte sie bis zur Pause gewartet, um nachzuhaken. Aber bei Bethany hatte sie ein ungutes Gefühl.

Bethany, wo bist du?

Keine Antwort.

Sie versuchte, das Mädchen anzurufen, wurde jedoch auf die Mailbox umgeleitet.

Sie wandte sich an Dellie. Dellie hatte selbst Töchter im Teenageralter. Diese Mädchen hatten etwas an sich, selbst wenn sie keine Krise hatten. Alles war immer gleich ein Drama. »Dellie, Bethany hat mir diese SMS geschickt«, erklärte sie und hielt ihrer Kollegin das Handy hin. »Und jetzt kann ich sie nicht mehr erreichen.«

»Wahrscheinlich will sie bloß ein bisschen Aufmerksamkeit.«

»Und was, wenn nicht? Vor einem Jahr hat sie schon mal Tabletten genommen. Was, wenn sie sich aufgegeben hat? Und sich umbringen will?«

»Du weißt nicht mal, wo sie gerade ist«, hielt Dellie dagegen. »Vielleicht steht sie schon auf der Golden Gate Bridge.«

»Ich glaube, ich sollte mal bei ihr vorbeifahren«, meinte Emma.

»Wir sind hier noch nicht fertig!«

»Ich werde Riley informieren. Ich sehe nur kurz nach und komme sofort zurück. Ich bleibe heute auch gern länger, wenn ihr meinetwegen in Verzug kommt.«

»Du lässt dich in das Drama von diesem Mädchen ziehen«, entgegnete Dellie.

»Ja. Aber wenn da irgendwas nicht stimmt und ich nicht nach ihr sehe, werde ich mir ewig Vorwürfe machen.«

»O Mann, du bringst mich noch ins Grab. Shawna!«, rief Dellie. »Wir müssen kurz mal was checken und sind sofort zurück!«

»Ihr müsst nicht mitkommen«, erklärte Emma.

»Besser, wir bleiben zusammen. Das Haus ist nicht weit weg. Pack noch nichts zusammen, in einer halben Stunde sind wir wieder hier.«

»Danke«, sagte Emma.

Während Shawna am Steuer saß und grummelte, dass es ein langer Tag werden würde, rief Emma Riley an. Sie erreichte sie nicht und musste ihr eine Nachricht hinterlassen. Anschließend rief sie Makenna an, die ihr riet: »Lasst das sein. Ich werde ihre Eltern verständigen, aber ihr mischt euch nicht ein!«

Als Emma auflegte, wollte Dellie wissen, was Makenna gesagt hatte.

»Sie hat gesagt: ›Viel Glück!‹«, antwortete Emma. Sie schluckte.

Als sie das Haus erreichten, betrachtete Emma die Straße ganz genau. Die Häuser waren alle durch Bäume und Sträucher voneinander getrennt, die Grundstücke waren riesig. Die Nachbarn zu informieren würde zu lange dauern. Also nahm sie die Schlüssel und wollte die Haustür öffnen. Aber sie ging nicht auf. Es gab ein Sicherheitsschloss, das nachts vorgelegt wurde, und das hatte offensichtlich bereits jemand getan. Sie hämmerte gegen die Tür und klingelte Sturm. Dann nahm sie ihr Notizbuch heraus, wo sie den Code für die Garage notiert hatte, und gab dort die Zahlenfolge ein. Langsam öffnete sich das Garagentor, und sie rannte hinein, um an der Tür zu rütteln, die von dort ins Haus führte. Doch auch diese war verriegelt.

Sie erstarrte. Was, wenn Bethany gar nicht drinnen war? Sie rief noch einmal Makenna an. »Hast du ihre Eltern erreicht?«

»Nein.« Makenna seufzte. »Ich habe ihnen eine Nachricht hinterlassen, dass es wichtig ist, doch es hat sich noch niemand gemeldet.«

»Ich weiß nicht, ich habe Angst«, meinte Emma. »Das Mädchen ist nicht stabil. Sie hat mit mir gesprochen und … Sie hat gute und schlechte Tage. Ihre Mutter ist gestorben, und ihre Stiefmutter ist … Das Mädchen ist nicht stabil.«

»O Gott, du hast dich auf sie eingelassen.«

»Sie hat jemanden zum Reden gebraucht …«

»Emma, du bist noch in der Probezeit!«

Also rief Emma als Nächstes die Polizei an. Nachdem überprüft worden war, dass keine Vermisstenanzeige vorlag und es weder einen Anruf von Angehörigen noch sonstige Hinweise auf den Verbleib des Mädchens gab, versprach man ihr, einen Streifenwagen vorbeizuschicken.

Emma wählte eine weitere Nummer.

»Logan Danner«, meldete er sich.

»Logan, Emma Shay hier. Ich sitze in der Klemme. Es gibt da eine Fünfzehnjährige in einem der Häuser, in dem ich putze. Sie hat Schwierigkeiten, spielt vielleicht sogar mit Selbstmordgedanken. Angesichts ihrer Probleme ist das auch nachvollziehbar. Es ist kompliziert, weil ...«

»Bethany Christensen?«, unterbrach er sie.

»Woher wissen Sie das?«, fragte sie.

»Ich habe Ihre Telefonate abgehört«, informierte er sie. »Mit diesem Teilnehmer haben Sie uns etwas verwirrt, doch anscheinend hat das Mädchen nichts mit dem Transfer irgendwelcher Gelder zu tun.«

»Ich stehe vor ihrem Haus. Sie hat mir eine verdächtige Nachricht geschickt. Alles wäre ihr zu viel, hat sie geschrieben. Und alle Türen sind von innen verriegelt.«

»Haben Sie die Kollegen schon informiert?«

»Ja, aber da hat man zurückhaltend reagiert. Ich schlage vor, Sie holen schon mal Ihre Handschellen raus, denn ich habe beschlossen, mir Zutritt zum Haus zu verschaffen. Ich würde mir sehr wünschen, dass meine Ahnung mich trügt ... doch ich muss da jetzt reingehen ...«

»Warten Sie zumindest, bis ich da bin. Ich bin gleich um die Ecke.«

»Ich kann nicht mehr warten. Es tut mir leid, ich habe Angst, dass sonst etwas Schreckliches passiert. Die Eltern sind nicht erreichbar beziehungsweise melden sich nicht. Niemand interessiert sich für dieses Mädchen. Niemand.« Sie beendete das Gespräch.

Ich muss vollkommen bescheuert sein, dachte Emma. *Ich weiß eigentlich nichts über Bethany. Trotzdem habe ich mich da reinziehen lassen, habe Mitleid mit ihr, habe Angst um sie.*

In der Garage stand eine Werkbank, die – wie alles im Haus der Christensens – kaum benutzt aussah. Viel zu sauber und aufgeräumt. Sie entdeckte einen Hammer, einen großen Schraubenzieher und eine Brechstange. Sie nahm die Brechstange, setzte sie neben dem Türknauf an und hebelte mit aller Kraft los. Fünf Minuten lang mühte sie sich ab, bis sie hörte, wie ein Wagen auf die Einfahrt fuhr. Sie warf einen Blick über die Schulter. Shawna und Dellie standen hinter ihr und staunten. Logan kam auf sie zu.

»Geben Sie mir das«, forderte er sie auf. »Wenn, dann mache ich das.«

»Danke«, sagte sie und rieb ihren Oberarm.

Er benötigte drei kräftige Stemmbewegungen, dann splitterte das Holz, und mit einem Schlag ging die Tür auf. Logan stürzte hinein. »Bethany!«

»Suchen Sie hier unten«, sagte Emma. »Ich sehe oben in ihrem Zimmer nach.«

Sie rannten durchs Haus und riefen dabei den Namen des Mädchens. Emma lief nach oben. In Bethanys Zimmer sah alles aus wie immer, selbst das Bett war gemacht. Sie schaute im Bad nach – makellos. Noch einmal rief sie Bethanys Namen, warf einen Blick ins Elternschlafzimmer. Auch dort war alles in Ordnung. Das angeschlossene Bad war picobello sauber, und Emma stöhnte innerlich. *Ich habe schon wieder einen schlimmen Fehler gemacht!*

Dann hörte sie ein leises Stöhnen, das aus dem großen begehbaren Kleiderschrank kam. Sie riss die Tür auf, und da lag Bethany blutüberströmt auf dem Boden.

»Logan!«, schrie Emma. »Hier oben! Hilfe!« Sie rollte das Mädchen auf die Seite. Anscheinend kam das Blut aus ihren dünnen, bleichen Handgelenken. »Mein Gott, Bethany! Nein!« Sie presste die Finger auf Bethanys Hals und spürte einen schwachen Puls. »Hierher!«

»Lebt sie noch?«, fragte er, als er sie gefunden hatte.

»Ja, aber sie hat das Bewusstsein verloren, und ihr Puls ist sehr schwach.«

Bevor Emma zu Ende gesprochen hatte, griff Logan sich ein weißes Hemd von einem Kleiderbügel und riss es in Streifen. Einen Streifen reichte er Emma. »Druckverband«, wies er sie an und zerriss das Hemd immer weiter. »Schön fest drumbinden.«

Als das erledigt war, alarmierte er per Handy den Notarzt.

Innerhalb der nächsten fünfzehn Minuten füllte sich das Schlafzimmer. Emma und Logan standen noch neben Bethany. Emma hielt sie sanft, wiegte sie hin und her und sagte ihr in Befehlsform, dass sie durchhalten müsse. Dann tauchten Dellie und Shawna auf. Nun traf auch Makenna ein, gefolgt von Riley. Beide waren erschüttert darüber, was das Mädchen offensichtlich durchgemacht hatte und dass es niemanden gab, der ihm helfen konnte oder wollte. Endlich erschien der Notarzt. Inzwischen hatte Bethany angefangen, zu stöhnen und zu wimmern. Man legte ihr eine Transfusion. Die Trage stand schon bereit, um sie in den Rettungswagen zu bringen. In dem Moment kamen Olaf und Liz Christensen herein. Liz keuchte und hielt sich erschrocken die Hand vor den Mund, während Olaf zu seiner Tochter eilte.

Als die Sanitäter das Mädchen weggebracht hatten, fragte Olaf Emma: »Wer sind Sie? Und woher wussten Sie, was mit meiner Tochter los ist?«

»Ich mache bei Ihnen sauber, Mr. Christensen. Und sie hat sich Hilfe suchend an mich gewandt. Ich wollte, dass sie mit

Ihnen spricht, doch sie war der Meinung, das könne sie nicht. Sie leidet sehr unter dem Tod ihrer Mutter.«

»Aber ich habe ihr extra einen Therapeuten besorgt«, meinte Liz Christensen.

»Ja, und Sie haben auch alle Familienbilder aus dem Haus entfernt und tragen nun die Kleider ihrer verstorbenen Mutter. Ich frage mich wirklich, wie Sie davon ausgehen konnten, dass das in Ordnung ist?!«

»Ich habe doch gefragt«, verteidigte die Frau sich. Sie sah verwirrt aus. »Ich habe Bethany um Erlaubnis gebeten! Und die Bilder … Ich fand nicht, dass sie geholfen haben, uns zu einer Familie zu machen.«

Emma holte ihr Handy aus der Tasche und zeigte der Frau Bethanys Nachricht. »Bethany hatte das Gefühl, ihre ganze Familie verloren zu haben. Sie hat mir erzählt, dass sie mit ihrer Mutter immer viel gelacht hat, dass sie sich oft umarmt haben, viel Spaß zusammen hatten und häufig gemeinsam auf ihrem Bett eingeschlafen sind. Aber Sie lassen Ihre Assistentin die Geburtstags- und Weihnachtsgeschenke für Bethany kaufen. Sie war einfach unglaublich einsam.«

Olaf Christensen las nun ebenfalls die SMS. »Mein Gott. Wieso habe ich das nicht bemerkt? Ich kann Ihnen nicht genug dafür danken, dass Sie sie gefunden haben. Ich weiß nicht, woher Sie wussten, dass sie Sie brauchte.«

»Wissen Sie, ich habe in meinem Leben auch einige Male weggesehen, wenn ich hätte genauer hinsehen sollen. Und das will ich einfach nie wieder tun.«

Epilog

Zwei Tage vor Weihnachten schmiss June Kerrigan eine Party für ihre Familie und all ihre Freunde. Es gab ein Buffet mit ihren Lieblingsspeisen. Das Haus war so aufwendig geschmückt, dass sie bei dem Gedanken erschauderte, bald wieder alles abräumen und verstauen zu müssen. Vielleicht hatte sie es doch etwas übertrieben. Aber das war ja auch kein gewöhnliches Weihnachtsfest.

Emma Shay Kerrigan war nicht mehr in Rileys Reinigungsunternehmen beschäftigt. Sie studierte jetzt und war Mutter. John Shay Kerrigan war im Oktober auf die Welt gekommen, etwas zu früh, aber trotzdem war er ein großes Baby. Emma hatte am Tag seiner Geburt eigentlich Vorlesungen gehabt. Sie hatte inzwischen ein Studium an der University of California in Davis begonnen, da sie Therapeutin werden wollte. An seinem ersten Weihnachtsfest wurde der kleine John nun natürlich unter allen Anwesenden herumgereicht.

Adam war mittlerweile also verheiratet und frischgebackener Vater. June hatte insgeheim eigentlich nicht mehr damit gerechnet, dass das je passieren würde. Und auch Riley und Jock hatten geheiratet. Riley hatte gerade verkündet, dass Maddie im nächsten Frühjahr einen kleinen Bruder oder eine kleine Schwester bekommen würde.

Penny Pennington war auch eingeladen. Sie hatte viel Zeit mit June in der Küche verbracht und überwachte jetzt mit Argusaugen das Buffet, damit die frischen Horsd'œuvres nicht ausgingen. Ethan und Lyle warteten begierig darauf, den kleinen John auch mal halten zu dürfen. Aaron Justice war ebenfalls gekommen und hatte einen riesigen Weihnachtskranz mitgebracht. Beatrice, der besonders hässliche Hund aus der Rettungsstation, hatte ein endgültiges Zuhause bei June gefunden. Schöner war sie allerdings nicht geworden. Auch Bethany, Liz und Olaf Christensen waren da und lachten gemeinsam über die alten Familiengeschichten der Kerrigans.

Doch das Schönste für June war es zu sehen, wie Riley und Emma sich still und leise zuprosteten, Emma mit einem Glas ihres Lieblingsweins und Riley mit einem Glas Apfelsaft. Sie lächelten einander an. Sie waren wieder Freundinnen.

Und sie waren gegenseitig ihre Trauzeuginnen gewesen. Ihre Kinder würden zusammen groß werden. Wie es immer ihr Plan gewesen war.

Danksagung

Ich danke allen meinen Leserinnen und Lesern für ihre dauerhafte Unterstützung und Ermutigung. Sie sorgen dafür, dass es mir eine Freude ist, gute Bücher zu schreiben.

Ein besonderer Dank geht an Kurt A. Johnson, der mich durch den Dschungel der Testamente, Treuhandfonds und weiterer Details bezüglich des Vermögensrechts geführt hat.

Ebenso danke ich meinem Finanzgenie Kayla Koeber. Danke, dass du mir geholfen hast, viele Geheimnisse aus der Welt der Finanzen zu verstehen. Du bist sehr geduldig und sehr klug.

Sämtliche Fehler oder Änderungen technischer Art in dieser Geschichte sind nicht die Fehler meiner Berater, sondern meine eigenen. Sie sind der künstlerischen Freiheit geschuldet, um eine starke Geschichte zu schreiben, und ich bitte daher die geschätzte Leserschaft um Nachsicht.

Vielen Dank außerdem an die fleißigen Damen von der PR-Maschinerie: Michelle Renaud von Harlequin, Nancy Berland von Nancy Berland Public Relations und Sarah Burningham von Little Bird Publicity. Ohne euch wäre ich verloren!

Meinen innigsten Dank möchte ich auch Craig Swinwood, Loriana Sacilotto, Margaret Marbury und Nicole Brebner aussprechen, meinem »Dream-Team« von Harlequin. Ich empfinde jeden Tag, an dem ich mit euch arbeiten darf, als Privileg.

Danke, Dianne Moggy. Danke für diesen besonderen Tag vor achtzehn Jahren, als ich ein Manuskript bei dir eingereicht habe und du Ja gesagt hast. Das hat meine berufliche Karriere und mein ganzes Leben verändert. Ich bin sehr dankbar für diese Chance, die mit deiner Zusage damals begonnen hat.

Und an meine Agentin Liza Dawson: Danke für deine Hingabe und Loyalität in all den Jahren. Es war eine wunderbare Zeit mit dir, und ich fühle mich geehrt, dich als meine Freundin bezeichnen zu dürfen.

Lesen Sie auch:

Robyn Carr

Für Gefühle ist es nie zu spät

9,99 € (D)

ISBN: 978-3-95649-824-4

Clare fuhr durch den Märzregen zu dem Haus, das einmal ihr gehört hatte. Das Haus, aus dem sie ausgezogen war, als sie sich von ihrem Ehemann trennte. Sie fühlte sich ein bisschen schuldig, weil dies ein weiterer von ihren sehnsüchtigen nächtlichen Streifzügen war, zurück zu all dem, was sie vermisste. Allerdings unternahm sie diese Touren nur, wenn sie wusste, dass Roger nicht da war. Wobei sie diesmal eine Geburtstagskarte dabeihatte, die sie ihm dalassen wollte.

Vielleicht war sie zu nett zu Roger, wie ihr gemeinsamer Sohn Jason behauptete. Denn ihre Schwestern ärgerten sich auch darüber, wie nachsichtig sie mit ihm war. Vielleicht sollte sie wirklich versuchen, ein bisschen härter zu sein. Vielleicht hatten alle recht – Roger verdiente ihre Rücksichtnahme nicht, und sie benahm sich wie ein Idiot.

Aber heute war Rogers vierzigster Geburtstag, und er tat ihr ein bisschen leid. Er hatte eindeutig ein Problem mit dem Älterwerden, was für ihn typisch war. Das hatte er jedenfalls gesagt. Also hatte Clare, ganz die verständnisvolle zukünftige Ex-Frau, ihm angeboten, ihn an seinem Geburtstag zum Abendessen zu bekochen. Das hätte Roger außerdem die Gelegenheit gegeben, etwas Zeit mit dem gemeinsamen Sohn zu verbringen – was Roger sich wünschte, aber Jason eher nicht. Doch Roger hatte erklärt, er sei geschäftlich unterwegs und werde den Abend irgendwo in einer anderen Stadt allein im Hotel verbringen müssen.

Es war wahrscheinlich besser, dass das mit dem Abendessen nicht geklappt hatte, denn Jason war immer noch wütend auf seinen Vater. Clare hatte ihn regelrecht zwingen müssen, die Geburtstagskarte zu unterschreiben, die sie auf dem Küchentresen liegen lassen wollte, damit Roger sie nach seiner Rückkehr finden würde. Sie hätte sich gewünscht, dass Jason sie begleitete, aber wie sich herausstellte, war das Unterschreiben der Karte das Äußerste, wozu er bereit gewesen war.

Bevor sie Jason bei seinem Freund Stan abgesetzt hatte, hatte er zu ihr gemeint: »Du wirst wieder mit ihm zusammenkommen, oder?« Seine Stimme hatte so giftig geklungen, dass sie es nicht gewagt hatte, ihm zu antworten. Was dazu führte, dass er sich bestätigt fühlte. »Also ja!«

»Nein!«, hatte sie daraufhin behauptet. Und dies so vehement gesagt, wie sie konnte. »Aber ich denke, es wäre gut für uns alle – vor allem für dich –, wenn wir gut miteinander zurechtkämen.«

»Ich will nicht mit ihm zurechtkommen! Ich hasse ihn!«

Ihr Magen krampfte sich zusammen, wenn sie Jason so reden hörte.

Doch Roger hatte sich das selbst zuzuschreiben und sonst niemandem. Er war so naiv gewesen zu glauben, dass er seine Seitensprünge für immer vor seinem Sohn geheim halten könnte und nur Clare unter seinen Eskapaden zu leiden hätte. Aber er hatte es sich mit Jason verscherzt, und das war schlimm. Für Vater und Sohn.

Jason war vierzehn. Auf dem Weg zum Mann. Noch kämpfte er mit der Pubertät, seine Sommersprossen wichen Pickeln, seine große Erscheinung mit den großen Füßen wirkte tapsig und linkisch. Und er war ziemlich empfindlich, um es vorsichtig auszudrücken. Man nehme einen reizbaren Teenager, einen egozentrischen und ehebrecherischen Vater, mische das Ganze – und innerhalb weniger Sekunden kommt es zur Explosion.

Sie hätte Jason eine Menge Antworten darauf geben können, aber sie hatte sie sich gespart. Mit klugen Tipps hatte sie bereits einige Erfahrung gesammelt – und wusste mittlerweile, dass sie nicht funktionierten. *Du wirst ihn nicht für immer hassen. Ganz egal, was du denkst, er hasst dich nicht. Er hat es versaut, und das weiß er, und es tut ihm leid, Jason.*

Clare war es mittlerweile egal, dass Jason wütend auf Roger

war – weil Roger es wirklich verdient hatte. Aber dieser *Hass* war gar nicht gut. Sie wollte nicht, dass ihr Sohn litt. Als sich Jason geweigert hatte, mit zum Haus zu fahren, um die Geburtstagskarte hinzubringen, hatte sie daher einfach gesagt: »Kein Problem, dann mach ich das allein. Ich setz dich auf dem Weg bei Stan ab. Ruf mich an, bevor ihr ins Bett geht. Wenn du dran denkst.«

Clare genoss den Anblick des Hauses, während sie in die Auffahrt einbog. Es war ein hübsches zweistöckiges Backsteingebäude. Laternenlampen erhellten die dreitorige Garage und den Weg zur Haustür. Sie blieb kurz im Wagen sitzen und betrachtete das Gebäude. Wie sehr sie es vermisste, hier zu wohnen …

Es war ihre vierte Trennung von Roger. Sie hatte gedacht, es würde mit der Zeit einfacher werden, denn Roger war ein notorischer Fremdgeher. Doch als Clare ihn diesmal mit einer anderen erwischt hatte, hatte sie endgültig genug gehabt und wollte nicht mal mehr in dem schönen großen Haus bleiben, obwohl sie sich dort immer sehr wohl gefühlt hatte. Sie hatte einen räumlichen Neuanfang für eine gute Idee gehalten, aber der fiel ihr dann doch schwerer als gedacht. Sie hatte das Haus damals eingerichtet, vieles selbst gemacht. Die Trennung vom Haus kam ihr vor wie die Trennung von einer guten alten Freundin.

Wie aufs Stichwort hatte Roger angefangen zu zetern, dass er seine Familie zurückhaben wolle und eine weitere Chance verdient habe, eine letzte Chance. Er wolle sich ändern und alles wiedergutmachen, für Clare und Jason und alle anderen aus ihrem Umfeld, die er mit seinem Verhalten verletzt hatte.

»Ich werde jetzt vierzig, Clare, und das ist wirklich traumatisch«, hatte er behauptet. »Glaub nicht, ich wüsste nicht, was ich getan habe, wie dumm ich war. Das weiß ich. Ich werde dir beweisen, dass ich mich ändern kann. Ich werde mir Hilfe holen, eine Therapie machen.«

»Ich glaube nicht, dass ich dir noch eine weitere Chance geben kann«, hatte sie geantwortet. »Und selbst wenn – meine Familie kann es ganz sicher nicht. Nicht mal unsere Freunde halten das noch mal aus.«

»Das ist deine Schuld!«, stieß er prompt hervor. »Weil du unsere privaten Probleme einfach nicht für dich behalten kannst!«

Da hatte er recht. Aber sie fand, dass er sich mal in ihre Lage hätte versetzen können. In einer relativ kleinen Stadt mit nur fünfzehntausend Einwohnern konnte sie davon ausgehen, dass so ungefähr jeder wusste, was er ihr angetan hatte. Niemand konnte verstehen, wieso sie zu ihm zurückkehrte. Und dann noch mal. Und noch mal. Aus Schuldzuweisungen Roger gegenüber war ungläubiges Staunen geworden und schließlich fehlender Respekt vor ihr. Ihre besten Freunde hatten sich inzwischen von ihr abgewandt.

Wieso hatte sie überhaupt nachgegeben und ihn zurückgenommen? Weil Roger dieses gewisse Etwas hatte – er sah nicht nur gut aus, er war auch lustig und im Grunde ein gutherziger Mensch. Er war großzügig und ein wunderbarer Tänzer. Und es hatte Zeiten in ihrem Leben gegeben – nach dem Tod ihrer Mutter zum Beispiel und als ihre kleine Schwester Sarah unter einer schlimmen Depression gelitten hatte –, da war Roger einfach für sie da gewesen. Er hatte sich immer gut um seine Familie gekümmert, und wenn er auch kein hingebungsvoller Vater war, liebte er Jason. Er war nie als Trainer oder Pfadfinderleiter aktiv gewesen, aber er hatte sich immer für die Sportveranstaltungen und Leistungen seines Sohns interessiert. Eigentlich hatte Roger nur einen Fehler – das war allerdings der schlimmste, den es geben konnte.

Dennoch überlegte Clare immer wieder, ob das nicht alles ihre Schuld war. Dass sie unfähig war, eine funktionierende Ehe zu führen, und genauso unfähig, einen Schlussstrich zu ziehen. Sie konnte Roger einfach nicht davon abhalten, andere Frauen zu haben, und sie konnte es anscheinend auch nicht lassen, ihn immer wieder zurückzunehmen. Sie hatte keine Ahnung, ob es die richtige Entscheidung gewesen war, Jason zuliebe die Familie zusammenzuhalten, oder genau die falsche. Irgendwie hatte Clare in diesem Spiel einfach nicht gewinnen können.

Offiziell war sie vor drei Monaten ausgezogen, gleich nach Weihnachten, und zwar in ein Townhouse, das genau die richtige Größe für sie und ihren Sohn hatte. Sie hatte zuerst nur mitgenommen, was sie wirklich brauchten, aber nach und nach immer mehr Sachen aus dem alten Haus abgeholt, wenn sie wusste, dass Roger nicht da war. Falls er bemerkt hatte, dass der Schrank mit der Bettwäsche oder die Küche leerer wurden, ließ er ihr gegenüber nichts verlauten. An diesem Abend wollte sie die Gugelhupfform, den Schongarer, ihr geliebtes Geschirr mit dem roten Rand und den Küchenläufer, der vor der Spüle lag, mitnehmen, außerdem ein paar von den Geschirrtüchern von Williams-Sonoma. Die Geburtstagskarte würde ihm zwar verraten, dass sie da gewesen war, aber das fand sie in Ordnung. Es wurde Zeit, dass Roger endlich begriff, dass ihre Trennung endgültig war.

Seufzend machte sie den Motor aus und stieg aus in den kühlen Nieselregen. Sie schlug den Jackenkragen hoch und erschauderte – vor Kälte, aber auch weil sie jetzt gleich ihr früheres Zuhause betreten würde. Beim Aufschließen wunderte Clare sich etwas, dass die Alarmanlage nicht eingeschaltet war, allerdings machte sich Roger um solche Dinge wenig Gedanken. Sie schaltete nur das Licht im Eingangsbereich und im Flur an, schließlich kannte sie jeden Quadratzentimeter des Hauses und hatte sich mit jeder Küchenoberfläche, mit jedem Schrank, mit jeder Fußleiste und jedem Fußboden beschäftigt. Jetzt würde sie direkt in die Küche gehen, die Geburtstagskarte auf den Tresen legen, sich ihre Sachen schnappen und wieder nach Hause fahren. Auf keinen Fall würde sie länger als nötig dableiben und sich auch nicht umsehen. Dass das Haus perfekt sauber war, deprimierte sie immer ein bisschen. Es ärgerte sie, dass Roger allein offensichtlich super zurechtkam, obwohl er immer behauptete, wie sehr er sie doch brauchte.

Das Haus war immer ihr Reich gewesen, doch es war höchste Zeit, dass sie die Vergangenheit ruhen ließ und endlich von vorne anfing.

Auf einmal hörte sie ein Quietschen und erstarrte. Eine quietschende Diele im Obergeschoss? Ihr Herzschlag beschleunigte sich. War jemand im Haus? Ein Einbrecher? Da, ein anderes Geräusch, wie das Ächzen der Wasserleitung, wenn man den Hahn im Garten aufdrehte. Kurz dachte sie daran, die Flucht zu ergreifen. Dann hörte sie das Geräusch wieder, lauter diesmal. Gefolgt von einem eindeutig weiblichen Lachen.

Dieser Mistkerl!

Clare wurde auf einmal sehr wütend. Aber am meisten ärgerte sie sich darüber, dass sie Jason gebeten hatte, mitzukommen. Meine Güte, wie viele Stunden beim Psychologen hätte er gebraucht, um *das hier* verarbeiten zu können?

Lautlos schlich Clare die Treppe hinauf.

Robyn Carr
Erfüllte Träume in Thunder Point
€ 9,99, Taschenbuch
ISBN 978-3-95649-809-1

Lin Su hat ihren vierzehnjährigen Sohn allein großgezogen und kümmert sich aufopferungsvoll um ihre Patienten. Sie hat alles unter Kontrolle – und das soll auch so bleiben. Doch ihr Sohn wird langsam flügge und entwickelt seinen eigenen Kopf. Als dann noch der neue attraktive Nachbar Blake vor der Tür steht, spürt Lin Su, dass ein neues Kapitel in ihrem Leben beginnen könnte. Allerdings müsste sie dafür bereit sein, sich zu öffnen und sich bei jemandem fallen zu lassen ...

Susan Wiggs
Für immer in meinem Herzen
€ 9,99, Taschenbuch
ISBN 978-3-95649-873-2

Als die angehende Ärztin Reese Powell ihn zum ersten Mal sieht, ist sie fasziniert. Denn Caleb Stoltz ist groß, blond und auf eine natürliche Weise sexy. Ohne darüber nachzudenken, steht Reese ihm nach dem Unfall seines Neffen bei. Mit Caleb kann sie reden wie mit sonst niemandem. Statt wie ihre Eltern Forderungen zu stellen, weckt er ihre Lebensfreude neu und zeigt echtes Interesse an ihr als Mensch. Doch Caleb macht nur für die Genesung seines Neffen einen kurzen Ausflug in die moderne Welt, bevor er zurückkehrt in seine Amish-Gemeinde. Damit ihre Liebe eine Chance hat, muss Reese kämpfen.

www.mira-taschenbuch.de